Jens Bühler
Mit allen Mitteln

AF202222

Das Buch

Was die dunklen Wellen nachts ans Frankfurter Main-Ufer spülen, ist grausam. Die junge Frau ist tot, ihre Hände abgehackt und ihr Körper aufgequollen. Es ist klar: Irgendwo in den Schluchten der bedrohlich aufragenden Hochhäuser verbirgt sich ein skrupelloser Mörder und ein düsteres Geheimnis. Obwohl das BKA die Aufklärung übernommen hat, soll Jo Lasker auf höchste Anordnung hin in der Sache ermitteln. Um den Fall zu lösen, braucht er ein Team, das bereit ist, jenseits der rechtlichen Grenzen in den Sumpf des Verbrechens abzutauchen. Als er glaubt, die Richtigen für die Aufgabe gefunden zu haben, ahnt er nicht, dass sie bald alle in Lebensgefahr schweben werden. Doch die Wahrheit muss ans Licht, sei sie noch so verhängnisvoll.

Mit seinem rasanten und dunklen Frankfurt-Thriller führt der Autor und hauptberufliche Ermittler Jens Bühler die Leser in die Abgründe des Verbrechens. Ungemein spannend, düster und unbedingt lesenswert.

Der Autor

Jens Bühler, Jahrgang 1970, lebt mit seiner Familie im Rhein-Main-Gebiet. Der Kriminalhauptkommissar ist Angehöriger einer Operativen Einheit (OPE) der Frankfurter Polizei. Zuvor arbeitete er mehrere Jahre als Sachbearbeiter beim Fachkommissariat K 12 für Raub, Erpressung, Entführung und Geiselnahme.

Jens Bühler

MIT ALLEN MITTELN

Ein Jo-Lasker-Thriller

Deutsche Erstveröffentlichung bei
Edition M, Amazon Media EU S.à r.l.
5 Rue Plaetis, L-2338, Luxembourg
Mai 2017
Copyright © der Originalausgabe 2017
By Jens Bühler

Umschlaggestaltung: bürosüd⁰ München, www.buerosued.de
Umschlagmotiv: © Wangwukong / Getty; © Evannovostro / Shutterstock;
© rdonar / Shutterstock
1. Lektorat: Simon Jaspersen
2. Lektorat und Korrektorat: Verlag Lutz Garnies, Haar bei München,
www.vlg.de
Printed in Germany
By Amazon Distribution GmbH
Amazonstraße 1
04347 Leipzig, Germany

ISBN 978-1-477-84858-6

www.amazon.de/editionm

Die Handlung von »Mit allen Mitteln« spielt fünf Jahre vor
dem bereits erschienenen Jo-Lasker-Thriller »Geister«

PROLOG

Wenn ein Körper aus großer Höhe auf den Asphalt schlägt, klingt der Aufprall wie ein Pistolenschuss. Die Knochen zersplittern zu Granulat und die Organe zerplatzen wie Wasserbomben.

Kriminalhauptkommissar Jo Lasker legte den Kopf in den Nacken. Neben ihm brummte der Diesel eines Stromgenerators, der die Scheinwerfer der Feuerwehr versorgte.

Der Bernsteiner Hof lag gegenüber dem Frankfurter Messeturm. Ein Vier-Sterne-Hotel in einem siebenstöckigen Altbau aus den 1920er-Jahren.

»Wie hoch ist das?«, fragte er den Zugführer der Feuerwehr.

»Was? Ich versteh Sie nicht.«

Lasker zog den Mann von dem lärmenden Generator weg. »Wie hoch?«

»Etwa dreißig Meter.«

»Schafft der Leiterwagen das?«

»Ja.«

»Was ist mit einem Rettungskissen?«

Der Mann schüttelte den Kopf. »Dafür ist es zu hoch. Außerdem ist die Treppe vor dem Hoteleingang im Weg.«

»Seit wann sitzt sie da?«

»Wissen wir nicht. Fragen Sie Ihre Kollegen.«

Lasker winkte einen der Streifenbeamten heran. »Lasker. Verhandlungsgruppe«, stellte er sich vor. »Kannst du mir sagen, wer hier der Einsatzleiter vor Ort ist?«

»Mein Dienstgruppenleiter. Wart mal.« Der Kollege drehte sich um. »Jochen!«, schrie er in Richtung eines Streifenwagens. »Dein Typ wird verlangt.« Der Angesprochene legte die Hände an die Ohren als Zeichen, dass er nichts verstand. »Du bist Einsatzleiter vor Ort! Gott verdammt. ELO! Hier braucht jemand den ELO!«

Der Mann hatte begriffen und kam zu Lasker gelaufen. »Bist du der Kollege von der Verhandlungsgruppe?«

»Ja. Lasker ist mein Name. Was wisst ihr über das Mädchen?«

»Vor fünfundvierzig Minuten kam ein Anruf auf dem Revier rein. Ein Taxifahrer hat sie gesehen. Wie lange sie tatsächlich bereits dort sitzt, wissen wir nicht.«

»Hat es einen Kontaktversuch gegeben?«

»Negativ. Eine meiner Streifen hat versucht, auf das Dach zu gelangen. Aber das Mädchen hat die Tür von außen blockiert. Mit Gewalt hätten die Jungs das geschafft, aber ich dachte mir, dass das keine gute Idee ist. Ich wollte nicht, dass sie sich erschreckt.«

»Das war absolut richtig.«

»Jedenfalls bin ich froh, dass ein Spezialist hier ist.«

Lasker wäre ebenfalls froh, wenn ein Spezialist hier wäre. Vor einem Jahr hatte er den Kriminaldauerdienst verlassen und bei der Verhandlungsgruppe angeheuert. Alle Tests und Lehrgänge hatte er absolviert. Jetzt stand er hier unten, das Mädchen saß da oben, und er hatte definitiv nicht das Gefühl, bereit zu sein. Er erinnerte sich an einen Rat, den ein Ausbilder auf der Schule gegeben hatte: Wenn jemand springt, mach die Augen zu.

»Gib mir deine Handynummer.«

Der Kollege tat es.

Lasker tippte sie in sein Handy ein und ließ es zur Kontrolle bei dem Kollegen klingeln.

Dann begutachtete er die Absperrungen. Mittlerweile hatten sich um die vierzig Schaulustige eingefunden. Die meisten von ihnen hielten ihr Handy in der Hand, als würden sie vor einer Konzertbühne stehen.

»Ich sehe keine Presse«, stellte Lasker fest.

»Vielleicht sind sie anderweitig beschäftigt.«

»Die Absperrungen müssen weiter vom Einsatzort weg«, sagte Lasker. »Wir brauchen mehr Distanz. Wenn die Presse erscheint und meint, mit Blitzlichtern arbeiten zu müssen, haut ihre Kameras in Stücke.«

»Ist gut.« Der ELO machte sich auf den Weg.

Lasker wandte sich an den Zugführer der Feuerwehr. »Ich fahr hoch.«

»Alleine?«

»Ja.«

»Es ist üblich, dass zwei Männer vom Höhenrettungszug mitgehen.«

»Da oben sitzt ein junges Mädchen. Verhandlungstechnisch ist eine Frau besser als ein Mann und ein Mann ist besser als drei Männer. Ich fahr alleine hoch.«

»Das ist gegen die Vorschriften.«

»Ich bin von der Verhandlungsgruppe. Es ist meine Entscheidung.«

»Wissen Sie, wie der Korb funktioniert?«

»Ich bin eingewiesen.«

»Viel Glück.«

Lasker stieg in den Korb des Leiterwagens. Er zog an einem Hebel und der Metallkorb setzte sich mit einem Ruck in Bewegung. Instinktiv umklammerte er mit der freien Hand das Geländer und beobachtete, wie sich der gepflasterte Boden von ihm entfernte. Um in die Nähe des Dachrandes zu gelangen, musste er den Korb von dem Fahrzeug wegsteuern. Sein intuitives Verständnis der Hebelwirkung redete ihm ein, dass er zu schwer sei und der Leiterwagen jede Sekunde zur Seite kippen müsste.

Mittlerweile schwebte er zwanzig Meter über dem Boden. Unter ihm flackerten Blaulichter. Feuerwehr, Rettungswagen, Polizei. Die Scheinwerfer der Feuerwehr beleuchteten den Dachrand und die Fassade des Gebäudes. Dabei waren die Scheinwerfer so eingerichtet, dass sie das Mädchen nicht blendeten.

Die landläufige Meinung besagte, dass jemand, der nicht sofort sprang, es auch nicht mehr tun würde. Das musste nicht so sein. Die Entscheidung, den letzten Schritt zu wagen, war schwer. Die meisten Menschen besaßen eine instinktive Hemmung, die verhinderte, dass sie sich einfach so in den Tod stürzten. Sie brauchten Stunden, um sich zu überwinden.

Es war ein sonniger Septembertag gewesen und in Bodennähe staute sich immer noch die Wärme des Tages. Hier oben spürte er davon nichts mehr. Die Fahrt zum Dach fühlte sich an wie eine Reise in eine andere Klimazone. Ein kühler Luftzug fuhr Lasker unter das T-Shirt und ließ ihn frösteln. Eine schlaue Idee wäre es gewesen, eine Jacke mitzunehmen.

Der Korb des Leiterwagens erreichte die Höhe des Dachrandes. Er musste nur knapp drei Meter in der Waagerechten in Richtung des Mädchens zurücklegen, um seine Zielposition zu erreichen.

Lasker stoppte seinen wackeligen Fahrstuhl und sah zu dem Mädchen. Das Kind war um die sechzehn Jahre alt und überschminkt. Sie erinnerte Lasker an eine traurige Schauspielerin in einem Barocktheater. Tränen hatten auf ihrem Weg über die

Wangen Wimperntusche mit sich geschwemmt und dunkle Linien in das junge Gesicht gezeichnet. Das Mädchen trug eine weiße Bluse und einen eng anliegenden schwarzen Rock, den Männer gerne an einer jungen Frau sehen, sofern es sich bei dieser nicht um die eigene Tochter handelt.

»Hallo«, sagte Lasker.

»Halten Sie mich nicht fest!« Die Stimme des Mädchens klang schrill.

»Festhalten? Im besten Fall kugle ich mir den Arm dabei aus. Im schlimmsten Fall stürze ich mit dir nach unten. Ich halte dich auf keinen Fall fest.«

»Gehen Sie weg. Ich will, dass Sie weggehen.«

»Soll ich hinunterfahren und den anderen sagen, dass du alleine sein willst? Das wird nicht funktionieren. Wir alle werden hierbleiben, bis die Sache ihr Ende gefunden hat.«

»Ich will nicht mit Ihnen reden.«

»Das ist deine Entscheidung.« Lasker zog sein Handy aus der Tasche und begann damit, Nachrichten zu lesen.

»Was soll das?«

»Ich kann hier nicht weg und du willst nicht mit mir reden. Irgendwie muss ich mir die Zeit vertreiben.«

»Sie wollen mir sowieso nur sagen, dass ich nicht springen soll.«

»Es gibt in meinen Augen durchaus Gründe für einen Suizid. Als ich noch auf dem Revier gearbeitet habe, bin ich mal mit meinem Kollegen zu einem Selbstmord gerufen worden. Ein Mann hatte sich aufgehängt, weil er nicht damit leben konnte, dass er seinen vier Jahre alten Enkel in der Hofeinfahrt beim Spielen überfahren hatte. Das konnte ich nachvollziehen. Jeder Mensch hat eine Schmerzgrenze. Ich nehme an, dir ist ähnlich Schlimmes passiert.«

»Machen Sie sich über mich lustig?«

»Du willst dich umbringen. Das muss einen Grund haben.

Und wenn du denkst, dass ich mich über dich lustig machen will, bist du anscheinend selber nicht von deinem Motiv überzeugt.«

»Das geht Sie nichts an.«

»Das ist wahr.« Lasker kümmerte sich um sein Handy. Er wusste nicht, wie lange das Mädchen bereits hier saß. Ihre Beine baumelten ab den Knien von der Dachkante, den Oberkörper hatte sie leicht nach hinten geneigt, um nicht versehentlich das Gleichgewicht zu verlieren. Das deutete Lasker als ein gutes Zeichen. Schlecht war hingegen, dass ihre Beine aufgrund mangelhafter Durchblutung mittlerweile steif sein mussten. Die Kälte tat ihr Übriges. Irgendwann verlor man bei derartigen Bedingungen sein Körpergefühl und das konnte in einer solchen Lage den Tod bedeuten.

»Sandra, möchtest du einen Kaffee? Das schwemmt den Alkohol aus deinem Blut.«

»Ich heiße Maike. Und ich will keinen Kaffee. Ich habe außerdem keinen Alkohol getrunken.«

»Ich habe früher auch lieber gekifft.«

»Was erzählen Sie da? Ich nehme keine Drogen.«

»Hast du Probleme in der Schule? Du kannst sicher später noch deinen Hauptschulabschluss nachmachen. Das ist kein …«

»Warum reden Sie so seltsame Sachen? Ich gehe aufs Gymnasium. Was soll das? Lassen Sie mich endlich in Ruhe.«

Lasker sah auf sein Handy und tippte eine WhatsApp-Nachricht an den Kollegen, der unten die Einsatzleitung hatte: *Maike, ca. 16, geht aufs Gymi, kein Alkohol, keine Drogen.* Am Boden würden sie unter Hochdruck versuchen, das Mädchen zu identifizieren. Jede noch so kleine Information half dabei.

»Was machen Sie da?«

»Ich platziere eine Sportwette. Im Moment steht die Quote bei 5:1, dass du springst.«

»Du Arschloch. Das ist doch nicht witzig.«

»Nein, da hast du recht. Es ist zum Heulen. Du sitzt hier und überlegst, ob du dich umbringen sollst, weil dein Lieblings-Teenie-Idioten-Schauspieler sich verlobt hat. Glaubst du, dass den das interessiert?«

Maike fing an zu weinen. »Keiner liebt mich!«, schrie sie und rutschte ein Stück nach vorne.

Laskers Herz machte einen Satz. Unwillkürlich beugte er sich nach vorne. »Okay, okay. Ich bin ein Arschloch. Tut mir leid. Beruhige dich.«

»Warum sind Sie so?«

»Weil ich dich zum Reden bringen will. Aber ich habe es übertrieben. In Ordnung? Ich habe einen Fehler gemacht. Wir machen alle Fehler. Oder nicht?« Eine Hitzewelle fuhr durch Laskers Körper. Die Situation drohte ihm zu entgleiten. »Du kannst jederzeit springen. Aber du musst dir darüber klar sein, dass dieser Schritt nicht mehr rückgängig zu machen ist. Tu mir einen Gefallen. Lass dir Zeit bei deiner Entscheidung.«

»Warum sollte ich Ihnen den Gefallen tun?«

Berechtigte Frage. Was für ein blöder Satz. »Du tust dir selber einen Gefallen.«

»Das ist mir egal.«

»Dann denk an die, die dich lieben.«

Lasker biss sich auf die Zunge. Wieder eine kritische Bemerkung. Vielleicht waren ihre Lieben der Grund, warum sie hier oben saß. Er musste neutraler formulieren.

»Niemand liebt mich!«, schrie Maike.

»Hast du Probleme mit deinen Eltern?«

Maike schüttelte den Kopf.

Wenn die Eltern nicht der Grund waren, dass sie auf dem Dach saß, dann konnte er sie als Ansatz wählen.

»Glaubst du nicht, dass sie dich lieben?«

»Doch.«

»Natürlich lieben dich deine Eltern. Und du weißt, wen du mit deiner Aktion am meisten triffst. Das ist dir doch klar?«

»Ich will nicht, dass sie weinen.«

»Du willst dir von mir nicht helfen lassen. Das akzeptiere ich. Aber ich kann deinen Eltern helfen. Möchtest du, dass ich deinen Eltern helfe?«

Maike nickte und wischte sich die Tränen von der Wange.

»Was ist passiert?«

Maike schwieg. Sie schien mit sich selbst zu kämpfen. Dann platzte es aus ihr heraus. »Mein Freund hat mich betrogen.«

»Und du hast ihn dazu gezwungen.«

»Quatsch.«

»Also hat er den Mist ganz alleine verbockt.«

»Ja.«

»Das bedeutet, dass ein Trottel dich schlecht behandelt hat und du dich dafür bestrafen möchtest.«

»Stephan ist kein Trottel!«, schrie Maike.

Grundgütiger. Wenn sie ihren Freund für einen Trottel halten würde, wäre sie nicht in dieser Situation. Lasker leckte sich über die Lippen.

»Aber der Fehler in der Logik ist dir bewusst?«

»Ich will mich nicht bestrafen. Ich will, dass der Schmerz aufhört.«

»Liebst du deine Eltern?«

»Ja.«

»Wen liebst du noch? Freunde, Großeltern. Es wird weitere Menschen geben, die du liebst.«

Maike nickte wieder.

»Wenn du springst, damit deine Schmerzen aufhören, bestrafst du sie für deine Schwäche. Das haben sie nicht verdient. Leid ist ein Teil des Lebens. Es ist deine Pflicht, den Schmerz auszuhalten. Wenn nicht für dich, dann für die Menschen, die dich lieben.«

Durfte man einem Teenager mit Pflichten kommen? Nach außen blieb er gelassen, aber in Laskers Kopf drehten sich die Gedanken wie in einer Salatschleuder.

Er beobachtete Maike dabei, wie sie sich ein Stück nach vorne beugte.

Wenn sie fällt, mach die Augen zu.

»Ich ertrage das nicht«, sagte sie. Dann begann sie mit sich selbst zu flüstern.

Lasker konnte nicht verstehen, was sie sagte.

»Maike?«

Keine Reaktion.

Der Abbruch der Kommunikation und das In-sich-Kehren waren schlechte Zeichen.

Sekt oder Selters. »Ich kann dir verraten, wie du den Schmerz besiegst.«

»Wie?«

»Du verwandelst deine Schmerzen in ein stärkeres Gefühl.«

»In welches?«

»Wut.«

Maike sah ihn an und rutschte ein Stück zurück.

1. Auftrag

Lasker

1. Tag, 8.30 Uhr

Lasker saß alleine im Büro seines Chefs Walter Burkhardt und nahm sich eine Handvoll Erdnüsse aus einer Glasschale. Bevor er sie in den Mund stecken konnte, drängten sich ihm die Fragen auf, wie lange die Nüsse schon in der Schale lagen und wer außer ihm sonst seine dreckigen Griffel da hineingesteckt hatte. Mit einer schnellen Bewegung warf Lasker die Nüsse zurück und klopfte sich Krümel und Salz von den Händen.

Sein Blick wanderte über Burkhardts Schreibtisch. Der Locher, der Tacker, die Stifte. Alles besaß einen festen Platz und eine vorbestimmte Ausrichtung im Raum. Den Papierkram, der in Laskers Büro ausgebreitet das halbe Büroinventar überdeckte, verstaute sein Chef ordentlich in Kunststoffablagefächer. Burkhardt gehörte zu den Menschen, die es schafften, ihrem Leben und ihrer Umwelt einen hohen Ordnungsgrad aufzuzwingen.

Die Tür ging auf und sein Vorgesetzter kam herein. »Du bist schon da«, stellte er zur Begrüßung fest.

»Warum willst du mich sprechen?«, fragte Lasker.

»Was in aller Welt hast du angerichtet?«

»Ich habe keine Ahnung, was du meinst.«

»Ich leite die Verhandlungsgruppe des Polizeipräsidiums Frankfurt seit zehn Jahren. Aber so etwas habe ich noch nie erlebt.« Burkhardt warf Lasker eine Tageszeitung auf den Schoß. »Seite drei«, sagte er und setzte sich an seinen Schreibtisch. Aus den Augenwinkeln sah Lasker, dass Burkhardt nervös mit einem Kugelschreiber herumspielte. Lasker hatte den Artikel gefunden. *Erst Selbstmord, dann Rache* lautete die Überschrift.

»Was für eine dämliche Überschrift. Das ist sprachlicher Müll.«

»Lies. Es geht hier nicht um den Pulitzer-Preis.«

Lasker überflog die Zeilen. Der Artikel beschrieb die Abenteuer der siebzehnjährigen Maike W., die vor drei Tagen drauf und dran gewesen war, sich wegen Liebeskummer das Leben zu nehmen, aber von den Rettungskräften von der Tat abgehalten werden konnte. Am gestrigen Tag hatte sie ihren Exfreund abgepasst und ihm von hinten zwischen die Beine getreten. Als der Junge sich auf dem Boden gewälzt hatte, zückte Maike W. ihr Handy und nahm die Szene auf. Dann ging sie zum Auto ihres achtzehnjährigen Verflossenen. Sie öffnete die Tür, kippte Spiritus auf den Beifahrersitz und zündete ihn an. Am Fahrzeug entstand ein Totalschaden. Bei ihrer Vernehmung gab sie gegenüber den Beamten an, dass sie den Tipp ihres Retters befolgt habe.

Lasker warf die Zeitung auf den Schreibtisch. »Das stimmt so nicht.«

»Du willst behaupten, dass sie gelogen hat?«

»Ich habe ihr nie gesagt, dass sie das Auto von dem Blödmann abfackeln soll. Obwohl die Idee einen gewissen Charme besitzt. Ich habe ihr lediglich geraten, dem Kerl in die Eier zu treten und die Szene mit dem Handy aufzunehmen. Bei einem depressiven Rückfall hätte sie sich den Film ansehen können.«

»Hast du den Verstand verloren?«

»Der Auftrag bestand darin, sie vom Dach zu holen. Das habe ich geschafft. Gut, ich gebe zu, dass sie etwas überreagiert hat. Aber was soll's. Der Mistkerl hat es verdient und sie lebt noch.«

»Du findest also nichts daran, ihr solche Ratschläge mit auf den Weg zu geben?«

»Nicht, wenn es darum geht, ein höheres Ziel zu erreichen.«

»Du sollst gesagt haben, dass du Suizid für eine Lösung hältst.«

»Nur unter bestimmten Umständen.«

»Du hast sämtliche Lehrgänge zur Verhandlungsführung absolviert. Die scheinst du alle vergessen zu haben.«

»Ich stand unter Stress.«

»Und warum hast du die Männer vom Höhenrettungszug nicht mitgenommen? Ich habe diesbezüglich ein recht unangenehmes Gespräch mit einem Branddirektor Bauer führen müssen. Der hat sich in epischer Breite über dich beschwert.«

Lasker atmete hörbar aus. Er hatte überhaupt keine Lust, mit Burkhardt über den Sinn oder Unsinn seines Vorgehens zu diskutieren. Und die Meinung von Feuerwehrchefs interessierte ihn schon gleich gar nicht.

»Eigentlich wäre es am besten gewesen, eine Frau nach oben zu schicken. Aber das ging nicht, weil sich Sonja und Vanessa im Urlaub befanden. Eine Kollegin aus Mainz wurde alarmiert, aber mit ihrer Ankunft war so bald nicht zu rechnen. Darum musste ich hochfahren. Ich bin der Überzeugung, dass es mir mit zwei weiteren Männern im Korb schwerer gefallen wäre, Zugang zu dem Mädchen zu bekommen.«

»Und was hättest du getan, wenn das Mädchen beim Einsteigen in den Korb abgerutscht wäre? Zwei zusätzliche Hände wären da sicher hilfreich gewesen.« Bevor Lasker etwas erwidern konnte, fuhr Burkhardt fort. »Außerdem hat mir der zornige Feuerwehrmann gesagt, dass du nicht gesichert warst. War das Teil deiner Verhandlungsstrategie?«

Mit dieser Bemerkung hatte sein Chef Lasker kalt erwischt. Lasker erinnerte sich, wie er dem Mädchen gesagt hatte, dass er sie niemals festhalten würde, weil er ansonsten mit ihr abstürzen könnte. Das stimmte zwar, lag aber vor allem daran, dass er sich nicht ordentlich gesichert hatte. Das wurde ihm erst jetzt bewusst. Wie hatte er das vergessen können?

»Ich habe nicht daran gedacht.«

Es machte keinen Sinn, sich mit lächerlichen Ausflüchten zu verteidigen.

»Du hast es vergessen?«, fragte sein Chef ihn ungläubig.

Lasker vermied den Blickkontakt mit Burkhardt und sah aus dem Fenster. »Ja.«

»Seit einem Jahr bist du bei der Verhandlungsgruppe. Du bist dieser chaotisch-depressiv-zynische Typ mit ausgeprägten Stärken in kreativer Problemlösung. Aber das, was du dir da geleistet hast, geht nicht.«

»Natürlich nicht«, sagte Lasker leise.

Burkhardt beruhigte sich. Seine Stimme wurde sanfter. »Wie hast du dich gefühlt, als du da oben warst?«

»Beschissen.«

»Hilflos?«

»Ich hatte keine Kontrolle über die Situation. Als ich beim KDD war, hatte ich immer die Kontrolle.«

»Die hattest du auch damals nicht.«

»Aber es hat sich so angefühlt. Diesmal nicht.«

»Ich kann dir sagen, was passiert ist. Das Gefühl, keine Kontrolle zu haben, hat alte Verhaltensmuster aktiviert. Verhaltensmuster, mit denen du auf der Straße Erfolg hattest. Aber bei uns geht das nicht. Angenommen, das Mädchen wäre nach deinem Gerede über die Sinnhaftigkeit von Suizid gesprungen.

Vielleicht hätte sie es so oder so getan. Aber das würdest du nie erfahren. Es ist schwer, mit so etwas zu leben.«

»Ich glaube, ich bin nicht der Richtige für den Job. Wenn ich ehrlich bin, habe ich das in dem Moment gespürt, als der Korb nach oben fuhr. Verbrecher zu fangen ist eine andere Geschichte, als Menschen vom Springen abzuhalten.«

»Nimm es mir nicht übel, aber ich denke, das Beste ist, du suchst dir eine neue Verwendung.«

»Ja.«

»Kannst du zurück zum KDD?«

»Nein. Ich bin dort weg, weil ich den Schichtdienst nicht mehr vertrage. Das hat sich nicht geändert.«

»Wohin willst du? Ich kann dir vielleicht helfen, eine Stelle zu finden.«

»Ich weiß es noch nicht. Ich muss darüber nachdenken.«
Lasker erhob sich vom Stuhl und ging zur Tür.

»Jo.«

»Ja.« Lasker drehte sich zu Burkhardt um.

»Gut, dass du sie da runtergeholt hast.«

Zehn Minuten später stand Lasker in der Kantine und beobachtete den Kaffeeautomaten dabei, wie er heißes Wasser und Konzentrat in einen Pappbecher spritzte. Dann setzte er sich an einen freien Tisch.

Er hatte sich nicht gesichert. Warum war ihm ein so dilettantischer Fehler unterlaufen? Vor seinem inneren Auge malte er sich aus, was hätte passieren können.

Lasker sah das Mädchen in den Korb steigen. Sah, wie sie abrutschte und sich an dem Geländer festklammerte. Da er alleine und ungesichert war, schaffte er es nicht, sie in den Korb zu ziehen. Sie stürzte ab.

Er hatte Glück gehabt. Nicht mehr.

Die Wahrheit war, dass der Stress größer gewesen war, als

er sich das an dem Abend eingestanden hatte. So verhält es sich mit der Überforderung. Man selber bemerkt sie als Letzter.

Bis vor einem Jahr hatte Lasker beim Kriminaldauerdienst gearbeitet. Die Arbeit hatte ihm Spaß gemacht, aber leider arbeitete der KDD im Schichtdienst. In den letzten beiden Jahren beim KDD waren ihm die Nachtschichten immer schwerer gefallen. Als die Stelle bei der Verhandlungsgruppe ausgeschrieben wurde, hatte er sich beworben und sie bekommen. Jetzt musste er einsehen, dass er nicht der Richtige für den Job war.

Grundsätzlich war das keine Katastrophe. Kein Mensch kann alles. Seine Stärken lagen im Bereich der Fahndung. Das Problem war, eine Stelle zu finden, die seiner Veranlagung entgegenkam. Da sah es schlecht aus. Alle für ihn interessanten Dienststellen arbeiteten im Schichtdienst. Die Alternative war ein Bürojob im Tagdienst. Mit dieser Vorstellung wollte er sich nicht anfreunden. Er fühlte sich nur wohl, wenn er auf der Straße war. Büros machten ihn depressiv.

Laskers Handy klingelte. Es war Burkhardt. »Du sollst dich beim Leiter E melden.«

»Ist das wegen des Zeitungsartikels?«

»Ich weiß nicht, was Weidner von dir will.«

»Wann soll ich da sein?«

»Jetzt.«

»Okay.« Lasker legte auf.

Die Unterstellungsverhältnisse in der Behörde lauteten: Kommissariatsleiter, Inspektionsleiter, Leiter der Kriminaldirektion. Die Kriminaldirektion und die Direktionen der Schutzpolizei unterstanden dem Leiter der Abteilung Einsatz. Damit war Lasker in der Hierarchie so weit von Weidner entfernt, dass er sich beim besten Willen nicht vorstellen konnte, was der Mann von ihm wollte. Nüchtern betrachtet konnte es sich nur um einen Anschiss handeln, der sich gewaschen hatte. Ein solcher Zeitungsartikel wie der, den Lasker zu verantworten hatte, erzeugte Außenwirkung. Und diese Art von Außenwirkung war bei der Polizei gar nicht gerne gesehen.

Lasker ließ den Kaffee stehen und machte sich auf den Weg. Der Tag hatte schlecht angefangen und es gab keinen Grund anzunehmen, dass er sich schlagartig bessern würde.

***

Lasker hatte sich im Vorzimmer des Abteilungsleiters eingefunden und war sofort in dessen Büro geführt worden. Weidner schüttelte ihm die Hand und bot ihm einen Platz an. »Möchten Sie einen Kaffee?«

Lasker lehnte höflich ab. Weidners Büro war etwa dreimal so groß wie die gewöhnlichen Büros im Präsidium. An der Wand hingen eingerahmte Insignien von ausländischen Polizeibehörden und Abzeichen von Auslandsmissionen. Offensichtlich sammelte der Leiter E solchen Kram. Lasker hatte noch nie mit Weidner gesprochen. Wann immer es möglich war, hielt Lasker einen Sicherheitsabstand zu den Führungskräften der Behörde. Das Einzige, was Lasker von seinem Abteilungsleiter wusste, war, dass er in dem Ruf stand, auch mal unangenehme Entscheidungen zu treffen, und nicht so leicht klein beigab, wenn der Wind von vorne blies. Das war schon mal was.

Weidner trug den Spitznamen Stromberg. Die Haare, der Bart und die ganze Erscheinung erinnerten an die Serienfigur. Aber die Ähnlichkeit beschränkte sich auf das Äußerliche. Charakterlich hatten die beiden nichts gemeinsam. Weidner war keine Witzfigur, auch wenn man ihm nachsagte, dass er durchaus Humor besaß. So erzählte man sich die Geschichte, dass er eines Tages mit anderen Kriminalbeamten im Aufzug gefahren sei. Einer der Kollegen hatte über Weidner geredet und ihn dabei Stromberg genannt. Ihm war anscheinend nicht bewusst gewesen, dass der Abteilungsleiter hinter ihm stand. Weidner nutzte die Gelegenheit und verfiel in eine typische Stromberg-Ansprache: »Herr Dingsda. Wenn Sie noch weiter in diesem Bums arbeiten wollen, dann reißen Sie sich zusammen. Vergessen Sie nie: Ich bin ein Wolf im Wolfspelz.«

Aber was half ein sympathischer Wesenszug, wenn Lasker damit rechnen musste, dass der humorvolle Vorgesetzte, um es in der Jägersprache zu sagen, drauf und dran war, ihn aus dem Fell zu schlagen?

»Es freut mich, dass Sie es einrichten konnten, mir spontan einen Besuch abzustatten.«

»Natürlich.« Lasker entschied sich für die unverbindliche Einsilbigkeit. Weidners Freundlichkeit beunruhigte ihn.

»Sie werden sich fragen, was ich von Ihnen will.«

»Ich bin mir nicht sicher, ob ich das wissen möchte.«

»Wieso?«

»Wegen meines Auftritts am Bernsteiner Hof.«

»Ich gebe zu, dass Sie da für etwas Wirbel gesorgt haben. Diese Art von Presse sieht die Behörde nicht gerne.« Weidner lächelte ihn an. »Da will ich erst mal den Druck wegnehmen. Deswegen sind Sie nicht hier. Von mir haben Sie nichts zu befürchten. Ganz im Gegenteil, ich möchte Ihnen einen Vorschlag unterbreiten.«

Die Annahme eines solchen Vorschlags konnte weitaus schlimmere Konsequenzen haben als jede Art der Maßregelung. Daher blieb Laskers Erwartungshaltung gedämpft.

»Haben Sie von dem Mord letzte Woche gehört?«

»Sie meinen die Frauenleiche, die im Griesheimer Sperrwerk gefunden wurde?«

Weidner nickte: »Die Identifizierung des Opfers hat sich als schwierig erwiesen. Ihr wurden beide Hände abgehackt. Möglicherweise geschah dies, um ihre Identifizierung zu erschweren.«

»Wurde ihr Kopf auch abgetrennt?«

»Nein.«

Wenn man eine Identifizierung verhindern wollte, musste der Kopf ebenfalls verschwinden. Nur die Hände zu entfernen war in diesem Zusammenhang weder Fisch noch Fleisch.

»Das ergibt keinen Sinn«, sagte Lasker.

»Das stimmt. Vielleicht wurde der Täter gestört. Aber das sind alles nur Vermutungen. Die Faktenlage gibt leider nicht viel her.«

»Weiß man mittlerweile, wer die Frau war?«

»Romina Radulović. Fünfundzwanzig Jahre. Serbische Staatsangehörige. Sie ist polizeilich als Straßenprostituierte aufgefallen, wegen Verstoßes gegen die Sperrgebietsverordnung. Wegen des Delikts wurde sie erkennungsdienstlich behandelt.«

»Wie hat man die Frau identifiziert?«

»Durch eine Vermisstenmeldung.«

»Von wem?«

»Anonym.«

Lasker zog die Stirn in Falten. »Das ist ungewöhnlich.«

»Das ist es. Aufgrund der Vermisstenanzeige haben wir die Bilder vom Erkennungsdienst mit der Toten abgeglichen.«

»Das kann aber keine hundertprozentige Identifizierung sein.«

Weidner nickte. »Daher haben wir ein internationales Rechtshilfeersuchen nach Serbien geschickt. Eine Antwort liegt uns bereits vor. Frau Radulović war auch in ihrer Heimat mit dem Gesetz in Konflikt geraten. Laut Auskunft von Interpol Belgrad war sie vor drei Jahren in ein Drogengeschäft verwickelt gewesen. Allerdings wohl nur als eine Randfigur. Eine Verurteilung gab es nicht. Aber, und das ist die gute Nachricht, die Serben haben ein DNA-Profil von ihr, das sie uns übermittelt haben. Dadurch gelang eine zweifelsfreie Identifizierung.«

»Familie?«

»Das Opfer stammt aus schwierigen sozialen Verhältnissen.

Die Eltern konnten noch nicht gefunden werden.«

»Was war die Todesursache?«

»Sie wurde brutal geschlagen, was massive Gesichtsverletzungen verursacht hat. Die eigentliche Todesursache ist Strangulation. Vermutlich mit einem Gürtel.«

»Ich nehme an, dass die Ermittlungsansätze eher dürftig sind.«

»Viel kann ich nicht bieten.« Weidner blätterte einen Stapel Unterlagen durch. »Hier habe ich es. Am 1. März wurde Frau Radulović zusammen mit drei bulgarischen Prostituierten wegen eines Verstoßes gegen die Sperrgebietsverordnung angezeigt. Das habe ich Ihnen bereits gesagt. Außerdem konnte ermittelt werden, woher die anonyme Vermisstenanzeige stammte. Der Notruf wurde von einem Festnetzanschluss aus abgegeben. Ein öffentlicher Apparat, der in einer Gaststätte hängt. *Terminus*.«

»Das *Terminus* ist keine Gaststätte, sondern ein Bordell an der Ecke Moselstraße/Taunusstraße im Bahnhofsgebiet.«

Weidner suchte in seinen Papieren. »Sie haben recht«, sagte er schließlich.

»Und die haben dort einen Münzfernsprecher hängen?«, fragte Lasker. Ein solcher war ihm noch nie aufgefallen.

»Es scheint so.«

»Ich vermute, der Anrufer konnte bisher nicht ermittelt werden.«

»So ist es. Der Anruf ging beim 4. Revier ein. Daher gibt es keine Gesprächsaufzeichnung. Die Kollegin, die den Anruf entgegennahm, konnte nur sagen, dass es sich bei dem Anrufer um einen Mann gehandelt hat, der schlechtes Deutsch sprach. Vermutlich Osteuropäer.«

»An der Ecke, an der sich das *Terminus* befindet, stehen immer bulgarische Zuhälter herum. Möglicherweise hat jemand von denen angerufen.«

»Der Gedanke kann einem kommen. Daher lautet eine der

Arbeitshypothesen, dass Frau Radulović für bulgarische Zuhälter gearbeitet hat und in diesem Milieu der Täter zu suchen ist.«

»Eine Serbin, die für die Bulgaren anschafft? Das klingt nicht überzeugend. Bei den Bulgaren, die hier in irgendeiner Form mit Prostitution und Menschenhandel zu tun haben, handelt es sich hauptsächlich um Angehörige einer türkischstämmigen Minderheit. Man könnte auch sagen: Zigeuner.«

Das war ihm so herausgerutscht. Das Wort »Zigeuner« nahm man besser nicht in den Mund. Mit politischer Korrektheit hatte er sich schon immer schwergetan.

Weidner reagierte nicht auf seine sprachliche Ungenauigkeit und reichte ihm stattdessen die Bilder vom Erkennungsdienst. Lasker sah sich die Fotos an. »Sie sieht mitteleuropäisch aus. Viel zu attraktiv für den Straßenstrich«, stellte Lasker fest. »Die Frau hat weder für die Bulgaren gearbeitet, noch hat sie auf dem Strich angeschafft.«

»Wollen Sie damit sagen, dass nur Frauen, die einer mobilen ethnischen Minderheit angehören, auf dem Straßenstrich arbeiten?«

»Im Wesentlichen ja. Wenigstens ist es in Frankfurt so.«

»Ist das nicht etwas voreingenommen?«

»Es ist eine Frage der Gewinnmaximierung. Die meisten Männer finden eine solche Frau«, Lasker hob kurz das Foto des Mordopfers an, »attraktiver als eine Frau, die aus dem Zigeunermilieu stammt.« Scheiße, schon wieder. »Zuhälter verheizen so eine Prostituierte nicht für zwanzig Euro auf der Straße, wenn es Männer gibt, die für die gleiche Dienstleistung das Zehnfache zahlen.«

»Auch wenn es stimmt, dass Radulović nicht für die Bulgaren gearbeitet hat, kann sie aber doch von ihnen umgebracht worden sein.«

»Das ist richtig. Die Bulgaren könnten andere Motive haben. Vielleicht ist es ein Konkurrenzding.«

»Mir wurde gesagt, dass Sie sich auf der Straße gut auskennen.«

»Ich weiß ein wenig Bescheid.«

Weidners Telefon klingelte. Der Abteilungsleiter begutachtete die Nummer auf dem Display und drückte den Anruf weg.

»Hat die Mordkommission sonst noch etwas ermittelt?«, fragte Lasker.

»Viel ist es nicht. Ich bitte darum, das nicht als Vorwurf zu verstehen. Die Zeiten haben sich geändert.«

Lasker wusste, worauf Weidner anspielte. Dass die Ermittler vom K 1 in der Sache schwer Zugang zu Auskunftspersonen fanden, war gerade bei den Bulgaren kein Wunder. Alleine die Sprachbarriere erschwerte das Ermitteln beträchtlich. Es war kaum möglich, die Leute ohne Dolmetscher nach der Uhrzeit zu fragen. Wie sollte man unter diesen Umständen ein Vertrauensverhältnis zu potenziellen Zeugen aufbauen? Psychologisches Einwirken, egal in welcher Form, war praktisch unmöglich. Hinzu kam, dass die Bulgaren aus ihrem Heimatland eine rustikale Polizei gewohnt waren. Von dem Vorgehen der hiesigen Behörden ließen die Leute sich nicht beeindrucken.

Von den Zuhältern würde niemand reden.

Und da die Polizei keinen wirklichen Schutz versprechen konnte, würden auch die Frauen den Mund halten. So wie sie es immer taten.

»Wie sieht die sonstige Spurenlage aus?«, fragte Lasker.

»Sie existiert nicht. Keine Fremd-DNA an der Leiche. Kein Hinweis auf ein Sexualdelikt. Keine Faseranhaftungen an ihrer Kleidung. Wir kennen den Tatort nicht. Wir wissen nicht, wo die Leiche in den Main geworfen wurde. Im Prinzip wissen wir nur, dass sie tot ist.«

Das war alles hochinteressant, erklärte allerdings nicht im Geringsten, warum Lasker im Büro des Abteilungsleiters saß. Es war an der Zeit, dass Weidner mit der Sprache herausrückte und auf den Punkt kam. Sollte Lasker das K 1 unterstützen, weil er sich angeblich so gut im Milieu auskannte? Das würde nichts bringen. Bei den Bulgaren hatte auch er keinen Fuß in der Tür. Davon abgesehen, dass die Kollegen bei K 1 bestimmt nicht begeistert wären, einen Außenstehenden aufs Auge gedrückt zu bekommen.

»Warum bin ich hier?«

Weidner rutschte auf seinem Stuhl nach vorne, stützte sich mit den Ellenbogen auf dem Schreibtisch ab und beugte sich in Laskers Richtung. »Ich will Ihre Hilfe.«

»Inwiefern?«

»Sie sollen eine Arbeitsgemeinschaft bilden. Suchen Sie sich drei Mitarbeiter aus und ermitteln Sie in dieser Sache. Und zwar getrennt von der zuständigen Dienststelle.«

»Wie sehr getrennt?«

»So getrennt wie möglich.«

Aus kriminalistischer Sicht machte es keinen Sinn, zwei Ermittlergruppen unabhängig voneinander auf einen Fall anzusetzen. Was dabei herauskommen würde, wäre der typische Fall von: Da weiß der eine nicht, was der andere tut.

»Wo wäre diese AG angegliedert?«

»Direkt bei mir. Sie unterstehen ausschließlich mir und sind auch nur mir berichtspflichtig.«

»Früher oder später wird es Fragen geben.«

»Die AG wird offiziell den Auftrag erhalten, sich um das Zuhältermilieu im Bahnhofsgebiet zu kümmern. Das sollte als Legende reichen.«

»Warum machen Sie das? Stimmt etwas mit dem K 1 nicht?«

Weidner stand auf und ging zu einem Tisch, der unter einem der Fenster stand. Er stellte eine Tasse in den Kaffeeautomaten. Brummend produzierte die Maschine einen Espresso. Er warf einen Zuckerwürfel in die Tasse und drehte sich zu Lasker um.

»Das K 1 hat den Fall abgegeben.«

Er sah Weidner erstaunt an. »An wen?«

»BKA.«

»Warum?«

»Das BKA hielt es nicht für nötig, mir das mitzuteilen.«

Weidner war deutlich anzumerken, dass ihm das nicht gepasst hatte.

»Und ich soll jetzt das BKA vorführen.«

»Nein, natürlich nicht.« Und nach einer kurzen Pause. »Vielleicht ein wenig. Aber wie Sie es formulieren, klingt es mir zu niederträchtig. Ich beschäftige mich schon länger mit der Idee, eine neue Fahndungseinheit aufzustellen, die außerhalb der Strukturen des Behördenorganigramms angesiedelt ist.«

»Freie Jagd sozusagen.«

»Freie Jagd«, wiederholte Weidner.

Jetzt war spätestens der Moment erreicht, wo Lasker vorsichtig sein musste. Es drohte höchste Gefahr. Bei einer Fehde zwischen dem Präsidium und dem BKA wollte er keineswegs als tragische Hauptrolle besetzt werden.

»Wenn Sie annehmen, erwarte ich, dass Sie sich, was Ihren tatsächlichen Auftrag angeht, in Schweigen hüllen.«

»Ich kann schweigen. Aber wenn ich drei Kollegen mit ins Boot holen soll, wird Geheimhaltung weitaus schwieriger zu garantieren sein.«

»Dann müssen Sie sich die richtigen Mitarbeiter suchen.«

»Das ist alles sehr ungewöhnlich.«

»Da kann ich Ihnen nicht widersprechen.«

»Was habe ich davon?«

Weidner setzte sich wieder an seinen Schreibtisch und trank die Espressotasse in einem Zug leer. »Was halten Sie davon, Ihre eigene Fahndungseinheit zu bekommen?«

Auf mündliche Zusagen durfte man in einer Behörde nichts

geben. Sie waren Schall und Rauch. Allerdings galt Weidner nicht als Schwätzer.

»Ich kann mir für die AG als Mitarbeiter aussuchen, wen ich will?«

»Ohne Einschränkungen.«

»Warum ich?«

»Sie wurden mir empfohlen.«

Weidner machte nicht den Eindruck, als wollte er näher erklären, wer genau diese Empfehlung ausgesprochen hatte.

Lasker sah aus dem Fenster.

»Was sagen Sie? Haben Sie Interesse an dem Job?«

Hin und wieder traf jeder Mensch eine Entscheidung, von der er wusste, dass sie sich höchstwahrscheinlich als Fehler erweisen würde. Die spannende Frage, warum man sie trotzdem traf, konnten nur Psychologen beantworten.

»Ich mache es«, sagte Lasker.

2. FAMILIENANGELEGENHEITEN

SASKIA

1. Tag, 10.30 Uhr

»Sie wissen natürlich, dass die Umsetzung nur zu Ihrem Besten ist. Es ist nicht als Bestrafung zu verstehen, sondern als eindeutiges Zeichen, dass die Behörde ihre Beamten und Beamtinnen auch in schwierigen Situationen nicht im Stich lässt.«

Saskia bemühte sich ernsthaft, nicht ausfällig zu werden. Wie nur gelang es einem einzigen Idioten, so viel dummes Zeug von sich zu geben. Und wenn der Volltrottel noch einmal »Beamten und Beamtinnen« sagte, dann würde sie über den Tisch springen und mittels eines Gewaltexzesses für ihre nächste Umsetzung sorgen. Und zwar in die Arbeitslosigkeit.

»Natürlich. Ich fühle deutlich, wie die gesamte hessische Polizei, bis hin zum Landespolizeipräsidenten, geschlossen hinter mir steht. Und ich darf hinzufügen, dass ich mich bemühen werde, auch in meiner neuen Verwendung das Beste zu geben.«

Erstaunlicherweise zeigte sich der Leiter des Betrugskommissariats durch Saskias spöttische Bemerkung kein wenig irritiert. »Das ist die richtige Einstellung.«

War der Typ völlig debil? Er musste ihren Sarkasmus doch verstanden haben. Wie lange hatte der Mann noch in seinem Amt? Vielleicht drei Jahre. Vermutlich war es ihm völlig schnuppe, was Saskia dachte oder sagte, weil er sich geistig bereits in den Ruhestand versetzt hatte.

»Am besten, ich zeige Ihnen Ihr Büro.«

Ihr neuer Chef stand auf, und Saskia folgte ihm.

Wenig später saß sie an ihrem Schreibtisch.

Der Kommissariatsleiter gab ihr noch einige gute Ratschläge mit auf den Weg und überließ sie ihrem Schicksal.

Sie sah sich um. An den dreckig weißen Wänden waren die Abdrücke von den Postern und Bilderrahmen ihres Vorgängers zu erkennen. Durch das gekippte Fenster drang das nervöse Hupen von Autos. Saskia stand auf, um es zu schließen. Der Verkehr auf der Adickesallee war ins Stocken geraten. Sie stellte die Lamellen der Außenjalousie senkrecht. Auch ohne direktes Sonnenlicht war es in dem Büro unerträglich heiß.

Danach setzte sie sich wieder und zog die Schubladen ihres Rollcontainers auf. Ein paar Stifte, Büroklammern, ein Locher und ein Tacker. Die üblichen Überreste, die ein Kriminalbeamter hinterließ, wenn er das Feld räumte.

Sie startete den Computer. Die Tastatur war versifft und auf dem Bildschirm hatte sich eine Staubschicht gebildet. Wie lange hatte hier niemand mehr gearbeitet?

Eigentlich hatte sie gedacht, dass ihre Laune nicht weiter sinken könnte. Das war falsch. Der absolute Nullpunkt der Hoffnungslosigkeit war für sie offensichtlich noch nicht erreicht.

Es klopfte und die Tür ging auf. Ein Kollege steckte seinen Kopf ins Büro. »Darf ich reinkommen?«

Saskia zuckte mit den Schultern.

»Ich heiße Jochen.«

»Saskia.«

Jochen setzte sich auf den Stuhl vor ihrem Schreibtisch. Sie schätzte ihn auf vierzig Jahre. Seine langen Haare hatte er zu einem Zopf gebunden, was ihm das Aussehen eines gealterten Computernerds gab. »Schöner Name. Wie weiter?«

»Catana.«

»Saskia Catana. Der Name klingt, als seist du eine Schauspielerin.«

»Nein, keine Schauspielerin. Nur Rumänin.«

»Na ja, könnte schlimmer sein.« Er kratzte sich am Kopf. Nach einer Gedankenpause setzte er hinzu: »Denke ich jedenfalls.«

Saskia wusste, wie sie auf Männer wirkte. Da gab es zwei Möglichkeiten. Entweder der Betreffende nahm sie nicht wahr oder er sah ihr einmal in die Augen und war sofort hin und weg. Sie hoffte, dass Jochen zu der ersten Art von Männern gehörte. Aber wenigstens schien er witzig zu sein. Immerhin. Warum sie so eine wechselhafte Wirkung auf Männer besaß, hatte sie bisher nicht herausfinden können. Möglicherweise lag es daran, dass ihr Gesicht einen leichten Einschlag ins Mongolische aufwies. Ihre Augen waren einen Hauch schräg gestellt. Ihre schulterlangen schwarzen Haare glänzten wie die Federn eines Raben. Ihr Vater war Russe gewesen. Vielleicht stammten Vorfahren von ihm aus der Mongolei. Sie hatte ihn nie danach gefragt.

»Was hast du verbrochen?«, fragte er.

»Warum sollte ich etwas verbrochen haben?«

»Du wurdest in der letzten Frühbesprechung mit den Worten ›um sie aus der Schusslinie zu nehmen‹ angekündigt. Meistens haben die Leute, die aus der Schusslinie genommen werden, etwas angestellt.«

So weit zum Thema Diskretion. »Ich habe auf der Konstablerwache einem Drogendealer die Zähne eingeschlagen. Was völlig berechtigt war.«

Jochen kratzte sich erneut am Kopf. Vielleicht hatte er

Schuppenflechte. »Warum bist du dann hier?«

»Zu meinem Schutz. Sie befürchten Racheaktionen. Die Nordafrikaner mögen es nicht gerne, von einer Frau verprügelt zu werden.«

»Darauf würde ich wetten. Befürchtest du die auch? Ich meine die Racheaktionen.«

»Nein. War der Behörde aber egal.«

»Wo warst du vorher?«

»Zivilkommando 1. Revier.«

Der Computer war hochgefahren und Saskia loggte sich ein. »Heilige Scheiße!«

Jochen lachte. »Wie viele Fälle hast du?«

»Keine Ahnung. Dreißig? Vierzig?«

»Daran gewöhnst du dich. Hier ist simultanes Arbeiten gefragt.«

»Sind das immer so viele?«

»Betrug ist absolut im Kommen. Wenig Risiko, verhältnismäßig geringe Strafandrohungen, die unendlichen Möglichkeiten der digitalisierten Gesellschaft und eine Armee von Idioten, die nur darauf warten, abgezockt zu werden.« Der Kollege stand auf. »Ich lass dich jetzt in Ruhe. Der Schock muss verarbeitet werden.« Beim Hinausgehen sagte er: »Schau dir den ersten Fall an. Der wird hier ständig herumgereicht.« Dann schloss er die Tür von außen.

Saskia atmete durch und sah sich, wie angeraten, den ersten Fall an. Es handelte sich um einen sogenannten Wash-Wash-Trick, was eine der absurdesten Betrugsformen überhaupt darstellte.

Der Betrüger erklärte seinem Opfer, dass er über eine geheime Zaubertechnik verfüge, mit der er Geld vervielfältigen könne. Er schaffte es, dem Opfer einen kleinen Betrag aus der Tasche zu ziehen. Erstaunlicherweise bekam das Opfer am nächsten Tag ein Vielfaches zurück. Das überraschte Opfer erhielt den Hinweis mit auf den Weg, dass mit einem größeren Einsatz selbstverständlich auch mehr Gewinn zu erzielen wäre. Da brachen alle Dämme. Die Leute besorgten sich so viel Geld wie nur möglich. Sie nahmen einen Kredit auf. Verkauften Schmuck. Liehen es sich von Verwandten. Sie übergaben dem Betrüger hunderttausend Euro und wunderten sich, dass sie weder den Zauberkünstler noch das Geld jemals wiedersahen.

Diese infantile Betrugsmasche bediente sich eines grundsätzlichen Antriebs des Menschen: der Gier.

Selbst grobe logische Fehler wurden von den Opfern nicht hinterfragt. Wenn du Geld vervielfältigen kannst, warum nimmst du nicht dein eigenes? Und wenn sie doch eine solche Frage stellten, gaben sie sich damit zufrieden, dass der Betrüger behauptete, es sei ihm aus religiösen Gründen verboten.

In vorliegenden Fall war der Geschädigte ein nigerianischer Staatsbürger Namens Abayomi, der durch einen Herrn Obayana um sein Vermögen gebracht worden war. Als Saskia Herrn Abayomi anrief, erklärte der ihr in gebrochenem Deutsch, es sei alleine die Schuld der Polizei, dass das Wunder nicht funktioniert habe. Als Herr Abayomi damit begann, über böse Geister zu fabulieren, legte Saskia mit dem Hinweis, das Gespräch werde ihr jetzt zu teuer, den Hörer auf. Auf so einen Unfug hatte sie keine Lust.

Genervt verließ sie ihr Büro, um die Toilette aufzusuchen. Auf dem Flur traf sie Jochen.

»Du siehst so aus, als hättest du mit dem Geschädigten in dieser Wash-Wash-Geschichte gesprochen«, sagte er im Vorbeigehen.

»Ja.«

»Wenn du für die Vernehmung einen Dolmetscher brauchst, dann vergiss nicht das Formular für die Dolmetscherrechnung.«

»Ich denke, ich brauche eher einen Geisterbeschwörer.«

»Das ist das gleiche Formular.«

Leider konnte Saskia nicht den ganzen Tag auf der Toilette bleiben. Der Wunsch bestand durchaus, dort war es nämlich erheblich kühler und es gab keinen Computer.

Zurück in ihrem Büro, stellte sie fest, dass die Zeit anscheinend aufgehört hatte zu vergehen. Immer wieder sah sie auf die Uhr und stellte dabei keine nennenswerte Veränderung fest.

Nach endlosen Stunden quälten sich die Zeiger in eine Stellung, die ihr anzeigte, dass es fünfzehn Uhr war. Eigentlich zu früh, um Feierabend zu machen. Auf der anderen Seite war das einzige Sinnvolle, was es für sie zu tun gab, nach Hause zu gehen und sich zu besaufen. Das war einer der Vorteile, wenn man alleine lebte. Man konnte trinken, wann man wollte.

Sie loggte sich aus dem System aus und verließ das Präsidium. Auf dem Weg zu ihrem Wagen klingelte ihr Handy. Auf dem Display sah sie das Kontaktbild ihrer älteren Schwester Tascha. »Hallo, Schwesterherz«, meldete sich Saskia.

»Kannst du vorbeikommen?« Die Stimme ihrer Schwester klang, als hätte sie geweint.

Saskia fragte sie nicht, was vorgefallen war. »Ich bin auf dem Weg.«

Eine halbe Stunde später stellte sie ihren Golf auf einem Parkplatz in der Birminghamstraße in Frankfurt-Nied ab. Hier wohnte ihre Schwester Tascha in einer Dreizimmerwohnung. Die Wohngegend gehörte eher zum unteren Niveau. Ein Haufen von Hochhäusern, in denen die Menschen eng zusammenlebten und sich trotzdem nicht beim Namen kannten.

Tascha arbeitete als medizinisch-technische Angestellte in der radiologischen Abteilung der Uniklinik. Von ihrem bescheidenen Gehalt wendete sie mehr als die Hälfte für die Miete auf. Tendenz steigend. Da blieb nicht viel übrig für die schönen Seiten des Lebens.

Tascha war alleinerziehend. Das war eine kluge Entscheidung gewesen. Ihr Exehemann hatte sich bereits früh als Idiot erwiesen. Kein Säufer, kein Gewalttäter. Einfach nur ein Idiot, der im Leben alles besser wusste, aber nichts besser konnte. Aus dieser unangenehmen Beziehung war ein Kind hervorgegangen. Taschas Sohn Alexander war fünfzehn Jahre alt. Ein schmächtiger, unglücklicher Junge, der die zehnte Klasse einer Gesamtschule besuchte. Saskia bemühte sich um Alexander, aber sie wusste, dass das nicht ausreichte. Sein Vater hatte nach der Trennung von Tascha schnell deutlich gemacht, dass er kein Interesse daran hatte, sich um seinen Sohn zu kümmern. Die beiden sahen sich praktisch nie.

Tascha arbeitete Vollzeit und somit war Alexander im Prinzip auf sich alleine gestellt. Da die Eltern von Saskia und ihrer Schwester nicht mehr lebten und Alexander keinen Kontakt zu den Eltern seines Vaters hatte, gab es auch keine Großeltern, die sich um ihn hätten kümmern können.

Saskia klingelte.

Die Sprechanlage knackte. »Ich bin es«, sagte sie.

Der Türöffner summte.

Als sie aus dem Fahrstuhl ausstieg, sah sie, dass die Wohnungstür ihrer Schwester angelehnt war. Sie trat ein. »Tascha?«

»Ich bin in der Küche.«

Sie zog die Schuhe aus und ging in die Küche. Tascha hantierte an der Kaffeemaschine herum. Sie wandte ihr den Rücken zu. Als sie fertig war und die Maschine zum Laufen gebracht hatte, drehte sie sich zu Saskia um. Ihre Augen waren verquollen und rot.

»Was ist passiert?«

»Du musst mir helfen. Ich weiß nicht, was ich machen soll.« Tascha setzte sich auf einen Küchenstuhl, stocherte in einer Zigarettenschachtel herum und zündete sich eine Zigarette an. Sie nahm einen Zug. Ihre Schultern begannen zu beben, dann brach sie in Tränen aus.

»Ich helfe dir. Aber du musst mir sagen, was los ist.«

»Es ist wegen Alexander. Geh in sein Zimmer. Sieh dir seine Arme an.« Tascha zerdrückte die halb gerauchte Zigarette im Aschenbecher. »Ich kann das alles nicht mehr.«

»Beruhige dich.« Saskia stand auf und ging in das Zimmer ihres Neffen.

Alexander saß auf dem Bett, die Beine an den Körper gezogen. Auf seinen Knien lag ein Buch. Er zuckte zusammen, als sie ohne Vorwarnung in das Zimmer platzte.

»Zeig mir deine Arme.«

Alexander blieb stocksteif sitzen.

Sie ging auf Alexander zu und griff nach seiner rechten Hand. Sie begriff sofort, was Tascha gemeint hatte. Sein Handgelenk wies mehrere Schnittwunden auf. Die Schnitte waren nicht mit Konsequenz ausgeführt worden, aber die Zielrichtung war eindeutig.

»Warum hast du das getan?«

Alexander fing an zu weinen.

Sie zog sich den Drehstuhl zurecht, der vor Alexanders Schreibtisch stand, setzte sich und wartete.

Das Zimmer ihres Neffen war seinem Alter entsprechend unaufgeräumt. Schulbücher verbargen die Arbeitsfläche des Schreibtisches völlig. Kleidungsstücke lagen notdürftig zusammengeräumt in einer Ecke. An den Wänden hingen *Star-Trek-* und *Star-Wars*-Poster.

Langsam beruhigte sich der Junge.

»Warum hast du das getan?«, wiederholte sie ihre Frage.

»Ich war das nicht.«

»Das hat jemand anderes gemacht?«

Alexander nickte.

»Wer?«

»Das waren ein paar Jungs. Sie sagten, ich wäre vom Gesetz der Straße zum Tode verurteilt worden und ich selber sollte das Urteil vollstrecken. Als ich mich geweigert habe, haben sie mich festgehalten und einer hat mich geschnitten.«

Saskia fühlte den Herzschlag in ihrer Schläfe pochen. Sie bemühte sich, nach außen ruhig zu bleiben. »Das war sicher nicht das erste Mal, dass du Ärger mit denen hattest.«

»Nein.«

»Wie lange geht das schon?«

»Ein halbes Jahr. Aber so schlimm war es noch nie.«

»Was machen sie?«

»Am Anfang haben sie mich nur beleidigt. In letzter Zeit schlagen sie mich, aber meistens kann ich wegrennen.«

»Sind die Jungs von deiner Schule?«

»Nein, die sind älter. Aber die lungern immer vor der Schule herum. Ich glaube, einer von ihnen hat eine Schwester, die auf meine Schule geht.«

»Wie alt sind sie?«

»Vielleicht neunzehn oder zwanzig.«

»Wie viele?«

»Meistens sind die zu fünft.«

»Warum hast du mir nichts davon erzählt?«

Alexander schlug die Augen nieder. »Ich will nicht, dass du mich für einen Feigling hältst.«

»Niemand ist feige, der alleine einer Gruppe gegenübersteht.«

Alexanders Handy, das neben ihm auf dem Bett lag, vibrierte. Er nahm es und sah auf das Display.

»Wer ist das?«, fragte sie.

»Das sind die. Die haben Angst, dass ich zur Polizei gehe. Jetzt schreiben sie mir dauernd, dass sie sich entschuldigen wollen.«

»Hast du Bilder von den Typen?«

Alexander tippte auf seinem Handy herum. »Das sind drei von denen. Sie haben gesagt, ich sei ein dreckiger Rumäne und damit noch widerlicher als ein Deutscher.«

Saskia betrachtete das Profilbild, das aus einer WhatsApp-Gruppe stammte. Drei lächerliche Idioten, die als Gangster posierten. Sie gab Alexander das Handy zurück, stand auf und setzte sich neben ihm aufs Bett.

»Komm zu mir«, sagte sie und breitete die Arme aus.

Alexander rührte sich nicht.

»Komm schon. Du bist noch nicht so alt, dass du deine Tante nicht mehr umarmen kannst.«

Er rückte an sie heran.

Sie schloss ihre Arme um ihn.

Zögerlich tat er es ihr gleich.

»Es tut mir leid, dass ich dich so verhört habe«, flüsterte sie in sein Ohr. »Aber ich hatte Angst, dass du dir das selber angetan hast. Denn dann wüsste ich nicht, wie ich dir helfen soll. Aber jetzt weiß ich es.«

»Was willst du gegen die machen? Die sind so viele.«

»Lass das meine Sorge sein. Niemand wird dir mehr etwas zuleide tun. Das verspreche ich dir.«

Saskias eigener Sohn wäre jetzt fünf Jahre alt. Während einer kurzen Affäre war sie schwanger geworden. Der Mann war gegangen, aber das hatte sie nicht gekümmert. Sie hatte ihren Moritz.

Im siebten Monat war Moritz in ihrem Bauch gestorben. Einfach so. Auch wenn die Ärzte ihr versichert hatten, dass sie keinerlei Schuld traf, hatte sie sich mit Selbstvorwürfen gequält.

Moritz wurde auf dem Hauptfriedhof beigesetzt. Dort gab es ein kleines Gräberfeld, das für Kleinkinder und Säuglinge reserviert war und den Namen »Sternschnuppe« trug. Nun lag ihr Sohn in einem winzig kleinen Sarg, in einem winzig kleinen Grab, umgeben von anderen winzig kleinen Gräbern. Nur einmal hatte sie die Kraft aufgebracht, ihn dort zu besuchen. Sie hatte die Spielsachen betrachtet, die Angehörige auf die Gräber ihrer Kinder gelegt hatten und die zum Teil seit Jahren Wind und Wetter ausgesetzt waren. Dann war sie nach Hause gegangen. Am Abend hatte sie durch das Fenster den Regen beobachtet. Die Vorstellung, dass sie in ihrem warmen Bett lag und ihr Junge alleine in seinem nassen Grab, hatte ihr das Herz endgültig gebrochen.

Wenn die Trauer ein Zentrum besaß, dann war es für sie dieser Ort auf dem Friedhof.

Sie drückte Alexander an sich.

»Du und deine Mutter seid alles, was ich habe. Ich schwöre bei Gott, dass ich nicht zulasse, dass euch etwas geschieht.«

Alexander umschlang sie und sie spürte den Druck seiner Arme. Wärme breitete sich in ihrem Bauch aus.

Eine Zeit lang saßen sie schweigend da.

Dann löste Saskia sich behutsam von ihrem Neffen. »Ich bin gleich wieder da.« Sie stand auf und ging in die Küche.

Tascha beschäftigte sich damit, die Zigarettenpackung leer zu rauchen.

»Seit wann weißt du davon?«, fragte Saskia.

»Als er nach Hause kam, versuchte er sich heimlich ein Handtuch zu nehmen. Da habe ich es gesehen. Warum tut er das?«

»Die Schnitte wurden ihm zugefügt. Er wird seit Monaten von einer Bande von Straßenschlägern bedroht. Hast du das nicht gewusst?«

Sie sprang von ihrem Stuhl auf. »Natürlich nicht. Mit mir redet er ja kaum. Diese Arschlöcher. Was hat Alexander ihnen getan? Die sollen meinen Jungen in Ruhe lassen! Saskia, sorg dafür, dass das aufhört.«

»Ich regel das.« Sie fasste ihre Schwester an den Schultern und drückte sie behutsam zurück auf den Stuhl. »Keine Sorge. Ich regel das.«

»Gut.« Tascha beruhigte sich langsam. »Das ist gut. Was wirst du tun?«

»Ich erkläre ihnen die Welt.«

Sie ging wieder in Alexanders Zimmer. »Schreib denen, dass du dich mit ihnen treffen willst.«

»Ich will mich nicht mit denen treffen.«

»Aber ich.«

3. Einbruch

Tanner

1. Tag, 19.50 Uhr

Das 4. Revier lag einen Steinwurf vom Hauptbahnhof entfernt in der Gutleutstraße und war im Erdgeschoss eines mehrstöckigen Gebäudes untergebracht, das Teil eines Behördenzentrums war.

Tanner stand auf der Wache des Reviers und wartete auf seinen Streifenpartner. Tanner, der mit bürgerlichen Namen Mark Reinders hieß, verdankte seinen Spitznamen einer Geschichte, die fast zehn Jahre zurücklag. Damals hatte er einen Dobermann mit Namen Ruppert besessen, der aufgrund eines traumatischen Erlebnisses als Welpe einen grenzenlosen Hass gegen Katzen hegte. Der Hund nutzte jede Gelegenheit, die sich ihm bot, um sie zu jagen. Für gewöhnlich verlief diese Jagd erfolglos. Eines Tages jedoch war das Jagdglück auf Rupperts Seite. Aber statt die arme Katze einfach nur zu töten, fraß Ruppert sie auf. Restlos.

Seit dieser scheußlichen Tat wurde Ruppert von Tanners

Freunden Alf genannt, nach der Katzen fressenden Hauptfigur der gleichnamigen Fernsehserie. Da das männliche Mitglied in Alfs Pflegefamilie Tanner hieß, hatte auch Reinders seinen Spitznamen weg. Mittlerweile war Ruppert verstorben, aber sein Spitzname war ihm geblieben.

Tanner galt als Schönling. Als er jünger war, hatte er sogar mit dem Gedanken gespielt, Model zu werden. Er hatte kurze dunkle Haare und dermaßen strahlend blaue Augen, dass er ständig gefragt wurde, ob er Kontaktlinsen trage.

Aus der Modelkarriere wurde nichts, weil er seltsamerweise unfotogen war. Auf Bildern sah er immer bescheuert aus. Aber seine Enttäuschung hielt sich in Grenzen. Besser im Leben hübsch und auf Fotos hässlich als umgekehrt.

Zusammen mit Splatter würde er heute Abend die Zivilstreife des Reviers bilden. Splatter war einer der seltsamsten Polizisten, die Tanner in seinem Leben kennengelernt hatte. Er war etwa eins neunzig groß, breitschultrig und bestand im Wesentlichen aus Muskeln. Seine halblangen schwarzen Haare trug er gegelt und streng nach hinten gekämmt. Die Arme waren von unten bis oben durchgängig tätowiert. Aus diesem Grund fuhr er nur noch als Zivilbeamter durch die Stadt. Im Winter konnte er mit etwas gutem Willen als uniformierter Polizist durchgehen. Aber wenn die Temperatur stieg und kurzärmlige Hemden getragen wurden, war die Nummer gelaufen. Splatter sah sich ständig Horrorfilme an und sah selber wie ein böser Hauptdarsteller aus. Er war ein Beispiel dafür, dass minimale Veränderungen am Erbgut gravierende Auswirkungen haben können. Tanner war davon überzeugt, dass nicht viel fehlte, und aus Splatter wäre ein durchgedrehter Serienmörder geworden.

Seit er mit Splatter ein Team bildete, hatte er so gut wie keinen Ärger mehr auf der Straße. Das lag nicht nur an dessen unglaublicher Physis. Ohne die Stimme zu erheben, vermittelte

Splatter den Eindruck, dass er am liebsten allen Anwesenden den Hals brechen würde, wenn sie ihm nur einen Anlass dafür bieten würden. Das wollte aber keiner so recht.

Während bei größeren Einsätzen Zivilpersonen die Kollegen gerne als Wichser und die Kolleginnen als Fotzen titulierten, wurde Splatter immer als Herr Polizist angesprochen.

Tanner war selber kein Schwächling, aber Splatter als lebenden Schutzschild bei sich zu wissen entspannte ihn.

Es gab noch einen zweiten Grund, warum er so gerne mit Splatter Streife fuhr. Tanner gehörte zu der kleinen Gruppe von Männern, die Frauen nicht hinterherlaufen müssen, sondern stattdessen von Frauen regelrecht verfolgt werden. Es gab viele Kollegen, die ihm das äußerst übel nahmen.

Splatter war das egal. Ihn hatte Tanners Erfolg beim weiblichen Geschlecht nie gestört. Seine Frauengeschichten interessierten Splatter einfach nicht. Bei einer passenden Gelegenheit hatte er einmal Folgendes gesagt: »Vögel dich meinetwegen quer durch die Welt. Aber geh mir damit nicht auf die Nerven.«

So hielt Tanner es und fuhr gut damit.

Bis auf einen Kollegen, der das Telefon und das Funkgerät hütete, war die Wache leer. Die anderen fuhren entweder Streife oder sahen sich im Aufenthaltsraum das Fußballspiel an. Splatter hatte gesagt, dass er kurz austreten müsse. Das war zehn Minuten her und Tanner wurde langsam ungeduldig. Als er sich auf den Weg zur Toilette machen wollte, um nach dem Rechten zu sehen, erschien Splatter auf der Wache. »Wir können«, sagte er.

»Wurde auch Zeit.«

»Glaubst du, dass du draußen etwas verpasst?«

Tanner wedelte mit einem DIN-A4-Blatt. »Wir sollen einen Haftbefehl vollstrecken.«

»Wohin geht die Fahrt?«

»Ins Gallusgebiet. Frankenallee.«

Splatter nahm seine Einsatztasche, die er im Flur abgestellt hatte, und ging in Richtung Ausgang. »Erzähl es mir unterwegs.«

Sie sollten einen Frank Schiefer festnehmen. Gegen Herrn Schiefer lag ein Untersuchungshaftbefehl wegen eines Verstoßes gegen das Betäubungsmittelgesetz vor. Konkret gesprochen, hatte er sich mit zwei Kilo Gras erwischen lassen, die er aus Holland importieren wollte. Zunächst wurde er wieder auf freien Fuß gesetzt. Jetzt hatte es sich die Staatsanwaltschaft anders überlegt und einen U-HB gegen Schiefer erwirkt.

Leider wussten sie nur theoretisch, wo Schiefer wohnte. Laut Einwohnermeldeamt war Schiefer als Untermieter bei einem Gerald Klein in der Frankenallee 247 gemeldet. Ein vergammeltes Apartmenthaus, in dem Kleinkriminelle und sozial Ausgegrenzte lebten. Klein, der Untervermieter von Schiefer, machte diesbezüglich keine Ausnahme. Der Mann war mehrfach wegen Bagatelldelikten in Erscheinung getreten. Ob Schiefer wirklich bei ihm wohnte, würde sich zeigen.

Die Polizisten stellten ihren Wagen ein Stück entfernt ab und liefen zum Haus. Die Temperatur war mild, ein leichter Wind ging. Ein wunderbarer Spätsommerabend.

Das Gebäude Frankenallee 247 hatte sechs Stockwerke. Der Anstrich an den Balkonen hatte im Laufe der Jahre durch Sonneneinstrahlung Blasen geworfen. Irgendwann waren diese Blasen aufgeplatzt und der Lack blätterte ab. Es war nicht damit zu rechnen, dass sich an dem erbärmlichen Zustand in absehbarer Zeit etwas ändern würde.

Die Haustür stand offen. Im Treppenhaus roch es muffig. Die Wohnung von Klein befand sich in der dritten Etage.

Dort angekommen, legte Tanner sein Ohr an das Türblatt, schloss die Augen und horchte. »Nichts zu hören. Klingel mal.«

Splatter drückte auf den Klingelknopf.

Tanner ging nicht davon aus, dass man ihnen öffnete, aber

möglicherweise wurde in der Wohnung jemand durch das Klingeln so aufgeschreckt, dass er Geräusche verursachte.

Es blieb still.

»Keiner zu Hause?«, fragte Splatter.

»Anscheinend nicht.«

»Oder der Kerl hält sich bedeckt.«

»Möglich.« Tanner besah sich den Türrahmen. In Höhe des Schlosses gab es deutliche Hebelspuren. »Die hat man bereits öfters aufgebrochen.«

»Das wundert mich nicht. Entweder waren es Kollegen oder Einbrecher. Vermutlich trifft beides zu.«

Splatter drückte seine Schulter gegen das Türblatt.

»Was wird das?«, fragte Tanner.

»Ich geh mal nachsehen, ob einer zu Hause ist.«

Er zog Splatter von der Tür weg. »Lass den Scheiß«, zischte er.

»Wo ist dein Problem? Warum willst du das nicht?«

»Ich habe meine Gründe.«

»Ich denke, du hast eher deine Tage.«

Bevor Tanner etwas erwidern konnte, stemmte sich Splatter erneut mit der Schulter gegen die Tür. Seinen einhundert Kilo Körpergewicht hatte die billige Konstruktion aus Sperrholz und Wellpappe nichts entgegenzusetzen. Ein kurzes Knacken und die Tür war offen.

»Blöder Arsch«, zischte Tanner. Er trat in den Flur der Wohnung. »Polizei! Jemand zu Hause?«

In der kleinen Zweiraumwohnung roch es noch erbärmlicher als im Treppenhaus. Zu dem muffigen Geruch gesellte sich der Gestank von abgestandenem Bier und ungewaschener Unterwäsche. Tanner verzog angewidert das Gesicht. In der winzigen Küche stapelte sich das Geschirr in der Spüle. Auf dem Küchentisch standen mehrere bis zum Rand gefüllte Aschenbecher. Im Bad sah es nicht besser aus. In der Wanne, die mit einem Duschvorhang versehen war, lag ein Haufen dreckiger

Wäsche. Das Schlafzimmer war mit einer einzelnen Matratze möbliert. Überall lagen mit Kleidungsstücken vollgestopfte blaue Müllsäcke herum. Das Wohnzimmer bestand aus, wohl im Suff, kaputt geschlagenen Möbeln. »Keiner da«, stellte Splatter fest. »Wir sollten verschwinden.«

Die gute Idee scheiterte an dem Mann, der mit zwei Einkaufstüten plötzlich in der Wohnungstür stand. »Wer seid ihr? Was wollt ihr?«

Tanner erstarrte vor Schreck. Er sah zu Splatter und erkannte sofort dessen Plan. Wenn er eine Zehntelsekunde zögerte, würde sein Partner den Kerl über den Haufen rennen und unkontrolliert die Flucht antreten. Das könnte der Beginn von ernsthaften Schwierigkeiten sein.

»Polizei«, sagte Tanner und zog zum Beweis seinen Ausweis hervor, den er in einem Mäppchen an einer Kette um den Hals trug. »Sind Sie Gerald Klein?«

»Das bin ich. Habt ihr einen Durchsuchungsbefehl? Ich weiß, dass ihr so etwas braucht.«

»Wir suchen einen Frank Schiefer. Der soll bei Ihnen wohnen.«

»Frank wohnt schon seit Wochen nicht mehr bei mir. Das Schwein hat mich beklaut. Da habe ich ihn rausgeschmissen. Warum seid ihr in meiner Wohnung?«

»Die Tür war nur angelehnt. Vermutlich hat jemand eingebrochen. Da haben wir nachgesehen.«

»Was? Schon wieder?« Klein ließ seine Einkäufe fallen. Er rannte ins Wohnzimmer, schob einen Schrank zur Seite und bückte sich. Als er aufstand, hielt er eine Kellnerbörse in der Hand.

»Was ist das?«, fragte Tanner.

»Meine Ersparnisse.« Klein kramte in dem Portemonnaie herum. »Gott sei Dank. Sie haben es nicht gefunden.«

»Wissen Sie, wo wir Schiefer finden können?«, fragte Splatter.

»Keine Ahnung.«

»Dann alles Gute«, sagte Tanner und machte sich daran zu gehen.

»Was ist mit meiner Tür?«

»Wir fertigen eine Anzeige. Ansonsten kann ich Ihnen nicht weiterhelfen. Wegen der Tür müssen Sie Ihren Vermieter kontaktieren.«

»So eine Scheiße.«

»Das war ziemlich knapp«, sagte Splatter, als sie wieder im Wagen saßen.

Tanners Laune hatte sich in den letzten Minuten rapide verschlechtert. »Jetzt müssen wir auch noch eine Anzeige gegen uns selber schreiben.«

»Es könnte schlimmer sein.«

»Ich habe doch gesagt, du sollst es lassen.«

»Was soll das? Was ist denn los mit dir?«

»Es lohnt sich nicht, wegen so einem blöden Haftbefehl Probleme zu bekommen.«

»Bis vor Kurzem hat dich das nicht gekümmert.«

»Der Mensch ändert sich.«

Splatter sah ihn an und setzte ein breites Grinsen auf. »Ich lach mich tot. Du und ändern.«

»Wie meinst du das?«

»Vergiss es.«

Sie fuhren ins Bahnhofsgebiet und drehten schweigend einige Runden. Mittlerweile war es nach einundzwanzig Uhr. Aufgrund der freundlichen Wetterbedingungen standen die Junkies in dichten Trauben vor der Drogenhilfseinrichtung. In der Taunusstraße gammelten an der Ecke zur Moselstraße wenigstens dreißig bulgarische Zuhälter vor sich hin und stopften sich mit stoischem Gesichtsausdruck Sonnenblumenkerne in den Mund. Ansonsten machten betrunkene Puffgänger die

Bürgersteige unsicher, die mit hastigen Schritten und starrem Blick von einem Bordell zum nächsten taumelten. Zwischendrin eine Gruppe von Mittzwanzigjährigen, die alle das gleiche T-Shirt mit einem bekloppten Spruch darauf trugen. Junggesellenabschied.

Östlich dem Hauptbahnhof vorgelagert, war das Bahnhofsgebiet mit seinem halben Quadratkilometer Fläche der zweitkleinste Stadtteil Frankfurts. Wenn man von der Innenstadt kommend über die breit angelegte Kaiserstraße in Richtung Hauptbahnhof lief, konnte man meinen, dass es hier nichts Besonderes zu sehen gab. Bog man aber in eine der Querstraßen ab, sah die Welt plötzlich anders aus. Das eigentliche Zentrum des Gebietes war die Taunusstraße, die parallel zur Kaiserstraße verlief. Hier reihte sich ein Bordell an das andere. Dazwischen Dönerbuden, Trinkhallen und asiatische Feinkostgeschäfte.

Die Taunusstraße und die angrenzenden sogenannten Wasserstraßen, die alle nach Flüssen hießen, waren der Lebensraum derjenigen, denen der gepflegte Durchschnittsbürger nur ungern über den Weg lief. Junkies, Dealer, Nutten, Zuhälter und alles, was sonst noch dazugehörte.

Eingerahmt wurde das rechteckige Gebiet durch die Banktürme, die der Stadt ihren Spitznamen »Mainhattan« eingebracht hatten.

Eine halbe Stunde kreiste Tanner im Bahnhofsgebiet herum. Dann hatte er keine Lust mehr. »Ich fahr jetzt rein und schreib diese blöde Anzeige«, sagte er.

Als er den BMW in die Einfahrt zum Revier lenkte, war er sich sicher, dass die Nacht ziemlich langweilig verlaufen würde.

4. Was eine Frau braucht

Saskia

1. Tag, 22.30 Uhr

Saskia bewohnte ein fünfunddreißig Quadratmeter großes Einzimmerapartment in der Rheinstraße. Die Miete war gewaltig, aber dafür wohnte sie im Westend. Wenn sie auf die Straße trat, sahen alle Menschen um sie herum unverdächtig aus. In der Nacht war es fast so still wie auf dem Land. Im Treppenhaus sagten die Leute Guten Tag oder Guten Abend. Und wenn Bedarf bestand, konnte sie bei ihrem Nachbarn klingeln und fragen, ob er etwas Milch übrig hätte. Das war ihr das Geld wert. Sie lebte lieber in einem Zimmer und hatte ihren Frieden als in einer geräumigeren Wohnung irgendwo in einem asozialen Wohnviertel.

Saskia saß auf ihrem Sofa und trank Bier und Schnaps. Sie war zur Hälfte Russin. Daher sah sie es als ihre Pflicht an, das Klischee zu bedienen.

Ihr Vater stammte aus der Nähe von Astana und war technisch gesehen eigentlich Kasache gewesen. Da er aber zu Zeiten

50

der alten Sowjetunion geboren wurde, hatte er für solche Differenzierungen nie etwas übrig gehabt. Bei den Olympischen Spielen in Seoul im Jahr 1988 hatte er als Mittelgewichtsboxer die Bronzemedaille für die Sowjetunion erkämpft und Saskias Mutter kennengelernt, die für die rumänische Mannschaft als Sprinterin angetreten war.

Als ihre Eltern 1991 nach Deutschland umsiedelten, waren sie und Tascha noch Kinder gewesen. Damals hatte Saskia eine schwere Zeit erlebt. Plötzlich war sie in einem fremden Land, konnte die Sprache nicht und fühlte sich in jeglicher Hinsicht überfordert. Sie begann damit, die Schule zu schwänzen und sich einer Gruppe gleichaltriger Aussiedlerkinder anzuschließen, die außer überschüssigen Hormonen nur Stroh im Kopf hatten. Als ihr Vater dahinterkam, hagelte es Ohrfeigen. Dann sagte er ihr Folgendes: »Du lernst Deutsch, damit die Menschen dich achten, du gehst zur Schule, damit du dir deinen Rücken nicht auf der Arbeit ruinieren musst, und du lernst boxen, um dich zu verteidigen. Tust du es nicht, schmeiße ich dich auf die Straße.«

Saskia wusste, dass sie es der eindringlichen Bitte ihres Vaters verdankte, dass sie heute nicht in einer Papierfabrik schuftete, sondern als Polizeioberkommissarin arbeitete. Damals verstand sie das selbstverständlich nicht. Leider war es ein Gesetz des Lebens, dass man als Jugendlicher alles, was die Eltern forderten, für ausgemachten Schwachsinn hielt. So gesehen hatte die Deutlichkeit, mit der sich ihr Vater ausdrückte, durchaus einen Sinn gehabt.

Tascha hatte sie gefragt, was Alexander diesen Typen getan hatte. Saskia kannte die Antwort.

Ihr Neffe war ohne Herde. Es gab niemanden, der hinter ihm stand und ihm den Rücken stärkte. Keine Gruppe, die ihm Schutz gewährte. Sie kannte diese Art von Idioten, zu denen Alexanders Peiniger gehörten. In Frankfurt waren es meistens Kinder von Migranten. Sie lungerten abends in Gruppen in der Stadt herum und suchten nach Opfern. Sie verhielten sich wie Schakale, griffen nur an, wenn sie in der Überzahl waren und sich sicher sein konnten, dass ihr Ziel unterlegen war. Tief in ihrem Inneren wussten sie, dass sie im Spiel des Lebens auf der Verliererseite standen. Aber statt sich am eigenen Schopf aus dem Dreck zu ziehen, zogen sie es vor, ihre Wut an anderen abzulassen. Das erforderte weniger Mühe. Sie waren nicht nur feige, sondern auch faul und verschanzten sich hinter der Ausländerfeindlichkeit der Deutschen, die ihnen angeblich jede Chance im Leben nahm.

Natürlich waren die meisten Deutschen ausländerfeindlich. Die Einheimischen mit rechter Gesinnung zeigten das offen, die mit linker Gesinnung bemühten sich, es zu verbergen.

Saskia hatte die Ausländerfeindlichkeit als Jugendliche selber zu spüren bekommen. Als sie ihren Vater darauf angesprochen hatte, erhielt sie zur Antwort: »Werd damit fertig. In Russland mögen sie auch keine Ausländer.«

Es war 23.20 Uhr, als sich ihr Handy meldete. Alexander hatte eine Nachricht geschickt. Die kleinen Wichser wollten sich um Mitternacht an der Hauptwache mit ihm treffen. Das kam nicht unerwartet. Die Plätze Hauptwache und Konstablerwache markierten jeweils ein Ende der Frankfurter Fußgängerzone. Der Zeil. An beiden Wachen gab es einen unterirdischen S- und U-Bahnhof und Geschäfte in der B-Ebene. Vor allem gab es an beiden Orten einen McDonald's, wo sich diese Idioten trafen und die Zeit totschlugen. Und an ganz besonderen Abenden schlugen sie auch mal einen anderen tot.

Saskia hatte ihre Pistole vorsichtshalber auf der Arbeit gelassen. Sonst hätte die Gefahr bestanden, dass sie auf dumme Ideen gekommen wäre. Sie zog sich eine dünne Lederjacke an und nahm nur zwei Dinge mit.

Einen Mundschutz für Boxer und einen Schlagring.

5. Amtshilfe

Tanner

1. Tag, 22.45 Uhr

Tanner hatte die Anzeige wegen Wohnungseinbruchs und Diebstahls schnell getippt. Der Sachverhalt war simpel: Sie waren in anderer Sache vor Ort gewesen, bemerkten die offene Tür und sahen nach dem Rechten. Der Geschädigte kam nach Hause und wurde zur Sache befragt. Ob etwas entwendet wurde, konnte der Geschädigte noch nicht sagen. Hinweise auf den Täter lagen nicht vor. Die Tatortgruppe wurde zwecks Spurensicherung informiert. Ende des Krimis.

In der Zwischenzeit hatte Splatter Essen besorgt. Sie aßen ihren Döner im Aufenthaltsraum und sahen sich dabei eine Unterhaltungssendung auf Pro 7 an. Zwischendurch gab es Schreie auf dem Flur. Ein Festgenommener wurde in die Gewahrsamszellen geschleift. Dabei kreischte er wie am Spieß: »Polizei! Ruft die Polizei!« Bekloppte gab es in der Stadt zur Genüge.

Irgendwann wurde es Tanner zu dumm. »Lass uns rausfahren. Mir fällt die Decke auf den Kopf«, sagte er zu Splatter.

Im Flur kamen ihnen drei Kollegen entgegen. Jeder von ihnen bedachte Tanner mit einem bösen Blick.

»Was war denn mit denen los?«, fragte Tanner seinen Streifenpartner, als sie die Wache verließen.

Splatter zuckte als Antwort mit den Schultern.

Wenig später drehten sie Kreise im Bahnhofsviertel. Resigniert stellte Tanner fest, dass sich an der Gesamtlage nichts geändert hatte. Immer die gleichen Gesichter. Sogar die Landtrottel vom Junggesellenabschied fand er wieder. Die zehn jungen Männer gingen recht windschief und gaben mittlerweile perfekte Raubopfer ab. Im Bahnhofsgebiet gab es nicht wenige, die nur darauf warteten, dass einer der Besoffenen den Anschluss an die Gruppe verlor. Dann war er fällig.

Plötzlich schreckte Splatter auf dem Beifahrersitz hoch. Er machte den Eindruck, als sei ihm etwas Wichtiges eingefallen. »Fahr mich mal zur Konstablerwache.«

»Was willst du an der Konsti?«

»Das sag ich dir später.«

Es war kurz vor Mitternacht. Tanner war müde und hatte keine Lust zu diskutieren. Minuten später stellte er den Streifenwagen in der Fahrgasse ab und sah seinem Kollegen beim Aussteigen zu.

»Ich bin gleich wieder da«, sagte Splatter.

Tanner drehte den Sitz zurück und machte es sich so bequem wie möglich. Er schloss die Augen.

Aus polizeilicher Sicht war es ein ruhiger Abend. Nur gelegentlich wurde die Stille durch einen Funkspruch unterbrochen. Der Funker in der Einsatzzentrale besaß eine angenehme Stimme. Der Mann sollte Hörbücher aufnehmen.

Tanner ließ seine Gedanken treiben.

Er schreckte hoch. Fast wäre er eingeschlafen.

Er sah auf die Uhr im Armaturenbrett. Eine halbe Stunde war seit ihrer Ankunft vergangen.

Wo zum Teufel blieb Splatter? Was wollte er hier überhaupt? Tanner dachte darüber nach, was man in der Nacht auf der Kowa machen konnte. »Nein, bitte nicht.« Er sprang aus dem Wagen. Wo sollte er anfangen zu suchen? Wenn sich seine Befürchtungen bewahrheiteten, würde er Splatter in der Nähe des Durchbruchs zwischen Konstablerwache und der Staufenmauer finden. Die Straße An der Staufenmauer war kaum mehr als ein eng von hohen Häusern eingekesselter Wendekopf einer Sackgasse. Für Fahrzeuge gab es nur eine Zufahrtsmöglichkeit von der Fahrgasse aus. Die anderen Zugänge konnten lediglich zu Fuß genutzt werden. Einer dieser Fußwege war der Durchbruch zur Konstablerwache. Tanner schloss den Wagen ab und machte sich auf den Weg.

Er lief an einem Reststück der mittelalterlichen Stadtmauer vorbei. Die Straßenbeleuchtung war spärlich. Trotzdem erkannte Tanner seinen Kollegen sofort. Splatter stand zusammen mit einer dunkel gekleideten Gestalt in einer Hauseinfahrt. Die beiden tauschten etwas aus. Sofort danach lief Splatters Kontakt zügig in Richtung des Durchbruchs zur Konstablerwache, während Splatter sich umdrehte und auf Tanner zukam. Als er ihn erreichte, grinste er und sagte: »Lass uns gehen.«

»Bitte sag mir, dass du keine Drogen gekauft hast.«

»Ich kann nicht schlafen, wenn ich nichts zu kiffen habe.«

Beschleunigt liefen sie zu ihrem Wagen. »Bist du noch ganz dicht? Dann besorg dir gefälligst Schlaftabletten.«

»Glaubst du, das ist auf Dauer gesünder?«

»Es ist auf Dauer legaler.«

Sie stiegen ein. Tanner startete den Motor. Mit quietschenden Reifen bog er in die Töngesgasse ab, nur weg von der Kowa. »Du blöder Arsch! Hast du sie noch alle?«

»Reg dich ab.« Splatter kicherte.

»Was?«

»Ich habe den Trottel mit einem falschen Fünfziger bezahlt.«

»Du druckst Falschgeld?«

»Spinnst du? Den Schein hab ich vor ein paar Tagen gefunden. Dafür war der genau richtig.«

Tanner gab Gas und bog einige Male ab. Dann stoppte er an der Hauptwache neben der Katharinenkirche.

»Wo findet man Falschgeld?«

»Du wirst es nicht glauben. Der lag einfach auf der Straße herum.«

Tanner flippte aus. »Verstoß gegen das Betäubungsmittelgesetz. Inverkehrbringen von Falschgeld. Und das alles im Dienst. Ich sollte dir in die Fresse schlagen.«

»Vergiss nicht unseren Wohnungseinbruch.«

»Ist dir klar, was du da gerade riskiert hast? Was ist, wenn dir der Typ wieder über den Weg läuft?«

»Und was soll er dann machen?«

»Ich sag dir jetzt mal was. Wenn du noch einmal in deinem Leben mit mir Streife fahren willst, schwörst du mir auf der Stelle, dass du so etwas nie wieder tun wirst.«

»Sieh du lieber zu, dass du deinen Schwanz in der Hose behältst.«

»Was willst du damit sagen?«

»Du hast vor zwei Wochen auf der Party mit Svens Freundin gevögelt.«

»Woher weißt du das?«

»Das wissen alle.«

»Ich habe nicht mit ihr gevögelt.«

»Aber fast.«

»Fast ist nicht gevögelt.«

»Erklär das Sven. Seine Freundin hat ihm das Gefummel gebeichtet.«

Tanner schlug mit beiden Händen gegen das Lenkrad. »So ein Mist.«

Das erklärte, warum die drei Kollegen ihn vorhin auf dem

Revier so düster angesehen hatten.

»Im Moment hat Sven Urlaub. Aber wenn er wieder in den Dienst kommt, wird er sich sicher mit dir unterhalten wollen. Das wird vermutlich kein nettes Gespräch. Mal davon abgesehen, dass dich jetzt alle scheiße finden.«

»Warum hast du mir das nicht gesagt?«

»Weil es mich nichts angeht. Ich verstehe nur nicht, warum du dir ausgerechnet die Freundin eines Kollegen aussuchen musst. Du bist doch so ein Frauentyp. Musst du da unbedingt im eigenen Revier auf die Jagd gehen?«

»Ich war betrunken. Und ich habe nicht mit ihr geschlafen. Wie du bereits richtig festgestellt hast, geht dich das nichts an. Du kriegst dadurch keinen Ärger. Aber wenn du hier wie ein Vollidiot Drogen kaufst, geht mich das etwas an. Ich habe keinen Bock, wegen dir Stress zu bekommen.«

»Ist ja gut. Übrigens dachte ich, du wärst verheiratet.«

»Noch mal zum Mitschreiben. Ich habe nicht mit ihr geschlafen!«

»Na, das wird deine Frau sicher beruhigen. Ich dachte, du wolltest dich ändern? So mit Fencheltee trinken, Yoga nach dem Aufstehen und den gesammelten Dienstanweisungen der letzten zwanzig Jahre unter dem Kopfkissen.«

»Halt die Fresse.«

»Reg dich ab.«

»Ich reg mich aber nicht ab. Ich … Was soll das denn?«

Vor ihnen kamen drei Jugendliche wild gestikulierend die Treppe zur B-Ebene hochgerannt. Oben angekommen, liefen sie aufgeregt im Kreis herum wie eine Gruppe aufgescheuchter Erdmännchen. Einer von ihnen fuchtelte mit einem Handy herum. Während Tanner von dem Anblick gebannt war, ließ Splatter das Beifahrerfenster nach unten.

»Schreien die nach der Polizei?«, fragte Tanner.

»Es hört sich so an.«

»Wenn diese Schwachmaten nach den Bullen rufen, ist da unten vielleicht wirklich was los.«

Tanner und Splatter stiegen aus und liefen zum Abgang. Einer der Jugendlichen sprach sie an. »Seid ihr Polizei?«

»Nein, auf keinen Fall«, sagte Tanner und nahm die Treppe. Erst einmal wollte er sich ansehen, was da unten Sache war. Möglicherweise war es angebracht, wort- und grußlos wieder zu verschwinden. Als Polizisten konnten sie sich immer noch zu erkennen geben.

Auf den ersten Blick wirkte die B-Ebene verlassen. Die Geschäfte waren längst geschlossen und die Straßenkünstler, die hier unten täglich Kreidekopien berühmter Gemälde auf den Boden malten, hatten eine einsame *Mona Lisa* zurückgelassen.

Tanner hörte ein Scheppern. Das Getöse kam aus Richtung der öffentlichen Toilettenanlage. Die beiden Polizisten folgten den Geräuschen und stießen die Tür auf. Tanner brauchte einen Moment, um das Gesehene zu begreifen.

Neben der Reihe von Waschbecken lag ein Jugendlicher regungslos auf dem Boden. Den Rand eines der Waschbecken zierten Blutspritzer. Den Waschbecken gegenüber, an der langen Rinne des Urinals, kniete eine Frau auf dem Rücken eines weiteren Jungen. Sie trug eine dünne schwarze Lederjacke und drückte das Gesicht ihres Opfers in die Bodenrinne. »Vergiss seinen Namen nicht!«, schrie die Frau mit einer seltsam gedämpften Stimme.

Splatter schaltete schneller als Tanner. Er sprang nach vorne und riss die Frau von dem am Boden Liegenden herunter. Dabei wendete er so viel Kraft auf, dass sie quer durch den Sanitärbereich flog, gegen eine Wand prallte und zu Boden ging. Sofort stand sie wieder auf den Füßen und nahm gegenüber Splatter eine Kampfhaltung ein.

»Saskia?« Tanner erkannte die Frau. Es war eine Kollegin

vom Zivilkommando des 1. Reviers. Sie trug einen Boxermundschutz. Über ihrem linken Auge hatte sie einen Cut, aus dem in einem dünnen Rinnsal Blut lief. An ihrer rechten Hand trug sie einen Schlagring.

Was immer hier geschehen war, einen dienstlichen Anlass hatte es nicht. Allerdings konnte sich Tanner auch nicht vorstellen, dass Saskia aus einer Laune heraus diese Typen aufgemischt hatte, weil sie nicht wusste, was sie mit ihrer Freizeit anstellen sollte.

Das Quäken von näher kommenden Martinshörnern hallte durch die B-Ebene.

Sie mussten sofort eine Entscheidung treffen. Eine Eigenheit der Innenstadt war es, dass es in der Regel nur zwei Minuten dauerte, bis die ersten Streifen vor Ort erschienen. Das war in den meisten Fällen ein Segen, aber in diesem Spezialfall ein echtes Problem.

Saskia hatte anscheinend realisiert, wer da vor ihr stand. Jede Feindseligkeit war aus ihrer Körperhaltung gewichen. Sie ließ die Schultern hängen.

»Nimm das Ding aus dem Mund und steck den Schlagring weg«, herrschte Tanner sie an.

Sie tat es.

Tanner warf Splatter einen kurzen Blick zu. Der nickte unmerklich. »Okay. Wir rennen jetzt zur U-Bahn. Du bleibst in meiner Nähe und hältst deine Klappe. Los jetzt.«

Zu dritt verließen sie die Toilette und rannten los. Tanner hörte das Trampeln von Schritten auf der Treppe. Da waren bereits die ersten Kollegen. Er drehte sich um. »Wir sind vom Vierten. Wir sehen bei der U-Bahn nach.«

Die Uniformierten, die in ihre Richtung gerannt waren, stoppten und drehten ab. Tanner, Splatter und Saskia stolperten die Treppe zur U-Bahn hinunter. Auf der Anzeige am Gleis stand, dass die nächste Bahn in einer Minute einfahren würde.

Der Bahnsteig war menschenleer. Eine Minute konnte ziemlich lang werden.

Tanner wusste, wie das ablief. Oben an der Hauptwache standen mittlerweile mindestens zehn Streifenwagen herum. Alle Kollegen waren die Treppen hinuntergelaufen und suchten nun kreuz und quer die Ebenen ab.

Tanner stellte sich an die Rolltreppe.

Als die ersten Uniformen auftauchten, rief er, dass hier unten niemand sei. Die Kollegen blieben oben.

Endlich fuhr die Bahn ein. Splatter drückte hektisch auf den Türöffner.

Als die Tür hinter ihnen schloss und die Bahn anfuhr, setzten sie sich auf einen Vierersitz. »Gott sei Dank. Was für eine Scheiße«, sagte Tanner. Sein Herz schlug ihm bis zum Hals. Saskia saß ganz still auf ihrem Platz. So langsam dämmerte ihr wohl, was sie angerichtet hatte.

Tanner sah Splatter an, der seine Stirn in Falten gelegt hatte. Er sah über Tanners linke Schulter hinweg.

»Was ist?«, fragte Tanner.

»Ich glaube, die U-Bahn hat keine Kameras.«

»Ist doch gut.« Dann begriff er. »So ein Dreck!«

Splatter grinste gequält. »In der B- und C-Ebene hängen vermutlich zwanzig Kameras. Wenn man alles, was gerade passiert ist, schön zusammenschneidet und Musik darunterlegt, ergibt das sicher einen interessanten Film.«

Tanner stieß mit der Stirn gegen die Scheibe. Wie konnten sie die Kameras vergessen? Wie blöd konnte man sein? Und wo zum Teufel war der hessische Datenschutzbeauftragte, wenn man ihn brauchte?

***

Die drei flüchtigen Polizisten saßen im McDonald's am Hauptbahnhof an einem Tisch und tranken Kaffee. Außer einem Bettler war der Laden leer. Der Mann saß einige Tische entfernt und zählte klimpernd seine Tageseinnahmen. Das Ergebnis notierte er anschließend akribisch in einem zerfledderten Notizbuch.

»Wie lange wird es dauern, bis sie die Kameras auswerten?«, fragte Splatter.

»Keine Ahnung. Kommt darauf an, wer es macht. Kann in einer Stunde passieren oder erst nächste Woche. Aber früher oder später wird es geschehen und dann sind wir im Arsch«, sagte Tanner.

»Es tut mir leid«, flüsterte Saskia.

Tanner tat es auch leid.

Wieso hatte er das getan? Er kannte Saskia nur oberflächlich und eigentlich ging es ihn einen feuchten Dreck an, welchen Hobbys sie in ihrer Freizeit nachging.

Er hatte aus einem Reflex heraus gehandelt und bereute es nun. Genauso, wie er es bereute, dass er auf dieser Party mit der Freundin von Sven herumgemacht hatte.

Was er Splatter nicht gesagt hatte, war, dass Sylvia die Pille abgesetzt hatte. Wenn alles gut ging, würde er bald Vater werden. Darum war es wichtig, sich zu ändern. Keine Frauengeschichten mehr, keine dummen Sachen auf der Arbeit.

Guter Vorsatz, mangelhafte Ausführung.

Seine Bemühungen, sein Wesen zu verändern, waren bisher nicht sonderlich erfolgreich. Warum fiel ihm das so schwer? Er hatte noch nie eine Frau so geliebt wie Sylvia. Trotzdem konnte er seine Finger nicht bei sich lassen. Vielleicht musste er das tun, weil es seinem Ego schmeichelte. Wie auch immer. Es war bescheuert. Aber seine Libido war im Moment sein geringstes Problem. Schon immer hatte er gewusst, dass diese ganzen Rechtsbeugungen, an denen er maßgeblich mitbeteiligt gewesen war, irgendwann Probleme bereiten würden. Wenn es zum Äußersten kam, spielte es keine Rolle, ob er es immer gut gemeint hatte. Und jetzt, wo er in seinem Selbstfindungsprozess so weit fortgeschritten war, dass er das verstand, geschah dieser Mist. Die Aktion hatte definitiv das Potenzial, ihm beruflich das Genick zu brechen.

»Warum hast du die Typen kaputt geschlagen?«, wollte Splatter wissen.

»Die haben mich belästigt und ich habe die Kontrolle verloren.« Saskia tupfte sich mit einer Serviette die Stirn ab. Der Cut über ihrer Augenbraue war nicht groß und hatte mittlerweile aufgehört zu bluten.

»Dann war das doch Notwehr und alles ist gut.« In Splatters Stimme schwang Hoffnung mit.

»Die haben mich belästigt, aber nicht versucht, mich zu vergewaltigen. Außerdem habe ich einen Schlagring benutzt. Ich habe die Grenzen der Notwehr ganz lässig überschritten.«

»Wieso wart ihr auf der Herrentoilette?«, fragte Splatter.

»Sie sind dahin geflüchtet. Vermutlich haben sie gedacht, dass ich ihnen nicht folgen werde.«

»Hast du immer einen Schlagring und einen Mundschutz einstecken?«, fragte Tanner.

»Ich mag meine Zähne.«

Tanner wechselte das Thema. »An diese blöden Kameras habe ich überhaupt nicht gedacht.«

»Wir müssen irgendetwas tun.«

Da hatte Splatter grundsätzlich recht. Es fragte sich nur, was. Tanner hatte eine Idee. Er kramte sein Handy aus der Hosentasche.

Splatter sah ihm dabei zu. »Wen rufst du an?«

»Jo Lasker. Der beim Kriminaldauerdienst. Der kennt sich mit so etwas aus.«

»Ist das eine gute Idee?«, fragte Saskia.

Splatter nickte. »Das ist vermutlich die beste Idee, die Tanner seit Langem hatte. Jo war früher auf unserem Revier. Dem

Mann kann man vertrauen.«

Tanner stand auf und verließ das Schnellrestaurant durch den Hinterausgang. Er wählte Laskers Nummer. Es dauerte einige Zeit, bis Lasker sich meldete. »Hier ist Tanner. Hast du kurz Zeit?«

»Tanner?«

»Ja.«

»Das ist ein Zufall. Ich wollte dich morgen sowieso anrufen.«

Tanner war irritiert. Er hatte Lasker seit zwei oder drei Jahren nur noch gelegentlich getroffen. »Warum?«

»Ich will dir einen Job anbieten.«

»Einen Job? Machst du einen Imbiss auf?«

Lasker lachte. »Darüber können wir später reden. Warum hast du mich angerufen?«

Durch das Jobangebot abgelenkt, hatte Tanner fast vergessen, was er von Lasker wollte. Einen Moment zögerte er. Lasker hatte sich immer als hervorragender Kollege erwiesen, aber war es wirklich schlau, einen Mann, den man kaum noch kannte, in diese Sache einzuweihen?

»Hast du Stress?«, fragte Lasker.

»Das kann man sagen.«

»Dann spuck es aus.«

Tanner gab sich einen Ruck und erklärte ihm die Situation, wobei er einige Details ausließ. »Jo. Wir stecken wirklich in der Scheiße. Du bist doch beim KDD. Kennst du dich mit diesen Kameras aus?«

Lasker blieb völlig gelassen. »Ich bin nicht mehr beim KDD. Aber das ist kein Problem. Ich mach jetzt einen Anruf und melde mich gleich wieder bei dir. Entspann dich. Alles wird gut.« Lasker beendete das Gespräch.

Tanner steckte das Handy weg und sah, dass Splatter und Saskia ebenfalls nach draußen kamen.

»Was hat er gesagt?«, wollte Splatter wissen.

»Wir sollen uns entspannen. Er ruft gleich wieder an.«

»Entspannen?« Splatter lachte trocken.

Während sie warteten, schwiegen sie sich gegenseitig an.

Tanners Handy klingelte. Er nahm den Anruf an und schaltete den Lautsprecher ein, damit die anderen mithören konnten. »Ich habe dich auf Laut gestellt.«

»Wer hört denn alles mit?«

»Splatter und Saskia.«

»Okay. Es ist so, wie ich es mir gedacht habe«, sagte Lasker. »Die Kameras sind entweder defekt oder die Qualität der Aufnahmen ist so miserabel, dass man niemanden auf den Bildern identifizieren kann. Das ist schon seit Jahren so und hat sich nicht geändert. Solange in Frankfurt keine Terroristenbombe hochgeht, wird sich das auch nicht mehr ändern.«

»Gott sei Dank.« Tanner fiel ein Stein vom Herzen.

Splatter und Saskia fielen sich in die Arme, als hätten sie beim Pferderennen gewonnen.

»Schön, wenn man helfen kann«, sagte Lasker. »Tanner, kannst du mal den Lautsprecher ausschalten?«

Er tat es, führte das Handy zum Ohr und entfernte sich ein paar Schritte. »Was gibt es?«

»Es ist wegen des Jobs. Es geht um eine AG, die ich leiten soll. Ich darf mir drei Mitstreiter suchen und habe dabei zuerst an dich und Splatter gedacht. So wie es aussieht, seid ihr beide ja noch ein Team. Das hatte ich gehofft. Wenn es passt, dann ruf mich morgen an und wir machen ein Treffen aus. Dann erkläre ich euch, worum es geht.«

»Alles klar. Das mache ich.«

»Wer ist diese Saskia?«, fragte Lasker.

»Das ist eine Kollegin vom 1. Revier. Zivilkommando.«

»Kennst du sie gut?«

»Ich habe sie gelegentlich bei Einsätzen getroffen. Gut kennen tue ich sie nicht, aber sie ist in Ordnung und durchaus außergewöhnlich. Saskia hat vor ein paar Wochen auf der Konstablerwache einen Straßendealer umgehauen. Vielleicht hast du davon gehört.«

»Die war das? Ja, davon hab ich gehört. Passiert nicht oft, dass eine Frau Typen zusammenschlägt.«

Für Tanners Geschmack passierte es gerade zu oft.

»Kannst du sie mir mal geben?«, fragte Lasker.

»Sicher.«

Er ging zu Saskia und reichte ihr das Handy. »Da ist Jo Lasker dran. Er möchte mit dir reden.«

Saskias Gesicht verriet Irritation, als sie das Handy entgegennahm. Während Tanner sich wieder setzte, stand jetzt sie auf, um sich einige Schritte vom Tisch entfernt mit Lasker zu unterhalten.

»Das war ganz schön knapp«, sagte Tanner und beobachtete Saskia dabei, wie sie mit dem Handy am Ohr kleine Kreise lief.

»Was soll's. Ist schon Geschichte.« Splatter klopfte Tanner auf die Schulter. »Zur Feier des Tages gebe ich eine Runde Hamburger aus.«

Er erhob sich, ging zum Tresen und gab seine Bestellung auf.

Splatter machte den Eindruck, als wäre in den letzten Stunden nichts Besonderes vorgefallen. Was war nur mit diesem Mann los? Sein Teampartner war schon immer merkwürdig gewesen, aber in den letzten Monaten hatte er noch einmal deutlich an Merkwürdigkeit zugelegt. Wenn jemand in den Raum stürmen und schreien würde, dass Zombies gerade die Stadt überrannten, würde Splatter sagen: »Und warum erzählst du mir das? Du glaubst doch nicht, dass ich deswegen Überstunden mache.« Das Verrückte daran? Er würde es genau so meinen.

Bei passender Gelegenheit musste er mal mit dem Mann

reden. Aber nicht heute.

Auf dem Weg nach draußen erzählte Tanner von Laskers AG.

»Ich weiß nicht«, sagte Splatter. »Meinst du, das ist was?«

»Keine Ahnung. Werden wir morgen herausfinden. Anhören kann man es sich ja mal.« Vor der Tür wickelte Tanner einen Hamburger aus dem Papier.

Saskia telefonierte immer noch.

Er hatte den Eindruck, dass da gerade ein Bewerbungsgespräch lief.

Als er seinen zweiten Hamburger verdrückt hatte, kam Saskia zu ihnen und drückte Tanner das Handy in die Hand. »Ich glaube, ich wurde gerade angeworben«, sagte sie.

Splatter lachte. »Uns drei will er haben? Hat er auch nur die geringste Ahnung, was er sich damit antut?«

Tanner machte eine Bestandsaufnahme: Wohnungseinbruch, Verstoß gegen das Betäubungsmittelgesetz, Inverkehrbringen von Falschgeld, gefährliche Körperverletzung, Strafvereitelung. Dafür hatten sie nicht einmal einen Tag gebraucht. »Nein«, sagte Tanner. »Das hat er ganz sicher nicht.«

6. Personalakquirierung

Lasker

2. Tag, 19.30 Uhr

Der Baseler Platz war ein verkehrsreicher Kreisel in Bahnhofsnähe. Abgase hatten die Fassaden der ihn umgebenden Häuser grau gefärbt. Im Erdgeschoss eines dieser Häuser existierte seit den Siebzigerjahren die *Alte Stube*, in der sich Lasker mit Tanner, Splatter und Saskia verabredet hatte.

Das Ambiente der Gaststätte erinnerte an eine Landkegelbahn. Grüner Linoleumboden, Regale mit verstaubten Gegenständen, von denen kein Mensch mehr wusste, warum sie dort standen, verbliche Bilder an den Wänden, die aussahen, als habe sie jemand in den Neunzigern aus einer Illustrierten ausgeschnitten, für gut befunden und eingerahmt. An der Theke saßen zu jeder Tageszeit dicke Männer mit aufgequollenen Gesichtern, die jeden Neuankömmling anstarrten und dabei beleidigt wirkten, als würde man in ihr Schlafzimmer platzen. Auf der Habenseite verbuchte die Kneipe Schnitzel, die über den Tellerrand hingen und dazu noch schmeckten.

Die Polizisten nahmen an einem Tisch mit maximalem Abstand zur Theke und den restlichen Gästen Platz.

Nachdem sie sich Getränke und etwas zu essen bestellt hatten, kam Lasker sofort zum Punkt. Er erklärte, dass sie in einem Tötungsdelikt ermitteln sollten.

»Das ist, gelinde gesagt, seltsam«, sagte Tanner.

Splatter und Saskia nickten zustimmend.

»Zu dem seltsamen Teil kommen wir später. Hier erst einmal die Fakten.« Er verteilte Abzüge eines Fotos. »Das ist das Opfer. Romina Radulović. Fünfundzwanzig Jahre. Serbische Staatsangehörige. Wir wissen so gut wie gar nichts über sie. Im Frühjahr dieses Jahres wurde sie auf dem Straßenstrich an der Messe angetroffen. Daher stammt das erkennungsdienstliche Bild.«

»Nie im Leben hat die auf dem Straßenstrich gearbeitet. Viel zu hübsch«, sagte Tanner.

Lasker nickte. »Das war auch mein erster Gedanke. Kurz nach ihrem Tod gab es eine telefonische Vermisstenmeldung, die auf dem 4. Revier eingegangen ist. Ermittlungen bei der Telekom haben ergeben, dass der Anruf von einem öffentlichen Münztelefon erfolgt ist. Der Apparat hängt im *Terminus*.«

»In dem Puff gibt es ein Münztelefon?«, fragte Splatter. »Das ist mir noch nie aufgefallen.«

»Mir auch nicht«, sagte Lasker. »Ich habe es mir vorhin vor Ort angesehen, weil ich es nicht glauben konnte. Dort hängt im Erdgeschoss neben dem Eingang tatsächlich so ein rostiges Ding an der Wand.«

»Also frei zugänglich«, sagte Tanner.

»So ist es.«

»Das ist genau die Ecke, an der die Bulgaren herumstehen«, warf Saskia ein.

»Das ist wahr. Als sie auf dem Strich angetroffen wurde, war sie in Begleitung von Bulgarinnen. Darum haben wir auch eine vage Verbindung zwischen Romina Radulović und den Bulgaren. Was Handfestes ist es natürlich nicht.«

»Die hat nichts mit diesen hässlichen Bulgaren zu schaffen.« Tanner legte das Bild auf den Tisch.

»Aber die Bulgaren vielleicht mit ihr«, sagte Lasker.

»Und warum bringen die sie um und stottern später eine Vermisstenmeldung in den Hörer?«, wollte Splatter wissen.

Lasker zuckte mit den Schultern. »Keine Ahnung. Streitigkeiten innerhalb der Gruppe?«

»Meiner Meinung nach ist diese Bulgarenspur so dünn wie Esspapier«, sagte Saskia.

»Mehr haben wir nicht.« Lasker tippte auf die Akte, die vor ihm auf dem Tisch lag.

»Das K 1 hat eigentlich alles abgeklärt. Romina Radulović hatte bei keinem Provider einen Handyvertrag, sie bekam keine Zuwendungen vom Staat, sie war bei keiner Krankenkasse versichert, und beim Einwohnermeldeamt kennt man sie auch nicht. Arbeitsamt, Finanzamt, Führerscheinstelle: überall das Gleiche. Kein einziger Datensatz. Sie hatte nicht einmal ein Girokonto. Beim Ausländeramt auch kein Treffer. Radulović hat sich ohne gültiges Visum in Deutschland aufgehalten. Das Einzige, was das K 1 gefunden hat, ist eine Facebook-Seite. Aber der letzte Eintrag von ihr ist drei Jahre alt.«

»Das spricht alles dafür, dass sie sich noch nicht lange im Land aufgehalten hat«, stellte Saskia fest.

»Vermutlich nicht«, sagte Lasker.

»Wo hat man die Leiche gefunden?«, fragte Tanner.

»Bei der Staustufe in Griesheim. Laut Autopsiebericht hat sie nur wenige Stunden im Main gelegen. Todesursache war Strangulation. Möglicherweise mit einem Gürtel oder Ähnlichem. Vor ihrem Tod wurde sie geschlagen. Sie hatte massive Verletzungen im Gesicht. Nase und Kiefer waren gebrochen. Und dann haben wir noch das hier.« Lasker klappte die Akte auf und drehte sie in Richtung der anderen, damit sie sich die Bilder ansehen konnten.

»Die Hände sind abgetrennt«, stellte Tanner fest. »Wurde sie gefoltert?«

»Wenn sie gefoltert wurde, dann nicht mit letzter Konsequenz. Die Hände wurden post mortem entfernt. Aufgrund der Beschaffenheit der Schnittwunden ist als Tatmittel von einer Axt auszugehen. Mein erster Gedanke war, dass der Täter versucht hat, ihre Identifizierung zu erschweren, aber es hat keinen Sinn, die Hände zu entfernen und den Kopf dranzulassen.«

»Vielleicht wurde der Täter bei der Handlung gestört«, sagte Splatter.

Lasker nickte. »Das ist eine Hypothese.«

»Oder aber«, warf Tanner ein, »sie hat sich etwas genommen, was ihr nicht gehörte.«

»Du meinst, die Hände wurden abgehackt, um für andere ein Zeichen zu setzen? So nach Mafiaart?«, fragte Saskia.

»Genau.«

»Ist auch eine Möglichkeit«, sagte Lasker.

Die Bedienung, eine ältere Frau mit gelb gefärbten Haaren, bewegte sich mit einem Tablett voller Getränke in ihre Richtung. Lasker klappte die Akte zu.

Die Frau stellte zwei Cola und zwei Apfelsaftschorlen auf den Tisch und schlurfte wieder in Richtung Tresen.

»Wissen wir außer dem Namen überhaupt etwas über das Opfer?«, fragte Splatter.

»Sie war mal in Serbien in ein Drogengeschäft verwickelt. Daher haben die Serben ihr DNA-Profil. Aber so, wie man es mir gesagt hat, war das keine große Sache.«

Splatter nahm einen Schluck von seiner Cola. »Wie sollen wir da ermitteln? Ich sehe so gut wie keinen Ansatz. Mal abgesehen von diesem Bulgarenverdacht.«

»Was ist mit den anderen Prostituierten, mit denen sie im

Frühjahr eingesackt wurde?«, fragte Tanner. »Vielleicht haben die Informationen über Radulović.«

»Die konnten durch das K 1 nicht ermittelt werden. Insgesamt wurden vier weitere Frauen an dem Abend mitgenommen. Alle Bulgarinnen. Aber wo die sich jetzt aufhalten, weiß kein Mensch. Vielleicht sind die nicht einmal mehr in Deutschland.«

»Prima. Und was willst du jetzt machen?«, wollte Tanner wissen.

»Dazu komme ich gleich. Ich …«, setzte Lasker an.

»Woher kommt der Auftrag?«, unterbrach ihn Saskia. »Warum sollen wir ermitteln, wenn die Mordkommission das bereits macht. Das ergibt keinen Sinn.«

»Der Auftrag kommt von Weidner.«

»Vom Abteilungsleiter?« Tanner, der gerade sein Glas zum Mund führte, stellte es zurück auf den Tisch. »Was ist das denn für eine Geschichte?«

Lasker seufzte. »Jetzt kommen wir zu dem bereits am Anfang erwähnten seltsamen Teil. Das K 1 hat die Ermittlungen an das BKA abgeben müssen. Warum das so ist, weiß ich nicht.«

»Mafia! Ich hab's gewusst.« Saskia schlug mit der flachen Hand auf den Tisch.

»Möglich«, sagte Lasker.

»Warum sollen wir ermitteln, wenn das BKA an dem Fall dran ist?«, fragte Tanner.

Tanner sprach bereits von *wir*. Das nahm Lasker als ein gutes Zeichen. Zumindest ihn hatte er bereits an der Angel.

»Vielleicht hat er ein persönliches Interesse«, sagte Saskia.

»Du meinst, er hatte ein Verhältnis mit ihr«, sagte Splatter.

Sie zuckte mit den Schultern. »Warum nicht? Kann doch sein.«

Tanner schüttelte den Kopf. »Das erklärt nicht, warum er uns parallel ermitteln lässt.« Er sah Lasker an. »Jo, was denkst du?«

»Ich vermute, dass es ihm nicht gepasst hat, dass das BKA den Fall an sich gerissen hat. Aber warum das so ist, weiß ich nicht. Mir ist auch der Gedanke gekommen, dass der Auftrag gar nicht von Weidner selber kommt. Vielleicht handelt er auf höhere Anordnung. Ich habe keine Ahnung.«

Tanner zog die Augenbrauen nach oben. »Ist dir das egal?«

»Vor allem ist es spannend.«

Tanner lächelte schief. »Spannend? Ist das alles, was du dazu zu sagen hast?«

Das war aus Laskers Sicht mehr als genug. Er war vierundvierzig Jahre alt. Damit war das Leben nicht vorbei, aber die berufliche Actionphase näherte sich ihrem natürlichen Ende. Was die Straßenarbeit anging, befand er sich in der sogenannten Endstufe. Danach würde ihm nur noch die Langeweile bleiben. Er hatte keine Lust auf einen Bürojob. Die Vorstellung, den ganzen Tag vor einem Computer zu sitzen und Berichte für die Mülltonne zu schreiben, gruselte ihn. Gestern hatte er vor dem beruflichen Aus gestanden. Ihm drohte ein Abgleiten in die Bedeutungslosigkeit. Und das war so ziemlich das Schlimmste, was ihm passieren könnte.

Natürlich hatte er sich Gedanken über Weidners Motivation gemacht. Dass er dem BKA eins auswischen wollte, empfand er als nicht stichhaltig genug. Was hatte Weidner davon? An Mordfällen herrschte in Frankfurt kein Mangel. Wenn das BKA meinte, es müsse einen davon übernehmen, war das eher etwas Positives. Ein Fall weniger, um den sich das K 1 kümmern musste. Warum interessierte ihn das dermaßen? Hatte er eine Beziehung zu der Frau? Das konnte Lasker sich nicht vorstellen. Aber selbst wenn. Sollte das BKA doch den Täter finden. Was sprach dagegen? Traute er es ihnen nicht zu?

Und dieses Gerede von einer neuen Fahndungseinheit mochte er Weidner auch nicht abnehmen. Worin sollte der Nutzen bestehen?

Aber war das alles wichtig? Nein, war es nicht. Er bekam die Chance, etwas zu tun, was ihm lag. Und das war Verlockung genug.

»Das stinkt zum Himmel«, stellte Tanner fest und die anderen pflichteten ihm bei.

Da hatte Tanner zweifelsfrei recht. »Was soll passieren? Im schlimmsten Fall bekommt das BKA Wind von unseren Ermittlungen. Dann gibt es einen Krach zwischen BKA und Präsidium auf Führungsebene. Das betrifft uns nicht.« Lasker sah in die Runde. »Wer von euch in seiner derzeitigen Verwendung zufrieden ist, möge die Hand heben.« Die Hände blieben unten. Damit hatte Lasker gerechnet. »Wenn wir bei dem Auftrag gut aussehen, wird die AG möglicherweise in die Regelorganisation übernommen. Wir bekommen unsere eigene Dienststelle.«

Die angesprochene Möglichkeit erzeugte auf den ersten Blick nicht die Begeisterung, die er sich erhofft hatte. Vielleicht sollte er auf einer persönlicheren Ebene ansetzen.

»Tanner, du wirst nie etwas auf dem Revier werden. Außer Splatter kann dich dort niemand leiden. Und selbst bei Splatter bin ich mir diesbezüglich nicht sicher. Außerdem habe ich gehört, dass du dir noch mehr Ärger eingehandelt hast.«

»Woher weißt du das?«

»Weil ich informiert bin. Glaubst du, ich suche euch drei aus und hole mir keine tagesaktuellen Auskünfte ein?«

Lasker wandte sich an Saskia. »Du hast auch mehr Probleme, als du tragen kannst. Erst die Sache auf der Konstablerwache, weswegen dich die Behörde zum Betrug gesteckt hat, und nun dein Rachefeldzug in der B-Ebene der Hauptwache.«

Sie verschränkte die Arme vor der Brust. »Was ich auf der Kowa gemacht habe, war völlig in Ordnung. Bei der Sache an der Hauptwache weißt du nicht, worum es dabei ging.«

»Nein, aber ich weiß, dass du jemanden brauchst, der auf

deiner Seite steht und dich aus dem Käfig im Präsidium befreit.«

»Willst du mein Beschützer sein?« In ihrer Stimme lag Hohn.

»Willst du beim Betrug bleiben? Egal, ob die Sache auf der Kowa rechtmäßig war, die lassen dich im Präsidium verschimmeln.«

»Punkt für dich.«

Lasker sah Splatter an. »Du bist auf dem Revier ebenfalls nicht gerade beliebt. Die halten dich alle für geisteskrank.«

»Ich bin geisteskrank«, knurrte Splatter.

»Und du bist gelangweilt und hast nur Mist im Kopf. Was dir früher oder später zum Verhängnis werden wird.«

»Hört, hört. Endlich jemand, der das erkennt«, pflichtete Tanner ihm bei.

Lasker wandte sich an alle. »Ich biete euch die Chance einer massiven beruflichen Veränderung. Weidner hat mir zugesichert, dass ich mir aussuchen kann, wen ich will. Wir sind losgelöst von sämtlichen Hierarchien und unterstehen nur ihm persönlich. Und das Allerbeste, wir stehen unter seinem Schutz.«

»Schutz? Hat er das so gesagt?«, fragte Tanner.

»Nein, aber er will was von uns. Die AG ist sein Kind. Daher wird er seine Hand über uns halten.«

»Ich traue niemand aus dem höheren Dienst. Die Goldsterne sind alle gleich«, sagte Tanner.

»Und wenn schon. Was hast du zu verlieren? Streifefahren kannst du noch genug. Außerdem besteht die Chance, dass wir eine offizielle Einheit werden. Aber dazu müssen wir etwas liefern.« Lasker sah einen nach dem anderen an. »Drinnen oder draußen?«

»Ich bin dabei«, sagte Splatter.

Saskia nahm den letzten Schluck ihrer Apfelsaftschorle. »Schlimmer als der Betrug kann es kaum sein. Ich mache mit.«

»Da ich kein Interesse daran habe, bestimmten Kollegen in näherer Zukunft über den Weg zu laufen, bin ich auch dabei.«

Splatter kicherte. »Wir sind jetzt die vier Musketiere.«

»Freut mich, dass ich euch überzeugt habe.«

Das war besser gelaufen als gedacht. Zwar hatte Lasker daran geglaubt, die drei gewinnen zu können, aber er hatte mit mehr Widerstand gerechnet. Einen solchen Fall mit den Möglichkeiten zu lösen, die ihnen zu Verfügung standen, war nahezu unmöglich. Die einzige Chance, die er hatte, war, Personal zu akquirieren, das sich nicht so leicht ins Bockshorn jagen ließ und die Bereitschaft zeigte, abseits des kriminalistischen Mainstreams zu ermitteln. Kollegen und Kolleginnen, die dazu in der Lage waren, besaßen ihren eigenen Kopf und galten bei vielen Vorgesetzten gemeinhin als nicht führbar. Er hatte davor keine Angst. In den meisten Fällen hing es von dem Vorgesetzten ab, ob jemand zu führen war. Er würde das schon hinbekommen.

Die Bedienung kam und stellte dampfende Teller auf den Tisch.

Splatter fing sofort damit an, sein Schnitzel zu zersägen. »Wie heißt denn unsere AG eigentlich?«

»AG Talisman.«

»Woher kommt denn der blöde Name?«

»Von mir«, sagte Lasker.

»War nicht so gemeint.«

»Und was machen wir jetzt?«, fragte Tanner »Wenn das wirklich die Bulgaren waren, sehe ich keinen Weg, wie wir an die rankommen sollen. Von denen spricht kaum einer Deutsch.«

Splatter meldete sich zu Wort. »Vielleicht kann Saskia uns helfen.«

»Ich bin Rumänin und keine Bulgarin.«

»Ist das nicht dasselbe?«

»Halt deine Klappe.«

»Du bist ganz schön ruppig im Umgang mit …«

Lasker hob die Hand. »Jetzt macht mal Pause.«

Saskia und Splatter hielten inne.

»Bevor ich hierhergekommen bin, habe ich eine Runde im Bahnhofsgebiet gedreht. Die ganze Bagage steht Moselstraße, Ecke Taunusstraße, frisst Sonnenblumenkerne und glotzt Löcher in die Luft. Sicher um die sechzig Mann. Von denen ist kaum einer polizeilich bekannt. Das ändern wir heute.«

»Und wie?«, fragte Splatter.

»Ich misch mich unter die Typen und verwickle sie in ein Handgemenge. Einer von euch fordert über die Einsatzzentrale Unterstützung an. Dann nehmen wir die ganze Brut fest und lassen sie erkennungsdienstlich behandeln. Das bringt uns Lichtbilder, Namen, Fingerabdrücke und bei denen, die nicht schlau genug sind, sogar DNA-Material.«

»Mit welcher Begründung?«, fragte Tanner.

»Ich werde behaupten, dass ich von mehreren Personen angegriffen wurde und man versucht hat, mir die Waffe zu entwenden. Daraus konstruiere ich den Anfangsverdacht eines Landfriedensbruchs. Außerdem haben wir offiziell den Auftrag, uns um die Zuhälter im Bahnhofsgebiet zu kümmern. Das erklärt, warum wir dort herumschleichen.«

»Der Quatsch wird schneller eingestellt, als du deinen Bericht geschrieben hast.«

»Das ist richtig. Aber mir geht es um die erkennungsdienstlichen Behandlungen. Wenn von denen hinterher keiner einen Anwalt hinzuzieht, um sich zu beschweren, bleiben die im Bestand. Das ist wenig, aber tausend Mal mehr, als wir jetzt haben.«

Tanner wirkte nicht überzeugt. »Und wie willst du die alle ins Präsidium zum Erkennungsdienst schaffen? Wenn du der Einsatzzentrale erklärst, dass du mal eben einen Transport für sechzig Mann benötigst, was glaubst du, was dann los ist? Die lachen dich aus.«

»Heute ist in der Stadt eine größere Linkendemo. Das bedeutet, es sind Kräfte in Divisionsstärke in der Stadt. Ich bekomme das schon hin.«

Saskia grinste Lasker an. »Daher weht der Wind. Du brauchst Leute, die nach dem Landrecht von 1890 vorgehen. Ich hatte mich schon gewundert, warum du ausgerechnet uns ausgesucht hast.«

Lasker lächelte zurück. »Du hast mich durchschaut.«

»Die AG besteht doch noch gar nicht. Ich habe ja von solchen Dingen keine Ahnung, aber musst du nicht erst deine Personalwünsche mitteilen und dann auf das Go warten?«, fragte Tanner.

»Die Situation ist zu günstig. Das lass ich mir nicht entgehen. Ich hoffe, Weidner wird das verstehen.«

»Ich mach das«, sagte Saskia und sah von einem zum anderen. »Ich misch mich unter die Bulgaren.«

»Wieso?«, fragte Lasker.

»Weil es in einem solchen Fall eine bessere Wirkung erzielt, wenn eine Kollegin angegangen wird. Das ist glaubwürdiger.«

»Bist du dir sicher, dass du das machen willst? Du hast in der Richtung bereits Schwierigkeiten.«

»Ich bin mir sicher.«

»Aber hau sie nicht gleich alle um«, spottete Tanner.

»Dann lasst uns anfangen.« Lasker winkte die Bedienung zum Zahlen heran.

»Ich bin noch nicht fertig«, sagte Splatter und deutete mit seiner Gabel auf sein halb gegessenes Schnitzel.

»Verzicht ist gut für deine Figur«, sagte Lasker.

Splatter legte enttäuscht das Besteck auf den Teller. »Können wir dann wenigstens vorher kurz an einem Kino vorbeifahren?«, fragte Splatter.

Alle sahen ihn verstört an.

»Was? Für das Spektakel möchte ich mir gerne eine Tüte Popcorn kaufen. Ist das jetzt ein Problem?«

7. Einkesselung

Lasker

2. Tag, 21.10 Uhr

Lasker hatte Splatter nur mit Mühe davon abhalten können, sich Popcorn zu kaufen. Es eilte. Die Bulgaren konnten jederzeit verschwinden und die Einsatzkräfte für die Demo würden ebenfalls nicht ewig in der Stadt bleiben.

Nun stand er an einem Telefonverteilerkasten in der Taunusstraße und sah sich um.

Im Bahnhofsgebiet war eine Menge Betrieb. Lasker beobachtete viele Anzugträger. Womöglich war gerade eine Messe in der Stadt. Tagsüber machten die Geschäftsleute auf seriös und am Abend zogen sie durchs Bahnhofsviertel auf der Suche nach osteuropäischen Prostituierten. Der ein oder andere von denen würde im Laufe der Nacht in einer der Bars versacken und sein Bankkonto geplündert bekommen. Aber das war nicht Laskers Problem.

Sein Problem stand in Form einer bulgarischen Männerclique auf der gegenüberliegenden Straßenseite.

Die Zuhälter und ihre Laufburschen waren leicht zu erkennen. In der Regel kleideten sie sich mit Jogginganzügen und dunklen Plastikjacken, die vortäuschten, aus Leder zu bestehen. Er hatte es nie geschafft, diese Clowns ernst zu nehmen. Die meisten von den Kerlen waren so klein, dass sie Schwierigkeiten hätten, ohne Trittleiter ein Pony zu besteigen. Als Ausgleich zu ihrer mangelnden Körpergröße trugen sie kleine, harte Kugelbäuche vor sich her. Sie sahen aus, als hätte jeder von ihnen beim Frühstück einen Basketball gespeist. Schon oft hatte er sich gefragt, was man tun musste, um seine Figur dermaßen zu versauen.

Auch wenn die Männer für Lasker Witzfiguren waren, wusste er, dass sie für die Frauen eine ernste Gefahr darstellten. Von dem, was sie den Mädchen antaten, wurde lediglich ein Bruchteil polizeilich bekannt. Sie schlugen, vergewaltigten, folterten. Dass sie hin und wieder eine der Frauen töteten, erschien da nur folgerichtig.

Lasker sah, wie Saskia sich ihrem Ziel näherte. Sie kam die Taunusstraße aus Richtung Bahnhof herunter und würde sich in einer halben Minute unter die Bulgaren mischen.

Er wusste nicht, was er von ihrem freiwilligen Einsatz halten sollte. Einerseits begrüßte er ihr Engagement. Anderseits gefiel es ihm nicht, dass sie sich in Gefahr brachte. Schließlich war es seine Idee gewesen und sie hatte bereits die Aufmerksamkeit der Behörde auf sich gezogen. Aber wenn man Menschen wie Saskia führen wollte, dann benötigte man Fingerspitzengefühl. Sie wie ein Kind zu behandeln wäre keine gute Idee.

Mit ihrer Bemerkung über das Frankfurter Landrecht hatte sie zu verstehen gegeben, dass sie ihn durchschaut hatte. Wenn etwas nach dem Landrecht geschah, meinte man damit, dass es illegal war. Er hatte kein gesteigertes Interesse an illegalen Ermittlungsmethoden. Wenn er jedoch die geringste Chance haben wollte, den Auftrag zu erfüllen, blieb ihm gar nichts anderes übrig. Die üblichen Methoden der Bürofahndung würden ihm nicht weiterhelfen. Das hatten die Anfangsermittlungen des K 1 bereits gezeigt. Radulović existierte praktisch nicht. Bei keiner Behörde gab es Daten über sie. Mögliche Bezugspersonen waren nicht bekannt. Man wusste noch nicht einmal, wo sie gewohnt hat. Daher musste er tiefer in die Trickkiste greifen. Die heutige Aktion war der Anfang.

Da er von Beginn an geahnt hatte, wohin die Reise führte, hatte er sich lange Gedanken gemacht, wen er für die AG mit ins Boot holen sollte. Schließlich brauchte man für jede Arbeit das richtige Personal. Bedenkenträger schieden im Vorhinein aus. Er brauchte Kollegen, die loyal waren, Ahnung vom Job hatten, sich im Milieu auskannten und sich nicht bei dem kleinsten Verstoß gegen geltendes Recht in die Hose machten. Das schränkte die Personalauswahl bedenklich ein.

Erschwerend kam hinzu, dass er Leute benötigte, die sich auch körperlich auf der Straße durchsetzen konnten. Dabei ging es nicht in erster Linie darum, sich in Straßenschlägereien zu behaupten. Solche Menschen hatten einen ganz anderen Vorteil. Wer sich seiner Kraft bewusst war, der trat mit größerer Selbstsicherheit auf. Ein selbstsicheres Auftreten öffnete vor allem im Milieu viele Türen. Man wurde ernst genommen und bekam oft Informationen, die andere nicht bekamen.

Am Ende bestand seine Liste aus zwei Namen: Tanner und Splatter.

Als er gestern mit Tanner telefoniert hatte und Saskias Geschichte hörte, weckte das seine Neugierde. Nach einem längeren Gespräch mit Saskia hatte er das Gefühl, dass sie die Richtige für die AG sei. Einige Erkundigungen über sie bestätigten seinen Eindruck. Die Geschichte an der Hauptwache war natürlich kein Pluspunkt. Saskia hatte ihm gesagt, dass sie von Jugendlichen angemacht worden sei und dann rotgesehen habe. Sie hatte überzogen. Aber die Offenheit, mit der sie ihren Fehler eingestand, hatte ihn beeindruckt. Menschen mit der Fähigkeit zur Selbstkritik schätzte er sehr.

Lasker war davon überzeugt, die Richtigen an Bord geholt zu haben. Saskia, Tanner und Splatter brachten genau das mit, was nötig war. Aber es gab auch ein Problem.

Genau genommen setzte er gerade dazu an, drei Halbverrückte als Team auf die Welt loszulassen, denen er auch noch mit auf dem Weg gab, dass sie illegal ermitteln sollten. Die Kontrolle über sie zu behalten würde eine anspruchsvolle Aufgabe werden.

Aber alles zu seiner Zeit. Der Plan für die heutige Aktion war ebenso simpel wie gefährlich. Saskia sollte sich unter die Bulgaren mischen und dann dem Erstbesten eine reinhauen. Die Hoffnung war, dass sich daraufhin möglichst viele von ihnen auf sie stürzen würden. Lasker würde über Funk dringende Unterstützung anfordern. Danach sollten Tanner und Splatter ebenfalls in den Pulk springen, um weiteres Chaos anzurichten. Lasker musste leider draußen bleiben. Nach einer längeren Diskussion hatte er eingesehen, dass sie für den Plan einen Unbeteiligten brauchten, der die eintreffenden Kräfte anleitete, damit diese genau das taten, was sie tun sollten. Nämlich die Bulgaren einkesseln und so lange festhalten, bis genügend Streifen am Einsatzort eingetroffen waren. Das konnte den einen oder anderen blauen Fleck für Saskia, Splatter und Tanner bedeuten.

Die bulgarischen Zuhälter galten als ungefährlich. So brutal sie auch mit ihren Frauen umgingen, nach außen waren sie Waschlappen. Aber ein Messer war schnell gezogen. Und wenn man es im Bauch hatte, spielten allgemeine Weisheiten keine Rolle mehr.

Daher brauchte er Leute wie Saskia, Tanner und Splatter. Die drei konnten sich verteidigen und waren in der Lage, die Situation einzuschätzen. Sie alle erkannten die Gefahr und gingen bewusst das Risiko ein.

Mit Kinderkommissaren, die gerade von der Schule kamen und denen man die Welt erklären musste, war hier kein Krieg zu gewinnen. Die Idee, die Bulgaren festnehmen zu lassen, war ihm spontan eingefallen. Vor seinem Weg in die *Alte Stube* hatte er eine Runde im Bahnhofsgebiet gedreht. Dabei war ihm die große Gruppe an Zuhältern aufgefallen. Für gewöhnlich gammelten an der Ecke nicht mehr als zwanzig oder dreißig von den Männern herum. Solche Massenversammlungen wie heute gab es nur alle paar Wochen. Lasker wusste nicht, woran das lag. Vielleicht war das so eine Art monatliches informatives Meeting für alle bulgarischen Menschenhändler.

Der Umstand, dass wegen der Demo in der Innenstadt mehrere Hundertschaften in den angrenzenden Straßen um das Bahnhofsgebiet herumstanden und sich in ihren Gruppenwagen in der Nase bohrten, hatte den Ausschlag für den Plan gegeben.

Saskia erreichte die Moselstraße und blieb an der Rot zeigenden Fußgängerampel stehen.

Die Ampel sprang auf Grün.

Zusammen mit einigen Junkies überquerte sie die Moselstraße. Die Junkies bogen nach rechts in Richtung Kaiserstraße ab. Saskia lief weiter geradeaus und näherte sich dem bulgarischen Epizentrum. Für einen Moment verlor er sie in dem Gedränge aus den Augen. Die Anspannung drückte ihm Adrenalin in die Blutbahn. Saskia sollte jetzt bloß keinen Scheiß bauen.

Er nahm das Funkgerät vom Gürtel.

Wo war sie denn jetzt?

Plötzlich fiel ihm auf, dass sich die Menge an einer Stelle verdichtete. Dann taumelte einer der Bulgaren rückwärts auf die Taunusstraße und setzte sich unsanft auf den Hintern.

Wenn das kein Zeichen war, dann wusste Lasker es auch nicht.

Er hielt sich das Funkgerät vor den Mund und drückte die Sprechtaste. »Neptun. Dringend.«

»Hier Neptun.«

»Zivilbeamtin wird von Menschenmenge angegriffen. Brauchen dringende Unterstützung. Taunusstraße, Ecke Moselstraße. Mehrere Dutzend Angreifer.«

»Verstanden. Unterstützung kommt.«

Lasker ließ das Funkgerät sinken. Aus den Augenwinkeln sah er Splatter, der vierzig Meter neben ihm gestanden hatte, nun über die Taunusstraße rannte und in der Menge verschwand. Tanner war sicher ebenfalls auf dem Weg.

Die ersten Martinshörner heulten auf. Lasker hatte mal gelesen, dass das Frankfurter Bahnhofsgebiet die größte Polizeidichte in Europa aufweisen sollte. Ob das stimmte, wusste er nicht. Aber lange dauerte es hier nicht, bis man Hilfe bekam. Kaum zehn Sekunden vergingen und der erste Streifenwagen kam vom Bahnhof entgegen der Einbahnstraßenrichtung mit flackerndem Blaulicht die Taunusstraße angerauscht. Augenblicke später hörte er quietschende Reifen. Zwei weitere Einsatzfahrzeuge schossen aus Richtung Innenstadt heran.

Wenn man sich auf eines bei der Frankfurter Polizei verlassen konnte, dann war es die Unterstützung seitens der Kollegen. In spätestens fünf Minuten würden die Straßen mit Streifenwagen verstopft sein.

Jetzt war Lasker an der Reihe. Er lief auf die angekommenen Kollegen zu und erklärte ihnen mit knappen Sätzen, was sie tun sollten. Das Heikle war die erste Phase, in der die Polizei bereits Präsenz zeigte, aber kräftemäßig nicht so aufgestellt war, dass sie eingreifen konnte. Wenn er Pech hatte, dann würden sich die meisten seiner Zielpersonen einfach in alle Himmelsrichtungen aus dem Staub machen. Aber es sah so aus, als seien sie weit davon entfernt, Lunte zu riechen. Vielmehr standen sie alle um Laskers Leute herum und beobachteten Tanner und Splatter dabei, wie sie auf zweien ihrer Landsleute knieten und ihnen die Handfesseln anlegten. Saskia war ebenfalls da. Ihr Zopf hatte sich geöffnet und ihre Haare hingen ihr wirr im Gesicht herum. Doch im Wesentlichen wirkte sie unbeschädigt.

Nach einigen Minuten war die Lage unter Kontrolle. Die Einsatzkräfte hatten einen Ring um die Bulgaren gezogen und die meisten von ihnen waren ins Netz gegangen. Jetzt kam der Moment, wo Lasker sich deutlich aus dem Fenster lehnen musste, damit seine Idee einen Sinn erhielt.

Er nahm sein Handy und wählte die Nummer des Polizeiführers vom Dienst. Mit seinem Anliegen brauchte er keinen Funker zu belästigen. Es war sinnvoller, gleich mit dem Chef zu sprechen.

»Grosche. Führungs- und Lagedienst.«

»Mein Name ist Lasker. Ich rufe an wegen des Angriffs auf eine Kollegin in der Taunusstraße.«

»Ich habe den Funk mitgehört. Ist die Lage unter Kontrolle?«

»Positiv.«

»Ist die Kollegin verletzt?«

»Nur Kratzer. Sie hat Glück gehabt.«

»Bringen Sie mich kurz auf Stand.«

»Die Kollegin war in Zivil unterwegs. Im Bereich Moselstraße, Ecke Taunusstraße wurde sie von einer größeren Gruppe Bulgaren angegriffen. Man hat versucht, ihr die Waffe zu entwenden. Ich konnte das Geschehen von der gegenüberliegenden Straßenseite beobachten. Es gibt Hinweise darauf, dass die gesamte Gruppe an dem Angriff beteiligt war.«

»Was für Hinweise?«

»Entweder waren sie konkret an dem Angriff auf die Kollegin beteiligt oder sie haben die Tat abgedeckt, indem sie einen Kreis um die Angreifer gebildet haben.«

»Um anderen die Sicht zu nehmen.«

»Genau. Im Zentrum gibt es Schläge und von draußen bekommt keiner was mit.«

»Gab es Festnahmen?«

»Ja.«

»Wie viele?«

»Ich denke, etwa sechzig.«

Einen Moment war es am Telefon still.

»Das ist ein Scherz.«

»Nein. Ich lasse die ganze Gruppierung wegen des Verdachtes des Landfriedensbruchs festnehmen und erkennungsdienstlich behandeln.«

»Das geht zu weit. Was da geschehen ist, ist eine Sauerei. Aber sechzig Mann vorläufig festzunehmen geht nicht. Das untersage ich. Versuchen Sie, die unmittelbaren Tatbeteiligten zu identifizieren. Der Rest muss ermittelt werden.«

»Ich muss darauf bestehen.«

Nun war der Zeitpunkt gekommen, an dem Grosche sicherlich die Gesichtszüge entglitten. Lasker konnte es quasi durch den Telefonhörer sehen.

Die Bulgaren hatten mittlerweile verstanden, dass das gewaltige Polizeiaufgebot ihnen galt. Einige versuchten, aus dem Kessel auszubrechen. Es gab erste Schubsereien mit den Kollegen.

»Ich glaube, ich habe mich verhört. Meine Anweisung steht fest. Woher kommen Sie eigentlich?«

»Ich bin Leiter der AG Talisman.«

»Habe ich noch nie gehört. Wer ist Ihr Vorgesetzter?«

»Abteilungsleiter Weidner.«

»Was soll der Quatsch? Welche Dienststelle?«

»Die AG wurde von Herrn Weidner ins Leben gerufen. Ich unterstehe ihm persönlich. Der aktuelle Sachverhalt und meine Maßnahmen stehen in einem direkten Zusammenhang mit meinem Auftrag.«

85

»Was für ein Auftrag?«

»Wir sollen uns um das Zuhältermilieu im Bahnhofsgebiet kümmern.«

»Warum weiß ich nichts von dieser AG?«

Vielleicht weil es die AG noch gar nicht offiziell gibt? »Das kann ich Ihnen nicht sagen.«

Im Hörer knisterte es. Offensichtlich hielt Grosche die Sprechmuschel mit einer Hand zu und redete mit jemand. Lasker konnte gedämpfte Gesprächsfetzen hören. Definitiv fielen die Worte Arschloch und Penner.

Es dauerte eine ganze Weile, bis sich der Polizeiführer erneut meldete. Seine Stimme hatte einen deutlich aggressiven Ton. »Ich schicke Ihnen Kräfte für den Transport. Ihnen ist hoffentlich klar, dass diese Aktion die halbe Nacht dauern wird.«

»Das ist mir bewusst.«

»Sie können sicher sein, dass ich Herrn Weidner ansprechen werde. Wenn er die Maßnahme nicht zu einhundert Prozent unterstützt, gibt es richtig Ärger.«

Lasker drückte das Gespräch weg. Er hatte bekommen, was er wollte. Spannend blieb die Frage, wie Weidner auf das Spektakel reagieren würde.

8. DEVOT

SPLATTER

3. Tag, 18.50 Uhr

Dem Paketboten stand der Schweiß auf der Stirn. Er hielt sich mit einer Hand am Treppengeländer fest. »Wieso gibt es hier keinen Aufzug?«

Splatter kritzelte mit einem Plastikstift auf dem Quittiergerät des Boten herum. Die aus seinen Bemühungen resultierende Unterschrift sah wie eine willkürliche Ansammlung von Strichen aus. »Keine Ahnung.«

»Bei fünf Stockwerken braucht man zwingend einen Fahrstuhl«, stellte der Mann fest, als würde er ein Naturgesetz formulieren.

»Benötigen Sie Sauerstoff?«

»Witzbold.« Der DHL-Mann schüttelte den Kopf und machte sich an den Abstieg.

Splatter schloss die Tür und ging mit seinem Paket ins Wohnzimmer. Mit einer Schere schnitt er das Klebeband durch. Nachdem er den Karton aufgerissen hatte, standen fünf kleine Kästchen auf dem Tisch: vier Raummikrofone und ein Empfänger. Die Installation war simpel. Er stellte jeweils eines der Mikrofone im Wohnzimmer, im Flur, in der Küche und im Badezimmer auf. Den Empfänger platzierte er neben seinem Bett auf dem Nachtschrank. Die Geräte der Raumüberwachungsanlage waren über Funk miteinander verbunden. Splatter schaltete sie ein, ging ins Wohnzimmer und machte den Fernseher an. Danach ging er zurück ins Schlafzimmer und schloss die Tür. Der Empfänger summte wie ein Wecker. Er drückte auf eine Taste und hörte den Fernseher aus dem Wohnzimmer. Die Verbindung war gut und er konnte verstehen, wie ein Politikexperte seinen Kommentar zu einer Bundestagsentscheidung zum Besten gab. Splatter schaltete die Anlage ab.

Er sah auf die Uhr. Bald musste er sich auf den Weg zu seiner Verabredung machen. Schön, dass das Paket noch gekommen war. Um diese Uhrzeit hatte er nicht mehr damit gerechnet.

Splatter ging duschen. Das letzte Mal, dass er sich mit einer Frau verabredet hatte, lag drei Jahre zurück. Wenn sich schon eine Frau mit ihm treffen wollte, dann wäre es dumm, sich das durch mangelhafte Körperhygiene kaputt zu machen.

Zwanzig Minuten später war er gewaschen und neu eingekleidet. Je näher seine Verabredung rückte, umso mehr kribbelte es in seinem Magen. Ein Gefühl, von dem er noch nicht wusste, ob es ihm gefiel.

Er griff sich den Haustürschlüssel und verließ die Wohnung.

Splatter hatte sich mit Marlene zum Essen beim *Vapiano* am Goetheplatz verabredet. Von seiner Wohnung in der Buchgasse in der Nähe des Römers waren das kaum zehn Minuten zu Fuß. Als er den Goetheplatz überquerte, verwandelte sich das Kribbeln in seinem Bauch in handfeste Schmerzen.

Warum regte er sich so auf? Sie würde ohnehin nicht kommen.

Vor einigen Tagen hatte er Marlene im Anschluss an einen Kinobesuch kennengelernt. Als er das Kino verlassen hatte, war sie mit dem Fahrrad an ihm vorbeigefahren und hatte dabei ihre Tasche vom Gepäckträger verloren. Splatter hatte sie darauf aufmerksam gemacht. Gedacht hatte er sich nichts dabei. Umso mehr war er überrascht gewesen, dass sie ihn nach einem kurzen Gespräch gefragt hatte, ob sie sich nicht treffen sollten.

Nun war es so weit. Seine anfängliche Vorfreude wich mit jedem Schritt mehr der Gewissheit, versetzt zu werden.

Er öffnete die Tür zum *Vapiano* und sah sich um. Das Restaurant war gut besucht. In der Hauptsache bestand das Publikum aus Hipstern und Bankangestellten. Obwohl es gegen Abend kühl geworden war, trug er nur ein T-Shirt. Marlene sollte seine tätowierten Arme sehen. Wenn sie damit ein Problem hatte, dann war es am besten, das gleich hinter sich zu bringen. Ein Verbergen auf Dauer funktionierte sowieso nicht.

Sein Blick wanderte von einem Tisch zum anderen. Lange warten würde er nicht auf sie. Das hatte er sich fest vorgenommen. Aber erst einmal musste er überhaupt einen freien Tisch finden.

Dann sah er sie. Sie saß an einem Tisch direkt am Fenster und redete mit einem Mann, der neben ihr stand. Dabei schüttelte sie mehrfach den Kopf.

Sein Herz machte einen Sprung. Nicht nur, dass sie tatsächlich gekommen war, sie war auch noch zu früh. Marlene war hübscher, als er es in Erinnerung hatte. Das sorgte bei ihm nicht gerade für Beruhigung.

Sie bemerkte ihn und winkte.

»Das ist meine Verabredung«, sagte sie zu dem Mann an ihrem Tisch, als Splatter den Platz erreichte.

Der Mann drehte sich zu Splatter um. Er sah für Splatter so aus, als sei er aus einem der Banktürme herabgestiegen, um eine After-Work-Party zu feiern.

»Das ist nicht dein Ernst.« Der Anzug lachte.

Splatter setzte sich Marlene gegenüber auf einen Stuhl. »Geh weg«, sagte er, ohne den Mann anzusehen.

»Hör mal, Junge.«

Splatter stand auf und baute sich wenige Zentimeter vor dem Mann auf. »Ich kann nicht ausschließen, dass es Menschen gibt, die dich mögen«, flüsterte er. »Denen möchte ich nicht wehtun.«

Ohne weiteren Kommentar trollte sich der vermeintliche Banker.

»Du weißt schon, dass du eine besondere Wirkung auf deine Mitmenschen hast, oder?« Marlene lächelte Splatter an.

»Was meinst du?«

»Du siehst aus wie ein Rocker. Oder wie ein Komparse aus einem Wikingerfilm. Gefällt es dir, dass die Leute Angst vor dir haben?«

»Das kommt auf die Situation drauf an. Ich hoffe, du hast keine Angst vor mir.«

»Sollte ich?« Sie musterte seine Arme. »Ich dachte, du hast gesagt, dass du Polizist seist.«

»Bin ich ja auch.«

»Ist das erlaubt?« Sie deutete mit einer Kopfbewegung in Richtung seiner Arme.

»Sie können sie mir nicht abhacken. Stört dich das?«

»Mich stören Tätowierungen nur, wenn sie schlecht gemacht sind. Deine sehen gut aus.«

»Danke. Möchtest du was essen?«

Marlene lachte. »Wenn ich ehrlich bin, habe ich gerade überhaupt keinen Hunger.«

»Mir geht es ähnlich. Ist aber irgendwie blöd, hier zu sitzen und nichts zu essen.«

»Dann lass uns gehen.«

»Wohin?«

»Wo wohnst du?«

»Buchgasse. Das ist beim Römer.«

Sie beugte sich nach vorne. »Wie wäre es, wenn wir zu dir gehen?«

Der hatte gesessen. Jetzt war guter Rat teuer. Was, wenn sie Sex haben wollte? Konnte das sein? Es musste vier oder fünf Jahre her sein, dass er das letzte Mal mit einer Frau geschlafen hatte. Ganz schön hart, so etwas mit achtundzwanzig von sich behaupten zu müssen. Bekam er das hin? Wollte er das? Und wie sollte er sich verhalten, wenn sie die Gitter vor seinem Schlafzimmerfenster sah? Oder die Schlösser an der Schlafzimmertür. Sie würde ihn für verrückt halten. Was ja auch stimmte.

»Du siehst aus, als hättest du ein Gespenst gesehen. Keine Angst. Ich tue dir nichts.«

»Nein, natürlich nicht.«

Ihr Gesicht nahm einen wissenden Ausdruck an. »Du wohnst nicht alleine. Du hast eine Freundin. Oder eine Frau?«

»Was? Nein. Ich wohne alleine.«

»Also?«

»Ja. Sicher. Warum nicht.«

Sie standen auf und verließen das Restaurant.

Marlene stand in Splatters Wohnzimmer und drehte sich im Kreis. »Du wohnst doch ordentlich! Ich hatte mich schon auf das Schlimmste vorbereitet. Sauber und aufgeräumt. Bist du sicher, dass du keine Freundin hast?«

Splatter reagierte nicht. Stattdessen starrte er das Regal neben dem Fernseher an und wünschte sich, es würde sich in Luft auflösen.

Sie bemerkte seinen Blick. »Wie ich sehe, bist du Filmliebhaber.« Sie ging zu dem Regal und legte den Kopf schief, um die Titel zu lesen. »Horrorfilm, Horrorfilm, Horrorfilm. Du meine Güte, das sind ja alles Horrorfilme.«

Seinen Spitznamen hatte Splatter nicht von ungefähr. In dem blöden Regal standen vermutlich an die dreihundert Filme. Das Seltsame war, dass er gar keine Horrorfilme mochte. Dabei zuzusehen, wie Menschen zerstückelt wurden, verschaffte ihm keine Befriedigung. Und fürchten tat er sich ohnehin nicht davor.

»Vergiss die Filme. Ich stehe eigentlich gar nicht auf den Quatsch.«

»Dafür hast du aber reichlich davon.«

»Ich weiß auch nicht, warum ich mir die anschaue.«

»Vielleicht ist es eine Mutprobe für dich.«

»Wie meinst du das?«

»Du beweist dir damit, dass du keine Angst hast. Du fühlst dich mehr wie ein Mann.«

Auf die Idee war er noch nie gekommen. Möglicherweise war da sogar etwas dran.

»Bist du das?« Marlene zeigte auf ein eingerahmtes Foto, das neben der Tür hing.

»Ja.«

Sie ging näher ran. »In Uniform? Warst du bei der Bundeswehr?«

»Ja.«

»Sieht aus, als würdest du in der Wüste stehen.«

»Ja.«

»Was hast du da gemacht?«

»Fernmeldeaufklärer.«

»Was für ein Aufklärer?«

»Das ist …«

Ihr Handy klingelte. Marlene warf einen Blick aufs Display. »Da muss ich rangehen.«

»Sicher.«

»Kann ich irgendwo alleine telefonieren?«

»In der Küche.«

Sie ging in den Flur und nahm das Gespräch an.

Splatter ließ sich auf das Sofa fallen.

Wie bescheuert konnte man sein? Durch seine verstockte Art machte er sich alles kaputt. Marlene dachte sicher, dass er einen totalen Sockenschuss hatte. Sicher telefonierte sie mit einer Freundin, die sie anrufen sollte, um ihr im Ernstfall eine Möglichkeit zum Abgang zu verschaffen. Er war bereit, ein Jahresgehalt zu verwetten, dass sie gleich ihr Bedauern zum Ausdruck bringen würde, ihn verlassen zu müssen, weil der Hund ihrer besten Freundin an Durchfall erkrankt sei. Nur seltsam, dass sie vorgeschlagen hatte, zu ihm nach Hause zu gehen.

Marlenes Telefonat dauerte nur wenige Minuten. Als sie wieder im Wohnzimmer war, kniete sie sich wortlos vor ihm hin und fing an, an seinem Reißverschluss herumzufummeln.

Überrascht trat er einen Schritt zurück.

»Was machst du?«

»Dir einen blasen.«

Sie rutschte ihm auf den Knien hinterher und nestelte erneut an seiner Hose herum.

»Warum? Lass das!«

»Sag bloß, du magst das nicht. Das kann ich nicht glauben.«

Er drückte sie weg und zog seinen Reißverschluss nach oben.

»Es geht nicht darum, ob ich es mag. Ich verstehe nur nicht, was auf einmal los ist.«

»Bitte. Er hat mir gesagt, dass ich es tun soll.«

»Wer? Von wem sprichst du?«

»Mein Herr. Ich habe ihm von dir erzählt und er hat mir befohlen, es dir mit dem Mund zu machen. Er sagte, wenn ich schon mit einem fremden Mann spreche, dann kann ich es ihm gleich besorgen. Ich brauche nur ein Foto davon.«

»Es ist Zeit, dass du gehst.«

»Ich gebe mir auch Mühe.«

Splatter war mit der Situation restlos überfordert. Sie musste verschwinden. Sofort.

Er griff ihr unter die Arme und zog sie nach oben. Bestimmt schob er sie in Richtung der Wohnungstür.

»An so etwas habe ich kein Interesse. Macht eure kranken Spiele mit jemand anderem.«

Marlene protestierte, konnte sich aber nicht dagegen wehren, vor die Tür gesetzt zu werden.

Als Splatter die Tür zugedrückt hatte, klingelte sie eine Zeit lang Sturm. Dann hörte er, wie sie die Treppe hinablief.

Was war denn das für eine Scheiße gewesen? Aber er hatte es geahnt. Irgendetwas konnte mit ihr nicht stimmen. Nur Verrückte ließen sich mit Verrückten ein.

9. Hilfssheriff

Tanner

3. Tag, 21.20 Uhr

Als Tanner nach dem Hereinkommen die Einkaufstüten im Flur abstellte, hörte er die Stimme seines Schwiegervaters.

Kaum ist man mal eine Stunde im Supermarkt, schon lässt die eigene Frau den Teufel ins Haus. Dass der Teufel in diesem Fall der Vater der eigenen Ehefrau war, machte es nicht besser.

»Mark?«, rief Sylvia aus Richtung Wohnzimmer.

»Ja.«

»Komm. Ich habe gute Neuigkeiten.«

»Dein Vater ist unheilbar an Krebs erkrankt«, zischte Tanner.

»Was?«

»Ich komme.«

Er ging ins Wohnzimmer.

Enno saß schräg in einer Couchecke, die Beine leger und raumgreifend übereinandergeschlagen. Sein linker Arm lag ausgestreckt auf der Rückenlehne.

Wie jeden Tag trug er einen maßgeschneiderten Anzug.

Mit allem, was er tat, nahm er Platz ein. Selbst mit dem Geruch seines Rasierwassers schien er mutwillig den Raum ausfüllen zu wollen.

An seinem Handgelenk glitzerte eine schwere goldene Uhr. Sylvias Vater war Immobilienmakler und besaß ein Vermögen von an die zweihundert Millionen Euro.

Er rang sich ein Lächeln ab. »Hallo, Enno.«

Sein Schwiegervater ignorierte ihn, er war auf seine Tochter fixiert.

Tanner ging zu Sylvia, die am Fenster stand. Ihre Augen strahlten. Er umarmte sie und gab ihr einen Kuss.

»Was für Neuigkeiten?«, fragte Enno.

»Warte bitte, bis Mark sich gesetzt hat«, sagte sie zu ihrem Vater.

Tanner nahm auf dem Sessel Platz, der ihm am nächsten war.

Sylvia vergewisserte sich, dass ihr die gebührende Aufmerksamkeit geschenkt wurde. Als sie dessen sicher war, sprang sie in die Luft und klatschte in die Hände. »Ich bin schwanger!«

In Ennos Gesicht stand Entsetzen. Stumm starrte er Sylvia an.

Auch Tanner brachte kein Wort über die Lippen.

Natürlich hatte Sylvia nicht alleine beschlossen, ein Kind zu bekommen. Er wusste, dass sie die Pille abgesetzt hatte. Aber das war erst drei Wochen her. Das Ding mit dem Vaterwerden war für ihn eine Sache, die irgendwann in einer unbestimmten Zukunft geschehen sollte. Wie flott doch die Zeit verging.

Sylvia sah von einem zum anderen. »Hallo?«

Tanner fasste sich als Erster. Er stand auf, ging zu Sylvia und umarmte sie.

»Ich freue mich«, sagte er. »Ich bin nur überrascht, dass es so schnell geht.«

Sie drückte ihn an sich. »Ich auch. Ist das nicht wunderbar?«

Enno befand sich weiterhin in einer katatonischen Starre.

Als Sylvia ihm vor etwas mehr als einem Jahr verkündet hatte, dass sie und Tanner heiraten wollten, hatte er ein ähnliches Verhalten gezeigt. Sein Schwiegervater hatte sicher bis zuletzt gehofft, dass Sylvia sich früher oder später von ihm trennen würde, Heirat hin oder her. Jetzt sah es eher nach später aus.

Schließlich kam Enno zur Besinnung, stemmte sich vom Sofa hoch und gratulierte seiner Tochter.

Es war eine skurrile Situation. Zwei Männer, die nach dem Verkünden einer frohen Botschaft vor Schreck erstarrt waren, und eine Frau, die vor Glück glühte und davon nichts mitbekam. Sie sollten sich schämen.

Sie unterhielten sich darüber, ob es ein Junge oder ein Mädchen werden würde. Wie das Zimmer eingerichtet werden sollte und ob man jetzt nicht eine größere Wohnung benötigte.

»Du solltest dir wirklich überlegen, ob du mein Angebot nicht doch annehmen willst«, sagte Enno zu Tanner.

Das Angebot, wie Enno es nannte, bestand darin, dass Tanner bei ihm in der Firma arbeiten sollte. Enno war der Meinung, dass seine Tochter eine finanzielle Absicherung bräuchte, die ihr ein Polizist nicht bieten konnte.

Das war völliger Unsinn. Sylvia hatte eine finanzielle Absicherung. Nämlich ihren Vater. Wenn sie Geld benötigte, würde er es ihr geben. Dafür war es unerheblich, wo Tanner arbeitete und was er dabei verdiente.

Aus diesem Grund hatte er anfänglich das Angebot nicht verstanden. Bis ihm die Idee dahinter doch noch klar wurde. Es ging Enno um Kontrolle.

Als Tanner das begriffen hatte, stand für ihn fest, dass er niemals in seinem Leben für Enno arbeiten würde. Ganz sicher nicht.

Sein Schwiegervater hatte ihm mehr als einmal zu verstehen gegeben, was er von ihm hielt. Seiner Meinung nach war Tanner ein Frauenheld und Heiratsschwindler, der es auf sein Geld abgesehen hatte.

Das mit dem Frauenhelden war nicht falsch. Aber Geld hatte Tanner nie sonderlich interessiert. Und Ennos Geld schon mal gar nicht.

»Ich denke über dein Angebot nach«, sagte Tanner. Es gab keinen Grund, Sylvia den Tag zu verderben, indem er einen Streit mit Enno vom Zaun brach.

»Mach das.«

Enno stand auf. »Ich muss jetzt los, mein Schatz.« Er umarmte seine Tochter. »Du weißt, dass ich immer für dich da bin.«

Der letzte Satz entsprach der Wahrheit. Wenn es sein müsste, würde Enno für Sylvia beide Nieren spenden. Die bedingungslose Liebe zu seiner Tochter respektierte Tanner. Dieser Charakterzug war der einzige Grund, warum er es überhaupt in Ennos Nähe aushielt.

»Das weiß ich doch.« Sie griff beide Hände ihres Vaters und drückte sie. Dann sah sie Tanner an. »Schatz, bist du böse, wenn ich dich alleine lasse? Ich möchte mich gerne mit Heike und Luisa treffen. Zur Feier des Tages wollen wir uns einen schönen Abend machen und die beiden haben so selten Zeit.«

»Kein Problem. Ich bin schon groß. Geh schön feiern.«

Das war ihm ganz recht. Er brauchte jetzt ohnehin erst mal einen Schnaps.

»Papa, kannst du mich hinbringen? Dann muss ich nicht mit dem Auto fahren. Zurück nehme ich mir dann ein Taxi.«

»Ich hoffe, du willst nichts trinken.«

»Natürlich nicht. Für wen hältst du mich? Wir treffen uns bei Heike, dort bekommt man praktisch keinen Parkplatz. Ich will nicht eine Stunde im Kreis fahren.«

»Sicher bring ich dich.«

Die beiden gingen zur Tür.

»Warte nicht auf mich. Es wird sicher spät!«, rief Sylvia und griff sich Jacke und Handtasche. Dann waren sie weg.

Tanner hatte sich wieder gesetzt, ließ sich gegen die Rückenlehne sinken und seufzte. Nun war es also so weit. Er liebte seine Frau und freute sich darüber, dass er Vater wurde. Seine Freude über Sylvias Schwangerschaft hatte er wohl zu verhalten rübergebracht. Das hatte nicht zuletzt an der Anwesenheit von Enno gelegen. Im Beisein seines Schwiegervaters fühlte er sich gehemmt und es fiel ihm schwer, seine Zuneigung gegenüber Sylvia zu zeigen. Wusste der Geier, woran das lag.

Außerdem schwang bei aller Freude auch die Gewissheit mit, dass sich sein Leben ab sofort dramatisch verändern würde. Endgültig vorbei das Lotterleben. Das galt es erst einmal zu verdauen.

Er ging zu einem Sideboard, auf dem mehrere Flaschen Hochprozentiges standen. Nach kurzem Nachdenken entschied er sich für einen Whisky.

Wenn Sylvia herausbekam, dass er mit der Freundin von Sven herumgemacht hatte, würde sie explodieren. Er war sich ziemlich sicher, dass ihre Schwangerschaft den Effekt noch verstärken würde. Ab jetzt schwebte er permanent in Lebensgefahr. Wie hatte er nur so blöd sein können? »Das war das letzte Mal, dass ich so etwas Dummes gemacht habe.« Kein Angraben von Frauen mehr, keinen Unsinn auf der Arbeit. Es war dringend Zeit, sich grundlegend zu ändern.

Mittlerweile war es nach zweiundzwanzig Uhr. Da Sylvia spät aus dem Haus gegangen war, würde sie vermutlich erst am frühen Morgen zurückkommen.

Er dachte über Lasker und die AG nach.

Der Job, den Lasker ihm angeboten hatte, war eine Chance. Abgesehen von seinen persönlichen Problemen mit dem ein oder anderen Kollegen, hatte er schon lange keine Lust mehr, Streife zu fahren. Der einzige Grund, warum er es noch tat, waren die mangelnden Alternativen. Die Vorstellung, den ganzen Tag in einem Büro zu sitzen und auf der Tastatur herumzuhacken, löste keine Freude bei ihm aus. Nein, Sachbearbeitung war nicht sein Ding. Eine zivile Straßenfahndungseinheit hingegen sehr. Damit aus dem Wunsch auch in weiterer Zukunft Wirklichkeit wurde, wäre es hilfreich, wenn die Ermittlungen von Erfolg gekrönt wären. Noch besser wäre es, wenn er selber auch noch maßgeblich für diesen Erfolg verantwortlich wäre.

Falls die AG eine feste Einrichtung wurde, war Lasker als Leiter gesetzt. Das war keine Frage. Aber wo es einen Chef gab, da musste es auch einen Stellvertreter geben und das war eine Position, auf der Tanner sich durchaus sah. Als Laskers Vertreter würden sich seine Chancen, Hauptkommissar zu werden, deutlich erhöhen. Vielleicht würde Sylvia ihn dann ernster nehmen.

Aber das würde nicht geschehen, wenn er auf dem Sofa herumlümmelte. Jetzt war Eigenmotivation gefragt.

Er stand auf, ging in den Flur und zog sich seine Jacke an.

Tanner ließ seinen Wagen stehen und nahm sich den Audi R8 seiner Frau. Der Audi war ein Geschenk seines Schwiegervaters an seine Tochter gewesen. Daher vermied er es, den Wagen zu benutzen. Heute gestattete er sich ausnahmsweise, seine Prinzipien hintanzustellen. Seine Idee war es, einige Prostituierte auf dem Straßenstrich zu befragen. Ein schicker Sportwagen roch nach Geld und zog die Damen magisch an.

Tanner startete den Motor und fuhr vorsichtig an. Der Audi war eine Rakete und reagierte nervös auf jeden kleinsten Druck auf das Gaspedal.

Laskers Plan, die ganze Bulgarenbande erkennungsdienstlich behandeln zu lassen, war nicht dumm gewesen. Jetzt hatte man von einem erheblichen Teil der Zuhälter Namen, Fotos,

Fingerabdrücke und zum Teil DNA-Muster. Ob sich der Täter tatsächlich unter den Bulgaren finden ließ, war alles andere als klar. So wie es aussah, gab es lediglich zwei schwache Indizien, die darauf hindeuteten.

Tanner fasste noch einmal zusammen: Das Opfer war auf dem Straßenstrich im Bereich der Messe zusammen mit bulgarischen Prostituierten festgenommen worden. Und nach der Tat ging eine anonyme Vermisstenmeldung von einem öffentlichen Telefon ein, das sich in unmittelbarer Nähe der Örtlichkeit befand, wo sich die Bulgaren täglich herumtrieben. Taunusstraße, Ecke Moselstraße.

Das ließ die Vermutung zu, dass es eine Verbindung zwischen Opfer und Bulgaren gab. Eine Vermutung. Mehr nicht.

Es sprach auch etwas dagegen. Wenn der Täter unter den Bulgaren zu finden war, warum hatte dann ein Bulgare angerufen?

Der Täter hatte kaum selber eine Vermisstenmeldung aufgegeben. Außerdem war es eine Eigenheit von öffentlichen Telefonen, dass sie von jedem genutzt werden konnten. Und dass der Anrufer ein Bulgare sein sollte, war letztendlich auch nur eine weitere Vermutung.

Fest stand nach wie vor nur, dass es irgendjemanden gab, der die Serbin vermisste. Das war eine gute Sache. Bedeutete es doch, dass die Frau über Beziehungen in Frankfurt verfügt haben musste. Sie war nicht aus dem Nichts in der Stadt aufgetaucht, um hier ihren gewaltsamen Tod zu finden. Es gab wenigstens einen Menschen, der etwas über sie wusste. Diesen Menschen wollte Tanner gerne finden, um mit ihm zu sprechen.

Für ihn stand es außer Frage, dass die einzige Chance, den Fall zu klären, darin bestand, das persönliche Umfeld des Opfers aufzuhellen und zu hoffen, dass zwischen Opfer und Täter eine Verbindung existierte. Wenn sich herausstellte, dass das Ganze nichts weiter als die Gelegenheitstat eines Bekloppten nach einer zufälligen Begegnung war, konnten sie die Akte direkt schließen.

Über das Opfer Romina Radulović wussten sie lediglich, dass die Frau sich zumindest einmal auf dem Straßenstrich bewegt hatte. Deshalb den Schluss zu ziehen, dass sie sich dort prostituiert hatte, lag zwar nahe, war deswegen aber nicht unbedingt wahr.

Hin und wieder hielten sich auch Sozialarbeiterinnen auf dem Strich auf. Die konnten dort also ebenfalls angetroffen werden, waren aber definitiv keine Prostituierten.

Außerdem war das Mädchen zu hübsch. Attraktive Frauen gingen nicht auf dem Straßenstrich anschaffen. Das mochte in anderen Städten so sein, aber in Frankfurt auf keinen Fall. Die Straßenprostitution war der Niedriglohnsektor in einem Metier, in dem gutes Aussehen eine Qualifikation darstellte, die höhere Einnahmen garantierte. Nichtsdestotrotz war der Straßenstrich der Ort, an dem die Ermittlungen beginnen mussten.

Tanner fuhr auf der Theodor-Heuss-Allee stadtauswärts. Sein Ziel war das Teilstück zwischen Emser Brücke und Katharinenkreisel, kurz bevor die Theodor-Heuss-Allee zum Autobahnzubringer wird. Linker Hand lagen die aus Metall und Glas konstruierten gigantischen Messehallen. Auf der rechten Seite zog sich eine Reihe von Bürohochhäusern hin.

Das war der Bereich des Straßenstrichs. Auf der Seite des Messegeländes in Höhe eines Busparkplatzes war der Strich fest in bulgarischer Hand. Auf der Seite der Bürohäuser standen die deutschen Prostituierten. Die waren sein erstes Ziel.

Am Tag liefen hier unentwegt gut gekleidete Männer und Frauen auf der Suche nach dem nächsten Latte macchiato herum.

Jetzt waren die Cafés geschlossen, die Büros leer und die Fenster der Hochhäuser dunkel.

Dafür leuchteten die batteriebetriebenen LED-Schilder der Prostituierten. In Abständen von zwanzig Metern standen die Schilder am Straßenrand und lockten in allen Farben. Auf dem ersten Schild, vor dem Tanner anhielt, blinkte das Wort »Open«.

Er ließ das Beifahrerfenster hinunter.

Die Prostituierte stand von ihrem Klappstuhl auf und stöckelte auf High Heels zu seinem Wagen. Sie stützte sich mit den Unterarmen am Fensterrahmen ab und steckte ihren Kopf in die Fahrerkabine.

Erst jetzt stellte Tanner fest, dass die vermeintliche Prostituierte ein etwa fünfzigjähriger Mann mit Perücke war.

»Na, du bist ja mal ein Hübscher.«

Tanner holte das Bild hervor, das Lasker ihm gegeben hatte. »Hast du die hier schon mal gesehen?«

»Nein«, sagte die Transe, ohne das Bild anzusehen. »Ich habe mich schon gewundert, dass du angehalten hast.« Der Mann zog den Kopf aus dem Auto.

»Schau es dir doch wenigstens an.«

»Ich helfe keinen Zuhältern.«

Dass er mit dem R8 wie ein Zuhälter wirken könnte, hatte er nicht berücksichtigt. Dabei war es naheliegend.

»Ich bin kein Zuhälter.«

»Was sonst?«

»Polizei.« Er streckte dem Mann den Dienstausweis entgegen.

»Polizei?« Die Transe steckte ihren Kopf erneut ins Auto. »Was habt ihr denn für Autos?«

»Das Land scheut keine Kosten und Mühen. Also? Kennst du sie?«

Die Transe sah sich das Bild an. »Der Polizei helfe ich eigentlich auch nicht.«

»Ich will *ihr* helfen«, log Tanner. Die Tatsache, dass das

Mädchen tot war, wollte er nicht in Umlauf bringen.

»Ich weiß nicht.«

»Können diese Augen lügen?«

Die Transe lächelte und beugte sich tiefer in den Wagen. »Dann will ich dir das mal glauben, mein Süßer.« Sie sah sich das Bild an. »Ich muss dich enttäuschen, leider habe ich sie noch nie gesehen.«

»Trotzdem danke.«

»Bist du sicher, dass du nicht noch etwas anderes willst?«

»Heute nicht. Danke.«

»Du kriegst bei mir immer Rabatt.«

»Ich komme bei Gelegenheit darauf zurück.«

Er verabschiedete sich und fuhr das nächste LED-Schild an. Das Ergebnis war das gleiche.

Als er die fünf Prostituierten durchhatte, die auf dieser Straßenseite auf Kundschaft warteten, fuhr er weiter zum Katharinenkreisel und wendete.

Stadteinwärts war auf dem Strich wesentlich mehr Betrieb. Etwa zwanzig Bulgarinnen standen in der Nähe des Busparkplatzes, der zur Frankfurter Messe gehörte. Als er anhielt, strömten die Frauen auf ihn zu. Wie er erwartet hatte, war keine Einzige dabei, die Deutsch sprach. Trotzdem zeigte er das Bild vor, was allgemeines Kopfschütteln nach sich zog.

Aus einem zwischen Lkws geparkten uralten BMW mit bulgarischem Kennzeichen stiegen zwei Männer aus und beobachteten die Szene. Die Idee, mit dem R8 vorzufahren, war nicht schlau gewesen. Am Ende hatte er sich bei den meisten Prostituierten doch als Polizist zu erkennen gegeben und die Zuhälter in dem Schrottfahrzeug hielten ihn sicher für einen Abgesandten eines Konkurrenzunternehmens. Am besten machte er sich jetzt aus dem Staub, bevor es zu Konflikten kam.

Tanner ließ die Frauen stehen und trat aufs Gas. Die Beschleunigung drückte ihn in den Sitz und er musste sich beherrschen, den Wagen nicht bis zweihundert Stundenkilometer hochzuziehen. Kein Wunder, dass man in so einer Kiste wie eine gesengte Sau fuhr.

Er bremste den Audi auf eine StVO-verträgliche Geschwindigkeit ab.

Was hatte seine Befragung jetzt gebracht? Überhaupt nichts. Dass keine der Frauen das Opfer erkannt hatte, bedeutete nichts. Zum einen konnten sie gelogen haben, oder sie kannten sie tatsächlich nicht. Was bei der ständig wechselnden Belegschaft auf dem Strich nicht verwundern würde. Vielleicht konnte man festhalten, dass Romina Radulović keine feste Größe auf dem Straßenstrich zu sein schien. Keine der Frauen hatte beim Anblick ihres Bildes auch nur gezuckt. Alles andere hätte ihn allerdings auch überrascht.

Sollte er nach Hause fahren? Eigentlich hatte er dazu keine Lust.

Spontan entschied er, eine Runde im Bahnhofsgebiet zu laufen.

Er parkte den Wagen in der Karlstraße und machte sich auf den Weg.

Im Gebiet war wenig Betrieb. Die Druckräume waren längst geschlossen und die übrig gebliebenen Junkies hatten sich, wie Gasmoleküle in einem Vakuum, gleichmäßig im Raum verteilt. Die Türsteher vor den Bars sprachen einzelne Passanten an und versuchten sie zum Eintreten zu überreden.

Tanner stand an der Ecke Taunusstraße/Elbestraße.

Ein einsamer Passat Kombi fuhr wie auf Gleisen im Kreis herum. Taunusstraße, Elbestraße, Kaiserstraße, Weserstraße. Und von der Weserstraße wieder in die Taunusstraße. Spätestens nach der dritten Runde war klar, dass der Fahrer nach einer der Junkienutten Ausschau hielt, die für gewöhnlich in der Elbestraße herumstanden. Am Heck des Wagens war ein Aufkleber angebracht: *Baby an Bord.*

Von den Bulgaren hatte Tanner bei seiner Runde kaum einen zu Gesicht bekommen.

Er beobachtete das armselige Treiben eine Weile und ging dann in einen der Kioske, die bis in die frühen Morgenstunden geöffnet waren.

Mit einer Dose Bier in der Hand lief er zurück in Richtung seines Autos. Am Karlsplatz setzte er sich auf die fünfzig Zentimeter hohe Ummauerung, die den Platz einschloss. Der Platz bestand aus einer Grünfläche mit den Ausmaßen eines Reihenhausgartens. Auf der Grünanlage stand ein Häuschen, in dem die Luftqualität durch die Stadtwerke gemessen wurde. Ob der unsägliche Uringestank, der das Häuschen umhüllte, wohl negative Auswirkungen auf die Messdaten hatte? Tanner stand auf und setzte sich einige Meter weiter wieder hin. Jetzt hatte er einen Platz, der windtechnisch günstiger lag.

Er befand sich am Rande des Bahnhofsgebietes. Wenn er sich umdrehte, konnte er in hundert Metern Entfernung den Verkehr auf der Mainzer Landstraße vorbeirauschen sehen. Die Mainzer Landstraße war eine der Hauptverkehrsadern der Innenstadt und gleichzeitig eine unsichtbare Barriere, die das Bahnhofsgebiet von dem teuren Westend trennte. Auf der einen Seite der Straße wuselte die Unterschicht durch die Gassen, während auf der anderen Seite das gehobene Bürgertum aromatisierten Tee schlürfte.

Wenn Tanner geradeaus sah, blickte er die Moselstraße entlang, die direkt auf die Taunusstraße stieß. Links von ihm verlief die Niddastraße, parallel zur Taunusstraße in Richtung Innenstadt.

Tagsüber war die Ecke, an der er saß, fest in der Hand von Junkies. Sowohl in der Niddastraße wie auch in der Moselstraße gab es jeweils eine Drogenhilfseinrichtung, sie lagen kaum fünfzig Meter auseinander. An warmen Sommertagen hielten sich im Nahbereich der Hilfseinrichtungen oft um die hundert Personen auf. Jetzt waren die Einrichtungen geschlossen.

Abgesehen von den Anlaufstellen für Schwerstabhängige gab es in diesem Bereich nur das, was man überall in der Innenstadt zu sehen bekam: Bürohäuser.

Nur hin und wieder eilte ein Passant vorbei. Während Tanner im Schatten auf der Mauer hockte und am Bier nippte, liefen zwei Männer von der Moselstraße in die Niddastraße. Hinter einem am Straßenrand geparkten Auto gingen sie in die Hocke. Vermutlich wollten sie sich einen Schuss setzen. Er wollte den Blick bereits abwenden, als er sah, wie sich einer der Männer am Auspuff des Wagens zu schaffen machte.

Das Auto war ein hochpreisiger Mercedes und gehörte sicher keinem von beiden. Dazu sahen sie zu abgehalftert aus.

Sekunden später standen beide Männer auf, liefen zurück in die Moselstraße und verschwanden aus seinem Sichtbereich. Tanner nahm den letzten Schluck aus der Dose, stellte sie auf der Mauer ab und ging zu dem Auto.

Er kniete sich hin, steckte die Finger in den Auspuff und zog die hineingestopfte Tüte heraus. Das hatte er sich gedacht. Tanner wusste sofort, was der Inhalt war. Er fühlte es bereits. Das mussten mehr als ein Dutzend Plomben mit Heroin sein. Ein flüchtiger Kontrollblick in die Tüte bestätigte den Verdacht.

Mit seinem Drogenfund in der Jackentasche ging er zurück zu seinem Sitzplatz.

Dealer legten oft Drogenbunker an, damit sie im Falle einer Kontrolle nicht aufflogen. Das Auspuffrohr eines Wagens, der einem nicht gehörte, als Bunker zu nutzen war allerdings gewagt. Mit etwas Pech ging der Stoff ohne Herrchen auf Reisen.

Im Prinzip gab es für Tanner nun drei mögliche Vorgehensweisen.

Er konnte versuchen, eine Streife zu organisieren, um die

beiden festnehmen zu lassen. Das würde eine Menge Papierkram bedeuten und besonders viel würde dabei nicht herauskommen.

Der zweite Weg war, eine Betäubungsmittel-Fundanzeige zu schreiben. Dann würde das Zeug asserviert und irgendwann vernichtet werden. Da es bei einem Zufallsfund keine Beschuldigten gab und somit kein Strafverfahren, war der Schreibaufwand wesentlich geringer.

Die letzte Alternative war, den Krempel in den nächsten Gully zu werfen. Die Idee sprach Tanner am meisten an.

Eigentlich hätte er den Stoff an seinem Platz belassen können. Drogen gab es im Bahnhofsgebiet so reichlich, dass es wirklich keine große Sache war. Auf ein paar Gramm kam es nicht an. Aber wenn man so etwas sah, fiel es schwer, als Polizist die Hände davon zu lassen. Der Reiz war einfach zu groß. Vermutlich lag es daran, dass man im Dienst zu oft vergeblich nach solchen Dingen suchte.

Einer der Drogendealer kam aus der Moselstraße zurückgelaufen. Er hatte es augenscheinlich sehr eilig und joggte mehr, als dass er ging.

Der würde gleich eine Überraschung erleben. So viel stand fest.

Auch wenn es lustig wäre, sich das Spektakel anzusehen, entschied Tanner sich dazu, den Schauplatz des Dramas zu verlassen. Die Aussicht, in Milieustreitigkeiten verwickelt zu werden, war nicht verlockend.

Er stand auf und ging die Niddastraße stadteinwärts in Richtung Elbestraße. Er wollte eine große Runde laufen und vom Bahnhof aus zu seinem Auto gehen. Auf dem Weg musste er nur noch die Tüte loswerden.

Ein langsam fahrender Funkstreifenwagen kam ihm entgegen.

Das fehlte ihm noch, dass er mitten in der Nacht im Bahnhofsgebiet in eine Personenkontrolle geriet und dabei eine Tüte Heroin in der Jackentasche mit sich führte. Das wäre ein Spaß.

Hinter ihm wurde gebrüllt. Offensichtlich hatten die Herren gemerkt, dass sie jemand bestohlen hatte.

Die Streife beschleunigte.

Tanner drehte sich um.

Der Streifenwagen blieb auf Höhe des Mercedes stehen. Der Fahrer ließ das Fenster hinunter.

»Was ist denn mit euch los?«, schrie der Kollege die Männer an.

Aus der Ferne erkannte Tanner, wie die Dealer hektisch im Kreis liefen und in einer osteuropäischen Sprache herumkeiften. Einer der beiden begann damit, gegen eine Hauswand zu treten.

»Lass den Scheiß!«

Die Streifenbesatzung stieg aus und Tanner wendete sich ab. Er hatte genug gesehen.

Als er nach rechts in die Elbestraße einbog, galt seine volle Aufmerksamkeit dem Boden. Hier musste es doch irgendwo ein Gully geben, wo er das Zeug verschwinden lassen konnte.

Da! Zwischen zwei am Straßenrand geparkten Autos sah er eine gusseiserne Gullyabdeckung.

Er griff in die Jackentasche, bückte sich und ließ die Tüte durch das Gitter verschwinden.

»Du bist Polizist!«

Tanner zuckte zusammen und sah auf. Ein Mann mit verwuschelten blonden Haaren lief auf ihn zu. Er sah aus, als hätte er sich nach dem Duschen die Haare frottiert und vergessen, sie anschließend zu kämmen. Er streckte den Arm aus und deutete auf Tanner. Wie ein Inquisitor, der eine Hexe enttarnt hat.

»Ich erkenne dich. Auch ohne Uniform.«

Als Tanner dämmerte, wen er vor sich hatte, entspannte er sich ein wenig. Der Mann wurde Brando genannt. Der schwerstabhängige Deutschrusse war seit knapp zwei Jahren ein ständiger Gast im Gebiet und verdiente seinen Lebensunterhalt mit Autoaufbrüchen. Tanner hatte gelegentlich mit ihm zu tun gehabt. Brando war Anfang zwanzig und genauso harmlos, wie er anstrengend war. Wie immer trug er einen alten Trenchcoat, mit dem er mittlerweile verwachsen sein musste. Die Wetterbedingungen spielten für ihn keine Rolle. Ob Hochsommer oder Winter, an jedem Tag im Jahr sah man ihn mit dem Mantel durch das Gebiet streifen.

»Schrei doch nicht so rum«, zischte Tanner.

Brando blieb vor ihm stehen. »Du bist sauer auf mich.« Er schüttelte den Kopf. »Ich mache es schon wieder.«

»Was machst du schon wieder?«

»Projektive Identifikation. Das ist ein Schutzmechanismus von Borderline-Patienten. Man lagert unbewusst einen Teil seiner Gefühle aus und legt sie sozusagen in eine andere Person hinein. Diese Person fühlt dann das, was man eigentlich selber fühlen sollte.«

»Alter! Du hast doch einen Hagelschaden.«

»Siehst du? Schon wieder.«

»Geh mir bloß nicht auf die Nerven.«

Der Junkie heulte auf. »Mein Gott. Alle hassen mich.«

»Zu Recht.« Langsam reichte es Tanner. Es wurde dringend Zeit, aus dem Bahnhofsgebiet zu verschwinden. Was hatte er gehofft hier zu finden? Er drehte sich um und ließ Brando stehen.

»Halt, warte!«

»Was?«

Brando lief hinter ihm her. »Du musst mir helfen.«

»Wenn du Hilfe willst, dann ruf die 110 an.«

»Ich meine es ernst.«

»Ich auch.«

Tanner beschleunigte seine Schritte. Der Junkie war lästig

wie eine Schmeißfliege im Hochsommer.

»Da ist so ein Arsch hinter mir her.«

»Das wird seinen Grund haben.«

»Der wollte Hatice vergewaltigen. Du kennst doch Hatice?«

»Junkienutte.«

»Und deswegen darf man sie vergewaltigen?«

Tanner blieb stehen. »Das habe ich damit nicht gemeint. Was ist passiert?«

»Hatice war total auf Entzug. Da hat sie Rohypnol-Tabletten geworfen. Waren wohl zu viele gewesen. Als sie völlig dicht in der Ecke hing, hat ein Arschloch an ihr herumgefummelt. Da habe ich Stress gemacht und ein paar Freunde hergerufen. Erst ist er weggerannt. Aber jetzt ist er zurück und will mich fertigmachen.«

»Wo ist er jetzt?«

Brando riss die Augen auf. »Hinter dir.«

Tanner drehte sich um. Den Mann, der mit energischen Schritten auf ihn zukam, kannte er nur vom Sehen. Er war einen halben Kopf kleiner als Tanner, aber dafür um einiges breiter.

»Ich mach dich platt!«, schrie er. Damit war wohl Brando gemeint.

Tanner ging ihm entgegen. »Das lässt du schön bleiben.«

»Geh mir aus dem Weg, du Penner. Von dir will ich nichts.«

»Polizei. Du lässt ihn in Ruhe.«

»Du bist Bulle?«

Tanner zeigte seinen Ausweis.

»Scheiß drauf. Dann mach ich ihn halt fertig, wenn du weg bist.«

»Dann bekommst du Gebietsverbot.«

»Was soll das sein? Du kannst mir nicht verbieten, hier zu sein.«

»Ich kann das nicht. Aber andere schon.«

»Laber keinen Müll.«

»Wenn du Stress machst, werde ich dich ab jetzt jedes Mal mit Handschlag begrüßen und allen erzählen, dass du für die Bullen arbeitest. Bei jeder Festnahme wird in Zukunft dein Name fallen. Und dann bekommst du Gebietsverbot. Und zwar vom Gebiet selber. Das funktioniert super.«

»Keiner wird dir glauben, dass ich den Bullen helfe.«

»Es gibt immer welche, die das glauben. Vertrau mir.«

Der Mann zögerte. »Fickt euch alle beide.« Er drehte sich um und ging fluchend in die Richtung, aus der er gekommen war.

Tanner wandte sich zu Brando. »Ich denke, er wird dich in Ruhe lassen. Ich muss jetzt los. Meine Empfehlung an die Frau Gemahlin.«

Damit machte er sich auf den Weg und ging zügig in Richtung Taunusstraße.

»Warte.« Brando hüpfte hinter ihm her.

Tanner hob beide Arme über den Kopf, als Zeichen, dass er sich ergab. »Bitte keine projektiven Identifikationen mehr.«

»Du hast Humor. Das mag ich.«

»Wie schön.«

»Du hast mir geholfen. Jetzt will ich dir helfen.«

»Wie wäre es, wenn du dich einfach in Luft auflösen würdest? Das wäre eine Hilfe.«

»Ich mag deinen Humor wirklich. Also, was kann ich für dich tun. Bist du an einem großen Fall dran?«

»Das geht dich nichts an, Mister Watson.«

»Mach dich nicht über mich lustig. Ihr Bullen habt keine Ahnung, was Junkies alles mitbekommen. Wir sind Tag und Nacht hier. Sehen alles und hören alles. Wir behalten es nur meistens für uns.«

Tanner stoppte, zog das Bild von Romina Radulović aus der Tasche. »Kennst du die?«

»Nein.«

»Danke für deine Hilfe.« Er ging weiter.

Brando ließ nicht locker. Er begleitete Tanner auf seinem Weg und hüpfte um ihn herum wie ein junger Hund, der spielen will. »Aber ich kann andere fragen. Wenn sie sich im Gebiet aufgehalten hat, dann wird sie jemand kennen. Allerdings würde es helfen, wenn ich den Zeugen etwas anbieten kann.«

»Den Zeugen?« Tanner lachte.

»Du weiß schon. So eine Art Belohnung.«

»Kannst du wirklich etwas herausfinden?«

»Ich schwöre.«

Sollte er das tun? Das Zeug, das er in den Gully geworfen hatte, war sicher genau nach Brandos Geschmack. Außerdem war Heroin im Bahnhofsgebiet ein durchaus gültiges Zahlungsmittel. Wenn man es nicht selber brauchen konnte, kannte man jemanden, der etwas damit anzufangen wusste.

Falls das Opfer in einem der Bordelle gearbeitet hatte, würde Tanner das niemals erfahren. Niemand würde mit ihm reden. Weder die Prostituierten noch die Wirtschafter. Brando als verdeckten Ermittler einzusetzen wirkte im ersten Moment wie eine völlig bekloppte Idee. Wenn er sich verplapperte, konnte das eklig werden. Aber wenn es klappte, stand er ziemlich gut da.

Tanner zog Brando in eine Hauseinfahrt und reichte ihm das Bild von Romina Radulović. »Auf der Rückseite steht ihr Name. Die Frau ist ermordet worden. Aber das behältst du für dich. Ich muss wissen, was sie hier gemacht hat. Kann sein, dass sie in einem der Puffs gearbeitet hat. Bekommst du das hin?«

»Ja.«

Tanner kritzelte seine Telefonnummer auf einen Zettel. »Wenn du was herausgefunden hast, ruf mich an. Aber halt dich bedeckt. Die Sache könnte gefährlich sein.«

»Ist gut.«

Tanner zeigte auf die Stelle, wo er den Stoff hatte verschwin-

113

den lassen. »In dem Gullyeimer liegt etwas, was du gut gebrauchen kannst. Den Deckel wirst du schon aufbekommen.«

Der Junkie lachte. »Was glaubst du, wie oft ich das bereits gemacht habe.«

Das hätte Tanner sich denken können. Der Hauptantrieb eines Drogenabhängigen war die Beschaffung von Stoff. Wenn man sich keinen leisten konnte, wurde nach ihm gesucht. Oft hatte Tanner Junkies beobachtet, die auf der Suche nach einem Dealer-Drogenbunker durch die Büsche krochen oder mit einem Messer die Fugen der Gehwegplatten auskratzten in der Hoffnung, einen hinuntergefallenen Krümel Crack zu finden. Im Wesentlichen unterschieden sich die Junkies in dieser Hinsicht kaum von Goldgräbern im Amazonas.

Wenn er dafür sorgte, dass Brando das Heroin bekam, dann musste der wenigstens kein Auto aufbrechen, um an Geld zu kommen. Das als gute Tat zu verstehen wäre allerdings übertrieben. Am realistischsten war wohl folgende Einschätzung: Es war völlig schnuppe.

»Frohe Weihnachten.« Mit diesen Worten ließ er Brando stehen.

Er hatte soeben einen Junkie als Hilfssheriff angeworben und ihn zumindest indirekt mit Drogen bezahlt. Wieso war es so schwer, mit alten Gewohnheiten zu brechen? Warum tat er das?

Das war jetzt aber wirklich der allerletzte Blödsinn, den er gemacht hatte. Ab jetzt war endgültig Schluss damit. Das schwor er sich.

10. ERPRESSUNG

SASKIA

4. Tag, 12.15 Uhr

Saskia saß am Küchentisch in Taschas Wohnung und beobachtete ihre Schwester dabei, wie sie sich eine Zigarette anzündete, während der Rest ihrer vorherigen noch im Aschenbecher vor sich hin qualmte.

Tascha sah aus, als hätte sie vor einiger Zeit links und rechts eins aufs Auge bekommen. Direkt über den Wangenknochen war die Haut geschwollen und blau gefärbt.

»Du siehst nicht gut aus«, sagte Saskia.

»Danke! Das brauch ich jetzt. Kann nicht jeder so eine Bikinischönheit sein wie du.«

»Du rauchst zu viel.«

»Was du nicht sagst. Ich habe im Moment andere Probleme.« Tascha nahm einen tiefen Zug, legte ihren Kopf in den Nacken und blies den Rauch in Richtung der Zimmerdecke. »Ist es wirklich vorbei?«

»Ist es.«

Tascha sah sie zweifelnd an.

»Wenn ich es dir sage, kannst du es glauben.«

In Wahrheit hatte Saskia keine Ahnung, ob die Typen, die ihren Neffen gequält hatten, ihn in Zukunft in Ruhe ließen. Ihr Auftritt in der Hauptwache hatte sicher Spuren bei den Jungs hinterlassen. Die Frage war, wie sie es psychologisch verarbeiteten, dass eine Frau ihnen in den Hintern getreten hatte. Sie hoffte, dass die Schläger einen Pakt schlossen und sich gegenseitig schworen, niemals mit niemandem über die Schande zu reden. Nach dem Motto: Das ist nie geschehen.

Wenn sie Pech hatte, dann würden die Vollidioten jetzt erst recht aufdrehen. Aber das konnte sie ihrer Schwester kaum sagen.

»Ich weiß nicht, wie ich dir danken soll.«

»Du bist meine Schwester. Du musst mir nicht danken. Ich liebe Alexander, als wäre er mein eigener Sohn.«

Taschas Gesichtszüge weichten auf. Sie sah Saskia traurig an. »Du wirst niemals darüber hinwegkommen.«

Für eine Sekunde musste sie an das Grab ihres ungeborenen Kindes denken. Das musste mittlerweile regelrecht verwildert aussehen. Aber sie konnte dort nicht hingehen. Wenn sie hinginge, würde sie sterben.

Sie verdrängte die Gedanken so schnell, wie sie gekommen waren.

»Doch, doch. Vergiss es«, sagte sie.

»Wie hast du das hinbekommen? Ich meine, das mit diesen Idioten.«

»Spielt keine Rolle. Es ist erledigt.«

»Gut, dass wenigstens eine von uns stark ist.«

»Sag so etwas nicht. Du arbeitest Vollzeit und ziehst alleine einen Jungen groß. Das erfordert mehr Stärke, als ich jemals aufbringen könnte.«

Tascha gab einen verächtlichen Laut von sich. Die Kaffeemaschine, die sie vor einigen Minuten eingeschaltet hatte, hörte auf zu gluckern. Sie stand auf, ging zum Hängeschrank über der Spüle und nahm zwei Becher heraus.

»Ich habe mich immer gefragt, warum Papa dich mehr geliebt hat als mich«, sagte Tascha, während sie Kaffee in die Becher goss.

»Hör mit dem Mist auf. Er hat mich nicht mehr geliebt.«

»Und warum hat er sich so um dich gekümmert?«

»Du meinst, warum er mir das Boxen beigebracht hat?«

Tascha nickte und stellte ihrer Schwester einen der Becher hin.

»Denkst du, das war ein Liebesbeweis? Du hast keine Vorstellung, wie sehr er mich gequält hat. Ehrlich gesagt, habe ich damals gedacht, dass er dich mehr lieben müsste. Schließlich hat er dich in Ruhe gelassen.«

»Hast du das wirklich gedacht, oder sagst du das jetzt nur so dahin?«

»Natürlich habe ich das. Du konntest am Sonntag ausschlafen, während ich mit ihm joggen gehen musste. Du hast dich mit Freundinnen getroffen, während ich auf den Sandsack eindreschen musste. Ich habe dich zeitweise dafür gehasst.«

Tascha schüttelte den Kopf. »Ich hätte alles dafür gegeben, wenn ich mit dir hätte tauschen können. Ist es nicht komisch, dass man immer das haben will, was man nicht hat?«

»Ich denke, dass es daran liegt, dass man an den Dingen, die man nicht hat, nur die guten Seiten sieht. Du hast mich um die Zeit beneidet, die ich mit Papa verbracht habe. Aber dass dieses Zusammensein eine Qual war, hast du dir nicht vorstellen können.« Saskia goss Milch in ihren Kaffee. »Außerdem ist es egal. Papa ist tot. Mama ist tot. Wir haben nur noch uns. Was früher war, hat keine Bedeutung mehr.«

Tascha fummelte schon wieder an ihrer Zigarettenschachtel herum. »Es wäre einfacher, wenn man einen Mann hätte.«

»Dann such dir einen.«

»Einen guten Mann, meine ich. So einer ist nicht leicht zu finden. Wer will schon eine alleinerziehende Frau Mitte dreißig? Schau mich an. Ich bekomme Tränensäcke. Im Ernst.« Sie beugte sich vor. »Siehst du?«

Das Vorbeugen hätte sie sich sparen können. Man sah die Tränensäcke auch von Weitem. Aber diesmal hielt sich Saskia mit einem Kommentar zurück.

»Du bist müde von diesen Spät- und Nachtschichten.«

»Müde? Die Schichten fressen mich bei lebendigem Leib auf.«

»Früher oder später wirst du jemanden finden.«

»Für später ist es bald zu spät.« Tascha trank ihren Kaffee leer. »Was ist mit dir? Warum hast du niemanden?«

Saskia zuckte mit den Schultern. »Kann ich nicht sagen.«

»Es gibt doch so viele hübsche Polizisten.«

»Ich bin noch auf der Suche.«

»Du wirst auch nicht mehr jünger.«

»Das gilt für uns alle.« Saskia stand auf. »Ich mach mich auf den Weg.«

»Kannst du mir einen Gefallen tun?«

»Sicher.«

»Bitte hol Alexander von der Schule ab. Ich weiß, dass du das erledigt hast, aber ich mache mir trotzdem Sorgen.«

»Wann hat er Schulschluss?«

»Um dreizehn Uhr.«

»Ich hole ihn ab.«

»Gut. Danke.«

Sie verabschiedete sich von ihrer Schwester und verließ die Wohnung.

Ihren Neffen abzuholen war kein Gefallen. Sie hatte sich ohnehin vorgenommen, bei der Schule auf ihn zu warten, um zu beobachten, ob diese Typen auftauchen würden. Nun musste sie es nicht mehr heimlich tun.

Das Gebäude der Georg-August-Zinn-Schule in Griesheim war ein typischer mehrstöckiger Plattenbau. Auf dem Vorplatz zur Schule wuchsen ein paar einsame Bäume aus dem Pflaster. Noch wirkte alles verlassen und man konnte sich nur schwer vorstellen, dass in einer Viertelstunde, wenn die Schulklingel läutete, eine Heerschar von Schülern lärmend aus dem Gebäude strömen würde.

Saskia stand an ihren Wagen gelehnt und wartete. Das Wetter war angenehm. Zwanzig Grad und Sonnenschein.

Für heute hatte sie sich dienstfrei genommen. Überstunden hatte sie reichlich und nach dem unverhofften Angebot von Lasker sah sie keinen Sinn mehr darin, sich tiefer in Betrugsfälle einzuarbeiten. Außerdem stand der Startschuss, was die AG anging, unmittelbar bevor. Sie hatte nicht gezögert, den Job anzunehmen, auch wenn sie sich sicher war, dass Schwierigkeiten ins Haus standen. Das hatte der gestrige Abend bereits angedeutet. Lasker galt als verlässlich, genoss allerdings auch den Ruf, es mit dem Gesetz nicht so genau zu nehmen. Das galt ebenso für Tanner und Splatter. Die personelle Zusammensetzung der AG durfte man als brandgefährlich bezeichnen. Lauter Leute, die die Vorschriften der Strafprozessordnung eher als Diskussionsgrundlage begriffen und nicht als Handlungsanweisung. Mit der Truppe konnte man entweder Großes leisten oder dermaßen gegen die Wand fahren, dass man den Einschlag nicht mehr spüren würde.

Lasker hatte von Spannung gesprochen. Wenn sie tief in sich hineinhorchte, lag darin ihre Grundmotivation, bei der Sache mitzumachen. Nur unter Stress spürte man das Leben.

Als Frau bei der Polizei zu arbeiten war keine einfache Sache. Im Büro funktionierte das problemlos. Aber auf der Straße lief es anders. Es gab in der Stadt zu viele Idioten, die sich von einer Frau nichts sagen ließen. Bei den Kollegen sah es oft kaum besser aus. Auch sie nahmen Kolleginnen einfach nicht für voll.

Saskia hatte dafür Verständnis. Die allermeisten Frauen waren kaum in der Lage, in einer körperlichen Auseinandersetzung zu bestehen. Sie selber bildete da eine Ausnahme. Ihre Rechte war ein Hammer. Wenn man zu ihrer Schlagkraft das Überraschungsmoment hinzuaddierte, dann war sie neunzig Prozent aller Männer im Kampf überlegen. Das hatte ihr neben dem Respekt der Kollegen den Ruf eingebracht, eine militante Lesbe zu sein. Weil sie vegetarische Döner bevorzugte, wurde aus der militanten Lesbe nach einiger Zeit eine vegan-militante Lesbe. Das war alleine schon deswegen Quatsch, weil ein vegetarischer Döner nicht vegan war.

Der Ruf, lesbisch zu sein, erwies sich als äußerst nervig, weil er zur Folge hatte, dass sie ständig von Frauen eingeladen wurde. Wenn sie an geeigneter Stelle darauf hinwies, dass sie auf Männer stand, wurde sie oft dumm angemacht. Sie solle sich nicht als lesbisch verkaufen, wenn sie es nicht sei.

Sie war dazu übergegangen, ihre Haare länger zu tragen, als ihr das persönlich lieb war, weil sie hoffte, dadurch irgendwie heterosexueller zu wirken.

Früher hatte sie geglaubt, es würde an ihrem Körper liegen. Sie wirke zu maskulin. Aber das konnte es eigentlich nicht sein. Schließlich war sie keine Gewichtheberin mit Stiernacken. Eher glich sie von der Statur her einer Fünfkämpferin.

Saskia hatte keinen Schimmer, was sie falsch machte. Was sollte sie tun? Sich bei nächster Gelegenheit von einem Mann verprügeln lassen?

Obwohl sie beruflich anerkannt war, überkam sie gelegentlich das Bedürfnis, sich beweisen zu müssen. So wie gestern, als sie sich zwischen die Bulgaren gedrängt hatte. Dabei musste sie Lasker nichts beweisen. Der hatte sie angesprochen und nicht umgekehrt. Und was Tanner und Splatter anging, war es ihr ohnehin egal, was die von ihr dachten.

Tanner war ein Schönling, der seine Hände nicht bei sich lassen konnte, was ihm dermaßen viele Probleme einbrachte, dass er voll und ganz mit sich selbst beschäftigt war.

Und Splatter war einfach irre. So richtig irre. Wobei sie zugab, dass er ihr nicht unsympathisch war. Wenn sie ihm in die Augen sah, überkam sie das Gefühl, dass er ein Geheimnis verbarg. Aber das war vermutlich Blödsinn.

Jedenfalls hatten ihr die beiden in der B-Ebene selbstlos geholfen. Das rechnete Saskia ihnen hoch an. Tanner und Splatter hatten was gut bei ihr.

Bei ihrem Treffen in der Gaststätte hatte sie sofort verstanden, warum Lasker sie drei ausgesucht hatte. Er wollte einen Fall klären, an dem man sich die Zähne ausbeißen konnte. Es gab praktisch keine Ansätze für Ermittlungen, und um die Sache richtig schwer zu machen, mussten sie auch mehr oder weniger geheim agieren.

Wenn man bei dieser Ausgangslage Erfolg haben wollte, dann durfte man nicht den ausgetretenen Pfaden folgen. Man musste ein Buschmesser zur Hand nehmen und sich querfeldein durch den Dschungel kämpfen. Dass es dabei Kratzer geben würde, lag auf der Hand. Da brauchte es schon Ermittler mit besonderen Qualifikationen. Ihr war nicht klar, ob es eine gute Sache war, dass Lasker sie für qualifiziert hielt.

Aus dem Schulgebäude klang das gedämpfte Rasseln der Klingel.

Es dauerte nur Sekunden und durch die Eingangstür drängten die ersten Schüler nach draußen, als sei im Gebäude ein Feuer ausgebrochen. Es fehlte nicht viel und sie würden sich gegenseitig tottrampeln. Gar nicht leicht, bei dem Gewimmel den Überblick zu behalten.

Langsam ebbte der Strom ab und Saskia befürchtete bereits, dass sie Alexander verpasst hatte. Da sah sie ihn. Er lief deutlich langsamer als seine Mitschüler, hatte es offensichtlich nicht eilig, nach Hause zu gehen. Einen Moment lang blieb er stehen und sah sich um.

Saskia winkte. Als er sie bemerkte, lächelte er und ging in ihre Richtung. Sie öffnete die Beifahrertür für ihn.

»Warum bist du hier?«, fragte er.

»Ich wollte dich von der Schule abholen.« Sie umarmte Alexander und wuschelte ihm durch die Haare.

»Das kannst du aber jetzt nicht immer machen.«

Sie glaubte in seiner Stimme Enttäuschung herauszuhören. »Hast du Probleme gehabt?«

Alexander schüttelte den Kopf.

»Wirklich nicht?«

»Nein.«

Er setzte sich ins Auto und Saskia warf die Tür zu.

Sie umrundete den Wagen, um zur Fahrertür zu gelangen, als ihr ein silberfarbener BMW auffiel. Das mit zwei Männern besetzte Auto stand etwa dreißig Meter hinter ihr am Straßenrand. Auch wenn sie durch die spiegelnde Windschutzscheibe des BMW wenig erkennen konnte, hatte sie das Gefühl, dass die Männer sie beobachteten. War das so seltsam? Außer einigen Jugendlichen und ihr befand sich niemand Interessantes mehr auf der Straße. Die Typen glotzten halt in der Gegend herum.

Sie stieg ein und startete den Wagen.

»Mama hat dich geschickt«, stellte ihr Neffe fest.

»Ich wäre sowieso gekommen.«

»Du denkst, dass sie mich nicht in Ruhe lassen werden.«

»Doch. Aber Vorsicht schadet nicht.« Sie stieg ein und schnallte sich an. »Wie läuft es eigentlich in der Schule?«

»Gut.«

»Wie gut?«

»Alle sagen, ich wäre ein Streber.«

»Sagen sie das, weil du so gut bist oder weil sie selber schlecht sind?«

»Die einen so, die anderen so.«

Saskia lachte und fuhr los. Im Rückspiegel beobachtete sie, wie der BMW ebenfalls ausparkte und ihr hinterherfuhr.

Als sie auf der Mainzer Landstraße nach links in Richtung Nied abbog, folgte ihr der Wagen noch immer.

Saskia fragte Alexander, wie sein Tag gewesen sei. Als er antwortete, hörte sie nur mit halbem Ohr zu. Ihr Blick wanderte fortwährend zwischen der Straße vor ihr und dem Rückspiegel hin und her.

Sie bog in die Birminghamstraße ein und der BMW tat es ihr gleich.

»Holst du mich morgen wieder ab?«

»Ich werde es versuchen.«

Saskia fuhr an dem Haus ihrer Schwester vorbei.

»Wo willst du hin?«, fragte Alexander.

»Da vorne ist ein Kiosk. Ich will deiner Mutter Zigaretten kaufen. Die kannst du ihr mitbringen«, sagte sie, während sie den BMW im Rückspiegel beobachtete.

»Okay. Aber ich finde das nicht gut. Sie raucht ohnehin zu viel.«

Damit hatte er recht. Aber eine bessere Ausrede war ihr auf die Schnelle nicht eingefallen. Der Wagen hinter ihr machte sie nervös.

Saskia stoppte am Straßenrand und schaltete den Warnblinker ein.

Der BMW hielt kurz hinter ihr an, dann beschleunigte er plötzlich und überholte sie. Sie sah ihm nach und wartete, bis er am Ende der Straße nach rechts in den Oederweg abbog.

Davon konnte man halten, was man wollte. Am besten, sie tat es als Zufall ab und hielt trotzdem sicherheitshalber die Augen offen.

»Du hast recht. Lassen wir das mit den Zigaretten. Kannst du das Stück zurücklaufen?«

»Sicher.«

Er gab ihr einen Kuss auf die Wange und stieg aus.

Saskia beobachtete ihn so lange, bis er aus ihrem Blickfeld verschwand.

Sie musste über sich selber den Kopf schütteln. Paranoia hatte sie noch nie gehabt.

Sie legte den ersten Gang ein, als ihr Handy ihr mit einem kurzen Piepsen den Eingang einer WhatsApp-Nachricht mitteilte. Vielleicht war es Tascha. Noch stand sie vor der Tür. Sie zog ihr Handy aus der Hosentasche und stellte fest, dass sie von einer unbekannten Rufnummer ein Video erhalten hatte. Sie ließ das Video laden und spielte es ab.

Ihr Herz drohte stehen zu bleiben.

Das Video war mit einem Handy aufgenommen worden. Deutlich war zu sehen, wie sie sich mit den Idioten in der Hauptwache herumstritt. An dem Abend hatte sie nicht viel Aufhebens gemacht. Die Jungs waren zu viert gewesen. Kleine Kinder, die einen Großteil ihrer Zeit im Fitnessstudio verbrachten, aber nichts mit ihren antrainierten Muskeln anfangen konnten. Sie hatte ihnen kurz erklärt, wer sie war. Sie sollten wissen, woher der Einschlag kam. Dann hatte sie ihnen gesagt, sie sollten ihr auf die Herrentoilette folgen.

»Willst du es uns allen auf einmal besorgen?«, hatte einer der Trottel gefragt.

»Du wirst lachen. Genau das habe ich vor.«

Als sie die Tür erreicht hatte, ging es los. Einer fasste ihr an den Hintern. Da war es dann vorbei gewesen. Mit einer schnellen Bewegung hatte sie den Mundschutz eingesetzt und den Schlagring übergestreift.

Auf der Aufnahme konnte man gut erkennen, wie der Grabscher Blut und Zähne auf den Boden spuckte. Auch der Schlagring in ihrer rechten Hand war deutlich zu sehen.

Die Schlägerei verlagerte sich in die Toilette.

Es folgte ein Schnitt.

Nun zeigte das Video, wie sie gemeinsam mit Tanner und Splatter durch die B-Ebene flüchtete. Die Aufzeichnung endete abrupt.

Mit leerem Blick sah sie auf das Display ihres Handys.

Sie hatte keine Ahnung, wer das Video gemacht hatte. Vermutlich waren da noch andere Jugendliche gewesen, von denen Saskia keine Notiz genommen hatte. Das war der Fluch der modernen Zeit. Jeder hatte ein Handy mit Kamera in der Tasche.

Eine weitere Nachricht traf ein. Diesmal war es ein Text.

Glücklicherweise konnte ich die Verbreitung der Aufnahme im Internet in letzter Sekunde stoppen. Wir müssen uns treffen. Erwarten Sie eine weitere Nachricht.

Sie ließ das Handy sinken. So fühlt es sich also an, wenn man im Begriff ist, das Opfer einer Erpressung zu werden.

11. KATZENLADY

LASKER

4. Tag, 13.30 Uhr

In Laskers Rücken röchelte der Kaffeeautomat. Diesmal hatte Weidner ihm keinen Kaffee angeboten. Der Abteilungsleiter kam mit einem Espresso zurück, setzte sich an seinen Schreibtisch und warf ein Stück Zucker in die Tasse.

»Darf ich Sie etwas fragen?« Weidner rührte in der Tasse herum. Er sah Lasker nicht an.

»Ja.«

Lasker war heute Morgen mit einem knappen Anruf zu einem Gespräch mit Weidner einbestellt worden. Er wusste, worum es ging. Als er vorgestern Abend die Bulgaren mit großem Aufwand vorläufig festgenommen hatte, war er von der Idee begeistert gewesen. Jetzt, wo er im Büro des Abteilungsleiters saß, spürte er nur noch wenig von der anfänglichen Euphorie.

»Nehmen Sie Psychopharmaka?«

»Wie meinen Sie das?«

»So, wie ich gesagt habe.«

»Nein, tue ich nicht.«

Weidner kippte den Espresso in sich hinein, wie andere einen Schnaps trinken.

»Auf der einen Seite finde ich das beruhigend. Andererseits wäre es eine Erklärung für das Theater gewesen, das Sie veranstaltet haben. Dann hätte ich Ihnen geraten, sich die Medikamentierung von Ihrem behandelnden Arzt neu einstellen zu lassen.«

Lasker sagte nichts.

»Verraten Sie mir, was Sie sich dabei gedacht haben?«

Weidner redete so ruhig, als würde er Lasker nach dem Schmorbratenrezept seiner Großmutter fragen. Gerade diese Ruhe machte Lasker nervös.

Wenn ihm höherrangige Polizisten eine Frage stellten, reagierte Lasker für gewöhnlich mit einer Lüge. Erstens ging es niemanden etwas an, was er tat, und zweitens hatten die meisten aus dem höheren Dienst ohnehin keine Ahnung vom operativen Geschäft. Das bedeutete nicht, dass er sie für dumm hielt, aber das Führungspersonal lebte in seiner eigenen Welt und kämpfte mit den eigenen Sorgen. Die wenigsten verfügten über einen Kontakt zur Basis oder eine Vorstellung davon, was auf der Straße los war. Weidner stellte eine Ausnahme dar. Der Mann war jahrelang Ermittler gewesen und wusste, wie der Hase lief. Ihn für dumm zu verkaufen konnte nach hinten losgehen.

»Der überwiegende Teil der bulgarischen Zuhälter ist polizeilich nicht bekannt. Da Sie selber vermutet haben, dass der Täter aus diesem Umfeld stammt, habe ich die Gelegenheit ergriffen und sie erkennungsdienstlich behandeln lassen, um sie aus der Anonymität zu reißen.«

Weidner sagte nichts und blätterte einen Stapel Papiere durch. Er zog ein Blatt aus dem Stapel und lehnte sich zurück.

»Ich habe hier vier Beschwerden vorliegen. Es fängt an mit dem Polizeiführer vom Dienst. Dann hat sich der Erkennungsdienst aufgeregt, weil sie die Nacht durcharbeiten mussten, und zwei Hundertschaftsführer der Bereitschaftspolizei zeigten sich auch nicht begeistert von Ihrem Tatendrang.« Er legte das Blatt auf den Schreibtisch. »Sie haben dreiundfünfzig Personen wegen Landfriedensbruch vorläufig festnehmen lassen und sind dabei der halben hessischen Polizei auf die Nerven gegangen.«

»Die Bulgaren wurden alle direkt nach den erkennungsdienstlichen Maßnahmen entlassen. Und was die Kollegen angeht, tut es mir leid, dass sie arbeiten mussten.«

»Ihnen ist vermutlich klar, dass diese Landfriedensbruchs-Geschichte keinen Bestand haben wird.«

»Das ist mir bewusst. Aber mir ging es auch nur um die ED-Behandlungen. Die bleiben unabhängig vom aktuellen Verfahren im Datenbestand.«

»Die Maßnahme war vorgestern. Gestern haben Sie Ihren Personalbedarf für die AG gemeldet. Interessanterweise waren alle Ihre Favoriten in der Sache mit den Bulgaren verwickelt. Mich beschleicht das Gefühl, dass Sie die AG bereits ins Leben gerufen haben. Sie haben mich übergangen. Das ist nicht vertrauensbildend, um nicht zu sagen unverschämt. Und was ist mit den Kollegen und der Kollegin? Sie können doch nicht einfach über fremdes Personal verfügen.«

»Frau Catana hatte dienstfrei und die beiden Kollegen ihren freien Tag.«

»Wenn denen etwas Ernsthaftes passiert wäre, dann hätte das weitreichende dienstrechtliche Konsequenzen gehabt.«

»Das weiß ich. Aber die Situation war günstig. Die Bulgaren waren da und die nötigen Kräfte für eine Sistierung zum Präsidium auch, da an diesem Abend eine Demo stattfand. Wir beide wissen, dass ich nur eine Chance habe, den Fall zu klären, wenn ich nach jedem Strohhalm greife.«

»Wurde die Kollegin wirklich angegriffen?«

Der entscheidende Moment war gekommen. Für gewöhnlich würde er jetzt sein ausgedachtes Kriminalistenmärchen zum Besten geben.

Mit der Wahrheit war es so eine Sache. Grundsätzlich brachte sie nur Ärger ein. In seltenen Fällen konnte die Wahrheit aber Wunder bewirken.

Wenn er log, würde Weidner das wissen oder wenigstens ahnen. Der Mann war ja nicht dämlich. Vermutlich würde der Abteilungsleiter die Sache nicht weiterverfolgen, aber sein Vertrauen in Lasker würde darunter leiden. Bei der Arbeit, die vor ihm lag, brauchte er aber Vertrauen und die damit verbundene Rückendeckung.

Wenn er die Wahrheit sagte, war das ehrlich, und Ehrlichkeit war ein Garant für Vertrauen. Allerdings war es auch möglich, dass Weidner im Angesicht der Wahrheit völlig die Kontrolle verlor und ihn zum Teufel jagte.

Was für ein Mensch war Weidner? Was war ihm wirklich wichtig?

Was war Lasker wichtig? Die Antwort war klar. Die Vorstellung, seine eigene Fahndungseinheit zu bekommen, hatte ihn bereits in ihren Bann gezogen.

»Nein, wurde sie nicht«, sagte Lasker. »Die Sache war fingiert.«

Er hielt die Luft an und sah zu, wie Weidners Kiefer anfingen zu mahlen.

Nehmen Sie Tor eins, zwei oder drei?

Als Kind war ihm mal eine Vase aus der Hand gerutscht, als er auf der Treppe gestanden hatte. Obwohl sie sich noch im freien Fall befunden hatte, war sie bereits in tausend Teile zerplatzt. Denn erreichen konnte er sie nicht mehr. In Sekundenbruchteilen hatte er eine wichtige Erkenntnis gewonnen. Es gibt Ereignisse, die nicht aufzuhalten sind, wenn man sie erst einmal in Gang gesetzt hat. Das Ergebnis stand fest, obwohl der Prozess noch lief. Darum musste man sich immer überlegen, was man tat.

Jetzt hatte er etwas gesagt, das nicht ohne war, um es vorsichtig auszudrücken. Zurücknehmen konnte er die Worte nicht mehr.

Weidner nahm einen Kugelschreiber und kritzelte etwas auf ein Stück Papier.

»Ab morgen geht die AG los. Morgen. Das ist nicht heute«, sagte er, ohne Lasker anzusehen.

»Verstanden.«

Lasker stand auf und verabschiedete sich.

Eines war nun Gewissheit. Weidner hatte ein außerordentliches Interesse daran, den Fall zu klären.

Als er das Büro verlassen hatte, atmete Lasker durch. Das war eine enge Nummer gewesen.

Während er den Flur in Richtung der Fahrstühle entlangging, begann sein Handy in der Hosentasche zu vibrieren. Er nahm es heraus und sah, dass Tanner ihn anrief.

»Was gibt's, Tanner?«

»Ich habe was über Romina Radulović herausgefunden. Sie hat für einen Escortservice gearbeitet. Der Laden heißt *Easy Nights*.«

Lasker blieb stehen. »Woher weißt du das?«

Hatte Tanner Vorarbeit geleistet? Es sah so aus. Warum auch nicht? Er selber hatte vorgestern eigenmächtig den Startknopf gedrückt und damit die Maschinerie in Gang gesetzt.

»Ein Junkie hat das für mich herausgefunden. Brando.«

»Wieso hat er das für dich getan? Das macht der nicht aus Spaß.«

Einen Moment zögerte Tanner. »Brando ist ein Informant von mir. Er hat mir bereits öfters Tipps gegeben.«

»Und du hältst einen Junkie für so vertrauenswürdig, dass

du ihm, ohne mich zu fragen, Informationen über einen Mordfall anvertraust?«

Nun klang er genau wie Weidner.

Mit so etwas war zu rechnen gewesen. Das war das Problem mit Leuten wie Saskia, Tanner und Splatter. Sie waren gut, aber so schwer zu hüten wie ein Sack voller Flöhe.

»Ich weiß, dass das ein Risiko darstellt. Die Gelegenheit war günstig und ich glaube nicht, dass wir auf anderem Wege etwas herausbekommen hätten. Auf keinen Fall so schnell.« Und jetzt klang Tanner wie er selber.

Im Prinzip waren die rhetorischen Mechanismen immer die gleichen. Völlig egal, auf welcher Ebene.

Tanner redete weiter: »Brando hat mich heute Nacht angerufen. Ich war selber überrascht, wie schnell das ging. Er sagte, dass er die Info von einer Prostituierten bekommen hat.«

»Hast du was über den Service herausgefunden?«

»Ich komme gerade vom zuständigen Gewerbeamt. Als Geschäftsführer ist ein Walter Schönherr eingetragen. Der Mann hat keine polizeilichen Erkenntnisse.«

»Dass er Geschäftsführer ist, bedeutet nicht, dass er in dem Laden etwas zu melden hat. Vermutlich ist er nur ein Strohmann.«

»Die Eigentumsverhältnisse aufzuklären war ein wenig kompliziert. Der Laden gehört der Tangent GmbH. Die wiederum ist Teil einer anderen Gesellschaft. Das war alles ziemlich verwirrend und ich bin nicht wirklich durchgestiegen. Dieses Wirtschaftszeug ist nicht mein Ding. Aber am Ende taucht ein Kroate auf. Dragoslav Durić. Sagt dir das was?«

»Nein. Ich nehme an, den hast du durch das System gejagt.«

»Keine polizeilichen Erkenntnisse.«

»Dachte ich mir.«

»Allerdings bin ich noch nicht fertig.« Tanners Stimme bekam einen triumphierenden Klang. »Durić hat vor einigen

Monaten einen Autounfall gehabt. Nichts Wildes. Aber es kam zu einer Unfallaufnahme durch die Polizei. Mit ihm zusammen befanden sich drei weitere Kroaten im Fahrzeug. Die Insassen wurden als Zeugen aufgenommen.«

»Und?«

»Zwei von den dreien sind polizeilich bekannt. Die beiden haben Fälle wegen Menschenhandel. Victor und Amir Muharenović. Möglicherweise Brüder.« Tanner machte eine kurze Pause. »Vielleicht hat unser Opfer Ärger mit ihren Zuhältern bekommen. Ich denke, dass die Spur besser ist als diese Bulgarensache.«

Lasker hatte bereits einen Stift und Notizblock aus der Jacke gefummelt und war dabei, sich das Wesentliche aufzuschreiben. »Wiederhol die Personalien.«

Tanner tat es.

»Wo haben die beiden ihre Fälle. Frankfurt?«, fragte Lasker.

»Nein. Leider in Berlin.«

»Dann kommen wir nicht auf die Schnelle an die Kriminalakten heran.«

»Dürfte ein paar Tage dauern.« Tanner zögerte kurz. »Ich weiß, dass ich zu weit gegangen bin«, sagte er schließlich. »Aber ich wollte irgendetwas tun.«

»Wer weiß außer uns beiden davon?«

»Niemand. Ich bin nicht bescheuert.«

»Dann sorg dafür, dass es so bleibt. Außer uns vieren darf niemand etwas darüber erfahren. Und sorg dafür, dass du diesen Brando unter Kontrolle behältst.«

Das Ganze erinnerte an eine russische Schachtelpuppe. Weidner musste ihn unter Kontrolle halten, er seine Leute und seine Leute Typen wie Brando.

»Mach dir keine Sorgen«, sagte Tanner. »Wie gehen wir jetzt weiter vor?«

»Weiß ich noch nicht. Ich melde mich bei dir.«

»Okay.«

»Tanner?«

»Ja.«

»Saubere Arbeit.«

»Danke.«

Lasker legte auf und steckte das Handy weg.

Er biss sich auf die Unterlippe. Da hatte Tanner tatsächlich was Brauchbares herausgefunden. Wenn Radulović für einen Escortservice gearbeitet hatte, dann war die Firma eine Bezugsadresse des Opfers und somit ein Ort, an dem die Ermittlungen starten konnten. Es war ziemlich wahrscheinlich, dass das Opfer und der Täter sich von dort kannten. Vielleicht war es ein Kunde gewesen. Oder Tanner hatte recht und ein Zuhälter war durchgedreht. Damit war die Bulgarenspur womöglich Geschichte. Lasker glaubte nicht, dass diese Knalltüten etwas mit Callgirls und einem Escortservice zu tun hatten. In der Liga spielten sie nicht. Wenn Radulović auf dem Straßenstrich angetroffen worden war, dann nicht, weil sie dort gearbeitet hat. Möglicherweise hatte sie eine Freundin besucht oder sich verlaufen. Spielte auch keine Rolle.

Es fühlte sich an, als habe er eine Line Koks gezogen. Sein Herz raste und die Gedanken überholten sich gegenseitig.

Wenn Tanners Informationen zutrafen, hatte Romina Radulović für einen kroatisch geführten Escortservice gearbeitet. Dieser Dragoslav Durić spielte dabei vermutlich eine tragende Rolle. Dass es über Durić in den gewöhnlichen polizeilichen Auskunftssystemen nichts zu finden gab, sagte wenig aus. Vor allem, wenn der Mann einer organisierten kriminellen Vereinigung angehörte, was bei dem Geschäftsfeld wahrscheinlich war. Mit der organisierten Kriminalität beschäftigte sich das Kommissariat 6. Aber von dort bekam er nicht ohne Weiteres eine Auskunft. Dass sein Ermittlungsziel geheim bleiben musste, vereinfachte die Sache nicht. Die einzige Möglichkeit bestand darin, Informationen über den sogenannten kurzen Dienstweg zu erhalten. Also inoffiziell durch einen befreundeten Kollegen. Leider hatte Lasker niemanden im K 6 sitzen, mit dem er sonderlich gut stand.

Es sei denn, er nahm einen Umweg.

Er machte sich auf den Weg zum K 3.

***

Lasker stand in der offenen Tür von Sandra Feldmanns Büro. Er klopfte gegen den Türrahmen. »Hallo, Sandra.«

Sandra löste ihren Blick vom Computerbildschirm und nahm ihre Lesebrille ab. Sie war im selben Alter wie Lasker und schämte sich seit jeher für ihre Brille. Daran hatte sich in den letzten Monaten anscheinend wenig geändert. In einer längst vergangenen Zeit hatten sie gemeinsam die Ausbildung bestritten. Obwohl sie niemals zusammengearbeitet hatten, hatten sie sich nicht aus den Augen verloren. Seit mehr als zehn Jahren arbeitete sie für das K 3. Das Fachkommissariat für Sexualdelikte.

»Jo. Dich habe ich schon ewig nicht mehr gesehen. Schön, dass du es mal wieder einrichten konntest.«

»Darf ich reinkommen?«

»Setz dich. Nimm dir einen Keks.«

Lasker nahm sich einen Stuhl und stellte ihn vor Sandras Schreibtisch.

»Ich habe gehört, ihr habt einen neuen Chef«, sagte Lasker.

Sandra verzog ihr Gesicht, als wäre ihr jemand auf den Fuß getreten. »Der Vaginalrat. Das wird noch ein Riesenspaß.«

Kriminalrat Kurt Bömer hatte sich im Laufe seiner Karriere den Spitznamen redlich verdient. Keine Frau war vor ihm sicher. Dass jetzt ausgerechnet der Vaginalrat Leiter der Sitte geworden war, entbehrte nicht einer gewissen Komik. Natürlich reichte sein Interesse am weiblichen Geschlecht nicht in den deliktischen Bereich hinein und fachlich war ebenfalls nichts an ihm auszusetzen. Aber trotzdem. Es war zum Schreien.

»Sei mir nicht böse. Aber ich denke, du bist zu alt für ihn«, sagte er.

Sie funkelte ihn an. »Du bist derzeit Single. Kann das sein?«

Lasker nickte.

»Vielleicht liegt es daran, dass dir nie jemand erklärt hat, was man einer Frau auf keinen Fall sagen sollte.«

»Tut mir leid. Ich hab es nicht so gemeint.«

»Ich habe das Gefühl, dass du etwas auf dem Herzen hast. Ich sehe es dir an der Nasenspitze an. Raus damit.«

Lasker stand auf und schloss die Bürotür. Nachdem er sich wieder gesetzt hatte, sagte er: »Ich brauche deine Hilfe.«

»Dafür war dein Einstand ungeschickt.«

»Du bist erwachsen, du kommst darüber hinweg.«

»Ich mag eigentlich keine Männer, die sich nur blicken lassen, wenn sie was wollen.«

»Es ist wichtig. Ich benötige Informationen über einen Dragoslav Durić und zwei weitere Kroaten sowie über einen Escortservice. Durić ist womöglich im Bereich der organisierten Kriminalität tätig.«

»Der Name sagt mir nichts. Wie heißt der Service?«

»Easy Nights.«

»Kenne ich auch nicht.«

»Kannst du mir nicht anders helfen?«

Sie setzte ein wissendes Lächeln auf. »Du willst, dass ich Martin für dich frage.«

»Ja.«

»Worum geht es?«

Mit der Frage war zu rechnen gewesen. »Das kann ich dir nicht sagen.«

Sandra verschränkte die Arme vor der Brust. »Warum nicht? Eine Geheimsache?«

»Kann man so sagen.«

»Das Letzte, was ich über dich gehört habe, war, dass du vom KDD zur Verhandlungsgruppe gewechselt hast. Deine Geheimsache klingt aber nicht nach Verhandlungsgruppe.«

»Ich bin nicht mehr bei der Verhandlungsgruppe. Ab morgen leite ich eine AG.«

»Bei welchem Kommissariat?«

»Bei keinem. Die AG untersteht Weidner.«

Sandra stand die Überraschung im Gesicht geschrieben. »Geht es gegen Kollegen?«

»Nein, gegen Zuhälter im Bahnhofsgebiet.«

»Das ist aber sicher nicht alles. Eine AG, die direkt dem Abteilungsleiter untersteht. Da muss mehr dahinterstecken.«

Es war schwer, erfahrenen Leuten etwas vorzumachen.

»Ich kann dir nicht mehr sagen. Aber du kennst mich. Bin ich einer, der linke Sachen macht?«

»Bis jetzt nicht.«

»Und das wird auch so bleiben.«

»Ich weiß nicht. Martin macht so etwas nicht gerne. Mit solchen Auskünften kann man schnell in Schwierigkeiten geraten. Er wäre nicht der Erste.«

»Bitte, Sandra. Es ist wichtig.«

Sie legte eine Denkpause ein. »Dafür muss ich ihm einen Grund liefern«, sagte sie schließlich.

»Zum Beispiel?«

»Du tust mir einen Gefallen. Ich sage Martin, dass ich in deiner Schuld stehe, und bitte ihn, dir die Informationen zu geben.«

»So eine Art Ringtausch.«

»Genau.«

»Kann ich dir denn einen Gefallen tun?«

»Vielleicht.« Sie zog eine Schublade auf, nahm eine Mappe heraus und reichte sie Lasker.

Er schlug die Mappe auf. Auf der ersten Seite klebte das Foto eines Mannes. Darunter standen Personalien.

»Richard Stamm. Sieht aus wie ein Sachbearbeiter mit einem unwichtigen Aufgabengebiet in einer unwichtigen Behörde«, stellte Lasker fest.

»Lustig, dass du das sagst. Tatsächlich arbeitete Stamm vor seiner Inhaftierung als Sachbearbeiter bei der Deutschen Bahn in der Cargoabteilung in Mainz. Ich denke, das kann man als Behörde gelten lassen. Besonders bedeutungsvoll war seine Aufgabe da wohl nicht.«

Lasker blätterte weiter. Hinter dem Personagramm waren mehrere Berichte und Vermerke eingeheftet. Er schloss die Mappe und legte sie auf den Schreibtisch.

»Ich habe keine Lust, das zu lesen. Kannst du mir mündlich vortragen, wo das Problem liegt?«, fragte Lasker.

Sandra rollte auf ihrem Schreibtischstuhl zum Fenster und öffnete es. Auf der Fensterbank lag eine Packung Zigaretten. Sie nahm eine heraus, zündete sie an und bemühte sich, den Qualm durch das Fenster nach draußen zu blasen.

Seit einigen Jahren war das Rauchen im Büro verboten. Er erinnerte sich gut an das alte Präsidium. Dort hatte der Zigarettenqualm in den Räumen gestanden wie in einer Seemannskneipe.

Feldmann aschte aus dem Fenster. »Was ist der Unterschied zwischen Gut und Böse?«, fragte sie.

»Im wirklichen Leben gewinnt am Ende in der Regel das Böse. Darum muss im Film das Gute siegen. Ist eine Art Ausgleich für die Psyche.«

»Hast du das nicht satt?«

»Damit muss man sich arrangieren. Sonst nimmt man den Mist mit nach Hause.«

Sie nickte. »Meistens gelingt mir das. Aber nicht immer.«

»Ich nehme an, in seinem Fall ist es dir nicht gelungen.«

»Herr Stamm hat vor elf Jahren ein zehnjähriges Mädchen entführt und in einem Wohnmobil sexuell missbraucht. Dafür hat er fünfzehn Jahre bekommen. Vor zwei Wochen wurde er vorzeitig aus der Haft entlassen.«

Sie steckte ihren Kopf aus dem Fenster, sah sich kurz um und schnickte die Zigarette in den Innenhof. Dann rollte sie auf ihrem Stuhl zurück zu ihrem Schreibtisch. Aus einer der Schubladen nahm sie eine Dose Raumspray und sprühte eine nach Flieder riechende Wolke in die Luft. »Man muss seine Spuren verwischen.«

Sie verstaute die Dose in der Schublade.

»Ich zeig dir was.« Sandra ging zu einem Sideboard, auf dem ein Flachbildschirm und ein DVD-Player standen. In ihrer Hand hielt sie eine bereits aus der Hülle genommene DVD. Sie schaltete den Player ein und steckte die silbrige Scheibe in den Schlitz.

Lasker spürte einen Kloß im Magen. Er ahnte, was auf ihn zukam.

Der Bildschirm erwachte zum Leben.

Weil das Bild hektisch hin und her zuckte, konnte er zunächst kaum etwas erkennen. Nach einigen Sekunden hörte das Wackeln auf. So wie es aussah, hatte jemand die Kamera auf einem Stativ befestigt und eingerichtet.

Lasker sah ein Mädchen, das gefesselt auf einer Matratze lag. Die Einstellung der Kamera gab nicht viel von dem Ort preis, an dem sich das Kind befand, aber es sah nach Wohnmobil aus.

Der Rücken eines Mannes geriet ins Bild. Der Mann ging vor der Matratze auf die Knie. Es wirkte so, als ob er mit dem Mädchen redete.

»Kein Ton?«, fragte er und hoffte, dass es dabei blieb.

138

»Nein, hat er irgendwie versaut. Aber wir wissen, was er dem Mädchen sagt. Er hat es uns bei seiner Vernehmung erzählt.«

»Und? Was sagt er?«, fragte Lasker, obwohl er es nicht hören wollte.

»Er erklärt ihr, was als Nächstes passiert. Als Erstes wird er versuchen, ihr einen Schlauch bis in die Blase zu schieben. Dann wird er ihre Scheide um den Schlauch herum zunähen. Danach …«

»Es reicht. Mach das aus.«

»Keine Sorge. Was ich dir zeigen will, liegt vor der eigentlichen Tathandlung.«

»Ich nehme an, das Kind ist tot.«

»Damals hat er sie nach zwölf Stunden rausgeschmissen.«

»Er hat sie am Leben gelassen? Das überrascht mich.«

»Das Ganze sollte der Vorbereitung dienen. Für seine nächste Tat hatte er sich vorgenommen, dabei das Opfer zu töten.«

»Er wollte sich die Möglichkeit der Steigerung lassen.«

»Ich denke, das trifft es ganz gut.«

Die Szene auf dem Bildschirm war unverändert. Immer noch kniete der Mann vor der Matratze und zeigte der Kamera seinen Rücken.

»Was willst du mir zeigen?«

»Gleich. Einen Moment.«

Der Mann stand auf und ging zur Kamera. Für einen Augenblick füllte sein Oberkörper den gesamten Bildschirm aus. Dann verschwand er aus dem Sichtbereich. Das Bild wackelte erneut. Die Kamera zoomte heran, bis nur noch das Gesicht des Mädchens in Großaufnahme zu sehen war.

»Das will ich dir zeigen.«

Lasker war irritiert. Worauf wollte sie hinaus?

Sandra musste seine Ratlosigkeit erkannt haben. »Sieh dir ihr Gesicht an. Was erkennst du?«

»Angst.«

»Angst ist das, was an der Oberfläche schwimmt. Komm schon. Schau tiefer. Jeder gute Ermittler muss ein Stück weit empathisch sein.«

Lasker wusste, was sie meinte. Wenn man nicht in der Lage war, sich in die Gedankenwelt anderer Menschen zu versetzen, hatte man es schwer, Motive zu verstehen und Fälle zu klären. Wenn man in die Seele eines Menschen blickte, spürte man ein Echo ihrer Schmerzen. Bei Erwachsenen kam er damit klar, aber nicht bei Kindern.

»Schau in ihre Augen.«

Er tat es.

Die Videoaufnahme war wie ein von der Sonne ausgebleichtes Hemd. Die Farben waren mehr zu erahnen, als dass man sie sah. Sandra hatte die Aufnahme mit der Fernbedienung auf Standbild geschaltet. Das Mädchen war zur Tatzeit zehn Jahre alt gewesen. Ihre langen brünetten Haare umrandeten das Gesicht, das wie bei allen Kindern noch nicht von der Zeit gezeichnet war. Keine Falten, keine Unreinheiten in der Haut. Die Pubertät lag in weiter Ferne. Und mit der Pubertät die Sorgen des Erwachsenwerdens. Zumindest sollte das so sein. Aber als er sich auf ihre Augen konzentrierte und hinter ihre Angst sah, verstand er, was Sandra gemeint hatte.

In den Augen des Kindes spiegelte sich das Erkennen der Welt, wie sie wirklich war. Dass es in Wahrheit sehr wohl Monster gab. Auch wenn sie keine Klauen und Fangzähne besaßen. Und dass Mama und Papa nicht kommen würden, um sie zu retten.

Niemand würde kommen, um ihr Leiden zu beenden.

Ihre Welt hatte sich von einem Augenblick zum anderen aufgelöst und war durch etwas Dunkles ersetzt worden.

Aber das war nicht alles. In ihren Pupillen sah er, dass die Angst ihre Seele zu einem kleinen schwarzen Stein gepresst hatte.

»Mach es aus.«

Sandra drückte auf die Fernbedienung. Sie ging zurück an ihren Schreibtisch und setzte sich. »Was hast du gesehen?«, fragte sie.

»Hass.«

Sie rollte zum Fenster, öffnete es und steckte sich eine neue Zigarette an.

Minutenlang herrschte Schweigen.

Sie nahm den letzten Zug der Zigarette.

»Du kennst das Mädchen«, sagte sie, als sie den Stummel nach draußen geschnipst hatte.

Lasker zog die Stirn in Falten. »Woher willst du das wissen? Ich kann mir nicht vorstellen, dass ich sie kenne.«

»Katzenlady.«

»Wie bitte?«

»Du kennst doch sicher die Drogenabhängige, die bei den Junkies Katzenlady genannt wird.«

Er zeigte auf den Fernseher. »Das ist sie?«

»Ja. Kaum wiederzuerkennen, oder?«

Die Katzenlady hatte ihren Namen nach der gleichnamigen Figur in der Zeichentrickserie *Die Simpsons* erhalten. In der Serie lief eine verstörte alte Frau herum, die von unten bis oben mit Katzen behangen war. Wurde sie zornig, warf sie mit den Tieren um sich. Die Katzenlady aus dem Gebiet tat das nicht. Allerdings liebte sie die Tiere dermaßen, dass sie regelmäßig dabei erwischt wurde, wie sie Katzenfutter aus dem Supermarkt am Bahnhof klaute, um damit frei laufende Katzen zu füttern.

Lasker hätte die Katzenlady auf über dreißig geschätzt. Aber wenn es sich bei ihr um das Mädchen aus dem Video handelte, konnte sie erst einundzwanzig sein. Die Frau galt selbst unter Junkies als verrückt.

Es war nicht weit hergeholt, wenn man einen kausalen Zusammenhang zwischen dem Video und ihrem aktuellen

Geisteszustand herstellte. Dieses dreckige Arschloch hatte ihr Leben innerhalb von zwölf Stunden ausgelöscht. Und aller Wahrscheinlichkeit nach das Leben ihrer Eltern gleich mit. Sozusagen in einem Aufwasch.

»Das war übrigens einer meiner ersten Fälle beim K 3. Damals hatte ich noch keinen Panzer um mich herum gebaut.«

»Was soll ich tun?«

Sandra schloss das Fenster. Diesmal verzichtete sie auf die alberne Nummer mit dem Raumspray.

»Er wird es wieder tun.«

»Woher willst du das wissen?«

Sie lachte. »Jo. Die Frage kannst du dir selber beantworten.«

»Du fühlst es.«

»In jeder Faser meines Körpers. Und es gibt nichts, was ich dagegen tun könnte.«

»Warum ist der Kerl überhaupt in Freiheit? Hätte der nicht Sicherheitsverwahrung bekommen müssen? Und wieso wird er vorzeitig entlassen?«

»Hätte er bekommen können, hat er aber nicht. Warum sie ihn entlassen haben, kann ich dir sagen. Ihm wurde durch diverse Gutachten die Unbedenklichkeit bescheinigt. Daher wurde er nach zwei Dritteln der Haftstrafe entlassen. Aber so jemand kann nicht einfach aufhören.«

»Man hätte ihn nicht entlassen dürfen.«

»Erzähl das den Gutachtern. Du weißt, was man sagt. Vor Gericht und auf hoher See ist man in Gottes Hand. Fakt ist, dass er draußen ist.« Sie zögerte einen Moment. »Ich meine es ernst, er wird irgendwo zuschlagen. Und diesmal wird er das Kind töten. Er hat so lange darauf gewartet. Er muss es tun.«

»Und du kannst nichts machen?«

»Wenig. Die restlichen vier Jahre seiner Strafe sind zur Bewährung ausgesetzt worden. Er hat vom Gericht die Auflage bekommen, von Orten, an denen sich Kinder aufhalten, fernzubleiben. Also Kindergärten, Spielplätze, Freibäder und so weiter. Ein Verstoß dagegen könnte ihn wieder in den Knast bringen. Ich habe eine Observationsanordnung für ihn erwirkt. Aber das geht auch nicht ewig. Und vor allem geht es nicht rund um die Uhr. Dafür kriege ich die Kräfte einfach nicht.«

»Was macht er den ganzen Tag?«

»Er lebt von Hartz IV, gammelt in der Wohnung herum und geht gerne abends ins Bahnhofsgebiet.«

»Was macht er da? Drogen?«

»Er steht auf Prostituierte.«

»Nicht nur auf Kinder?«

»Kinder sind sein eigentliches Ziel. Aber den Geschlechtsakt vollzieht er vorsichtshalber lieber mit einer Erwachsenen. Das bringt ihm wenigstens ein wenig Triebabfuhr und er verstößt damit nicht gegen seine Auflagen.«

»Wie kann er sich das leisten? Beim Regelsatz von Hartz IV dürften nicht viele Bordellbesuche drin sein.«

Sie zuckte mit den Schultern. »Keine Ahnung.«

»Und was soll ich jetzt genau machen?«

»Du musst ihn dahin bringen, wo er hingehört.«

»Und wie stellst du dir das vor?«

»Sorg dafür, dass er gegen die Auflagen verstößt.«

Er atmete hörbar aus. »Das ist ziemlich viel verlangt.«

»In den alten Zeiten wäre das kein Problem gewesen.«

»Heute schon.«

Es klopfte an der Bürotür.

»Ja?«, rief Sandra.

Die Tür ging auf und eine Kollegin steckte ihren Kopf ins Büro.

»Ich will dich nicht stören. Aber wir haben gleich die Besprechung«, sagte sie.

»Alles klar, ich komme.«

Die Tür wurde zugezogen.

Sandra stand auf, umrundete den Schreibtisch und zog sich einen Stuhl heran, der in der Ecke stand. Sie setzte sich direkt vor Lasker.

»Ist diese AG wichtig für dich? Bedeutet sie dir was?«

»Ja.«

»Martin kann dir helfen.«

»Die Informationen, die ich brauche, sind wichtig. Aber so wichtig nun auch wieder nicht.«

»Du verstehst mich nicht. Martin kann dich wesentlich mehr unterstützen, als du dir das vorstellst. Er ist innerhalb der Polizei und anderen Behörden sehr weitreichend vernetzt. Staatsschutz, LKA, BKA, Innenministerium. Wenn er sich bereit erklärt, ist seine Hilfe Gold wert. Und wenn du mir hilfst, wird er sich bereit erklären. Das verspreche ich dir.«

»Was du verlangst, ist illegal.«

Sandra lachte. »Komm mir nicht mit dem Mist. Natürlich ist es illegal. Kinder zu foltern ist auch illegal.« Sie stand auf und stellte den Stuhl zurück in die Ecke. »Überleg es dir. Entweder du bist im Klub oder nicht.«

»Was meinst du damit? Was für ein Klub?«

Sie reagierte nicht auf die Frage. »Ich muss jetzt los«, sagte sie. »Denk drüber nach.«

»Kann ich an deinen Computer, bevor ich gehe? Ich will mir was ansehen.«

»Mi casa es su casa. Aber mach keinen Quatsch. Der Computer ist mit meiner Kennung angemeldet.«

»Ich bemühe mich.«

Sandra verließ das Büro.

Er setzte sich auf ihren Schreibtischstuhl und rief das polizeiliche Personenauskunftssystem auf.

In der erweiterten Suche gab er »Katzenlady« ein. Der Spitzname war so bekannt, dass er erfasst sein sollte.

Auf dem Bildschirm wurde eine Treffermeldung ausgegeben: *Sonja Deutmann. Geboren am 13.2.1990.*

Lasker klickte den Namen an. Ein Bild erschien. Daneben die polizeilichen Erkenntnisse.

Deutmann hatte die übliche Karriere einer Drogenabhängigen hingelegt. Einhundertvier Fälle gingen auf ihr Konto. Die meisten davon waren Diebstähle, die man unter dem Begriff Beschaffungskriminalität zusammenfassen konnte. Dazu kamen eine Handvoll Körperverletzungsdelikte. Vermutlich im Zusammenhang mit Streitigkeiten im Milieu. Im Grunde nichts Wildes. Einmal hatte sie für zwei Monate im Gefängnis gesessen.

Er betrachtete das Bild.

Die Aufnahme war ein halbes Jahr alt. Sie hatte verfilzte lange Haare und im Gesicht einen heftigen roten Ausschlag. Neben dem Foto stand in roter Schrift: *Vorsicht, Ansteckungsgefahr.* Sie war an Hepatitis C erkrankt.

Eine Ähnlichkeit mit dem Mädchen aus dem Video erkannte er nicht.

Oder doch?

Insgesamt wurde sie viermal erkennungsdienstlich behandelt. Das erste Bild stammte aus dem Jahr 2007. Er rief es auf. Betrachtete es eingehend und wählte das nächste an. Es war wie eine Art Zeitrafferfilm. Mit jedem Foto zerfiel das Mädchen mehr. Verwandelte sich von einer normal aussehenden Frau in einen zerstörten Menschen.

Aber eines hatten alle Aufnahmen gemeinsam: die Augen.

Auf jedem Foto die gleiche Mischung aus Trauer und Wut.

Lasker lehnte sich im Stuhl zurück.

In den letzten beiden Jahren hatte er gelegentlich mit der Katzenlady zu tun gehabt. Allerdings immer nur am Rande. Im Großen und Ganzen interessierte er sich nicht für Junkies. Er fühlte weder Mitleid, noch verachtete er sie. Die meisten von ihnen waren einfach schwache Menschen, die im Prinzip aus Blödheit in die totale Abhängigkeit geraten waren. Es lag aber auch auf der Hand, dass es unter ihnen einige gab, die das Schicksal in die Sucht getrieben hatte. Bei ihr war das definitiv der Fall gewesen. Wie wenig man doch über die Menschen wusste, denen man bei der Arbeit begegnete.

Er dachte an Sandras letzte Worte: Entweder du bist im Klub oder nicht.

Was hatte sie damit gemeint? Das hatte sie nicht nur so dahergesagt. Es bedeutete etwas.

Martin hatte Kontakte zum BKA. Das war interessant. Vielleicht gelang es ihm, in Erfahrung zu bringen, warum das BKA den Fall übernommen hatte. Das wiederum würde Weidner sicher brennend interessieren. Wenn er ehrlich war, interessierte es ihn mittlerweile auch. Genauso, wie er wissen wollte, warum der Fall für den Abteilungsleiter eine so hohe Priorität besaß, dass Weidner ihn gegen alle Gepflogenheiten praktisch verdeckt ermitteln ließ. Er spürte, dass die Lösung des Falls ihn am Ende überraschen würde. Genauso wie Sandra spürte, dass dieses perverse Schwein nur auf seine Chance lauerte.

Wenn man Stamm gewähren ließ, war das Ende abzusehen.

Zum Schluss würde es ein totes Kind und einige empörte Artikel in den Zeitungen geben, die sich damit befassten, warum ein solcher Mensch auf freiem Fuß sein durfte. Aber die machten auch niemanden mehr lebendig.

Wenn er dafür sorgte, dass Stamm wieder im Gefängnis landete, würde das alles nie geschehen. Die Ermordung eines Kindes wäre dann eine Tat, die zu einem alternativen Zeitstrahl gehören würde. Eine mögliche Wirklichkeit, die verhindert wurde.

Und genau da lag das Problem. Falls die Sache in die Hose ging und er sich verantworten musste, boten Ereignisse, die in einer theoretischen Parallelwelt eingetreten wären, keine gute Verteidigungsgrundlage. Man konnte keine Menschen wegsperren, weil man etwas kommen sah. Das war auch richtig so. Damit verhinderte man, dass viele Unschuldige im Gefängnis landeten. Allerdings musste die Gesellschaft es ertragen, dass so ein Kerl wie dieser Stamm irgendwann ein Kind in den Stadtwald schleifen würde. Die Gesellschaft als Ganzes ertrug das sicherlich ganz gut. Schließlich hatten Fernseher eine Fernbedienung. Aber Sandra war nicht die Gesellschaft. Sie war ein Individuum, dessen Auftrag darin bestand, genau solche Dinge zu verhindern.

Ob jemand inhaftiert wurde, entschied der Richter. Warum? Weil er nach seinem Studium ein sehr gutes juristisches Staatsexamen an seine Wand hängen durfte. Dabei spielte es keine Rolle, ob er sein ganzes Leben in der elterlichen Wohnung in Klein-Wöllheim verbracht hatte und die dreckigen Gegenden der Großstadt nur aus der Vorbeifahrt mit dem Auto kannte.

Weshalb konnte Sandra nicht entscheiden, ob der Mann in den Knast musste? Weil sie kein Jura studiert hatte?

Sandras Einschätzung vertraute Lasker tausend Mal mehr als der von irgendeinem Juristen oder Sachverständigen. Sie hatte in ihrem Leben genügend Sexualverbrecher getroffen und sie oft stundenlang vernommen. Und das zählte viel.

Eine ernsthafte Vernehmung bestand nicht nur aus der Frage: Wo waren Sie am letzten Freitag?

Die Kunst bestand darin, jemanden dazu zu bringen, etwas zu gestehen, was ihn Jahre seines Lebens kosten würde. Wenn man sich bewusst machte, dass die meisten Menschen nicht einmal zugaben, heimlich den Joghurt des Bürokollegen gegessen zu haben, dann wurde klar, was für eine schwere Aufgabe der Vernehmende zu bewerkstelligen hatte.

Um einen Täter in der Vernehmung zu knacken, musste man sich in ihn hineinversetzen, und zwar mehr, als einem lieb war.

Was sind seine Wünsche? Was ist sein Antrieb? Was sind seine Ängste? Seine Hobbys? Soll man ihn provozieren? Verständnis zeigen? Sich zum Schein mit ihm verbrüdern? Wie denkt er?

Wenn Sandra behauptete, dass der Mann eine tickende Zeitbombe war, nahm er ihr das ab.

Die Frage war, wie weit er gehen wollte.

Die vorläufige Festnahme der Bulgaren war eine Maßnahme, die für Laskers Verhältnisse bereits grenzwertig gewesen war. Jemanden ins Gefängnis zu bringen ging noch einen großen Schritt weiter.

Wenn er Sandra half, musste er das alleine tun. Er konnte und durfte die anderen nicht von einer illegalen Aktion in die nächste schicken. Warum sollten sie ihm auch folgen? Er hatte bisher nichts für sie getan.

Sein Gefühl sagte ihm, das Martins Hilfe wertvoll war.

Ein Ermittler aus dem Raubkommissariat hatte ihm einmal gesagt, dass es zwei Möglichkeiten gab, wie man mit einem unlösbaren Fall umgehen konnte. Die konservative Methode war, die Akte zur Kriminalaktensammlung zu geben und sie dort die nächsten zwanzig Jahre verstauben zu lassen. Wenn man das nicht wollte, musste man zu progressiven Ermittlungsmethoden greifen. Progressive Ermittlungsmethoden. Damit war gemeint, Gesetze zu brechen.

Der Kollege hatte damals wörtlich gesagt: »Wer progressiv ermittelt, braucht dringend zwei Eigenschaften. Erstens: Er muss hinreichend dämlich sein, um zu glauben, dass seine Aufgabe darin besteht, das Böse mit allen Mitteln aufzuhalten, während alle anderen Mahjongg auf dem Computer spielen. Zweitens: Er braucht Eier in der Hose.«

Was die Dämlichkeit anging, sah er keine Probleme auf sich zukommen. »Scheiß drauf. Dann soll es so sein«, sagte er zu sich selbst.

Er würde diesen Stamm dorthin bringen, wo er hingehörte, und den Mörder von Romina Radulović gleich hinterherschicken.

12. Afghanistan

Splatter

4. Tag, 14.55 Uhr

Splatter öffnete die Augen. Für einen Augenblick starrte er orientierungslos an die Decke. In seinem Schlafzimmer schien ein Linienflugzeug von der Startbahn abzuheben. Das Dröhnen verhinderte klares Denken.

Das war die Alarmanlage.

Er sprang auf und schlug mit der flachen Hand auf den Aus-Schalter. Das Flugzeug verschwand aus dem Zimmer. Während er seine Pistole unter dem Kopfkissen hervorzog, lauschte er auf die Geräusche aus dem Lautsprecher.

Redete da jemand?

Mit geschlossenen Augen versuchte er sich zu konzentrieren. Sein Herz drückte mit harten Schlägen Blut durch die Adern, dass es ihm in den Ohren pochte. Unmöglich zu entscheiden, ob er wirklich etwas hörte oder ob er sich die Stimme einbildete.

Im Raum war es stockdunkel. Er tastete nach dem Schalter des Nachtlichtes. Als es aufleuchtete, sah er auf dem Display der Alarmanlage, dass sie im Wohnzimmer ausgelöst hatte. Ein kurzer Kontrollblick zeigte ihm, dass die Gitter an seinem Schlafzimmerfenster unberührt waren.

Aus dem Lautsprecher kam ein polterndes Geräusch.

Da schlich jemand in der Wohnung herum.

Und das nicht zum ersten Mal.

Immer wieder war er in den letzten Wochen aus dem Schlaf geschreckt mit dem Gefühl, jemand sei in der Wohnung gewesen. Anzeichen dafür hatte er bisher nicht finden können und er hatte schon geglaubt, restlos den Verstand zu verlieren.

In seiner Verzweiflung hatte er sich die Alarmanlage zugelegt.

Jetzt war es amtlich. Er hatte ungebetenen Besuch und war nicht wahnsinnig.

Splatter sprang zur Tür, schob die drei Türriegel zur Seite und riss sie auf.

Aus dem Wohnzimmer drang Licht in den Flur.

»Ich mach dich fertig!«

Mit erhobener Waffe lief er zum Wohnzimmer und stieß die Tür auf. Er machte einen großen Schritt in den Raum und rotierte dabei wie ein Kreisel. Bereit, auf alles zu schießen, was sich bewegte.

Dreimal drehte er sich um die eigene Achse.

Langsam ließ er die Waffe sinken.

Niemand da.

Dass es hell war, lag daran, dass die Nacht längst vorbei war und er vergessen hatte, die Jalousien herunterzulassen.

Er stapfte in die Küche und ins Bad. Kein Eindringling.

Die Wohnungstür war unangetastet.

Zurück im Wohnzimmer, bemerkte er, dass eines der Fenster gekippt war. Er ging hin, um es zu schließen, und sah nach unten auf die Straße. Bauarbeiter hatten damit begonnen, den gegenüberliegenden Bürgersteig mit einem Presslufthammer aufzustemmen. Im Moment diskutierten sie miteinander und es war still.

Vermutlich war der Baustellenlärm durch das offene Fenster so laut gewesen, dass die Alarmanlage ausgelöst hatte. Vielleicht hätte er sich besser Bewegungsmelder zulegen sollen.

Er legte die Waffe auf den Couchtisch und ließ sich auf das Sofa fallen.

Mit beiden Händen rieb er sich das Gesicht. In seinen Schläfen pochte ein dumpfer Schmerz und seine Augen fühlten sich an, als hätte ihm jemand Pfefferspray hineingesprüht.

Warum hätte die Nacht auch anders verlaufen sollen als die letzten paar Hundert?

Wie immer hatte er wach gelegen und trotz quälender Müdigkeit keinen Schlaf gefunden. Zunächst sah er den Grund dafür in seiner Verabredung mit Marlene. Das Ganze hatte ihn ziemlich verwirrt.

Aber das war wohl falsch gewesen.

Seit Jahren litt er an Hypnophobie. Er ertrug den Kontrollverlust nicht, der mit dem Schlaf einherging. Der Gedanke, ohnmächtig auf dem Bett zu liegen, während um ihn herum Dinge geschahen, die er nicht mitbekam und gegen die er sich nicht wehren konnte, trieb ihn in den Wahnsinn. In seiner Verzweiflung hatte er sich Schlösser an die Schlafzimmertür gebaut und Gitter an das Fenster geschraubt. Ihm war klar, dass das auf Außenstehende befremdlich wirken musste.

Angefangen hatte es nach seinem Einsatz in Afghanistan.

Der psychologische Befund lautete: Hypnophobie, ausgelöst durch eine posttraumatische Belastungsstörung. Das war schön zu wissen, half aber nicht weiter. Schlaf fand er trotzdem keinen.

Da er sich nicht an den Auslöser für seine Hypnophobie erinnerte, konnte ihm auch niemand helfen. Die Ereignisse, die sein Gehirn verdreht hatten, waren aus seinem Gedächtnis verschwunden, als seien die Erinnerungen eine Filmrolle, aus der jemand eine Szene herausgeschnitten hätte.

Seit zwei Jahren behalf er sich damit, vor dem Zubettgehen einen Joint zu rauchen. Das half wenigstens ein bisschen. Jedenfalls meistens. Hin und wieder passierte es, dass das Haschisch alles nur noch schlimmer machte und er kurz vor einer Panikattacke stand. Auf Dauer war das keine Lösung.

Schlafmittel halfen ebenfalls nicht. Ganz im Gegenteil. Wenn die Medikamente ihn in den Schlaf drücken wollten, begann er sich zu wehren. Das hatte ihm der Psychologe bereits damals prophezeit. Das Problem war, dass ein Schlafmittel ihm nicht die Angst nahm, sondern sie sogar verstärkte, weil es versuchte, ihn genau in diesen Zustand zu versetzen, vor dem er sich fürchtete.

Er war davon überzeugt, dass ihm nur geholfen wäre, wenn er sich daran erinnern könnte, was in Afghanistan geschehen war. Trotz verschiedenster Therapien hatte sich sein Gedächtnis bis heute standhaft gewehrt, die Erinnerungen preiszugeben.

Sein Handy klingelte. Es war Tanner. »Morgen geht es los.«

»Was geht los?«, fragte Splatter.

»Die AG. Jo hat mich gerade angerufen. Weidner hat gesagt, dass es morgen losgeht.«

»Und was heißt das jetzt genau? Haben wir schon Büros? Autos?«

»Nein. Das wird noch ein paar Tage dauern. Aber ich denke, dass Jo sich morgen mit uns treffen will. Und bis es so weit ist, soll ich Saskia und dich auf den neusten Stand bringen.«

»Wieso du?«

»Weil ich was ermittelt habe.«

»Ich dachte, wir legen erst morgen los.«

»Der frühe Vogel fängt den Wurm.«

»Deine Würmer kannst du selber fressen. Kein Bedarf. Also? Was hast du herausgefunden?«

Tanner erzählte ihm von Brando und von dem, was der Junkie herausgefunden hatte.

»Du vertraust einem Junkie?«

»Jo war auch nicht begeistert.«

»Ich schon. Die Idee könnte von mir sein. Aber ich dachte, du willst solche Sachen nicht mehr machen. Wolltest du nicht ein neuer Mensch werden und den Blade-Runner-Modus ausschalten?«

»Ich wusste, dass das jetzt kommt. Keine Sorge. Ich mach das sicher nicht noch mal. Mir ist erst im Nachhinein richtig bewusst geworden, was da alles hätte schiefgehen können.«

»Kann es immer noch.«

»Ich weiß.«

Splatter setzte sich an den Schreibtisch und klappte seinen Laptop auf. »Wie hieß diese Agentur noch mal?«, fragte er.

»Easy Nights.«

Er tippte den Namen in die Suchmaschine und ein angezeigter Link führte ihn auf die Webseite.

»Das macht einen überraschend seriösen Eindruck. Gut gestaltete Seite. Keine nackte Haut zu sehen«, stellte Splatter fest.

»Ja, finde ich auch.«

»Und wie geht es jetzt weiter?«

»Keine Ahnung. Ich rufe gleich Saskia an und erzähl ihr das Gleiche. Alles andere werden wir morgen sehen. Ich hoffe, Jo hat einen Plan, wie wir dort ermitteln können.«

»Ich hätte schon jetzt einen.«

»O Gott!«

»Du schnappst dir den R8 von Sylvia, machst auf reichen Lebemann und buchst dir eine Dame, um sie dann auszuquetschen.«

»Super. Warum bin ich nicht selber darauf gekommen. Ich kann die Unkosten ja als Spesen von der Steuer absetzen.«

»Warum nicht?«

»Schwachkopf! Erzähl mir lieber, wie es gelaufen ist.«

»Was?«

»Deine Verabredung. Oder hast du so viele, dass du nicht weißt, welche ich meine.«

»Es ist beschissen gelaufen.«

»Warum?«

»Sie war verrückt.«

Es entstand eine kurze Pause. Vermutlich überlegte Tanner sich gerade eine spitzfindige Bemerkung. »Und was machst du jetzt?«, fragte er. »Ich hätte Bock, einen Kaffee trinken zu gehen.« Anscheinend war ihm keine Bemerkung eingefallen, oder er hatte sie aus Pietätgründen hinuntergeschluckt.

»Ich kann nicht. Ich gehe zu einem Hypnotiseur und lass mich hypnotisieren.«

Erneut entstand eine Pause.

»Alter!«, sagte Tanner. »Es ist echt verstörend, mit dir zu telefonieren.« Dann legte er auf.

***

Die Praxis des Hypnotiseurs befand sich in einem sechsstöckigen Altbau in der Friedberger Landstraße. Ein gewöhnliches Wohnhaus, in dem es ansonsten keine Praxen gab. Nur über dem Klingelschild von Walter Krumbach, im dritten Stock, hing ein Schild, das seine Profession anzeigte.

Vertrauensbildend war das nicht. Aber der Anschein täuschte hoffentlich. Bei einem ersten Besuch, einem sogenannten Vorgespräch, hatte der Mann einen guten Eindruck bei Splatter hinterlassen.

Er klingelte und augenblicklich wurde ihm geöffnet.

154

»Herr Beuger«, begrüßte ihn Krumbach. »Kommen Sie rein.«

Splatter hasste es, seinen Namen zu hören. Mit seinem Nachnamen konnte er noch umgehen. Aber wenn er ihn hörte, dachte er automatisch an seinen Vornamen. Dass ihn seine Eltern Fridolin genannt hatten, würde er ihnen niemals vergeben.

Krumbach war um die sechzig. Seine Haare bildeten einen weißen Kranz um seinen Kopf. Splatter erinnerte der Anblick an ein halb geschorenes Schaf.

Krumbach führte ihn in die Praxis, die aus einem separaten Zimmer in seiner Wohnung bestand.

Splatter setzte sich auf einen Stuhl vor Krumbachs Schreibtisch. Es war unerträglich warm in dem Raum. Sein Blick fiel auf drei Heizstrahler, die auf dem Boden standen.

»Sie mögen es gerne heiß«, stellte er fest.

»Ehrlich gesagt sind die für Sie. Sie haben mir erzählt, dass die Erinnerung an die Hitze eine der prägnantesten Empfindungen an Ihre Zeit in Afghanistan war.«

»Soll das bei der Hypnose helfen?«

»Das ist das Ziel. Ich habe Ihnen ja bereits in unserem Vorgespräch erklärt, dass die hypnotische Induktion keine exakte Wissenschaft ist. Das beginnt damit, dass sich ein gewisser Prozentsatz von Menschen nicht hypnotisieren lässt. Aber das weiß man erst, wenn man es versucht hat.«

»Falls es bei mir klappt, denken Sie, ich werde mich erinnern können?«

»Auch das kann ich Ihnen nicht versprechen. Aber die Chancen stehen gut. Die verdrängten und blockierten Erinnerungen sind nicht gelöscht. Ihr Verstand hat lediglich den Zugriff darauf verloren. Um in der Computersprache zu reden: Die Erinnerung ist weiterhin auf der Festplatte. Aber die Speicheradresse ist verschollen. Der Prozessor kann sie nicht mehr finden. Das wollen wir heute versuchen zu ändern.«

Splatter rieb die Nägel von Daumen und Mittelfinger aneinander, dass es knackte.

»Sie sind nervös.«

Er nickte.

»Sie haben nichts zu befürchten. Das Schlimmste, was geschehen kann, ist, dass es nicht funktioniert.«

»Ich glaube, ich habe mehr Angst davor, dass es funktioniert.«

***

Splatter lag mit geschlossenen Augen auf einer Liege. Unter dem Kopf ein kleines Kissen. Seit einer gefühlten Ewigkeit hörte er Krumbachs monotoner Stimme zu. Er sprach von Entspannung und der Hitze in Afghanistan. Splatter fühlte, wie sich Schweiß auf seiner Brust sammelte.

»Ich zähle jetzt rückwärts von hundert bis null«, flüsterte Krumbach. »Bei einer geraden Zahl öffnen Sie die Augen. Bei einer ungeraden Zahl schließen Sie die Augen. Mit jeder Zahl rückt der Sommer 2003 ein kleines Stück näher. Es ist wie eine Zeitreise. Bei null sind Sie angekommen. Es ist mehr als ein Traum. Sie sind wirklich da. 100.«

Splatter öffnete die Augen.

»99.«

Er schloss sie wieder.

Die Zahlen flossen an ihm vorbei, ohne dass er sie wahrnahm.

»79.«

Splatter sah sich dabei zu, wie er in der Wohnung der Eltern seinen Rucksack packte.

»34.«

Er sah das besorgte Gesicht seiner Mutter. Gab ihr einen Kuss.

»21.«

Er hörte das Dröhnen der Motoren in der Transall-Transportmaschine.

»9.«

Er spürte das Kribbeln der Angst im Bauch, als er in der Nacht mit dem Fallschirm aus großer Höhe absprang.

»0.«

13. Aliens

Tanner

4. Tag, 16.30 Uhr

Die computergenerierte Stimme aus den Lautsprechern kündigte die S8 in Richtung Wiesbaden an. Tanner saß auf einer der aus Stahldraht zusammengeschweißten Bänke und beobachtete die Menschen, wie sie zum Gleis drängten.

Die S-Bahn fuhr ab und der Bahnsteig war leer. Sofort kamen die Tauben und begannen den Boden nach Essbarem abzusuchen. Die Viecher waren überall. Selbst hier, in der B-Ebene des Hauptbahnhofs, flatterten sie durch die Tunnel.

»Kennst du den Film *Alien*?«

Tanner drehte den Kopf. Er hatte gar nicht gemerkt, dass Brando sich neben ihn gesetzt hatte. Kurz nach seinem Telefonat mit Splatter hatte Brando sich bei ihm gemeldet und um ein Treffen gebeten.

»Was soll die Frage?«

Brando zeigte mit seinem Finger auf eine Stelle des Bahnsteigs.

158

Dort hatten sich mindestens zehn Tauben versammelt, die eifrig etwas vom Boden aufpickten. Als Tanner genauer hinsah, musste er feststellen, dass die Vögel sich um eine Lache von Erbrochenem versammelt hatten. Augenblicklich wurde ihm flau im Magen. Aber es gelang ihm nicht, seinen Blick abzuwenden.

»Im Film wird das Alien als ein perfekter Organismus beschrieben, der nur ein Ziel kennt: zu überleben. Die Tauben sind genau wie ein Alien. Sie reißen niemanden in Stücke. Aber sie fressen praktisch alles, nur um weiter existieren zu können. Diesen Lebenswillen finde ich faszinierend. Ich wäre auch gerne wie eine Taube. Damit meine ich nicht, dass ich gerne Kotze fressen würde. Aber …«

»Halt die Klappe.« Tanner hatte es endlich geschafft, seinen Blick loszureißen. Noch einige Sekunden länger, und er hätte selber die Tauben gefüttert. Das Thema musste sofort gewechselt werden. »Warum hast du mich herbestellt? Hast du was für mich?«

»Natürlich. Du hast gezahlt und ich liefere.«

Das wollte Tanner so nicht hören. Was hatte er sich nur dabei gedacht? Aber die Nummer war gelaufen. Was er getan hatte, ließ sich nicht rückgängig machen. Es blieb ihm nichts weiter übrig, als zu hoffen, dass sich die Sache wenigstens gelohnt hatte.

»Also? Was hast du herausgefunden?«

»Ich kenne da ein Mädchen, die war mit eurem Opfer befreundet. Die weiß genau, was sie gemacht hat. Bis vor einigen Monaten hat sie für denselben Callservice gearbeitet wie das tote Mädchen. Aber dann wurde ihr gekündigt.«

»Weswegen?«

»Zu viel Champagner. Zu viel Koks. Irgendwann ist man nicht mehr attraktiv genug. Also hat sie sich selbstständig gemacht und damit begonnen, sich Freier in ihre Wohnung zu holen.«

»Und was hat sie dir erzählt?«

»Sie hat nur Andeutungen gemacht, aus denen ich nicht schlau geworden bin.«

»Wird sie mir etwas sagen? Sie ist bestimmt nicht scharf darauf, mit einem Bullen zu reden.«

»Das ist die gute Nachricht. Ich habe ihr gesagt, dass du ein cooler Cop bist und dass du versuchst, den Mörder zu finden. Sie ist bereit, mit dir zu sprechen. Aber nur inoffiziell. Eine richtige Aussage wird sie nicht machen. Wenn du willst, können wir direkt zu ihr fahren.«

»Das hört sich gut an.« Tanner stand auf und machte sich auf den Weg Richtung Rolltreppen.

Brando folgte ihm.

»Wieso hast du eigentlich ein so gutes Verhältnis zu allen möglichen Prostituierten?«, fragte Tanner.

»Weil ich ihnen hin und wieder helfe.«

»Wobei?«

»Die Frauen haben wenig Zeit auf der Arbeit. Ich laufe die Bordelle rauf und runter und frage sie, ob ich ihnen etwas zu essen holen soll. Einen Döner zum Beispiel. Dafür bekomme ich einen Euro.«

»Und außerdem versuchst du sie zu beschützen. Warum?«

»Weil es keiner von euch macht.«

Ein Schwung Fahrgäste kam die Rolltreppe nach unten. Tanner und Brando blieben einen Moment stehen, um den Strom an sich vorbeizulassen. Einer der Passanten drückte Tanner im Vorbeigehen ein Zwei-Euro-Stück in die Hand und verschwand in der Menge.

»Was zur Hölle …«

»Das ist ein positiver Synergieeffekt, wenn du mit so

kaputten Typen wie mir abhängst. Die Leute halten dich für bedürftig.«

Tanner sah an sich hinunter. Vielleicht sollte er seine Kleidungswahl überdenken. Andererseits war es ein Kompliment für einen Zivilpolizisten, nicht erkannt zu werden.

Er drückte Brando die Münze in die Hand. »Du brauchst das dringender als ich.« Tanner sah ihm dabei zu, wie er das Geld in die Hosentasche steckte. »Wieso wirfst du eigentlich immer mit solchen Fremdwörtern um dich?«, fragte er.

»Ich habe mal Literaturwissenschaften studiert.«

»Das ist ein Scherz.«

»Nein, Herr Wachtmeister, ist es nicht.«

»Warum bist du auf der Straße? Was ist passiert?«

Brandos Gesichtsausdruck verdunkelte sich. »Das erzähl ich dir mal bei einem Gläschen Wein vor dem Kamin.«

»Also nie.«

»Vermutlich.«

Der Junkie drehte sich ein wenig zur Seite. Er hatte ein dunkelblaues Auge und eine Schramme an der Schläfe. Das hatte Tanner bis jetzt nicht bemerkt.

»Wem hast du denn das zu verdanken?«

Brando berührte mit der Hand sein geschwollenes Auge. »Wie nennt ihr Bullen das? Streitigkeiten im Milieu?«

»War das der Kerl, der letztens hinter dir her war?«

Brando schüttelte den Kopf. »Ist nicht so wichtig.«

»Wie du meinst.«

Sie nahmen die Rolltreppe nach oben und durchquerten die Bahnhofshalle in Richtung Nordeingang.

Direkt vor dem Eingang hatte Tanner seinen Ford Mondeo geparkt.

Brando blieb wie angewurzelt stehen.

»Was ist?«, fragte Tanner.

»Ich habe dich doch in diesem schönen Audi R8 gesehen. Wo ist der hin?«

»Das war der Wagen meiner Frau.«

»Deine Frau fährt einen R8 und du einen Ford?«

»Hast du damit ein Problem?«

»Die Frage muss richtig lauten: Wieso hast du damit keins?«

»Steig ein.«

Tanner umrundete den Wagen, öffnete die Tür und schwang sich auf den Fahrersitz. Ein widerlicher Gestank drang Tanner in die Nase. Er ließ das Fenster nach unten. »Sag mir bitte, dass du in Hundescheiße getreten bist.«

Brandos Gesicht nahm einen verständnislosen Ausdruck an. »Nein, wieso?«

»Gott. Das habe ich befürchtet.« Er startete den Motor. »Also? Wohin?«

Brandos Handy begann zu klingeln. Er zog es aus der Jackentasche und sah auf das Display. Er wirkte erschrocken. »Warte mal. Da muss ich rangehen«, flüsterte er.

Bevor Tanner etwas sagen konnte, hatte Brando sich aus dem Wagen geschwungen. Er schlug die Tür zu und nahm das Gespräch an. Während er telefonierte, trat er von einem Bein auf das andere.

Nach einer Minute war das Gespräch beendet. Er steckte das Handy in die Jacke und zog die Beifahrertür auf. Brando sah blass aus. »Ich muss jetzt weg. Ich melde mich bei dir.«

»Was? Wieso?«

Da hatte der Junkie die Tür bereits zugeworfen und rannte zum nächsten Abgang in die B-Ebene.

Tanner machte den Motor aus, sprang aus dem Wagen und sprintete Brando hinterher. Sekunden später polterte er die Treppen zu B-Ebene hinunter. Von Brando weit und breit keine Spur.

»Wo ist das Arschloch jetzt hin?«

Tanner entschied sich für die Rolltreppe, die runter zu den U-Bahn-Gleisen in der C-Ebene führte. Kein Brando in Sicht. Nur eine Handvoll Passanten, die auf die nächste Straßenbahn in Richtung Messe warteten.

Brando hatte ihm noch nicht einmal den Namen der Zeugin genannt.

»Danke für nichts, du Blödmann«, zischte Tanner und machte sich auf den Weg zu seinem Auto.

14. TRAUMATA

SPLATTER

Sommer 2003

Die Sonne über der afghanischen Wüste Rigestan war nicht einfach nur heiß. Ihr täglicher Auftrag bestand darin zu töten. Davon zeugten die von harter UV-Strahlung ausgebleichten Knochen kleiner Nagetiere, die verstreut herumlagen. Mittags stieg die Temperatur bis auf fünfzig Grad. In der Nacht erreichte sie fast den Gefrierpunkt.

Das Aufklärungskommando, dem Splatter angehörte, hatte in einem namenlosen Gebirge einen Spähposten eingerichtet. Als Unterstand diente eine natürliche Höhle, die zwanzig Meter in den Berg hineinreichte.

Das Inventar war karg. Alles, was sie benötigten, hatten sie bei ihrem nächtlichen Fallschirmabsprung direkt am Mann mit sich geführt oder es hatte sich in einer drei Meter langen Kunststoffröhre befunden, die mit einem Lastenfallschirm von der Transall abgeworfen worden war.

Neben der technischen Ausstattung hatten sie Thermomatten, Schlafsäcke und Fertiggerichte dabei. Die persönliche Hygiene war auf ein absolutes Minimum begrenzt. Es bestand nur die Möglichkeit, sich mit einem widerlichen Pulver die Zähne abzuschmirgeln. Das Wasser, das sie mit sich führten, war ausschließlich zum Trinken bestimmt.

Bei den Temperaturen setzte der Körper Unmengen an Flüssigkeit um.

In sieben Tagen würde die Ablösung kommen. Viel länger hielt man so einen Einsatz nicht aus.

Splatter lag auf dem Bauch vor der Höhle und spähte über die vor ihm liegenden Steine hinweg. Die Sonne stand senkrecht über ihnen und heizte die Gebirgslandschaft auf die Temperatur einer heißen Herdplatte auf. Das Wasser schien sich schneller durch seine Hautporen nach draußen zu drücken, als er es trinken konnte. Durch einen Schlauch saugte er alle paar Minuten Wasser aus einem Kunststoffbeutel, den er halb im Sand vergraben hatte. Obwohl der Sand das Wasser vor der direkten Sonneneinstrahlung schützte, war es brühwarm. Neben ihm lag sein Teampartner Unteroffizier Tim Rossmüller. Als sie vor einer Stunde ihre Position einnahmen, hatte das zweite Team sie mit einer staubbraunen Tarnplane zugedeckt und mit Klappspaten zusätzlich Sand auf ihre Rücken geschaufelt. Insgesamt war ihre Lage mehr als ungemütlich. Noch eine Stunde mussten sie aushalten. Dann waren die andern beiden wieder an der Reihe.

Vor ihm befand sich ein lang gezogenes Tal, das als Kulisse für einen auf dem Mars spielenden Kinofilm taugen würde. Außer einigen dürren Bergziegen, die offensichtlich Steine fraßen und kein Wasser benötigten, gab es an diesem gottverlassenen Ort nichts.

Nichts, bis auf die Straße.

Vor ihnen erstreckte sich eine unendlich erscheinende Straße, die das Tal durchschnitt und direkt zur fünfzig Kilometer entfernten pakistanischen Grenze führte. Im Prinzip war es nur ein schmaler Streifen Wüstenboden, den man von größeren Gesteinsbrocken befreit hatte.

Tim klopfte ihm auf die Schulter.

»Fünfzehn Uhr«, flüsterte er.

Splatter drehte bedächtig den Kopf nach rechts.

Evolutionsbedingt reagierte die Wahrnehmung empfindlich auf schnelle Bewegungen. Das zwang sie zu Langsamkeit. Es fühlte sich seltsam an, mitten im Nichts zu liegen und trotzdem zu flüstern und sich in Zeitlupe zu bewegen. Aber sie durften kein Risiko eingehen. Wenn sie entdeckt wurden, war so schnell keine Hilfe zu erwarten.

Auf fünfzehn Uhr und damit in westlicher Richtung hing eine Staubwolke in der Luft. Das sah nach einem Konvoi aus.

Grundsätzlich bedeutete das nichts. Außer den Taliban fuhren auch Händler und Reisende in einem Konvoi. Aus diesem Grund war der Einsatz von Drohnen nur bedingt hilfreich. Eine Drohne hing mehr oder weniger senkrecht über dem Konvoi am Himmel. Diese Perspektive erlaubte nicht in jedem Fall die hundertprozentige Aufklärung, ob es sich bei dem Konvoi um feindliche Kräfte handelte. Mehr als einmal hatte man irrtümlich eine Reisegesellschaft in die Luft gesprengt.

Splatter klopfte Tim zweimal auf den Unterarm und signalisierte damit, dass er ihn verstanden hatte. Vor ihm lag ein Kasten, in dem ein Bildschirm verbaut war. Er presste die Augen gegen einen Gummisichtschutz, der den Lichteinfall auf den Bildschirm verhinderte. Auf dem Monitor erkannte er einen Teil der Marslandschaft. Mit der rechten Hand bewegte er einen Joystick.

Hinter ihnen, halb verdeckt im Höhleneingang, stand eine auf einem Stativ aufgebaute Hochleistungskamera. Die Kamera besaß ein Fünfzig-Zentimeter-Objektiv und war über ein Kabel mit einer zwischen den Felsen verborgenen Satellitenschüssel verbunden. Die Bilder, die Splatter aufnahm, wurden live ins HQ übertragen.

Er zoomte an die Staubwolke heran.

Es dauerte nicht lange und er machte die Front eines schwarzen Geländewagens aus.

Ein kleines grünes Dreieck legte sich über den Kühlergrill. Er drückte einen Knopf. Ab jetzt folgte die Kamera automatisch dem ersten Fahrzeug. Splatter konnte weiterhin die Kamera bewegen. Aber wenn er es wollte, reichte ein Knopfdruck, um das erste Fahrzeug erneut in den Fokus zu rücken.

Auf der Ladefläche des Führungsfahrzeugs erkannte Splatter drei Männer. Mindestens zwei von ihnen trugen Gewehre bei sich. Auch das hatte nichts zu bedeuten. Praktisch jeder Afghane besaß eine Kalaschnikow.

Beim dritten Geländewagen fand er das, wonach sie suchten. Auf der Ladefläche war eine Maschinenkanone montiert. Die hatte nicht jeder Bauer zu Hause.

»Tango, Tango«, flüsterte Splatter.

»Tango, Tango«, wiederholte sein Teampartner.

Insgesamt zählte Splatter zweiundzwanzig Fahrzeuge.

Während er den Konvoi beobachtete und Bilder fertigte, flüsterte Tim in das Headset seines Funkgerätes. Es dauerte eine Minute, bis er Anweisungen erhielt.

»Ziel bestätigt.«

»Ziel bestätigt«, wiederholte Splatter.

Er markierte das Führungsfahrzeug mit einem Laser. Etwa zwanzig Minuten lang konnte die Kamera den Konvoi verfolgen und die genaue Position, Geschwindigkeit und Bewegungsrichtung an das HQ übermitteln. Sollte die Führung sich entschließen, den Konvoi anzugreifen, dann würde es erst viele Kilometer weiter östlich geschehen. Ein Angriff direkt vor ihrer Nase schied aus verschiedenen Gründen aus.

Tim schlug ihm auf die Schulter. Splatter zuckte zusammen.

»Vorrangziel«, sagte Tim eine Spur zu laut.

Sofort krochen sie gemeinsam rückwärts in Richtung des Höhleneingangs.

Der Begriff Vorrangziel bedeutete, dass die Führung sich entschlossen hatte, ohne Zeitverzug anzugreifen. Der Konvoi erschien ihnen dermaßen wichtig, dass sie ihn auf keinen Fall verlieren wollten.

In der Höhle waren Mike und Steffen damit beschäftigt, Hühnchen mit Reis aus einem Aluminiumbeutel zu löffeln. Sie blickten Splatter und Tim erstaunt an.

»Vorrangziel direkt vor Unterstand. Talibankonvoi«, sagte Tim knapp.

Sie alle wussten, welches Risiko ein Angriff vor ihrer Haustür darstellte. Dabei war die Gefahr von Schrapnellen, die ihren Weg in die Höhle finden konnten, noch die geringste. Die eigentliche Bedrohung ging von den Überlebenden eines solchen Angriffs aus. Die würden hier festsitzen. Und genau darin lag das Problem. Wenn die Taliban die Höhle entdeckten, wurde es ungemütlich.

Wortlos eilten Mike und Steffen zum Ausgang und bauten die Kamera ab, um sie tiefer in die Höhle zu ziehen. Dann suchten alle vier den hintersten Bereich der Höhle auf, legten sich auf den Bauch und warteten.

Fünf Minuten lang lagen sie auf dem Höhlenboden, dann kamen die Kampfbomber. Zunächst klang es wie die Brandung eines weit entfernten Meeres. Die Maschinen flogen so tief an, wie es das Gelände zuließ. Damit sie einen effektiven Angriff hinbekamen, gingen sie auf Unterschallgeschwindigkeit.

Die vier Soldaten legten die Hände schützend über den Hinterkopf und erwarteten die Einschläge der Clusterbomben.

Einige Sekunden später war es so weit.

Mehrere Dutzend schnell aufeinanderfolgende Explosionen erschütterten die Erde. Für einen Moment befürchtete Splatter, dass die Höhle einstürzen könnte.

Nachdem das letzte Echo der Detonationen verklungen war, wurde der Höhleneingang durch eine Staubwolke verdunkelt. Die Männer blieben liegen. Es war nicht ausgeschlossen, dass die Maschinen einen weiteren Angriff flogen.

Minuten vergingen.

Erneut donnerten die Jets heran, warfen ihre Bomben ab und ließen die Erde beben.

Der durch die Detonationen aufgewirbelte Staub ließ kaum noch Licht in die Höhle. Splatter sah die Hand vor Augen nicht mehr.

Fast eine halbe Stunde lang blieben sie still liegen.

Mittlerweile gelangte wieder Licht durch den Höhleneingang ins Innere.

»So eine Scheiße«, flüsterte Mike.

Dem war nichts hinzuzufügen.

»Ihr baut die Kamera auf. Splatter und ich gehen raus und sehen uns das Elend an. Ihr löst uns in einer Stunde ab«, sagte Tim.

***

Splatter lag auf dem Bauch vor der Höhle und suchte das Tal mit einem Feldstecher ab.

Der Angriff hatte den Konvoi wenige Hundert Meter westlich von ihrer Position erwischt. Die Clusterbomben hatten über die gesamte Länge des Konvois in einer Breite von fünfzig Metern den Wüstenboden umgegraben. Die meisten Fahrzeuge lagen auf der Seite oder auf dem Dach. Einige sahen auf den ersten Blick unbeschädigt aus, während andere völlig zerstört waren. Viele der Geländewagen hatten Feuer gefangen.

Zwischen den Abertausenden Stücken zerfetzten Blechs lagen menschliche Körper verteilt.

Neben ihm lag Tim, der diesmal die im Höhleneingang verborgene Kamera benutzte.

»Kannst du Überlebende sehen?«, fragte Splatter.

»Negativ.«

»Ich auch nicht. Aber ich kann mir nicht vorstellen, dass sie alle erwischt haben.«

»Unwahrscheinlich. Vielleicht haben sie sich am Hang zwischen den Felsen versteckt, weil sie einen weiteren Angriff befürchteten.«

Wenn einem der Teufel im Nacken saß, erreichte man die Hänge des Gebirges von der Straße in weniger als einer Minute. Das Dumme war, dass der zu erreichende Hang derselbe war, in dem ihre Höhle lag. Die Berge auf der anderen Seite des Tals waren deutlich weiter entfernt. Splatter schätzte, dass man mindestens eine halbe Stunde laufen musste, um dort hinzugelangen. Sollte es Überlebende geben, die sich aus der Schusslinie bringen wollten, waren sie in ihre Richtung geflohen.

Splatter suchte die Hänge ab. Sie waren übersät mit teils meterhohen Felsbrocken, die Schatten spendeten.

»Ich kann niemanden sehen«, sagte er nach einer Weile.

»Das wäre zu schön, um wahr zu sein.«

Er stimmte Tim zu. Eine Gruppe campender Taliban brauchten sie wirklich nicht.

Die Zeit verging, ohne dass sich das Gesamtbild änderte. Nach einer Stunde wurden sie durch das andere Team abgelöst.

Splatter war froh, endlich wieder in die schattige Höhle zu kommen. Er riss sich eine Packung »Hühnchen Saigon« auf. Das Gericht mit dem hochtrabenden Namen war nicht mehr als ein Brei, in den faserige Hühnchenreste eingearbeitet waren. Wenn es sich denn dabei um Hühnchen handelte. Als er die

Pampe fertiggelöffelt hatte, legte er sich auf seinen Schlafplatz und beobachtete Tim dabei, wie dieser sich an dem Funkgerät zu schaffen machte.

»Was hast du vor?«, fragte er.

»Ich will wissen, wie es weitergeht. Meiner Meinung nach ist unsere Position kompromittiert und nicht mehr zu halten.«

Splatter wusste, was Tim meinte. Auch wenn sie keine Überlebenden gesehen hatten, so waren sie doch beide davon überzeugt, dass es welche gab. Das führte im schlimmsten Fall dazu, dass andere Taliban erschienen, um ihre Kameraden abzuholen. Sie selber waren zwar bewaffnet und in einem Notfall gab es die Möglichkeit, Luftunterstützung anzufordern, aber es konnte gut sein, dass ihnen das nicht mehr helfen würde. Die Apache-Hubschrauber brauchten eine Stunde, um ihre Position zu erreichen. Eine Menge Zeit, wenn man um sein Leben kämpft.

Die Vorstellung, frühzeitig den Einsatz abzubrechen, gefiel Splatter ausgenommen gut. Er hoffte, dass sich die Führung Tims Lagebeurteilung anschloss.

Erschöpft schloss er die Augen. Am Tag musste der Posten vor der Höhle alle zwei Stunden abgelöst werden. In der Nacht wurde der Wechsel alle vier Stunden vorgenommen. Der permanente Schlafentzug laugte ihn aus.

Für einen kurzen Augenblick spürte er, wie der einsetzende Schlaf begann, seine Gedanken zu betäuben. Dann wurde es schwarz um ihn.

***

Als Splatter die Augen aufschlug, war es stockfinster. Etwas war nicht in Ordnung. Es dauerte einen Moment, bis er realisierte, was nicht stimmte. Sein Oberkörper schnellte nach oben. Er griff nach der auf Schulterhöhe befestigten Lampe und schaltete sie ein. Das schwache Rotlicht reichte aus, um zu erkennen, dass Tim nicht auf seiner Matte lag.

Wieso hatte ihn niemand geweckt? Tim und er hätten das andere Team längst ablösen müssen. Hatten sie ihn schlafen lassen, weil er einen erschöpften Eindruck gemacht hatte? Das konnte kaum sein. Sie befanden sich ja nicht auf einem Klassenausflug.

Instinktiv griff er sich sein Gewehr, stand auf und ging in Richtung Höhlenausgang. Als er an den Schlafplätzen von Mike und Steffen vorbeikam, stellte er fest, dass sie ebenfalls leer waren. Warum waren sie zu dritt draußen?

Kurz bevor er den Ausgang erreichte, schaltete er die Lampe aus. Die Dunkelheit war so absolut, dass Splatter sich hinkniete und auf allen vieren weiterkrabbelte. Als er die Höhle verlassen hatte, sah er nach oben. In den letzten Nächten hatte er oft das Band der Milchstraße beobachtet. Bedingt durch die klare Luft und die Abwesenheit jeglicher künstlichen Lichtquelle, konnte man einen prächtigen Sternenhimmel bewundern.

Heute ging das nicht. Der Himmel war rabenschwarz. Aus der Ferne rollte ein schwacher Donner heran. Ein Gewitter? Splatter erinnerte sich nicht, dass in der täglichen Wettervorhersage, die sie über die Satellitenverbindung erhielten, davon die Rede gewesen war.

Er wusste, dass es gelegentlich solche Gewitter gab. Allerdings entluden sie sich nur in Ausnahmen über der Wüste, in den meisten Fällen zogen sie vom Meer aus kommend in Richtung Norden weiter.

Seine anfängliche Irritation wich einer aufkommenden Angst.

Obwohl der Beobachtungsposten nur wenige Meter von der Höhle entfernt lag, erkannte er aufgrund der Lichtverhältnisse beim besten Willen nicht, ob dort jemand lag.

Er ging ins Innere der Höhle und schaltete die Lampe an

der Uniform ein. Vor einer Transportkiste ging er in die Hocke und nahm sich ein Nachtsichtgerät heraus. Als er sich mit einer Hand auf dem Boden abstützte, zuckte er zurück. Da war etwas Kaltes und Nasses gewesen.

Splatter richtete die Lampe auf den Boden. Das Licht spiegelte sich in einer Pfütze. Er roch an seiner Hand.

War das Wasser? Wo kam das her? Die gottverdammte Gegend war so trocken wie ein Stück Zwieback in der Hölle.

Plötzlich verspürte er Durst und begriff im selben Augenblick, woher das Wasser stammte.

Die Kunststoffschläuche, die neben den Transportkisten lagen und in denen sie ihr Trinkwasser aufbewahrten, waren ausgelaufen. Jeder von ihnen hatte einen zwanzig Zentimeter langen Riss. Bei genauer Betrachtung stellten sich die Risse als Schnitte heraus. Wer hatte das getan? Und warum?

Am liebsten wäre er einfach nach draußen gerannt oder hätte nach seinen Kameraden geschrien. Seine Ausbildung verhinderte das. Als Fernmeldeaufklärer operierte man in Feindesland. Die Wichtigste aller Regeln war es, nicht entdeckt zu werden. Um keinen Preis.

Zurück am Höhleneingang, setzte er das Nachtsichtgerät auf und schaltete es ein.

Der Beobachtungsposten war nicht besetzt.

Wo waren seine Leute? In der Höhle gab es keine Möglichkeit, sich zu verstecken, und hier draußen waren sie ebenfalls nicht. Hatten sie sich abgesetzt und ihn vergessen, wie die Schwiegermutter an der Autobahnraststätte? Das wäre kaum denkbar. Und selbst wenn. Warum sollten sie die Wasserschläuche zerstören? Um ihn umzubringen?

Splatters Herz klopfte dermaßen heftig in der Brust, dass es schmerzte. Er begann zu schnaufen, verlor die Kontrolle über seine Atmung.

Was sollte er jetzt machen? Wie …

Ein Schrei durchschnitt die Stille der Nacht. Ein fast unmenschliches Brüllen, angetrieben durch eine Mischung von grenzenlosem Schmerz und Wut.

Er zuckte zusammen, riss sein Gewehr nach oben und drückte den Kolben der Waffe gegen seine Schulter.

Der Schrei verstummte.

»Was ist hier los? Was ist hier los? Was ist hier los?«

Er biss sich auf die Unterlippe und zwang sich zum Schweigen. Angestrengt lauschte er in die Nacht hinein.

Das Tal war ein Ort, an dessen Stille man sich schwer gewöhnte. Menschenleer, kaum Tiere, keine Bäume, kein Wind. Selbst die Gewitterwolken trieb eine Luftströmung an, von der man am Boden nichts spürte.

Irgendwo in der Dunkelheit polterte ein Stein den Hang hinunter. Splatter erschrak und klammerte sich fester an sein Gewehr.

Diese Art von Geräuschen waren die einzigen, die es hier gab. Am Tag wurde das Gestein aufgeheizt und in der Nacht kühlte es ab. Es dehnte sich aus, zog sich zusammen und wurde porös. Früher oder später kam es zu Abgängen. Geröll und Steine rutschten die Hänge hinab.

Das war bereits unter normalen Umständen unangenehm. Denn auch wenn man die Ursache kannte, verband man mit diesen Geräuschen die Anwesenheit von umherschleichenden Menschen.

Er stolperte in die Höhle und fiel vor dem Funkgerät auf die Knie. Für einen richtigen Funkspruch hatte er keine Zeit. Er drückte die Notruftaste und gab einen dreistelligen Code ein. Auch ohne ein Wort zu sagen, würden in wenigen Minuten Hubschrauber mit Spezialeinheiten starten und sie hier herausholen. Er hob das Funkgerät an, um auf das Display sehen zu können. Eigentlich müsste ihm ein blinkendes SOS anzeigen, dass sich das Gerät im Notfallmodus befand. Aber statt SOS standen dort die Worte »Connection lost«.

Schnell fand er den Fehler. Das Kabel, welches das Funkgerät mit der Satellitenschüssel verband, war durchtrennt worden. Genauso mutwillig zerstört wie die Wasserschläuche.

Wieder durchdrang ein Schrei die Stille.

Für einen kurzen Moment hatte er gehofft, dass er sich den ersten Schrei eingebildet hätte.

Seine Gedanken überschlugen sich. Was sollte er tun? Woher kamen die Schreie?

Es gab nur eine Erklärung. Irgendwie war es den Taliban gelungen, seine Kameraden zu überwältigen. Dabei hatten sie ihn übersehen. Wie das geschehen sein sollte, ohne dass er davon aufgewacht war, konnte er sich zwar nicht vorstellen, aber ein plausibleres Szenario fiel ihm nicht ein.

Während er hier herumsaß und mit dem kaputten Funkgerät spielte, wurden seine Kameraden gefoltert.

Er musste versuchen, sie zu befreien. Als er sich aus einer Kiste Ersatzmagazine für sein Sturmgewehr herausnahm, wuchs die Gewissheit, dass er hier sterben würde. Eines war sicher: Den Fliegerangriff hatten mehr als zwei oder drei Taliban überlebt. Wie viele waren da draußen? Fünfzehn, zwanzig?

Es war egal. Ihm blieb keine Wahl.

Der Alternativplan war zu erbärmlich: Seine Kameraden verrecken lassen und sich in einem Loch verstecken.

Er rannte aus der Höhle, ohne auf den Lärm zu achten, den er verursachte.

Der Beobachtungsposten sah unberührt aus. Keine Anzeichen eines Kampfes. Die Tarnplanen lagen an Ort und Stelle. Auch das technische Gerät und das Fernglas befanden sich dort, wo sie hingehörten. Nur die Männer fehlten.

Er setzte das Nachtsichtgerät ab und griff sich den Feldstecher. Der besaß zwar nur eine Restlichtverstärkung, aber das sollte ausreichen.

Das Echo eines lang gezogenen Donners rollte durch das Tal. Dass es regnen würde, war unwahrscheinlich. Vermutlich zog das Unwetter wie für gewöhnlich an dem Tal vorbei.

Der Himmel war weiterhin schwarz. Kein Stern zu sehen. Für das, was er vorhatte, konnte es nicht dunkel genug sein. Aber als Erstes musste er herausfinden, wo die Brut sich versteckt hatte.

Mit dem Fernglas suchte er die Umgebung ab.

Zwischen den Fahrzeugwracks machte er keine Bewegungen aus.

Aber als er den Hang Richtung Süden absuchte, bemerkte er plötzlich einen schwachen Lichtschein. Anscheinend hatten die Taliban hinter einem Felsen mit Teilen ihrer Ladung ein Lagerfeuer angezündet.

Er nahm den Feldstecher herunter.

Das Licht war geschätzte vierhundert Meter entfernt.

Wenn er sich verdeckt annähern wollte, wäre es am besten, er würde an dem Hang entlanglaufen. Allerdings konnte er das vergessen. Er wäre zwar sichtgeschützt, aber dafür würde er so viel Lärm verursachen wie eine Bergziege mit einem epileptischen Anfall. Das Terrain war steil und nicht dazu geschaffen, sich lautlos anzuschleichen.

Blieb der Weg über die Ebene. Er musste die zerstörten Fahrzeuge des Konvois als Deckung benutzen und hoffen, dass die Dunkelheit dunkel genug war. Was er genau tun sollte, wenn er sein Ziel erreicht hatte, wusste er nicht. Er weigerte sich, darüber nachzudenken. Zu viel Denken hielt ihn nur davon ab zu handeln.

Er sah auf seine Uhr. Es war 1.35 Uhr.

Während er den Abhang hinunterstieg, spürte er, wie sich der Staub in seinem Mund mit den letzten Resten seines Speichels zu einer Art Zement verband. Der Wassermangel würde morgen zu einem ernsten Problem werden. Allerdings musste er dafür zunächst die Nacht überleben.

Splatter erreichte die ersten Fahrzeuge. In geduckter Haltung bewegte er sich von einem Wrack zum nächsten. Es stank nach verschmortem Kunststoff. Die verbrannten Leichen, die überall zwischen den Trümmerteilen herumlagen, ignorierte er. Er hatte zu viel Angst und war zu fokussiert, als dass ihm diese grausamen Bilder nahegingen.

So schnell wie möglich wollte er das Lager der Taliban erreichen. Trotzdem versuchte er, sich nicht zu hektisch zu bewegen.

Nach einigen Minuten hatte er die Distanz annähernd überbrückt. Mittlerweile sah er den Lichtschein deutlich. Durch das Nachtsichtgerät betrachtet sah die Welt monochrom aus. Alles war grün. Dunkle Bereiche wurden dunkelgrün dargestellt, hellere Bereiche hellgrün.

Er erreichte eine Position, von der aus er das erste Mal einen Blick auf die Feuerstelle werfen konnte. Der helle Schein der Flammen überforderte für einen Augenblick das Nachtsichtgerät. Sofort regulierte die Elektronik das Bild, damit ihn das Feuer nicht mehr blendete. Allerdings war es nun schwer, etwas in der unmittelbaren Umgebung des Lagerfeuers zu erkennen.

Splatter nahm das Nachtsichtgerät ab.

Neben dem Feuer glaubte er vier oder fünf Personen zu sehen, die auf dem Boden lagen. Hatten die sich zum Schlafen hingelegt? Gut möglich. Aber sicher nicht ohne Wachposten.

Er fuhr sich mit der Hand über das Gesicht. Und jetzt? Den ersten Punkt seines Plans hatte er abgeschlossen. Anschleichen. Daran konnte er jetzt einen Haken setzen.

Er hob sein Gewehr an und sah durch die Zieloptik.

Ja, da lagen definitiv Menschen neben dem Feuer.

Von seiner Position aus war es kein Problem, sie alle auszuschalten. Er war zwar kein begnadeter Schütze, aber aus einer Entfernung von dreißig Metern würde er sie nicht verfehlen. Bis die begriffen, was los war, waren sie alle tot.

Leider gab es da einige kleine Schwierigkeiten.

Wer lag dort? Er durfte es nicht riskieren, versehentlich auf seine Kameraden zu schießen. Auch wenn er sich kaum vorstellen konnte, dass die Gefangenen zusammen mit den Taliban schliefen. Vor allem nicht, wenn man sie zuvor gefoltert hatte. Möglicherweise lagen dort aber auch nur Leichen.

Außerdem mussten mehr Taliban überlebt haben.

Wo war der Rest? Gab es einen zweiten Lagerplatz? Einen ohne Feuer.

Was war mit den Wachen?

Selbst wenn er die Personen neben dem Feuer ausschaltete, blieben noch die anderen übrig. Das wäre ein ungleicher Kampf aus unterlegener Position heraus. Im Moment hatte er Deckung hinter einem umgekippten Jeep gefunden. Wenn es schlecht lief, würden sie ihn einfach hinter seiner Deckung festnageln und auf den Tag warten.

Die einzige Chance, die ihm blieb, war es, sich weiter anzuschleichen. Vielleicht gelang es ihm, noch etwas aufzuklären, was ihm weiterhalf. Jedenfalls erschien ein überraschendes Feuergefecht aus nächster Distanz noch als die beste aller schlechten Optionen.

Trotz der einsetzenden Dehydrierung spürte er seine Blase. So langsam bekam er eine Vorstellung davon, was es bedeutete, sich vor Angst in die Hosen zu machen.

»Du bist so etwas von im Arsch«, flüsterte er.

Ein Geruch stieg ihm in die Nase. Er ähnelte nichts, was er kannte. Im selben Moment klopfte ihm scheinbar jemand einen Nagel mit einem Hammer in die rechte Schläfe. Der Schmerz trieb ihm Tränen in die Augen. Er ging in die Knie.

Die Schmerzen fluteten seinen Kopf wie eine Tsunamiwelle und spülten die Angst weg.

Das Stechen in seinem Kopf verschwand so schnell, wie es gekommen war.

Splatter rappelte sich auf die Beine. Ihm war schwindelig, er fühlte sich leer.

Aber die Leere hatte keinen Bestand. Eine Emotion formte sich aus dem Nichts.

Wut.

Wut auf die Taliban, auf dieses staubige Drecksland, auf die Amis mit ihrem beschissenen Krieg, auf seine Eltern, die ihn Fridolin genannt hatten, und auf diesen kleinen Penner namens Frank Weber, der ihm in der Grundschule das Leben zur Hölle gemacht hatte.

Alle Menschen machten ihn wütend.

Wo keine Menschen waren, da war auch keine Wut.

Darum würde er sie alle töten.

Das klang logisch.

Er stand auf und ging auf das Lagerfeuer zu.

Mit dem Daumen stellte er das Gewehr auf Feuerstoß. Während er sich dem Lager näherte, drückte er den Schaft des Sturmgewehrs gegen die Schulter und zog den Abzug.

Das Gewehrfeuer zerriss die Stille. Das Knallen der Schüsse hallte durch das Tal.

Als die dreißig Schuss des Magazins verschossen waren, wechselte er es im Gehen aus und feuerte weiter.

Das Lagerfeuer war wenige Schritte entfernt.

Sand spritzte durch die Geschosse auf. Wenn die Kugeln die am Boden Liegenden trafen, rührten sie sich nicht. Als wenn er auf Sandsäcke schoss.

Er ließ das Gewehr los, das sich, vom Tragegurt gehalten, vor seiner Brust einpendelte.

Mit der rechten Hand zog er sein Kampfmesser, das in einer Scheide am Oberschenkel steckte. Der Zorn überblendete seinen Verstand so wie zuvor das Lagerfeuer sein Nachtsichtgerät. Auch wenn jeder der Männer bereits mehrere Kugeln im

Körper stecken hatte, war es unschädlich, ihnen vorsichtshalber die Kehle durchzuschneiden.

Nur zur Sicherheit.

Eine Erinnerung setzte ein. So schwach wie ein verblassender Traum, den man nicht mehr greifen konnte.

Da war etwas mit anderen Taliban und Kameraden, die er retten wollte.

Das war wichtig, aber wichtiger war es, seine Lust zu befriedigen.

Die Lust, Stahl in Fleisch zu stoßen.

Vor dem ersten Körper ließ er sich auf die Knie fallen, fasste dem Liegenden an die Schulter und drehte ihn auf den Rücken. Er wollte das Gesicht sehen. Nur wenn man das Gesicht sieht, macht Töten Spaß.

Splatter hob das Messer.

Der Mann war tot. Aber das war nicht seinen Gewehrkugeln geschuldet.

Sein Bauch war aufgeschnitten.

Aus der langen klaffenden Wunde hatte ein Teil des Darms die Bauchhöhle verlassen und lag neben dem Körper im Sand.

Splatter zögerte.

Hinter sich hörte er schnelle Schritte.

Ein Brüllen.

Er wirbelte herum.

Bevor er etwas sehen konnte, wurde er durch den Aufprall eines Körpers zu Boden geworfen und landete auf dem Rücken. Es fühlte sich an wie der Angriff einer Raubkatze. Schläge prasselten auf seinen Kopf und seinen Körper nieder. Er presste die Augenlider gegen den aufgewirbelten Staub zusammen und versuchte mit seinen Armen, die Hiebe abzuwehren.

In seiner Schulter schien plötzlich ein Schweißgerät zu zünden.

Der Schmerz entfachte seine Wut erneut.

Von Staub und Dreck geblendet, streckte er seine Arme aus. Seine rechte Hand fand den Brustkorb des Angreifers. Von hier aus fand er sein Ziel blind.

Der Schlag gegen den Kehlkopf war nicht mit viel Kraft geführt, aber er reichte aus, um den Gegner zu schocken.

Diese Sekunde nutzte er. Er griff dem Mann an den Kragen und drehte sich um die eigene Achse. Gemeinsam vollführten sie eine Rolle.

Jetzt lag Splatter oben.

Durch die Tränen in seinen Augen behindert, sah er nur verschleierte Umrisse.

Unter ihm ein Kopf. Daneben ein Stein.

Er griff den Felsbrocken und schlug auf den Kopf ein, bis er den Arm nicht mehr heben konnte.

Der Stein fiel ihm aus der Hand.

Keuchend ließ er sich zur Seite auf den Rücken fallen.

Er tastete nach seiner Schulter und berührte den Griff eines Messers. Eine Schmerzwelle lief durch seinen Arm.

Mühsam richtete er sich auf, kam auf die Knie und wischte sich den Sand aus den Augen.

Das Erste, was er erkannte, war ein zerschlagener Kopf. Die Gesichtszüge waren nicht mehr zu erkennen. Ein zermalmter roter Klumpen.

Sein Blick wanderte nach unten.

Der Mann trug eine Uniform.

An seinem Oberarm klebte ein mit Klett angebrachtes Dienstgradabzeichen. Ein dunkles geschlossenes »U«. Auf seiner Brust war ein Namensabzeichen befestigt.

Rossmüller.

Der Mann, dem er den Schädel eingeschlagen hatte, war Tim.

Plötzlich hörte Splatter Schreie.

Er konnte nicht unterscheiden, ob in den Schreien Wut, Schmerz oder Angst lag. Waren sie nah oder weit entfernt?

Es war ihm egal. Die Panik übernahm die Kontrolle und schaltete in seinem Kopf von Kampf auf Flucht um.

Sein Wille konzentrierte sich nur auf ein Ziel. Er musste hier weg. Egal wie, egal wohin.

So schnell ihn seine Beine trugen, rannte er in die Richtung, aus der er gekommen war.

Er ließ die zerstörten Fahrzeuge hinter sich, lief an der Höhle vorbei.

Immer weiter, bis seine Beine einknickten und er bewusstlos zu Boden sank.

***

Splatter öffnete die Augen.

»Ich habe Durst«, flüsterte er.

»Herr Beuger, Sie sind nicht in Afghanistan. Sie haben sich im Zustand der Hypnose an frühere Ereignisse erinnert. Jetzt sind Sie aufgewacht. Sie befinden sich in Sicherheit. Aber die Erinnerungen werden bleiben.«

Splatter fasste sich an die Stirn.

»Ich habe was geträumt. Ich …«

Krumbach hatte recht. Die Erinnerungen waren da. So als seien sie es immer gewesen. Völlig selbstverständlich.

»Wie lange war ich weg?«, fragte er verstört.

»Keine fünf Minuten.«

»Länger nicht?«

Krumbach schüttelte den Kopf. »Die Zeit wird während der Hypnose ähnlich verzerrt wie in einem Traum.« Er sah Splatter besorgt an. »Geht es Ihnen gut?«

»Ich denke schon. Habe ich geredet?«

»Nur zusammenhanglos.«

Er massierte sich die Stirn. »Das kann nicht passiert sein.«

»Es sind Ihre Erinnerungen.«

»Im Traum hat mich jemand bei meinem Spitznamen genannt. Den hatte ich damals noch nicht.«

»Erinnerungen sind kein hundertprozentiges Abbild der Wirklichkeit. Sie sind subjektiv eingefärbte, unvollständige Aufzeichnungen unseres Gehirns. Besonders im Fall der Hypnose kann es zu leichten Verzerrungen kommen. Aber das sind nur Randerscheinungen. Sie können davon ausgehen, dass es sich im Kern so zugetragen hat, wie Sie sich erinnern.« Er reichte Splatter ein Glas Wasser. »Sie sollten sich vielleicht noch ein wenig ausruhen.«

Splatter lehnte das Wasser ab und stand auf. »Ich muss jetzt gehen.«

»Davon rate ich ab. Traumatische Erlebnisse, die zurück in das Bewusstsein geholt wurden, können einen Schock auslösen. Es ist wichtig, das nachzubearbeiten. Diese Zeit sollten Sie sich auf jeden Fall nehmen.«

»Danke. Aber mir geht es gut. Ich muss jetzt los.«

»Wie Sie möchten. Geht es Ihnen wirklich gut? Wollen Sie nicht lieber doch noch ein wenig liegen bleiben?«

»Nein. Schicken Sie mir bitte die Rechnung.« Splatter riss sich zusammen, um nicht aus der Praxis zu rennen.

Als er auf der Straße ankam, zog er die Luft in seine Lungen.

Er erinnerte sich an alles. Genau das war sein Ziel gewesen. Jetzt wünschte er sich, dass er niemals auf die Idee gekommen wäre, Krumbach aufzusuchen.

15. Blind Date

Saskia

4. Tag, 21.55 Uhr

Auf dem Lidl-Parkplatz in der Mainzer Landstraße herrschte kurz vor Ladenschluss noch Hochbetrieb. Einkaufswagen ratterten über das Pflaster. Die Leute verstauten Einkaufstüten und Sixpacks mit grünen Wasserflaschen in den Kofferraum ihrer Autos.

Saskia hatte ihren Wagen auf einem freien Stellplatz geparkt und war ausgestiegen. Von hier aus waren es hundert Meter bis zu der Kneipe, zu der sie durch eine WhatsApp-Nachricht bestellt worden war. Die Aufforderung, am heutigen Abend um zweiundzwanzig Uhr im *Balkan-Eck* zu erscheinen, hatte sie kurz nach den Videoaufnahmen erhalten. Nach einigem Zögern hatte sie erfolglos versucht, Kontakt mit dem Absender aufzunehmen. Als Antwort auf ihre Nachrichten erhielt sie immer wieder die gleiche Anweisung.

Sie verließ den Parkplatz und lief die Mainzer Landstraße stadtauswärts bis zum Gustavsburgplatz. Das Gallusviertel genoss keinen guten Ruf und der Gustavsburgplatz bildete keine Ausnahme. Halb verdeckt durch Büsche, erkannte sie die Umrisse eines Klettergerüstes und einer Rutsche. Auf dem Spielplatz spielten jedoch nie Kinder. Vielmehr wurde er Tag und Nacht von Männern besetzt, die dort Bier in sich hineinschütteten.

Das war auch heute so. Trotz des stetigen Verkehrs auf der Mainzer Landstraße hörte sie Stimmen und das Klimpern von Glasflaschen.

Direkt an der Straße stand ein Flachbau, der wie eine bessere Gartenhütte aussah. Die Scheiben der Fensterfront waren in der Höhe zu drei Vierteln mit einer Folie beklebt, sodass man nicht ins Innere sehen konnte. In die Leuchtreklame mit Bitburger-Werbung hatte vermutlich ein Steinwurf ein Loch geschlagen.

Das *Balkan-Eck* war ein Treffpunkt der Serben.

Saskia hatte die Straßenseite gewechselt. Sie stand abseits der Straßenlaternen unter einem Baum und beobachtete über die Straße hinweg den Eingang der Kneipe. Viel zu sehen gab es nicht.

Obwohl sie nicht rauchte, überkam sie der paradoxe Wunsch, sich eine Zigarette anzustecken. Das war ein deutliches Zeichen ihrer Nervosität.

Als Frau alleine in die Spelunke zu gehen war bereits unter normalen Umständen keine schlaue Idee. Unter den aktuellen Vorzeichen war es abgrundtief bescheuert. Die Frage stellte sich, ob sie eine Wahl besaß. Die Videoaufnahmen ihres Rachefeldzugs, garniert mit einigen Aussagen der Geschädigten, die vor Gericht im Konfirmandenanzug erscheinen würden, konnten sie ihren Job kosten. Dann wäre sie erledigt.

Aber ihr eigenes drohendes Schicksal war nur ein Teilproblem. Tanner und Splatter waren ebenfalls auf dem Video zu sehen. Die beiden hatten ihr geholfen. Allein dieser Umstand zwang sie dazu, alles zu unternehmen, um sie zu schützen.

Sie hatte überlegt, wen sie als Unterstützung hätte mitnehmen können. Tanner und Splatter konnte sie nicht fragen. Das brachte sie nicht fertig. Die beiden hatten sich bereits ihretwegen in Schwierigkeiten gebracht.

Eine Weile hatte sie mit dem Gedanken gespielt, Lasker anzurufen. Aber sie konnte sich nicht vorstellen, dass er ihr helfen würde. Die Bulgaren zu ärgern war etwas anderes, als auf dem kleinen Dienstweg eine Erpressung loszuwerden. Vermutlich würde er sie sofort fallen lassen oder den Fall melden und sie zwingen, eine Aussage zu machen. Das konnte sie auf keinen Fall riskieren.

Sie würde das Risiko eingehen. Was sie ein wenig beruhigte, war die Tatsache, dass man eine Einladung in die Höhle des Löwen schwerlich als Falle bezeichnen konnte. Das wäre etwas zu offensichtlich. Außerdem bestand kein Anlass dazu, sie irgendwohin zu locken. Sie hatten ihre Telefonnummer herausgefunden und wussten, wer sie war. Wenn man sich an ihr vergreifen wollte, gab es andere Möglichkeiten.

Nein, die wollten etwas von ihr. Ob das jedoch besser war, als von Schlägern ins Krankenhaus geprügelt zu werden, war unklar.

Woher hatten die nur ihre Nummer? Das war auch so eine Frage, die sie sich den ganzen Tag gestellt hatte.

Wenigstens wusste sie jetzt, dass sie es mit Serben zu tun hatte.

Sie sah auf die Uhr. Mittlerweile war sie überfällig.

Die Pistole, die sie in einem Innenholster an ihrem Gürtel am Rücken trug, und der Dolch an ihrem Knöchel gaben ihr etwas Mut.

Als ihr Handy in der Hosentasche zu vibrieren begann, zuckte sie zusammen. Mit zittrigen Fingern zog sie es aus der Tasche.

Tanner rief sie an.

Einen Moment zögerte sie. Dann nahm sie den Anruf entgegen. »Ja?«

»Tut mir leid, dass ich dich so spät störe. Kannst du kurz sprechen?«, fragte Tanner.

»Aber wirklich nur kurz.«

»Ich brauche deine Hilfe. Ein Hinweisgeber hat mir einen Tipp gegeben. Es geht um eine Zeugin, die etwas über Romina Radulović weiß.«

»Was ist das für ein Hinweisgeber?«

»Das erkläre ich dir, wenn du mehr Zeit hast. Jedenfalls habe ich mich heute mit ihm getroffen. Dann hat er mich spontan sitzen gelassen. Ich dachte schon, dass da nichts mehr kommt. Aber jetzt habe ich eine Nachricht von ihm erhalten. Ich soll mich morgen mit der Zeugin treffen. Ich habe mir gedacht, dass es eine gute Idee wäre, wenn du mitkommst. Wenn eine Frau bei dem Gespräch dabei ist, fühlt sie sich bestimmt wohler.«

»Wann morgen?«

»Um zwanzig Uhr soll ich da sein. Wir könnten uns um achtzehn Uhr treffen. Dann würde ich dir die ganze Geschichte erzählen.«

»Ist gut.«

»Prima. Dann melde ich mich morgen im Laufe des Tages noch einmal bei dir. Bleibt mir nichts weiter, als dir einen schönen Abend zu wünschen. Bis morgen.«

»Tanner!«

»Was? Ist was passiert?«

Saskia sah zur Kneipe. »Nein, alles gut.«

»Wenn was ist, sag es.«

»Alles in Ordnung. Mir ist gerade etwas eingefallen, aber das hat Zeit bis morgen.«

»Bist du sicher?«

»Ja.«

»Okay. Bis dann.«

Das Gespräch war beendet.

Es ging nicht. Sie konnte die anderen da nicht hineinziehen.

Sie fasste sich ein Herz und überquerte die Straße.

Als sie die Eingangstür aufzog, begrüßte sie ein Schwall nach Bier und Zigarettenrauch stinkender Luft. Aus der Musikanlage plärrte serbische Volksmusik. Dafür, dass sich nur wenige Gäste in der Kneipe befanden, war die Musik zu laut.

Sie versuchte, ihre Lage einzuschätzen.

Hinter dem Tresen bediente ein dicklicher Mann einen Kunden, der ihm gegenüber auf einem Barhocker saß. Die beiden waren ungefährlich. Genauso wie die vier Männer, die in einer Ecke an einem Tisch saßen, Zigarillos rauchten und Karten spielten. Die waren alle um die siebzig.

Eine mögliche Bedrohung ging von den restlichen drei Gästen aus, die um einen Tisch an der Fensterfront saßen. Alle um die dreißig, Kurzhaarfrisuren, jeweils eins neunzig groß, tätowiert und trainiert.

Muskeln alleine beeindruckten Saskia nicht. Aber gegen drei Männer, von denen jeder fast doppelt so viel auf die Waage brachte wie sie, besaß sie praktisch keine Chance. Wenn man sich in eine potenziell gefährliche Situation begab, musste man realistisch bleiben. Überheblichkeit war kein guter Ratgeber.

Während ihr die Kartenspieler und die Männer am Tresen keine Beachtung schenkten, musterten die drei anderen sie eingehend.

»Setz dich zu uns«, sagte einer der Männer und nickte in Richtung eines Stuhls.

Es war keine Überraschung, dass sie wussten, wer sie war. Viele Frauen ohne Begleitung verirrten sich hier sicher nicht her.

»Willst du was trinken?«

Sie schüttelte den Kopf.

»Setz dich endlich. Wir beißen nicht.«

Saskia zog sich den freien Stuhl am Tisch zurecht und setzte sich.

Die drei grinsten sie an.

So ähnlich, wie sie sich sahen, konnten es Brüder sein.

»Was wollt ihr?«

»Immer langsam. Wir haben den ganzen Abend«, sagte der Mann, der sie aufgefordert hatte, sich hinzusetzen.

»Ich nicht.«

»Hast du noch etwas vor?«

»Geht dich einen Scheiß an.«

Einer der anderen beiden sagte etwas auf Serbisch. Dann stand er auf und ging zur Theke.

»Er hat gesagt, dass er dir ein Bier holt. Er meint, du bist zu verkrampft«, sagte der Mann, der bisher als Einziger mit Saskia gesprochen hatte.

Der Bierholer stand kurz an der Theke, redete mit dem Wirt und kam dann mit vier Flaschen Bier zurück. Er hielt ihr eine hin. »Trink.«

Sie nahm die Flasche und stellte sie vor sich auf den Tisch.

»Das ist nicht vergiftet«, sagte der Wortführer.

»Ich trinke, wenn ich es will.«

»Sicher.«

»Also? Was wollt ihr?«

»Du bist ziemlich ungeduldig.«

»Hör mit den Spielereien auf.«

Die vier Männer, die in der Ecke Karten gespielt hatten, standen auf, bezahlten und verließen die Kneipe. Mit einem kurzen Schulterblick stellte sie fest, dass auch der Mann, der am Tresen gesessen hatte, verschwunden war. In den mit Folie beklebten Fensterscheiben sah sie das Spiegelbild des Wirtes. Er spülte ein Glas, trocknete sich die Hände ab und ging dann durch eine Tür in einen Hinterraum der Kneipe.

Das war der Moment, in dem sie hätte aufspringen sollen, um nach draußen zu rennen. Aber sie unterdrückte den Impuls und blieb sitzen. Was immer die Arschlöcher von ihr wollten, sie musste da jetzt durch. Das war das Tückische an einer Erpressung. Sie reduzierte den freien Willen faktisch auf null.

Der Mann, der ihr das Bier geholt hatte, stand auf und ging zur Eingangstür.

Sie hörte, wie das Türschloss klackte.

Ausgehend von ihrem Magen, breitete sich Angst in ihrem Körper aus. Als Erstes erreichte sie ihre Beine. Ihre Beinmuskulatur fühlte sich plötzlich weich an, so als ob sie niemals in der Lage gewesen wäre, ihren Körper zu tragen. Dann waren ihre Arme an der Reihe.

Genau das war der Grund, warum Menschen ohne Gegenwehr zusammengeschlagen oder getötet wurden. Sie waren starr vor Angst.

Saskia kannte das Gefühl aus ihrer Jugendzeit. Jedes Mal, wenn sie bei einem Boxkampf in den Ring gestiegen war, hatte sich diese Schwäche in ihren Gliedern ausgebreitet. So gewann man keinen Kampf.

Ihr Vater hatte ihr beigebracht, die Angst vor dem Kampf in Wut zu verwandeln.

Sie liebte ihre Schwester. Der Gedanke, dass ihr jemand Schaden zufügte, trieb sie zur Weißglut. Sie stellte sich vor, wie die Männer über Tascha herfielen, sie schlugen und die Kleider vom Leib rissen. Der einzige Mensch, der Tascha davor bewahren konnte, war sie. Niemand sonst.

Ihr Herzschlag beschleunigte sich und pumpte Blut in ihre Muskeln.

Der Mann, der die Tür abgeschlossen hatte, setzte sich auf seinen Platz neben ihr.

Wenn Tascha etwas zustieß, dann litt auch Alexander. Der

Gedanke machte sie noch wütender. Sie biss die Zähne so fest aufeinander, dass ihre Kiefer knackten.

Der Mann, der die ganze Zeit mit ihr geredet hatte, beugte sich nach vorne, stützte sich mit den Ellbogen auf dem Tisch ab und sah sie an. »Ich denke, wir fangen damit an, dass wir dich ordentlich in den Arsch ficken.«

»Dann wird es besser sein, ich trinke doch was.«

Der Serbe lachte. Er sagte etwas in seiner Muttersprache und die anderen beiden fielen in sein Gelächter ein.

Saskia streckte ihren Arm zur Bierflasche aus.

Im letzten Moment drehte sie ihr Handgelenk, griff den Flaschenhals wie einen Knüppel.

Der Türabschließer, der links neben ihr saß, hatte keine Zeit zum Reagieren.

Als sie ihm die Bierflasche gegen die Stirn hämmerte, klang es, als prügelte sie auf einen Holzscheit ein.

Sie sprang vom Stuhl auf und holte ein zweites Mal aus.

Diesmal führte sie den Schlag von oben nach unten. Der Hieb war mit noch mehr Wucht geführt.

Die Flasche zerplatzte beim Aufschlag.

Sie kümmerte sich nicht um die Trefferwirkung.

Die einzige Chance, hier rauszukommen, bestand darin, mit Anlauf durch eines der geschlossenen Fenster zu hechten. Im Fernsehen sah man das täglich. Gleich würde sie wissen, ob das so einfach ging.

Die anderen beiden Serben sprangen auf und kippten dabei den Tisch um. Bierflaschen und Gläser explodierten, als sie auf dem Boden aufschlugen.

Ein Schlag von hinten in Höhe der kurzen Rippe presste ihr die Luft aus der Lunge. Sie stürzte auf den Boden. Lag für einen Sekundenbruchteil auf dem Bauch.

Saskia wollte auf die Füße springen, als ihr ein Zementsack auf den Rücken geschmissen wurde und sie auf den Fliesen festnagelte. Der Kerl wog mindestens neunzig Kilo.

Auf dem Bauch liegend, hatte sie überhaupt keine Chance mehr.

Die Panik in ihr mobilisierte alle Kräfte. Sie bäumte sich auf, wandte sich hin und her. Schließlich gelang es ihr, sich auf den Rücken zu drehen.

Der Angreifer zog ihren Kopf an den Haaren nach oben. Mit der freien Hand gab er ihr Ohrfeigen.

An Schläge war sie gewöhnt. Das war nicht anders als im Ring. Zu ihrem Glück schlug er nicht mit der Faust zu. Saskia winkelte ihr Bein an. Mit der rechten Hand erreichte sie ihren Knöchel und bekam den Griff des Dolches zu fassen. Sie zog ihn aus der Kunststoffscheide und stach dem Mann in den Oberschenkel. Die Klinge steckte bis zur Hälfte in seinem Bein. Sie drehte das Messer in der Wunde.

Der Mann schrie auf und ließ sich zur Seite fallen. Mit beiden Händen griff er nach dem Dolch, zog ihn mit einem Ruck aus seinem Bein heraus und ließ ihn auf den Boden fallen.

Saskia nutzte die Chance und sprang auf die Füße.

Die Schläge hatten ihre linke Gesichtsseite getroffen. Die Haut brannte und in ihrem linken Ohr hörte sie nur noch ein Pfeifen.

Sie riss die Pistole aus dem Holster. »Wer mir zu nahe kommt, den leg ich um!«

Trotz seiner stark blutenden Beinwunde stellte sich der Wortführer wieder hin.

Zu seiner Linken hatte sich der Kerl aufgebaut, dem Saskia die Bierflasche auf dem Kopf zerschlagen hatte. Sie hatte ihm mit den Schlägen zwei Kopfwunden zugefügt. Blut floss in mehreren Rinnsalen über sein Gesicht. Der Dritte, der rechts von dem Mann mit der Beinwunde stand, war bisher als Einziger ungeschoren davongekommen.

Die Männer begannen damit, sich im Raum zu verteilen,

um sie einzukreisen. Dabei schoben sie Tische zur Seite. Dass sie eine Pistole in ihren Händen hielt, beeindruckte die Typen anscheinend herzlich wenig.

Das war der Zeitpunkt, um den Ernst der Lage zu betonen. Instinktiv suchte sie sich den Unverletzten aus. Sie zielte kurz und zog den Abzug durch. Der Schuss knallte. Es fühlte sich an, als ob ihr jemand Stecknadeln in die Trommelfälle drückte.

Saskia hatte dem Mann ins Bein geschossen.

Er schrie auf und ging zu Boden.

»Schließt die Tür auf. Lasst mich raus! Der nächste Schuss geht nicht ins Bein!«

In diesem Moment wurde die Tür hinter dem Tresen geöffnet, durch die zuvor der Wirt verschwunden war. Ein Mann in einem anthrazitfarbenen Anzug kam herein. Er hatte schulterlange gewellte Haare, die mehr grau als schwarz waren. In sein Gesicht hatte die Zeit tiefe Furchen gemeißelt. Wenn er Saskia in der Alten Oper begegnet wäre, hätte sie ihn für einen Dirigenten oder Musikkritiker gehalten.

Sie richtete die Mündung der Waffe auf ihn.

Er hob beide Hände und drehte die Handflächen in ihre Richtung.

»Darf ich fragen, was hier los ist?«, fragte er in einem unangemessen sachlichen Tonfall.

Es war kaum zu vermuten, dass es sich bei dem Neuankömmling um einen potenziellen Verbündeten handelte. Trotzdem beantwortete sie seine Frage. »Die Arschlöcher haben versucht, mich zu vergewaltigen. Das ist los. Und wenn ihr Wichser mich jetzt nicht gehen lasst, lege ich euch alle um!«

Ihre Atmung beruhigte sich langsam. Vielleicht verlor sie ihren Job, aber den Kampf hatte sie gewonnen. Niemand würde sie vergewaltigen. Den Versuch überlebte keiner dieser Idioten.

Der Mann im Anzug schrie etwas auf Serbisch. Seine Worte

zeigten eine überraschende Wirkung. So schnell ihre körperliche Verfassung es zuließ, stolperten die drei gemeinsam zur Eingangstür, schlossen sie auf und verschwanden nach draußen.

»Es besteht keine Gefahr mehr«, sagte der Mann mit den grauen Haaren.

»Für mich vielleicht nicht. Aber für dich schon.«

Mit erhobenen Händen kam er hinter der Theke hervor. »Ich habe dich erst vor einem Augenblick kennengelernt und schon mag ich dich.«

Saskia hob die Waffe an. »Keinen Schritt weiter!«

Er lächelte. »Ich bin ein alter Mann.«

»Es ist ein Fehler, einen Gegner zu unterschätzen.«

»Das haben die drei wohl gerade zu spüren bekommen. Unterschätzt zu werden kann ein großer Vorteil sein.«

»Jetzt ist der Vorteil dahin.«

Der Mann stellte einen der umgekippten Tische wieder hin und nahm sich einen Stuhl. Er setzte sich. »Ich bin nicht hier, um zu kämpfen.«

»Warum dann?«

»Du kannst mir glauben, dass ich keine Ahnung hatte, was hier geschieht. Ich wurde von Baktas angerufen. Der hat mir gesagt, was die drei vorhaben. Ich wollte dich erst morgen früh treffen. In einer etwas angenehmeren Atmosphäre. Aber unsere jungen Freunde haben ihre eigenen Pläne verfolgt.«

»Baktas? Wer ist das?«

»Der Wirt. Du hast Glück gehabt, dass ich gerade in der Nähe war.«

»Die Kerle haben Glück gehabt.«

Der Mann lachte. »Das ist wohl wahr.«

Eine Weile schwiegen sie.

Er brach als Erster die Stille. »Bitte, setz dich. Ich habe dir etwas zu sagen.«

194

Sie griff sich einen Stuhl. Dabei achtete sie darauf, einen Sicherheitsabstand zum Tisch zu halten, an dem der Mann saß.

»Mein Name ist Fahredin Hassani.«

Saskia blieb stumm.

Er deutete auf ihre Pistole. »Könntest du die Waffe runternehmen?«

Sie legte die Pistole auf ihrem Schoß ab, ohne das Griffstück loszulassen.

»Danke. Wie gesagt, ich wusste nichts von dieser ekelhaften Aktion. Das ändert aber nichts daran, dass ich ein Problem mit dir habe.« Er atmete kurz durch. »Einer der Jungen, die du verprügelt hast, ist der Sohn eines Cousins von mir.«

»Ihr wollt Rache.«

»Man will mich dazu drängen. Und das Problem ist, dass ich mich auf Dauer dem Wunsch nicht widersetzen kann. Niemand ist wirklich frei in seinen Entscheidungen. Der Beweis sind diese drei Idioten, die dich angegriffen haben. Dass es Rache geben muss, ist so selbstverständlich, dass ich nicht einmal mehr gefragt werde, ob ich meine Zustimmung gebe.«

»Du scheinst keine Rache zu wollen. Warum?«

»Verbrechen ist für mich ein Geschäft, mit dem ich meine Familie ernähren kann. Darum ist es wichtig, dass alles reibungslos läuft. Einer Polizistin zu schaden kann aber Probleme bereiten. So etwas sollte man ganz grundsätzlich vermeiden.«

»Ist das alles?«

Er schüttelte den Kopf »Das, was du getan hast, war richtig. Wer sich mit einer Gruppe aus Spaß an Schwächeren vergreift, dem geschieht es recht, wenn er eine Abreibung bekommt. Dass es eine Frau war, die ihm die Schneidezähne ausgeschlagen hat, macht es umso besser. Ich habe wirklich aufrichtige Freude verspürt, als ich davon gehört habe.«

»Aber die Verwandtschaft fordert ihr Recht.«

»So ist es.«

195

»Das ist ein Dilemma.«

»Kann man so nennen.«

»Allerdings existiert eine Lösung. Ansonsten wäre dieses Gespräch überflüssig«, stellte Saskia fest.

»Tatsächlich gibt es eine Lösung. Doch sie wird dir nicht gefallen.«

»Davon gehe ich auch nicht aus.«

Hassani gab ihr mit Handzeichen zu verstehen, dass er sich etwas zu trinken holen wolle.

Sie nickte ihm zu.

Er stand auf, ging zur Theke und kam mit zwei kleinen Gläsern und einer Flasche mit klarem Inhalt zurück. Eines der Gläser stellte er vor Saskia auf den Tisch und schenkte ihr ein. Die Flüssigkeit sah sehr nach Schnaps aus.

»Du sollst für mich arbeiten«, sagte er, nachdem er sich auf seinen Stuhl gesetzt hatte.

»Das ist ein Witz.«

»Wieso?«

»Ihr seid Verbrecher und ich bin Polizistin. Damit bin ich genau das Gegenteil von euch.«

»Ist das so?«

»Natürlich. Ich begehe keine Straftaten.«

»Heute vielleicht nicht. Aber was du in der Hauptwache getan hast, das war eine Straftat. Oder etwa nicht?«

Damit hatte er recht. Egal, was diese Straßenschläger ihrem Neffen angetan hatten. Es gab ihr nicht das Recht, sie zu verprügeln. Spaß gemacht hatte es trotzdem.

»Das war etwas anderes.«

»Möglich. Spielt auch keine Rolle.«

»Warum soll ich für euch arbeiten? Was bringt mir das?«

»Wenn du für uns arbeitest, dann habe ich ein gutes Argument, um dich zu schützen. Das Geschäft geht immer vor.«

»Du sagst, es sei riskant, einer Polizistin etwas anzutun. Ist es nicht noch viel riskanter, mit einer Polizistin zusammenzuarbeiten?«

»Da kann ich nicht widersprechen.«

»Warum willst du ein solches Risiko eingehen? Aus purer Sympathie? Das glaube ich nicht.«

»Du bist nicht naiv. Das schätze ich sehr. Es gibt handfeste geschäftliche Interessen. Ich habe einen wichtigen Job zu vergeben, der wie für dich geschaffen ist.«

»Was für ein Job?«

»Eine Kurierfahrt.«

»Ich verstehe. Ich bin eine Frau und dazu noch Polizistin. Darum habe ich keine ernsthaften Kontrollen zu befürchten.«

»Genau.«

»Was soll ich transportieren?«

»Drogen.«

»Und wenn ich euch verrate oder mich weigere?«

»Dann wird dein Neffe dafür büßen. Abgesehen von dem Video, das wir in Umlauf bringen werden.«

Sie hob die Waffe ein Stückchen von ihrem Schoß hoch. »Wenn du ihm etwas antust, töte ich dich.«

»Daran habe ich keinen Zweifel. Aber es wird ihm nichts mehr nützen. Es macht jedoch wenig Sinn, über solche traurigen Dinge zu sprechen. Du wirst uns nicht verraten und wir werden deinem Neffen nichts antun. Ganz im Gegenteil. Wir schützen ihn.«

»Woher habt ihr meine Telefonnummer? Woher wisst ihr so viel über mich?«

»Wir haben die richtigen Informationsquellen.« Er machte eine kurze Pause. »Das Problem ist, dass du dich sofort entscheiden musst.«

Saskia nahm das Glas, das vor ihr auf dem Tisch stand. »Ich denke, ich trink jetzt doch was.«

16. AUSSER KONTROLLE

LASKER

5. Tag, 19.00 Uhr

Seit einer Stunde kreiste Lasker durch das Bahnhofsgebiet und suchte nach der Katzenlady. Zuerst hatte er die drei Drogenhilfseinrichtungen im Gebiet aufgesucht und alle Drogenabhängigen, die er antraf, erfolglos nach ihr befragt.

Nun nahm er von der B-Ebene des Bahnhofs aus eine Treppe, die zu den S-Bahn-Gleisen und der U-Bahn führte. Hier saßen, in den von den Überwachungskameras nicht erfassten Winkeln, oft Junkies herum. Aber heute nicht. Als er alle Treppen abgesucht hatte, ging er durch die Haupthalle zu den Gleisen der Fernzüge. Sein Ziel war der Tunnel, der die Gleise in etwa hundert Meter Entfernung zur Haupthalle unterquerte und die Zugänge an der Nord- und Südseite des Bahnhofs miteinander verband.

In der Unterführung stank es nach Urin und man konnte sicher davon ausgehen, dass die Pfützen auf dem Betonboden nicht aus Wasser bestanden.

Während er durch den Tunnel von einem Gleis zum nächsten lief, atmete er flach.

Als er Gleis 20 erreichte, hatte er Glück. Zwei Frauen hockten auf den Stufen der Treppe, die zum Bahnsteig führte. Beide wühlten in ihren gigantischen Handtaschen herum.

Eine der ersten Regeln, die man als junger Schutzmann in Frankfurt lernte, war, dass man es vermeiden sollte, seine Finger ohne Not in die von Junkies mitgeführten Handtaschen und Rucksäcke zu stecken. Abgesehen davon, dass es eklig war, war es vor allem gefährlich. Oft trugen die Abhängigen eine ganze Sammlung von gebrauchten Einwegspritzen mit sich herum.

»Wir haben keinen Stoff«, sagte eine der beiden.

Leuten aus der Szene musste man nichts vormachen. Die erkannten einen Polizisten bereits, da war der noch gar nicht um die Ecke gekommen.

»Wisst ihr, wo die Katzenlady ist?«

»Was willst du von ihr?«

»Nur mit ihr reden.«

»Schade. Die könntet ihr mal einsperren. Die ist nicht ganz dicht.«

»Habt ihr sie gesehen?«

»Vorhin gammelte sie in der Düsseldorfer. Da, wo die Sparkasse ist.«

»Danke.«

Er machte sich auf den Weg.

»Wenn du mit ihr sprechen willst, wünsche ich dir viel Glück dabei.« Die Frauen lachten.

Lasker verließ den Bahnhof durch den Seiteneingang an der Nordseite. Sein Handy begann zu klingeln. Sandra Feldmann rief ihn an.

»Die Observationskräfte melden, dass Stamm seine Wohnung verlassen hat«, sagte sie.

»Fährt er ins Gebiet?«

»Vermutlich. Die Richtung stimmt. Wie geht es voran?«

»Ich habe einen Tipp bekommen, wo sie sein könnte. Ich melde mich, wenn ich Näheres weiß. Die sollen Stamm auf jeden Fall weiter observieren.«

»Okay. Bis später.«

Sein Herzschlag beschleunigte sich. Er begann zu joggen.

Er musste die Katzenlady finden. Stamm war vermutlich auf dem Weg ins Bahnhofsgebiet. Wie lange er dort bleiben würde, war nicht klar. Das Zeitfenster für Laskers Plan konnte sich schnell schließen.

Eigentlich hatte er sich heute mit Saskia, Tanner und Splatter treffen wollen. Aber aufgrund seines Vorhabens hatte er das Treffen verschoben.

Als er die Ecke Düsseldorfer-/Niddastraße erreichte, sah er zunächst nur eine Handvoll Drogendealer. Als sie auf ihn aufmerksam wurden, begannen sie nervös zu pfeifen, um ihre Kollegen zu warnen. Das Auftauchen eines Polizisten bereitete ihnen keine Angst, aber es war ärgerlich und geschäftsschädigend. Es konnte die Kundschaft abschrecken.

Auf der Düsseldorfer Straße rauschte eine Straßenbahn in Richtung Bahnhof vorbei.

Direkt an der Frankfurter Sparkasse sah er die Katzenlady. Sie saß auf einer knapp kniehohen Mauer, die um eine kleine Grünfläche gezogen war. Außer einem todgeweihten Busch und einigen Unkrautarten wuchs dort nichts. Dafür lagen überall zusammengeknüllte Taschentücher und Zigarettenkippen herum.

Auf dem Schoß der jungen Frau hatte es sich eine Katze gemütlich gemacht. Die Katzenlady steckte ihren Zeigefinger in eine Dose Katzenfutter, holte einen Brocken heraus und gab ihn der Katze zu fressen. Danach leckte sie sich ihren Finger ab.

Womöglich war es doch keine so gute Idee, mit ihr ein

Gespräch anzufangen.

Er setzte sich neben ihr auf die Mauer.

Sie beschäftigte sich weiter mit der Katze und ignorierte ihn.

Ihre Haare waren ein verfilzter Wollknäuel, den man am besten vollständig entfernen sollte. Der Geruch von altem Schweiß ging von ihr aus. Vermutlich hatte ihre Haut seit Wochen kein Wasser abbekommen.

Eine Weile sah er ihr dabei zu, wie sie die Katze streichelte. Er dachte an das Kind im Video und ein seltenes Gefühl des Mitleids kam in ihm auf. »Kann ich mit dir reden?«

Sie drehte ihren Kopf und musterte ihn kurz. Dann beschäftigte sie sich wieder mit dem Tier auf ihrem Schoß. »Ich habe keinen Stoff«, sagte sie.

»Darum geht es nicht.«

»Habe ich einen Haftbefehl offen?«

»Nein.«

»Was willst du dann von mir?«

Er musste an seine verkorkste Gesprächsführung bei dem selbstmordgefährdeten Mädchen denken. Das hier würde wahrscheinlich in einem ähnlichen Desaster enden. Aber wenigstens konnte sie sich von der Mauer, auf der sie saß, nicht in den Tod stürzen.

»Ich weiß, was mit dir geschehen ist.«

Sie schüttelte den Kopf. »Ich habe keine Ahnung, wovon du redest.«

»Ich weiß, was er mit dir gemacht hat, als du ein Kind warst.«

Mit einer rüden Bewegung schubste sie die Katze von ihrem Schoß.

Na prima, das hatte er ja schneller hinbekommen als gedacht. Jetzt würde das Mädchen ausflippen und richtig Terror machen.

Sie sah ihn an. Diesmal suchten ihre Augen die seinen.

»Er ist in meinem Kopf.« Sie tippte sich an die Schläfe. »Ganz tief drinnen. In der Mitte. Ich habe versucht, ihn herauszureißen, aber ich komme nicht ran.« Sie stopfte sich die Finger der rechten Hand in den Mund. Steckte sie so tief in ihren Hals, dass Lasker Angst hatte, sie könnte daran ersticken. Als sie rot angelaufen war, zog sie die Hand wieder raus. »Siehst du? Es geht nicht. Ich komme nicht ran.«

Sie war auf jeden Fall verrückt. Darüber musste man nicht diskutieren. Die Frage war, ob sie noch genügend Restverstand besaß, um bei seinem Plan mitzumachen.

»Der Mann ist nicht mehr im Gefängnis.«

Sie starrte ausdruckslos ins Leere.

Er befürchtete, dass sie gar nicht begriff, was er gerade gesagt hatte.

»Er hat mir mein Leben genommen und bekommt seines zurück. Das ist nicht gerecht.«

Das hatte sie recht treffend formuliert. Es bestand Hoffnung.

»Der Mann ist auf Bewährung. Ich will ihn wieder in den Knast bringen. Dabei brauche ich deine Hilfe.«

»Der Teufel ist hier in Frankfurt?« Ihre Augen funkelten.

»Ja.«

»Wo?«

»Er ist auf dem Weg ins Bahnhofsgebiet.«

»Ist das ein Witz? Machst du dich über mich lustig?«

»Nein. Er ist seit zwei Wochen draußen und öfters hier.«

Sie leckte sich nervös über die Lippen. »Was soll ich tun?«

»Ich führe dich zu ihm und du greifst ihn an. Ich will, dass er dich schlägt. Dann nehme ich ihn fest.«

»Und das reicht?«

»Ja.« In Wahrheit hatte Lasker keine Ahnung, ob das ausreichen würde. Einen besseren Plan hatte er nicht. Wie sollte er den Mann dazu bewegen, gegen seine Auflagen zu verstoßen? Und selbst wenn es Lasker irgendwie gelang, ihn zu einem Kinderspielplatz zu locken. Was dann? Er konnte sich nicht vorstellen, dass ein einmaliger Verstoß reichen würde, seine Bewährung zu widerrufen.

Schließlich reifte die Idee in ihm, den Arsch dazu zu bringen, sich an seinem früheren Opfer zu vergreifen. Das war zwar kein direkter Verstoß gegen seine Auflagen, würde einem Richter aber zu denken geben. Oder, noch besser, einer Richterin.

»Das Ganze ist nicht ungefährlich. Auch wenn ich in deiner Nähe bin, könntest du verletzt werden. Das muss dir klar sein. Wenn du es nicht willst, verstehe ich das.«

»Natürlich will ich das. Es gibt nichts, was ich lieber täte. Hast du schon mal auf der Straße gelebt? Sicher nicht. Sonst wüsstest du, was Gefahr bedeutet.«

Auf diese Einstellung hatte er gehofft.

Er hatte ziemlich lange darüber nachgedacht, wie hoch das Risiko war, das er einging. Stamm selber war kein ernst zu nehmender Gegner für ihn. Er kannte diese Typen. Gegen Schwache waren sie stark, hatten einem erwachsenen Mann aber nichts entgegenzusetzen. Außerdem sprach der Überraschungsmoment für sie. Der Mann würde sich erst mal sammeln müssen, wenn die Katzenlady ihn angriff. Bis Stamm sich von dem Schreck erholt hätte, wäre Lasker da und würde ihn über den Haufen rennen. Er hatte sich schon so oft auf der Straße geschlagen, er würde es auch diesmal hinbekommen.

Dass trotzdem etwas schiefgehen konnte, war nicht zu leugnen. Am liebsten hätte er Splatter an seiner Seite. Aber er hatte es nicht fertiggebracht, ihn zu fragen. Das war seine Mission und er wollte ihn nicht weiter in Schwierigkeiten bringen.

Denn am Ende musste Lasker noch eine Falschaussage machen. Er würde behaupten, gesehen zu haben, wie Stamm die Katzenlady angriff und nicht umgekehrt. Wenn Splatter mit an Bord wäre, müsste der das Gleiche behaupten. Das konnte Lasker nicht verlangen.

»Du darfst erst auf ihn losgehen, wenn du direkt vor ihm stehst. Es muss so aussehen, als wenn er dich angreift. Bekommst du das hin?«

Sie nickte.

»Und du darfst mich mit keinem Wort erwähnen. Ihr seid euch zufällig über den Weg gelaufen. Verstehst du das?«

Das mit dem Zufall stellte in diesem Fall kein Problem dar. Er hielt sich regelmäßig im Bahnhofsgebiet auf und sie war eine Drogenabhängige. Da war es ohnehin nur eine Frage der Zeit, bis sie sich über die Füße liefen.

»Ich bin nicht blöd«, fauchte sie.

»Glaubst du, du erkennst ihn?«

»Ich lebe mit ihm zusammen.«

Lasker instruierte sie noch eine Zeit lang. Schließlich war er sich hinreichend sicher, dass sie ihn verstanden hatte. Ob sie sich an die Absprache halten würde, blieb ungewiss. Aber selbst wenn nicht, sollte es für ihn möglich sein, sich da irgendwie herauszureden. Im schlimmsten Fall stand sein Wort gegen ihres. Da würde er gewinnen.

Er stand auf, entfernte sich einige Schritte von der Katzenlady und wählte Sandra Feldmanns Nummer.

»Ja?«

»Wo ist er jetzt?«

»In der Taunusstraße in einem Kiosk.«

»Ich habe sie gefunden. Sie macht mit. Wir halten ab jetzt die Leitung. Ich brauche Stamms genauen Standort.«

»In Ordnung.«

Er gab der Katzenlady ein Zeichen und sie folgte ihm mit einigen Metern Abstand.

Gemeinsam überquerten sie die Straße Am Hauptbahnhof und erreichten die Taunusstraße.

»Sandra. Sag mal was.«

»Einen Moment.«

Er hörte, wie sie mit den Observationskräften über eine andere Leitung sprach. Die sollten ihn besser nicht zusammen mit der Katzenlady sehen.

»Er steht Taunus Ecke Elbe und trinkt ein Bier.«

»Welche Straßenseite?«

»Auf der rechten Seite, wenn du stadteinwärts gehst.«

»Hast du eine Beschreibung?«

»Bluejeans. Weiße Turnschuhe. Schwarze Jacke mit rotem Schriftzug auf dem Rücken. Schwarze Baseballcap.«

»Verstanden. Ich bin gleich da. Sag den Kräften, dass sie abbrechen sollen.«

»Gut.«

Lasker bekam mit, wie Sandra die Observationskräfte aus dem Einsatz entließ. »Ihr könnt für heute Schluss machen. Im Bahnhofsgebiet gibt es um die Uhrzeit keine Kinder, an die er sich ranmachen kann. Zu Prostituierten darf er gehen. Ich will euch nicht mehr belasten, als es nötig ist.«

Kurze Zeit später war sie wieder am Telefon. »Sie brechen ab.«

In der Taunusstraße war viel Betrieb. Bisher hatte er keine Kollegen erkannt. Aber er hoffte, dass sie sich schnell aus dem Staub machen würden. Die sollten heilfroh sein, dass der Einsatz beendet war.

Er erreichte die Moselstraße. Bis zur Elbestraße waren es noch ungefähr zweihundert Meter. Timing war alles. Die Observationskräfte mussten verschwinden und Stamm noch so lange an seinem Standort bleiben, bis Lasker ihn gefunden hatte.

»So wie es aussieht, bist du jetzt alleine«, sagte Sandra.

»Gut. Ich lege auf.«

Lasker steckte das Telefon weg.

Mit einem kurzen Blick vergewisserte er sich, dass die Katzenlady weiterhin hinter ihm herlief.

Er reckte den Hals, um zwischen den Passanten hindurch die Ecke sehen zu können, an der sich Stamm gerade aufhalten sollte.

Dann erkannte er ihn.

Der Mann stand direkt an der Fahrbahn der Taunusstraße, setzte kurz eine Bierflasche an den Mund und stellte sie dann auf einem Telefonverteilerkasten ab.

Lasker stoppte. Nun, wo er ihn gesehen und unter Kontrolle hatte, war es besser, ein paar Minuten zu warten. Nur um sicherzugehen, dass die Kollegen wirklich abgebrochen hatten.

»Da ist das Schwein!« Die Katzenlady hatte aufgeholt und stand neben ihm. Sie deutete mit dem ausgestreckten Arm auf Stamm.

Jedenfalls war nun bestätigt, dass sie ihn wiedererkennen würde.

»Wir warten einen Moment. Du …«

Sie hatte bereits Fahrt aufgenommen. Mit energischen, weit ausholenden Schritten lief sie auf Stamm zu.

Im Prinzip tat sie genau das, was sie sollte. Aber Lasker fühlte ein nervöses Kribbeln im Bauch. Er hatte die Kontrolle verloren. Und keine Kontrolle zu haben war immer beschissen.

»Du Wichser! Du Arschloch!« Sie kreischte wie eine Furie.

Stamm sah sie an.

An seinem Gesichtsausdruck erkannte Lasker, dass er keinen Schimmer hatte, wer da auf ihn zukam. Stamm drehte sich um. Anscheinend dachte er, dass die verrückte Frau nicht ihn meinte, sondern jemand, der hinter ihm stand.

Als er begriff, dass er das Ziel war, war es zu spät.

Und für Lasker war es auch zu spät.

In der rechten Hand der Katzenlady sah er ein Messer aufblitzen. Wieso hatte die ein Messer? Frauen trugen keine Messer bei sich.

Messer waren eine typische Männersache. Früher auf dem Revier wurden Dutzende von Frauen durchsucht. Ein Messer fiel denen praktisch nie aus der Tasche. Dieses berufspraktische Wissen nützte allerdings nichts, wenn man es gerade mit der Ausnahme von der Regel zu tun hatte.

Sie erreichte Stamm.

Mit aller Gewalt hieb sie ihm das Messer zwischen die Beine. Der Mann quiekte wie ein Schwein. Sie zog das Messer aus seinen Genitalien, machte eine Bewegung, als wolle sie ihm eine Ohrfeige geben. Das Messer durchdrang seine Wange und die Klinge verschwand bis zum Schaft in seinem Mund.

Sie zog das Messer heraus.

Ein Streifenwagen kam mit quietschenden Reifen zu stehen.

Lasker erwachte aus seiner Erstarrung und begann zu sprinten.

Der nächste Stoß traf Stamms Hals.

Lasker hatte die halbe Distanz überbrückt. Er sah, wie Stamm die Beine versagten.

Die Leute in der Nähe der Katzenlady wichen zurück, als sei sie ein in den Teich geworfener Stein und die Menschen die Wellen auf dem Wasser.

Die Ersten zückten beim Rückwärtsgehen ihre Handys und begannen zu filmen.

Das alles geschah in weniger als fünf Sekunden.

Lasker hechtete und riss die Katzenlady von den Beinen.

Das Messer entglitt ihr und rutschte über den Boden.

Bevor er einen Gedanken fassen konnte, waren die Kollegen da. Er wurde weggestoßen. Vermutlich hielt man ihn für einen Passanten.

Ein zweiter Streifenwagen hielt an.

Lautstark wurde ein Notarztwagen angefordert.

Um Lasker kümmerte sich keiner. Die hatten genug mit der Katzenlady und ihrem Opfer zu tun.

Lasker stand auf, drehte sich um und drückte sich durch die Menge hindurch in Richtung Bahnhof.

Sein Herz schlug ihm bis zum Hals.

Er dachte an eine Postkarte mit Spruch, die er einmal bei einem Kollegen an der Bürowand gesehen hatte. *Kann man so machen. Aber dann wird's halt kacke.*

Genau das war jetzt passiert.

17. Der Schein trügt

Tanner

5. Tag, 19.30 Uhr

»Saskia?«

»Was?«

»Hast du mir zugehört? Du wirkst so abwesend.«

»Ich habe dir zugehört.«

Sie standen an einem Stehtisch vor dem *Starbucks* in der Haupthalle des Bahnhofs. Saskia hielt sich seit einer halben Stunde an ihrem überteuerten Kaffee fest. Viel getrunken hatte sie bis jetzt nicht.

»Was habe ich denn gesagt?«, fragte Tanner.

»Unter anderem, dass du einen Junkie bei einer Mordermittlung zum Hilfssheriff gemacht hast.«

Tanner verzog das Gesicht. »So wie du das sagst, klingt das nicht gut.«

»Es ist ein gefährliches Spiel. So viel steht fest. Aber das weißt du selber.«

»Mit gefährlichen Spielen kennst du dich ja bestens aus.«

209

Ihre Gesichtszüge verhärteten sich. »Was willst du damit sagen?«, zischte sie.

Tanner hob abwehrend die Hände. »Komm runter. Das war nur so ein Spruch. Ich wollte nur auf eine humorvolle Weise andeuten, dass du selber auch kein Risiko scheust. Siehe deine Sparringeinlage an der Hauptwache.«

Sie nahm einen Schluck von ihrem abgekühlten Getränk und verzog das Gesicht. »Wir sollten uns auf den Weg machen«, sagte sie und sah dabei an Tanner vorbei ins Leere.

Tanner nickte.

Er kannte Saskia zwar nicht sonderlich gut, aber es war nicht zu übersehen, dass sie etwas beschäftigte. Allerdings ging ihn ihr Privatleben nichts an. Es blieb zu hoffen, dass sie sich so lange am Riemen riss, bis sie mit der Zeugin gesprochen hatten. Danach konnte sie dann gerne in ihrer manischen Depression versinken.

Als Brando sich gestern aus dem Staub gemacht hatte, interpretierte Tanner das als schlechtes Zeichen. Umso überraschter war er, als er knapp zwei Stunden später eine WhatsApp-Nachricht von ihm bekam. Die Nachricht enthielt einen Namen, eine Adresse, eine Uhrzeit sowie den Zusatz: *Sei bitte nett zu ihr.*

Die Frau, die mit Romina Radulović bei derselben Agentur gearbeitet haben sollte, wohnte in der Goldsteinstraße in Frankfurt-Niederrad. Sie hieß Tanja Gabara. Wenn er Brando richtig verstanden hatte, betrieb sie in ihrer Wohnung ein kleines Privatbordell. Heimarbeit sozusagen.

Die Idee, Saskia mitzunehmen, war ihm spontan gekommen. Die meisten Frauen waren bedeutend zugänglicher, wenn eine Kollegin mit von der Partie war. Der Schuss konnte allerdings auch nach hinten losgehen. Mit der Begleitung von Saskia würde sein Besuch formeller wirken. Da Gabara keine offizielle Aussage machen wollte, konnte sie das verschrecken. Was nun letztendlich besser war, wusste er auch nicht.

Allerdings hatte er durch eine Abfrage der Personalien herausgefunden, dass die Zeugin Rumänin war. Saskia sprach Rumänisch. Das konnte sich als sehr hilfreich erweisen.

Der Frankfurter Hauptbahnhof ist ein Sackbahnhof. Von der Eingangshalle erreicht man die von einer gewölbten Stahlkonstruktion überdachten Gleise.

Im Bahnhof herrschte ein Gedränge wie auf dem Oktoberfest. Umsteiger hetzten mit ihren Rollkoffern von einem Gleis zum anderen. Ein Elektrofahrzeug mit blinkendem Gelblicht schob sich langsam durch die Menge.

»Wo steht dein Wagen?«, fragte Saskia.

»An der Südseite.«

»Lass uns außen langgehen. Ich habe keinen Bock auf das Gedränge.«

Zusammen verließen sie die Haupthalle und liefen, auf ihrem Weg zur Südseite des Bahnhofs, über den Vorplatz zum Busbahnhof.

»Gibt es uns jetzt offiziell?«

»Ja, ab heute. Morgen treffen wir uns alle und dann geht es richtig los.«

»Schön, dass ich das auch erfahre.«

»Hat Jo nicht mit dir gesprochen?«

»Nein. Ich habe versucht, ihn zu erreichen, aber er geht nicht ans Telefon. Das Ganze ist ohnehin seltsam. Wir haben keine Büros, keine Fahrzeuge, keine Handys.«

»Das ist normal. Weidner kann so eine AG mit einem Federstrich ins Leben rufen, aber da gibt es noch die Verwaltung, die müssen uns erst mal die Ressourcen freischaufeln. Das kann noch ein paar Tage dauern.«

Sie erreichten die Mannheimer Straße. Ein Streifenwagen schoss mit flackerndem Blaulicht an ihnen vorbei. Aus Richtung Bahnhofsgebiet hallte das Echo mehrerer Martinshörner herüber.

»Was ist denn da jetzt wieder passiert?«, fragte Saskia.

Tanner zog ein Funkgerät aus der Jackeninnentasche.

»Du hast ein Funkgerät dabei?«

»Habe ich mir vom Revier mitgenommen. Wie du schon sagtest, bis auf unsere Knarren haben wir nichts.«

Sie blieben stehen und Tanner schaltete das Gerät ein. Die Stimme des Funkers aus der Einsatzzentrale war zu hören.

»Ich wiederhole. Hier ist Neptun. Wer kann fahren? Messerstecherei in der Taunusstraße Ecke Elbestraße. Reviergebiet 4. Wer kann fahren? Freie Streifen melden sich mit Status 5 an.«

Einige Sekunden blieb es still. Dann war die gehetzte Stimme eines Kollegen zu hören. »Neptun von 4/13. Dringend.«

Stille.

Er wiederholte seinen Ruf. »Neptun von 4/13. Dringend.«

Keine Antwort von der Einsatzzentrale.

»Hier schaltet sich der Neptun 4 ein.« Das war der Dienstgruppenleiter vom 4. Revier. »Was habt ihr, 4/13?«

»Wir sind bei der Messerstecherei. Die Katzenlady hat einen Mann abgestochen. Der Typ ist schwer verletzt. Brauchen sofort NAW mit dringender Fahrt.«

»Verstanden, 4/13. Notarzt rollt. Habt ihr sie festgenommen?«

»Ja, ja. Sie ist unter Kontrolle.«

Tanner schaltete den Funk aus. Er schüttelte den Kopf. Die Drogen machten am Ende alle bekloppt.

»Nichts für uns«, sagte er und ging weiter.

Nach einigen Metern merkte er, dass Saskia ihm nicht folgte. Er drehte sich um.

Saskia stand da und starrte bleich auf ihr Handy.

»Was ist? Kommst du?«

»Ich muss gehen«, sagte sie, drehte sich um und rannte zurück in Richtung des Bahnhofsvorplatzes.

»Hey!«, schrie Tanner. »Was soll der Scheiß?«

Saskia war bereits außer Sicht.

»Wollen mich denn hier alle verarschen?«

Erst türmte Brando und nun beging Saskia auch noch Fahnenflucht.

Er machte eine wegwerfende Handbewegung, drehte sich um und ging zu seinem Wagen. »Ihr könnt mich alle am Arsch lecken.«

***

Nachdem Tanner das Haus in der Goldsteinstraße in Niederrad betreten hatte, wurde ihm klar, warum sich die Anwohner nicht über die häufigen Männerbesuche Tanjas bei der Hausverwaltung beschwerten.

Das Gebäude war heruntergekommen. Die ehemals weißen Wände des Treppenhauses waren mit dunklen Schleifspuren übersät. Möbel, Kartons, Jacken und dreckige Hände hatten ihre Spuren hinterlassen.

Die Menschen, die hier wohnten, waren mit sich selbst beschäftigt und vermutlich froh um jeden, der nur eine Grundbedingung erfüllte: sie in Ruhe zu lassen.

Als Tanja Gabara die Wohnungstür öffnete, sah er in das ängstliche Gesicht einer Frau Ende dreißig. Vor noch nicht allzu langer Zeit musste sie bildhübsch gewesen sein. Auch wenn die Jahre und ein ungesunder Lebenswandel damit begonnen hatten, ihr Gesicht zu zerfressen, schimmerte die vergangene Schönheit immer noch im Hintergrund.

»Mein Name ist Mark Reinders von der Kripo Frankfurt.« Er hielt seinen Dienstausweis hoch.

»Sie sind Tanner?«

»Hat Brando mich so vorgestellt?«

Sie nickte.

»Darf ich reinkommen?«

Gabara zog die Tür auf und machte ihm Platz.

Tanner betrat eine modern eingerichtete und saubere Wohnung. Bei ihrem Abstieg auf der sozialen Leiter hatte sie noch einen langen Weg vor sich.

Sie führte ihren Gast ins Wohnzimmer.

»Brando hat mir gesagt, dass Sie Romina Radulović kannten.« Er zeigte ihr das erkennungsdienstliche Bild der Getöteten.

Sie betrachtete es kurz. In ihren Augen schimmerten Tränen. »Wir waren befreundet.«

»Hat sie mal auf dem Straßenstrich gearbeitet?«

Tanja lachte auf und wischte sich gleichzeitig mit dem Handrücken die Tränen aus den Augen. »Ganz sicher nicht.«

»Sie wurde auf dem Strich von der Polizei festgenommen.«

»Ich kann Ihnen nicht sagen, warum sie sich dort aufgehalten hat. Aber sie hat dort nicht gearbeitet. Das hatte sie nicht nötig.«

Es verhielt sich so, wie Tanner es bereits vermutet hatte. »Sie haben beide für den Escortservice *Easy Nights* gearbeitet?«

»Ja.«

»Warum sind Sie nicht mehr dabei?«

Sie zeigte auf ihr Gesicht. »Mein Alter. Ich bin nicht mehr hübsch genug.«

»Die gehen ziemlich hart mit ihren Damen um.«

»Nein, eigentlich nicht. Ich wusste von Anfang an, dass ich das nur eine bestimmte Zeit machen kann. Es ist eine gute Zeit gewesen. Ich musste nur selten mit den Kunden schlafen. Die meisten wollten das gar nicht. Und ich habe richtig viel Geld verdient. Manchmal zehntausend Euro im Monat. Aber das Geld ist mir …« Sie suchte nach Worten. »Wie sagt man? Es ist mir durch die Finger geglitten wie Sand. Ich kann Ihnen überhaupt nicht sagen, was ich damit gemacht habe. Das ist mein Elend. Aber daran trägt der Service keine Schuld. Es war meine eigene Dummheit. Ich habe geglaubt, ich bleibe ewig jung.«

Er konnte sich das gut vorstellen. Das Leben war für Tanja eine einzige Party gewesen bis zu dem Moment, wo der DJ das Licht im Saal eingeschaltet hatte. Er selber hatte auch so gelebt. Sicher nicht so extrem und konsequent wie Gabara. Aber das alles war ihm nicht fremd.

Nun betrieb sie ihr kleines Privatbordell. Immer noch besser als ein lausiges Zimmer in einem Puff im Bahnhofsgebiet oder gar der Straßenstrich. Aber eindeutig der Anfang vom Ende.

»Brando hat gesagt, dass Sie wichtige Informationen über Romina besitzen.«

»Ich denke, sie könnten wichtig sein.«

»Was können Sie mir sagen?«, fragte Tanner.

Sie griff nach einer Packung Marlboro, die auf dem Glastisch vor ihr lag, und zündete sich eine Zigarette an. Während die Zigarette zwischen ihren Lippen steckte, streifte sie sich ein Haarband von ihrem Handgelenk und band sich ihre blond gefärbten Haare zu einem Zopf zusammen. »Ich mache keine Aussage.«

»Das brauchen Sie nicht. Ich schreibe auch nichts auf. Ich will nur das Arschloch erwischen, das sie getötet hat.«

»Ich kann es noch immer nicht glauben, dass sie nicht mehr da ist.« Sie starrte an Tanner vorbei ins Nichts. Blaugrauer Rauch stieg von ihrer Zigarette in einer gekringelten Bahn nach oben.

»Haben Sie einen Verdacht, wer sie umgebracht haben könnte?«

Sie sah Tanner an und schüttelte den Kopf. »Nein.«

»Was wissen Sie?«

»Das bleibt aber wirklich unter uns.«

215

»Natürlich.«

Sie klopfte mit ihrer Zigarette auf den Rand des Aschenbechers. »Sie hat nur zum Schein als Callgirl gearbeitet. Vielleicht hat sie mal mit einem Kunden geschlafen. Aber das wird die Ausnahme gewesen sein.«

»Was hat sie dann getan?«

»Sie hat nach Opfern gesucht. Reiche Männer, die man ausnehmen konnte. Sie ist mit ihnen ausgegangen. Wenn die Männer sie mit in ihre Wohnung nahmen, hat sie sich alles gemerkt, was wichtig war. Zum Beispiel Zahlencodes von Alarmanlagen. Dann hat sie den Typen K.o.-Tropfen ins Getränk gemischt. Wenn die eingeschlafen waren, hat sie die Wohnung durchsucht und Wachsabdrücke von Schlüsseln gemacht. Außerdem hat sie Fotos von Wertgegenständen gemacht, von Gemälden und anderen Kunstsachen. Danach hat sie die Männer ausgezogen, einen Schlüpfer von sich da gelassen und die Wohnung so hergerichtet, als ob sie gemeinsam ein rauschendes Fest gefeiert hätten.«

Was für ein raffiniertes Ding.

»Einige Zeit später wurde dann in die Häuser eingebrochen«, folgerte Tanner.

Sie nickte. »Die haben alles leer geräumt. Wenn sie fertig waren, haben sie eine Terrassentür aufgehebelt, um einen gewöhnlichen Einbruch vorzutäuschen.«

»Wer sind die Einbrecher, mit denen sie zusammengearbeitet hat?«

»Das weiß ich nicht.«

»Könnten die für ihren Tod verantwortlich sein?«

»Das kann ich mir nicht vorstellen. Sie hat sich zwar immer bedeckt gehalten. Aber ich weiß, dass Romina ein freundschaftliches Verhältnis zu den Männern hatte.«

»Und die Opfer der Bande hat Romina über den Escortservice kennengelernt?«

»Meistens.«

Das änderte einiges. Das Opfer war also weder Callgirl noch Prostituierte, sondern Teil einer professionellen Einbrecherbande. Dass sie ein gutes Verhältnis zu ihren Mittätern hatte, musste nichts bedeuten. Wenn es um Beute und somit um Geld ging, waren Freundschaften im Zweifel ganz schnell beendet. Natürlich kam als Mörder auch jemand in Betracht, der mit der Bande nichts zu tun hatte. Konkurrenzunternehmen? Oder war sie bei ihren Beutezügen an den Falschen geraten?

»Woher wissen Sie das? So was erzählt man besser selbst seiner besten Freundin nicht.«

»Sie wollte, dass ich mitmache. Aber für mich war das nichts.« Sie fingerte eine neue Zigarette aus der Schachtel. »Gott, jetzt bin ich froh, dass ich mich nicht darauf eingelassen habe.« Ihr Gesicht nahm einen Ausdruck an, als wäre ihr etwas eingefallen.

»Was?«, fragte Tanner.

»Eines kann ich Ihnen noch sagen. Als ich das letzte Mal mit ihr gesprochen habe, sagte sie mir, dass sie nach Bad Homburg in die Spielbank will.«

»Um nach Opfern zu suchen?«

Sie nickte.

»Wann haben Sie das letzte Mal mit ihr gesprochen?«

»Genau weiß ich das nicht. Kurz bevor sie verschwunden ist, denke ich.«

Das war ein guter Hinweis. In Spielbanken gab es Überwachungskameras im Überfluss. Vielleicht war sie mit jemand mitgegangen.

Damit hatte er eine echte Spur aufgetan. Brando hatte keinen Mist erzählt.

18. Der innere Kreis

Lasker

6. Tag, 20.00 Uhr

In der Nacht hatte Lasker keinen Schlaf gefunden. Er hatte im Bett gelegen und vor sich hin gegrübelt, bis die Dunkelheit von den ersten Sonnenstrahlen aufgelöst wurde. Als sein Rücken zu schmerzen begann, war er aufgestanden.

Da er nichts mit sich anzufangen wusste, hatte er den Tag über in der Wohnung herumgelungert. Er hatte nicht einmal die Energie aufgebracht, sich anzuziehen.

Mehrmals hatte sein Handy geklingelt. Tanner, Splatter und Saskia hatten versucht, ihn zu erreichen. Eigentlich hätte er sich heute mit ihnen treffen sollen.

Er hatte sich nicht in der Lage gesehen, mit ihnen zu sprechen, und ihnen schließlich mittels einer WhatsApp-Nachricht mitgeteilt, dass er sich morgen bei ihnen melden würde.

Die gestrige Aktion war völlig aus dem Ruder gelaufen.

Durch eine Nachrichtensendung im Dritten Programm hatte er erfahren, dass Stamm in ein künstliches Koma versetzt

218

worden war. Die Ärzte kämpften um sein Leben.

Wegen Lasker konnten sie den Kampf gerne einstellen.

Als Monster musste man ein grausames Ende einkalkulieren. Prinzipiell wäre sein Ableben begrüßenswert. So ein Mensch ändert sich nicht. Ein Sadist zu sein ist keine schlechte Angewohnheit, die man mit etwas Selbstdisziplin ablegen kann. Vielmehr handelte es sich um einen tiefen Defekt der Seele, den bestenfalls Gott im Jenseits zu heilen vermochte. Dass er durch die Hand seines früheren Opfers gerichtet wurde, war eine Fügung des Schicksals. Eine archaische Form der Gerechtigkeit.

Was ihm zu schaffen machte, war das Schicksal von Sonja Deutmann alias Katzenlady.

Wenn man dem Fernsehbericht trauen durfte, befand sie sich derzeit in der geschlossenen Abteilung einer psychiatrischen Klinik. Vielleicht ging es ihr dort besser als auf der Straße. Vielleicht aber auch nicht.

Er konnte nur hoffen, dass sie ihren Frieden fand.

Inwiefern traf ihn Schuld? Wären sich die beiden nicht früher oder später ohnehin über den Weg gelaufen?

Das Bahnhofsgebiet war nicht sonderlich groß. Bei einer Begegnung hätte Deutmann ihn auf jeden Fall erkannt. Sehr wahrscheinlich wäre sie dann auch auf Stamm losgegangen.

Aber hätte sie auch versucht, ihn zu töten?

Er hatte sie dazu aufgefordert, Stamm anzugreifen. Selbstverständlich nicht mit dem Ziel, ihn umzubringen. Vielleicht wäre sie bei einem zufälligen Zusammentreffen mit ihrem Peiniger gar nicht auf die Idee gekommen, ein Messer zu ziehen, und hätte ihm nur das Gesicht zerkratzt.

Letztlich konnte er es drehen und wenden, wie er wollte. Es war unmöglich, seine Mitschuld in Prozentwerten auszudrücken, aber sie war da.

Wenn er alle moralischen Probleme außen vor ließ, blieb immer noch die bittere Erkenntnis, dass ihm die Sache völlig aus dem Ruder gelaufen war. Letztendlich konnte das auch bei legalen und gut durchdachten Aktionen geschehen. Dazu war die Welt zu komplex und zu sehr von Zufällen beeinflusst. Aber wenn man illegal arbeitete, durfte das einfach nicht passieren.

Bei Mauscheleien gab es eine goldene Regel. Es durfte niemand davon wissen. Chaos war da wenig hilfreich.

Wie war die Lage?

Deutmann konnte ihn belasten. Die Frau war in der Psychiatrie. Schwer zu sagen, was sie erzählen und ob man ihr Glauben schenken würde. Im Ernstfall würde er auf keinen Fall abstreiten, dass er sie getroffen hatte. Das könnte man ihm eventuell nachweisen. Mit einer ungünstigen Aussage von Deutmann würde er irgendwie fertig werden.

Dann gab es noch die Streifen, die vor Ort gewesen waren. Ob sich jemand von denen an ihn erinnerte? Die Chancen standen ganz gut, dass es nicht so war. Lasker wusste, wie sehr Stress die Wahrnehmung einschränkt. Sollten sie sich erinnern und er wurde ermittelt, brauchte er eine Ausrede, warum er sich aus dem Staub gemacht hatte. Eine Idee wäre, dass er vorgab, an dem Abend betrunken gewesen zu sein, und nicht Herr seiner Sinne war. Als Polizist besoffen im Bahnhofsgebiet herumzustolpern war nicht schlau, aber auch nicht verboten. Vermutlich würde das ausreichen.

Blieb noch Sandra Feldmann, die ihn mit der Sache beauftragt hatte. Bisher hatte er es nicht gewagt, sich bei ihr zu melden. Die wusste natürlich, was los war. Allerdings war sie keine Petze und sie trug an dem ganzen Schlamassel eine Mitverantwortung. Das waren gleich zwei Gründe, warum sie das Ganze nicht an die große Glocke hängen würde. Sie würde es allerdings mit Sicherheit ihrem Mann erzählen.

Mittlerweile war es Abend geworden. Wie hatte er es geschafft, den Tag hinter sich zu bringen? Irgendwie war die Zeit um ihn herum verflossen, ohne ihn mit sich zu reißen. Das Tagesprogramm im Fernseher hatte dabei geholfen.

Er saß auf dem Sofa und ließ sich von Waschmittelwerbung berieseln, als es an seiner Tür klingelte.

Vermutlich ein Paketdienst, der bei ihm eine Sendung für die Nachbarn abgeben wollte. Das kam ständig vor.

Lasker ignorierte das Klingeln.

Eine Weile blieb es still.

Erneut wurde geklingelt. Diesmal energischer.

Er sah auf die Uhr. Es war nach zwanzig Uhr. Eigentlich zu spät für eine Lieferung. Leise fluchend stand er auf und ging in den Flur.

Mittlerweile wurde an die Tür geklopft.

Möglichst leise näherte er sich der Wohnungstür und sah durch den Spion.

Sandras Ehemann, Martin Feldmann, stand im Hausflur.

Lasker stützte sich mit einer Hand an dem Türblatt ab und senkte den Kopf. Mit der freien Hand massierte er sich die Nasenwurzel und kniff die Augen zusammen. Das fehlte ihm noch.

Martin war sicherlich gekommen, um ihn mit dem gestrigen Drama zu konfrontieren. Er brauchte im Moment wirklich niemanden, der ihm sagte, dass er ein verantwortungsloses Stück Scheiße war. Vielen Dank, kein Bedarf.

Lasker wollte sich zurück ins Wohnzimmer schleichen, als es erneut klopfte.

»Ich weiß, dass du da bist. Mach die Tür auf.«

Lasker fluchte innerlich. Dann besann er sich. Vielleicht war es besser so. Stellen musste er sich der Sache ohnehin. Er gab sich einen Ruck und öffnete die Tür.

Martin musterte ihn von oben nach unten.

Laskers Bekleidung bestand aus T-Shirt, Unterhose und Socken.

»Ich vermute mal, dass du alleine hier wohnst und heute keinen weiblichen Besuch mehr erwartest?«

»Ja und ja. Komm rein.«

Lasker trat zur Seite und machte Martin Platz.

Sein Besuch setzte sich im Wohnzimmer auf einen Sessel, während er sich eine Jeans aus dem Schlafzimmer holte.

»Nimm es mir nicht übel!«, rief Martin. »Aber bei dir sieht es aus wie in einer Ausstellungsecke von IKEA.«

»Ich mag es funktional.« Lasker kam zurück ins Wohnzimmer.

»Du weißt, warum ich hier bin?«

Lasker knöpfte gerade die Hose zu. »Ich nehme an, Sandra schickt dich, um mich fertigzumachen.«

Martin zog die Stirn in Falten. »Weshalb sollte ich das tun?«

»Hast du mit ihr gesprochen? «

»Natürlich.«

»Ich habe das Mädchen dazu gebracht, einen Mann fast zu töten. Das ist mein Verdienst.«

»Ich verstehe. Du befindest dich in der Selbstmitleid-ich-bin-an-allem-schuld-Phase.«

»Ich bin schuld.«

»Ist das so?«

»Kann man das anders sehen?«

»Du glaubst, dass du die Dinge kontrollieren kannst.«

»Mir ist klar, dass es keine völlige Kontrolle gibt. Aber ich versuche meine Maßnahmen so zu gestalten, dass sie möglichst so laufen, wie ich mir das vorstelle. Das hat nicht immer funktioniert. Aber dermaßen schlecht ist es noch nie gelaufen.«

Martin rümpfte die Nase. »Du bist genau wie alle anderen. Das ist der Grund, warum am Ende oft nichts Zählbares herauskommt.« Er nahm eine Glasschüssel vom Tisch, in der kleine Schokoriegel lagen. »Sind die noch genießbar?«

Lasker nickte.

Martin nahm sich einen Mars-Riegel, riss die Packung auf und steckte ihn sich in den Mund. »Wenn du in der Oberliga mitspielen willst, dann musst du lernen loszulassen.«

»Wer sagt, dass ich das will?«

»Wenn dem nicht so wäre, dann hättest du den Auftrag von Weidner nicht angenommen. Und dann hättest du auch dieses Theater mit den Bulgaren nicht veranstaltet.«

»Du weißt davon?«

Martin lachte. »Das hat schnell die Runde gemacht.« Er nahm sich einen weiteren Riegel aus der Schüssel. »Warum hast du diese Bulgarennummer abgezogen?«

»Weil ich das Risiko erhöhen musste, um überhaupt eine Chance zu haben, Weidners Auftrag zu erfüllen.«

Martin nickte zustimmend. »Und warum bist du zu meiner Frau gegangen und hast ihr deine Hilfe zugesichert?«

»Damit du mir hilfst.«

»Richtig. Und dabei bist du erneut ein Risiko eingegangen. Und ich sage dir, wenn du ganz oben mitspielen willst, wird dir nichts übrig bleiben, als deine Risikobereitschaft weiter zu steigern. Du musst dahin gehen, wo neben dem totalen Sieg die völlige Niederlage lauert.«

»Was gestern Abend geschehen ist, verstehe ich als totale Niederlage.«

Martin stopfte sich den nächsten Riegel in den Mund. »Du musst dir eine andere Sichtweise angewöhnen. Berühmte Menschen erhalten kurz vor ihrem Tod einen Preis für ihr Lebenswerk. Mit Sicherheit war nicht alles toll, was sie gemacht haben. Aber wenn man mit etwas Abstand das Gesamtwerk betrachtet, dann eben doch.«

»Also wird erst am Ende abgerechnet.«

»So sieht es aus. Erfüll deinen Auftrag. Wenn du das schaffst, ohne dass Unschuldige dabei sterben, hast du einiges wiedergutgemacht.«

»Du nimmst das alles ziemlich gelassen.«

»Du hast doch mitbekommen, was für ein Leben sie hatte. Wie sehr sie gelitten hat, kann man sich gar nicht vorstellen. Zumindest hatte sie ihre Rache. Das ist mehr, als andere von sich behaupten können.« Er hob die Stimme etwas an. »Du hast sie als Kind nicht gequält und du hast Stamm auch nicht dazu angestiftet, es zu tun. An all diesen Dingen trägst du keine Schuld. Du hast lediglich versucht, mit etwas Klebstoff und Verstand aus dem Scherbenhaufen irgendetwas Sinnvolles zu basteln.«

Lasker ließ sich zurück gegen das Polster des Sofas fallen. »Also auf alles scheißen und auf volles Dirty-Harry-Risiko gehen.«

»Jetzt hast du es verstanden.«

»Und das Ganze auch noch im Alleingang.«

Martin sah ihn durchdringend an. »Du bist nicht alleine. Du kennst das doch. Es gibt Kollegen, denen du traust, und andere, denen du möglichst aus dem Weg gehst. Und unter den Kollegen, die du als vertrauenswürdig und kompetent einstufst, gibt es eine kleine Gruppe, die noch ein paar Schritte weitergehen als der Rest. Das sind Leute, mit denen du zusammenarbeiten willst. Die die richtigen Ziele im Blick haben. Du würdest gar nicht glauben, wie viele von denen bereit sind, die Regeln zu übergehen, wenn es um die richtige Sache geht.«

»Du sprichst von Selbstjustiz.«

Martin zuckte mit den Schultern. »Wo fängt die an? Willst du behaupten, dass jeder deiner Berichte, jede deiner Aussagen immer die objektive Wahrheit enthalten hat?«

»Nein. Das sicher nicht.«

»Gib mir ein Beispiel.«

Lasker dachte nach. »Es gab mal eine Serie von Blitzeinbrüchen in Designerboutiquen. Die haben die Schaufenster eingeworfen und hochwertige Handtaschen mitgehen lassen.

Irgendwann hatten wir die Typen ermittelt, konnten ihnen aber nichts nachweisen.«

»Das ist frustrierend.«

Lasker nickte. »Eines Nachts gab es wieder einen Einbruch. In der Hoffnung, die Jungs abzufangen, sind wir sofort zu dem Unterschlupf der Bande gerast. Wir kamen eine Minute zu spät. Der Motor ihres Wagens war noch warm. Auf dem Rücksitz lagen Einbruchswerkzeug und Plastikhandschuhe herum. Das, was wir in dem Moment gebraucht hätten, wäre ein Durchsuchungsbeschluss gewesen. Aber wir hatten Schiss, den Bereitschaftsstaatsanwalt anzurufen.«

»Weil ihr nicht wusstet, ob ihr den Beschluss bekommt.«

»Genau. Das weiß man vorher nie. Es war mitten in der Nacht. Wenn man dann den Falschen weckt, kann es sein, dass der genervt im Halbschlaf einfach Nein sagt. Das wollten wir nicht riskieren.«

»Das kann ich verstehen. Bei einer Absage wären euch die Hände gebunden gewesen. Ihr hättet nach Hause fahren können.«

»So sieht es aus.«

»Ich nehme an, ihr habt trotzdem durchsucht.«

»Wir hatten Glück. Die Jungs hatten noch weiterführende Geschäftsinteressen. Die haben die Handtaschen im Ausland verhökert und von dem Geld Kokain gekauft, das sie hier weiterverticktt haben. Diesbezüglich gab es ein Verfahren der Drogenfahndung. Wir haben einfach behauptet, die Jungs hätten uns gesehen.«

»Ich verstehe. Es stand zu befürchten, dass die Täter Beweismittel vernichten könnten.«

»Bei Handtaschen hätte das Argument nicht so gut gezogen. Aber Drogen kann man schnell in der Toilette verschwinden lassen. Also sind wir wegen Gefahr im Verzug in das Haus rein.«

»Und? Wart ihr erfolgreich?«

»Der ganze Keller war voller Handtaschen. Wir hatten zwei Kolleginnen dabei. Die hatten Tränen in den Augen.«

Martin nahm die Schüssel vom Tisch. Als er feststellte, dass sie außer Verpackungspapier nichts mehr enthielt, war ihm die Enttäuschung anzumerken. »Hast du noch mehr davon?«

»Nein, du hast alles entsorgt.«

»Vielleicht auch besser so.« Er stellte die Schüssel zurück. »Was ihr da gemacht habt, ist zwar keine Selbstjustiz gewesen, aber es ging in die Richtung. Ihr habt gegen geltendes Recht verstoßen. Warum?«

»Weil wir die Penner am Sack kriegen wollten.«

»Und genau das ist das Ziel der Leute, von denen ich eben gesprochen habe. Die wollen genau das. Die Penner am Sack kriegen.«

»Mit weiterführenden Mitteln.«

»Wenn man die richtigen Ziele hat, können die Mittel gar nicht weiterführend genug sein.«

»Und wer entscheidet, was die richtigen Ziele sind?«

»Es ist ein selbst regulierendes System. Es geht um Vertrauen und darum, dass du einen gewissen Ruf hast. Solange die Mehrzahl aller Angehörigen die richtige Gesinnung besitzt, werden schwarze Schafe von selbst ausgesondert.«

»Und du gehörst dazu.«

Martin nickte. »Du könntest auch dazugehören.«

»Ich?« Lasker deutete mit dem Finger auf sich selbst. »Ich tauge nicht in der Rolle des Rächers. Und wenn ich an gestern denke, dann tauge ich wohl für gar nichts mehr.«

»Geh mir nicht mit dieser Selbstmitleidsnummer auf die Nerven«, zischte Martin. Er zeigte deutliche Anzeichen von Verärgerung.

Eine Weile schwiegen sie. Dann beruhigte sich Martin wieder.

»Ich mach dir einen Vorschlag. Ich helfe dir bei der Sache,

die du für Weidner erledigen sollst. Und dann reden wir noch mal miteinander. Ich stelle nur eine Bedingung. Du musst mir gegenüber ehrlich sein. Ich schenke dir blindes Vertrauen und fordere das Gleiche ein.«

Lasker wusste nicht, was er davon halten sollte.

Hätte ihm jemand anderes so eine Geschichte aufgetischt, hätte er denjenigen längst der Wohnung verwiesen. Aber Martin war kein aufgeblasener Wichtigtuer. Martin hatte ihm gerade seine Hilfe angeboten. Dazu musste er ihn zwar in Weidners Auftrag einweihen, aber das Risiko, gegen die ihm angeordnete Vertraulichkeit zu verstoßen, war im Gegensatz zu dem, was er bereits getan hatte, fast schon zu vernachlässigen.

Er musste den Mörder von Romina Radulović fangen. Das Spiel wollte er unbedingt gewinnen.

Eines stand fest. Wenn er den Weg weiterging, würde sich das Risiko ständig steigern. Die Kunst würde darin bestehen, den Bogen nicht zu überspannen und im Notfall rechtzeitig den Absprung zu schaffen.

No pain, no gain.

Er erzählte Martin von dem Mord an Radulović, davon, dass das BKA den Fall an sich gerissen hatte, und von Weidners Auftrag.

»Und warum genau sollst du den Mord aufklären?«, fragte Martin.

»Weil Weidner das Auftreten der BKA-Kollegen missfallen hat. Er hat mir den Eindruck vermittelt, dass er sich in seiner Ehre gekränkt fühlt.«

Martin machte ein ungläubiges Gesicht. »Hast du ihm das abgenommen?«

»Ehrlich gesagt, fand ich die Begründung ziemlich fadenscheinig.«

»Aber du hast trotzdem zugesagt.«

»Es klang interessant und spannend. Das hat mir gereicht.«

»Warum bist du Single?«, wechselte Martin plötzlich das Thema. »Du bist doch noch ganz gut beieinander.«

»Ich bin kein Typ für Beziehungen. Das ist mir alles zu kompliziert.«

Bereits vor Jahren hatte er begriffen, dass die Gründung einer Familie für ihn kein Lebensweg war. Er mochte Frauen. Allerdings nur, solange er nicht mit ihnen zusammenleben musste. In den letzten zwanzig Jahren wurde ihm mehr als einmal vorgeworfen, beziehungsunfähig zu sein. Tja, was sollte man sagen. Es war die Wahrheit. Mit zunehmendem Alter und gleichzeitiger Steigerung der Einsichtsfähigkeit hatten sich die Abstände zwischen den gescheiterten Beziehungen immer weiter vergrößert.

»Du machst mir den Eindruck, dass du neben der Arbeit nicht viel hast.«

Lasker seufzte. »Das klingt zwar armselig. Aber ich kann nicht widersprechen.«

»Umso wichtiger, wenn die Arbeit dich ausfüllt. Wenn jemand wie du auf eine belanglose Stelle gesetzt wird, dann wird er depressiv. Das habe ich alles schon erlebt.«

»Man könnte glauben, du bist mein Therapeut.«

»Du sagst, dass du den Auftrag angenommen hast, weil er interessant und spannend klang. Genau das brauchst du, um am Leben zu bleiben. Es ist eine Art Sucht.«

»Und du kannst mich therapieren?«

Martin beugte sich nach vorne und lächelte schief. »Nein, mein Lieber. Ich kann dir nur helfen, an den ganz guten Stoff ranzukommen.«

Darauf fiel Lasker kein Kommentar ein. Er reichte Martin ein Bild des Opfers mit ihren Personalien.

Martin sah sich das Foto an. »Warum hat das BKA den Fall übernommen?«

»Das wurde Weidner nicht mitgeteilt. Scheint wohl geheim

zu sein.« Bei dem Wort »geheim« malte Lasker mit zwei Fingern Anführungszeichen in die Luft. »Vielleicht gibt es einen Zusammenhang zwischen dem Mord an Radulović und anderen Fällen, die bereits beim BKA in Bearbeitung sind.«

»Und du möchtest gerne wissen, an was das BKA da genau arbeitet«, stellte Martin fest.

»Das wäre hilfreich.«

»Weißt du, wie Weidner auf dich gekommen ist?«

»Ich wurde ihm vorgeschlagen. Er hat mir aber nicht gesagt, von wem.«

»Letztendlich gibt es zwei Gründe, warum man sich jemanden aussucht. Entweder man will, dass die Sache geklärt wird. Dann nimmt man sich einen guten Mann.«

»Oder man will genau das Gegenteil. Dann holt man sich einen Trottel«, vollendete Lasker den Gedanken.

»So sieht es aus.«

»Ich habe bis jetzt den Eindruck, dass er an einer Klärung interessiert ist.«

»Du bist ja auch kein Trottel. Aber ich verstehe nicht, warum dieser Fall Weidner so fasziniert. Da steckt mehr dahinter.«

»Vermutlich.«

Martin sah nachdenklich aus.

»Ich muss mal meinen Kontakt beim BKA anrufen. Kann ich alleine telefonieren?«, fragte er.

»Jetzt?«

Martin nickte.

»Du denkst, du bekommst das jetzt einfach so raus?«

»Ich bin recht zuversichtlich.«

Lasker stand auf. »Ich koche mir einen Kaffee. Willst du auch einen?«

Während Martin bereits an seinem Handy herumfummelte, hob er zustimmend den Daumen seiner freien Hand.

Lasker ging in die Küche, löffelte Kaffee in einen Filter, schaltete die Maschine ein und ging dann zum Fenster. Es war ein schöner Abend. Der Sommer war gegangen, ohne dass der Herbst angekommen war. Noch waren die Bäume grün, die Temperatur mild. Für Lasker stellte das die herrlichste Zeit im Jahr dar. Man konnte sich im T-Shirt bewegen und schwitzte nicht, wenn man im Bett lag. Schade, dass dieses Wetter nicht das ganze Jahr anhielt.

Lasker dachte über das nach, was Martin ihm erzählt hatte.

Seilschaften gab es in jeder Behörde und jeder größeren Firma. In der Regel ging es darum, die eigenen Interessen durchzusetzen. Was meistens bedeutete, dass es um Beförderungen ging.

Wenn er Martin richtig verstanden hatte, dann gab es in der Frankfurter Polizei und vermutlich auch bei der Justiz eine Art inneren Kreis, der sich gegenseitig half. Menschen, die ein Risiko eingingen, wenn sie jemand anderem vertrauten. Denen es um Gerechtigkeit ging und darum, Schwerverbrecher zu bestrafen.

Wenn Martin recht hatte, boten sich ungeahnte Möglichkeiten. Schnelle Information, Durchsuchungsbeschlüsse und wer weiß was noch alles. Das war sehr verlockend. Außerdem würde es helfen, mit dem Hass fertig zu werden.

Das Problem mit dem Hass war, dass man ihn selber kaum wahrnahm. Es war mehr eine Art Hintergrundrauschen. Ein kaum vernehmbarer Tinnitus in den Gedanken, ein allmählich heißer werdendes Feuer im Kopf.

Als er noch Streife gefahren war, hatte ein älterer Kollege mal jemandem aus nichtigem Anlass auf die Schnauze geschlagen. Es kam zu einem Prozess. Während der Gerichtsverhandlung hatte der Richter dem Kollegen vorgeworfen, dass er eine kurze Zündschnur habe. Darauf entgegnete der Kollege: »Was heißt hier kurz? Die brennt schon seit fünfzehn Jahren.«

Damals hatte Lasker das nicht verstanden. Mittlerweile tat er es.

Es gab Verbrechen, die man gelassen nahm. Wenn sich beispielsweise Drogendealer gegenseitig mit Messern im Bauch herumstocherten, dann waren das Streitigkeiten im Milieu. Das ging einem nicht nahe.

Aber es gab auch Taten, die einen belasteten.

Alte Menschen, die überfallen und ausgeraubt wurden. Vergewaltigte Frauen. Misshandelte Kinder.

Das hinterließ Kratzer im Lack und irgendwann reichte es.

Von Außenstehenden kam dann gerne der Hinweis, dass man sich einen anderen Job hätte aussuchen müssen, wenn man mit solchen Dingen nicht klarkäme. Der nette Rat griff etwas kurz. Wer sah voraus, was fünfzehn oder zwanzig Jahre Dienst mit einem anstellten? Es gab auch Schullehrer, die im Nachhinein betrachtet lieber einen anderen Job gewählt hätten. Was sollte man tun? Kündigen und von der Stütze leben?

Lasker hatte sich mittlerweile an den Küchentisch gesetzt und seinen Kaffee zur Hälfte leer getrunken.

Martin kam herein. »Erledigt«, sagte er. »Hast du noch einen Kaffee?«

Lasker sah ihn verblüfft an. »Das ging aber wirklich schnell.«

»Man muss nur die richtigen Leute anrufen. Manchmal kommt man gar nicht darauf, wer einem wirklich helfen kann. Da gibt es unscheinbare Kollegen, die im Polizeiamt für Logistik sitzen und zufälligerweise Systemadministratoren mit höchsten Zugriffrechten sind. Die durchforsten dir jeden Polizeirechner, ohne dass das jemand rafft. Sehr hilfreich. Und die richtigen Reinigungskräfte zu kennen ist auch kein Fehler.«

Lasker schenkte ihm einen Kaffee ein, den er dankbar entgegennahm.

»So wie es aussieht, bist du an einer äußerst dubiosen Geschichte dran. Glückwunsch.«

»Warum?«, fragte Lasker.

»Weil es beim BKA keine Fälle gibt, die mit dem Mord an deiner Radulović in Zusammenhang stehen. Wenn man es genau nimmt, wird der Fall praktisch überhaupt nicht bearbeitet. Der verantwortliche Sachbearbeiter ist seit zwei Monaten im Krankenstand. Er hat sich die Wirbelsäule angebrochen. So schnell wird der die Arbeit nicht wiederaufnehmen.«

»Die geben den Fall einem Kollegen, der nicht da ist? Die verschleppen die Ermittlungen?«

»Es hat den Anschein. Letztendlich kann die Behörde mangelnde Fortschritte bei den Ermittlungen im Notfall gut erklären. Dass der Fall nicht verfolgt wird, ist dann ein sogenanntes Amtsversehen. Mit anderen Worten: dumm gelaufen. Wenn man es geschickt anstellt, kann im Prinzip niemand persönlich belangt werden.«

»Warum reißen die einen Fall der Landespolizei an sich, um ihn dann zu verschleppen?«, fragte Lasker.

»Das ist die Preisfrage.«

»Es muss jemanden geben, der sie dazu animiert hat. Jemand, der Interesse daran hat, dass der Fall nie geklärt wird.«

Martin goss sich Milch in den Kaffee. »Der Täter? Ein Angehöriger des Täters? Auf jeden Fall muss dieser jemand über ziemlichen Einfluss verfügen. Ich würde das jedenfalls nicht hinbekommen.«

Lasker stand auf und schenkte sich noch einen Kaffee ein. »Denkst du, dass Weidner das geahnt hat?«

»Das würde mich nicht überraschen. Zumindest wäre es eine Erklärung, warum er dich im Geheimen auf den Fall angesetzt hat. Er hat Zweifel an der Arbeit des BKA, kann das aber nicht öffentlich machen. Wenn das so ist, dann hat er vielleicht kein privates Interesse an dem Fall, sondern ein berufliches.«

»Kennst du Weidner? Ich meine persönlich?«

»Nein. Ich hatte bisher nichts mit ihm zu tun. Ich weiß nur, dass er viele Jahre in Kassel Dienst versehen hat. Er ist erst vor knapp zwei Jahren nach Frankfurt gekommen.« Martin trank seinen Kaffee aus. »Hast du sonst noch etwas?«

»Sagt dir der Name Dragoslav Durić etwas?«

»Nein, noch nie gehört. Wie hängt der da mit drin?«

»Radulović hat für einen Escortservice gearbeitet. Es könnte sein, dass Durić der Chef ist.«

»Da kann ich dir leider aus dem Stand nicht weiterhelfen.«

Lasker reichte Martin einen Zettel, auf dem außer Durić' Namen die Personalien von Victor und Amir Muharenović standen. »Hier sind noch zwei weitere Namen. Die beiden sind wegen Menschenhandels bekannt. Allerdings in Berlin. An die Akten komme ich nicht so einfach ran. Vielleicht kannst du über die etwas in Erfahrung bringen.«

»Ich versuche es.« Martin stand auf und verabschiedete sich. »Wenn ich noch etwas herausfinde, melde ich mich bei dir.«

Lasker brachte seinen Besuch an die Tür.

»Halt die Ohren steif«, sagte Martin, als er die Wohnung verließ.

»Ich bemühe mich.«

19. VERFOLGUNGSWAHN

SASKIA

6. Tag, 20.30 Uhr

Saskia saß nervös in einem ICE, der sie nach Lüttich brachte.
Der Waggon war nur zu einem Drittel mit Fahrgästen besetzt.
Die meisten sahen aus wie Geschäftsleute. Die einzigen Geräusche waren das Klackern von Laptoptastaturen und das leise
Rattern der Zugräder.

Der Job, den Hassani ihr angeboten hatte, bestand darin,
einen Mercedes Sprinter bei einer Spedition in Lüttich abzuholen und nach Frankfurt zu überführen. In dem Fahrzeug
waren zwanzig Kilo Heroin verbaut. Hassani hatte aus der Art
der Fracht kein Geheimnis gemacht. Dass sie keine Gummibärchen schmuggeln sollte, lag ohnehin auf der Hand. Was ihr
aber Angst gemacht hatte, war Hassanis Selbstsicherheit. Der
Gedanke, dass sie ihn auffliegen lassen könnte, bereitete ihm
anscheinend überhaupt keine Sorgen. Und er hatte recht. Sie
würde nichts tun, was Alexander oder Tascha gefährden würde.

Im Laderaum des Transporters sollten mehrere Waschmaschinen stehen. Bei einer möglichen Kontrolle würde das die Beamten von einer Durchsuchung abhalten. Man überlegt es sich zweimal, ob es der Mühe wert ist, knapp ein Dutzend Waschmaschinen auszuladen. Vor allem, wenn die Fahrerin sich mit einem Polizeidienstausweis ausweisen konnte.

Hassani hatte ihr zur Kommunikation ein Prepaidhandy überlassen.

Ihr eigenes Handy hatte sie ausgestellt. Auf der einen Seite war das eine Sicherheitsmaßnahme. Aber ihre Hauptmotivation lag in der Befürchtung, dass Lasker sie anrufen könnte. Sie hatte Angst, dass er sie durchschauen würde. Es gab solche Menschen. Die rochen quasi durch den Hörer, wenn etwas nicht stimmt. Vielleicht lag es an kleinsten Unnatürlichkeiten in der Stimmmodulation.

Und dann war da noch Tanner. Mit dem wollte sie genauso wenig reden. Die Art und Weise, wie sie ihn am Bahnhof stehen gelassen hatte, war nicht die feine Art gewesen.

Wenn alles gut ging, wäre die Sache in einigen Stunden überstanden und ihr Kopf wieder frei. Sie würde sich bei beiden entschuldigen und ihnen irgendeine Geschichte auftischen. Aber das stand morgen auf dem Programm. Nicht heute.

Sie saß am Fenster und sah die Landschaft an sich vorbeirauschen.

Wie ging es nach dem Auftrag weiter? Würde Hassani Frieden geben? Oder käme dann die nächste Forderung auf sie zu? Und wenn er sie in Ruhe ließ, war dann die Sache mit der Rache erledigt?

Wenn es bei diesem einmaligen Auftrag blieb, konnte sie damit leben. Aber wenn Hassani versuchen würde, sie weiter zu erpressen, zwang sie das zur Gegenwehr. Sie würde sich nicht auf Dauer benutzen lassen, dazu war sie zu stolz. Aber wie sollte sie sich gegen ihn wehren? Ihn umbringen? Zur Polizei zu gehen schied ja wohl aus.

Ihr Zug erreichte den Bahnhof von Lüttich.

Die Fahrt war ihr äußerst kurz vorgekommen. Das verhielt sich ähnlich wie bei einem Zahnarzttermin. Der rückte auch schneller näher, als einem das lieb war.

Sie nahm sich ein Taxi und zeigte dem Fahrer einen Zettel mit einer Adresse.

Nach zwanzig Minuten Fahrt hielt das Taxi in einem Gewerbegebiet.

Saskia zahlte, stieg aus und sah den Rücklichtern hinterher, bis sie abrupt verschwanden, als das Taxi in eine Querstraße abbog.

Weit und breit war kein Mensch zu sehen. Auf der gegenüberliegenden Straßenseite befand sich ein Baumarkt, auf dessen Parkplatz zwei einsame Autos standen. Wie in einem Gewerbegebiet üblich, fiel es nicht leicht, Hausnummern zu finden. Das Navigationsgerät des Taxis hatte darauf bestanden, dass dies der richtige Ort sei. Möglicherweise gab es die Adresse überhaupt nicht. Überraschen würde es sie nicht.

Saskia lief erst hundert Meter in die eine Richtung, dann in die andere. Schließlich fand sie ein unscheinbares Schild am Straßenrand, das mit einem weißen Pfeil unter dem Firmennamen auf die Spedition hinwies.

Sie folgte dem Pfeil und lief durch eine längere Einfahrt. Auf einem von der Straße nicht einsehbaren Gelände standen eine Reihe von Transportern und Lkws, die alle das Logo der Spedition trugen. Dann gab es noch eine Lagerhalle mit drei Rampen für Lieferungen.

Wenigstens gab es die Firma. Allerdings wirkte der Laden nicht so, als sei er momentan auf Kundschaft eingestellt.

Während sie über den Parkplatz ging, knirschte Splitt unter ihren Schuhen. Auf einem angrenzenden Grundstück begann ein Hund zu bellen. Wobei sie sich nicht sicher sein konnte, dass es wirklich ein angrenzendes Grundstück war, auf dem der Köter sein Unwesen trieb. Sie hoffte es.

Mit der rechten Hand schob sie ihre Jacke am Rücken hoch und tastete nach dem Griffstück der Pistole, die in einem Innenholster in ihrer Hose steckte.

Sie ging weiter.

Am Ende der Lagerhalle drang ein Lichtschein aus einem Fenster, dessen Jalousie nicht völlig geschlossen war.

Neben dem Fenster befand sich eine Metalltür, über der ein Schild hing. Saskia sprach Russisch und Rumänisch, aber mit Französisch hatte sie nichts am Hut. Allerdings spielte es auch keine Rolle, was dort geschrieben stand. Das Licht im Fenster war das einzige Anzeichen von Leben.

Hassani hatte ihr gesagt, dass der Kontakt ein Franzose sei, der Deutsch sprach. Das war schon mal was. Sie hatte sich bereits ausgemalt, wie sie mit Händen und Füßen erklären müsste, dass sie in ihrer Funktion als Kurierfahrerin für eine kriminelle Organisation hier sei. Für eine Filmkomödie wäre das eine witzige Szene, im echten Leben eher nicht.

Kurz bevor sie die Tür erreichte, wurde sie von innen geöffnet.

Saskia wich automatisch zwei Schritte zurück und griff nach ihrer Waffe.

Ein älterer Mann mit rotem Trinkergesicht stand ihr gegenüber.

»Was willst du?«, fragte er auf Deutsch. Offenbar hatte er mit ihrer Ankunft gerechnet.

»Ich bin hier, um die Waschmaschinen für Frankfurt zu holen.«

»Da!« Der Mann warf ihr einen Schlüssel entgegen, den sie mit beiden Händen auffing. »Schwarzer Sprinter ohne Aufschrift mit Frankfurter Kennzeichen. Lieferpapiere liegen auf dem Beifahrersitz. Autopapiere im Handschuhfach.«

Der Mann schloss die Tür von innen.

Das war alles? Wenigstens hielt sich der administrative Aufwand in Grenzen. Keine Unterschriften, keine Passwörter, keine Ausweise, keine Anträge zur Übergabe von illegalen Gütern in vierfacher Ausfertigung. Das lief deutlich entspannter als bei einer Behörde.

Sie ging über den Parkplatz und drückte an dem Schlüssel herum. Zwanzig Meter vor ihr leuchteten die Warnblinker eines Transporters auf.

Wie der Mann gesagt hatte: ein schwarzer Sprinter mit Frankfurter Kennzeichen.

Das war gut. Wenn sie wieder in Deutschland war, konnten belgische Nummernschilder eine Streife animieren, sie anzuhalten.

Eigentlich hatte sie sich vorgestellt, am frühen Morgen loszufahren, um den Berufsverkehr als Tarnung zu nutzen. Aber Hassani hatte eine schnellere Lieferung gefordert.

Saskia öffnete die Heckklappe des Sprinters.

Nagelneue in Kartons eingepackte Waschmaschinen.

Sie schloss die Heckklappe und stieg auf den Fahrersitz. Wie angekündigt, lagen auf dem Beifahrersitz die Lieferpapiere.

Für den Fall der Fälle bestand ihre Geschichte darin, dass sie als Fahrerin für einen Freund eingesprungen sei. Aber so weit sollte es besser nicht kommen.

Sie startete den Motor und gab als Zielort Frankfurt ins Navigationsgerät ein. Bis zur Grenze fuhr sie etwa fünfundvierzig Minuten. Ab der Grenze bis nach Frankfurt etwa zweieinhalb Stunden.

»Gott steh mir bei!«

Sie legte den Rückwärtsgang ein und parkte aus.

***

Als sie die Grenze überquert hatte und sich auf deutschem Staatsgebiet befand, entspannte sie sich ein wenig. Allerdings hielt die Entspannung nicht lange an.

In der Nähe von Aachen geriet der Verkehr ins Stocken.

Es war nach dreiundzwanzig Uhr. Eine ungewöhnliche Uhrzeit für einen Stau. Das hatte ihr gerade noch gefehlt.

Sie schaltete das Radio ein. Eine gute Idee zum falschen Zeitpunkt. Eine Staumeldung half einem auch nicht mehr weiter, wenn man bereits mittendrin steckte.

Aus den Lautsprechern plätscherte Hip-Hop-Musik. Im Stop-and-go ging es voran.

Saskia hasste das unentwegte Hoch- und Runterschalten, Anfahren und Abbremsen. Es verhinderte, dass sie ihren Gedanken nachhängen konnte. Ständig musste sie darauf achtgeben, nicht ihrem Vordermann in den Kofferraum zu fahren.

Nach einigen Minuten sah sie zweihundert Meter voraus Blaulicht flimmern.

Vermutlich ein Unfall. Wenigstens gab es keine Vollsperrung.

Sie erreichte die Unfallstelle.

Feuerwehrmänner streuten Bindemittel auf eine Ölspur. Ein Mercedes war in die Leitplanken gerauscht. Neben einem Rettungswagen standen zwei Kollegen.

Sie hatte auf der Zugfahrt lange darüber nachgedacht, welche Gefahren der Auftrag für sie bereithielt. Auf der Autobahn gab es praktisch keine Kontrollen. Und selbst wenn. Ihr Dienstausweis würde sie ganz schnell aus der misslichen Lage befreien. Ein Unfall allerdings wäre so ziemlich das Schlimmste, was ihr passieren könnte.

Ein Unfall oder dass man sie observieren würde.

Ihre Hände verkrampften sich am Lenkrad. Auf die Idee war sie überhaupt nicht gekommen.

Aber das war Unsinn. Warum sollte sie jemand observieren?

Sie beruhigte sich wieder. Zu viel Paranoia.

Eine Stimme meldete sich in ihrem Kopf: »Vielleicht wirst du nicht observiert. Aber was ist mit dem Transporter?«

Mist. Das war allerdings möglich. Möglicherweise waren die Serben längst Ziel von international angelegten Ermittlungen. Das war nun wirklich nicht weit hergeholt. Sie wusste wenig über ihren Auftraggeber.

Das kam davon, wenn man sich auf etwas Gefährliches einließ und sich bemühte, sich nicht weiter mit der Sache zu beschäftigen.

»Bleib cool.« Die Nerven zu verlieren stellte keine Option dar.

Wenn ihr das früher eingefallen wäre, hätte sie den Transporter bereits auf dem Parkplatz nach einem GPS-Sender abgesucht und im positiven Fall Konsequenzen gezogen.

Und jetzt?

Jetzt durfte sie sich den Rest des Weges nach Frankfurt mit der Vorstellung quälen, von irgendeinem Mobilen Einsatzkommando observiert zu werden. Am Ende würde man sie bei der Übergabe festnehmen. Sie würde beim Kriminaldauerdienst sitzen und bekannte Kollegen treffen. »Hallo, Saskia. Was geht? Warum hast du denn Handschellen an?«

Vermutlich würde sie nicht im Gefängnis landen. Schließlich hatte man sie erpresst. Aber ihren Job verlor sie auf jeden Fall. Blieb ihr nur noch, bei einem Wachdienst anzuheuern. Dann konnte sie bei der Höchst AG für ein Drittel ihres Gehalts gemeinsam mit einigen Rentnern, die auf Vierhundertfünfzig-Euro-Basis arbeiteten, den Zaun bewachen. Keine tollen Aussichten.

Die Scheinwerfer des Sprinters beleuchteten ein Hinweisschild, das eine Raststätte ankündigte.

Sie hatte wenig Erfahrung mit operativen Maßnahmen, wusste aber, dass eine Observation auf der Autobahn für die

Kräfte die geringste Herausforderung darstellte. Die Observanten konnten einen großen Abstand zum Zielfahrzeug wahren. Schließlich war es nur an Ausfahrten möglich, die Autobahn zu verlassen. Für denjenigen, der observiert wurde, gab es hingegen kaum eine Chance, die Observation zu bemerken.

Das war alles beschissen. Sie brauchte Klarheit. Das kam davon, wenn man sich für besonders schlau hielt, aber keine Ahnung von der Sache hatte. Jemand mit mehr Sachverstand hätte als Allererstes nach einem Sender gesucht.

Saskia nahm die Ausfahrt zur Raststätte.

Auf einem Parkplatz für Lkws stand ein Sattelschlepper hinter dem anderen. Zwischen zwei Lastwagen fand sie eine Lücke und parkte ein.

Sollte sie observiert werden, würde es eine Weile dauern, bis man sie wieder unter Beobachtung hätte. Da müsste sich erst einmal einer heranpirschen. Ihr blieb somit ein kleines Zeitfenster.

Sie sprang aus dem Sprinter und schaltete ihr Handy ein. Auf dem Bauch liegend sah sie sich mithilfe der Taschenlampen-App das Bodenblech an.

Bei Gott, was für eine Scheiße.

Als sie sich überzeugt hatte, dass dort kein Sender hing, stand sie auf. Sie wollte bereits einsteigen, als ihr etwas einfiel. Die Radkästen. Wenn sie schon nach einem Sender suchte, dann musste sie es auch richtig machen.

Saskia lief um den Transporter herum, ging bei jedem Reifen in die Knie und tastete mit einer Hand den jeweiligen Radkasten von innen ab. Als sie hinten links angekommen war, ertasteten ihre Finger einen rechteckigen Gegenstand.

Ihr Herz ließ einen Schlag aus.

Sie zog an dem Kasten und holte ihn aus dem Radkasten. Das Ding war mit einem Magneten befestigt gewesen. Zurück auf dem Fahrersitz, schaltete sie die Innenraumbeleuchtung ein.

In ihren Händen hielt sie einen schwarzen Quader, der in etwa die Ausmaße einer Zigarettenschachtel besaß. An einer Seite blinkte im langsamen Rhythmus eine rote LED-Lampe.

Sie hatte noch nie einen GPS-Sender live gesehen. Aber was sollte es sonst sein? Ihre Hände begannen so stark zu zittern, dass ihr das Gerät fast aus den Fingern glitt.

Die oberste Bürgerpflicht bestand jetzt darin, Ruhe zu bewahren.

Sie atmete durch.

Es gab keinen Grund zu der Annahme, dass sie persönlich observiert wurde. Wahrscheinlicher war es, dass der Transporter Ziel der Maßnahme war. Ein Zugriff würde erst geschehen, wenn sie ihr Ziel erreicht hatte.

Sie konnte in die nächste Stadt fahren, den Sprinter abstellen und sich aus dem Staub machen. Aber damit gab sie die Ladung auf und Hassani würde sicher kein großes Verständnis für ihre Aktion aufbringen. Seine Drohung gegenüber ihrem Neffen nahm sie ernst.

Wusste er, was hier los war, und hatte sie absichtlich in diese Lage gebracht?

Vermutlich eher nicht. Welchen Vorteil hätte er davon? Wenn er sie fertigmachen wollte, gäbe es simplere Methoden. Außerdem hatte er ein Interesse an dem, was sich im Fahrzeug befand.

Da sie den Transporter retten musste, blieb ihr nur der Weg, die Observanten loszuwerden. Dabei half es ihr nicht, den Sender verschwinden zu lassen. Es war davon auszugehen, dass sie auf Sicht observiert wurde. Wenn das Signal des Senders mit ihrem tatsächlichen Standort nicht mehr übereinstimmte, würde man zu Recht daraus schließen, dass sie ihn entdeckt hätte. Ein sofortiger Zugriff wäre die Folge.

Es musste einen geschickteren Weg geben. Aber das ging nicht ohne Hilfe.

Die Liste möglicher Unterstützer war nach kurzem Überlegen fertiggestellt. Sie bestand aus genau einem Namen.

Lasker.

Warum sollte er ihr bei einer solchen Sache helfen? Dafür gab es keinen Grund. Vermutlich würde er sie einfach ausliefern.

Aber wenn sie es nicht versuchte, war sie ohnehin erledigt.

Sie schaltete das Prepaidhandy ein, das Hassani ihr gegeben hatte. Wenigstens konnte sie gefahrlos telefonieren.

Bei der Vorstellung, Lasker anzurufen, schlug ihr Herz härter in ihrer Brust. Genau das hatte sie versucht zu vermeiden. Aber was blieb ihr sonst? Die katholische Telefonseelsorge?

Scheiß drauf, sie würde es tun.

Aber zuerst musste sie den Parkplatz verlassen. Sie stand schon viel zu lange hier herum. Das war zu auffällig.

Während sie ausparkte, schossen ihr alle möglichen Gedanken durch den Kopf.

Wurde sie seit Lüttich observiert oder hatte man sich erst nach der Grenze an sie drangehängt? Hatte jemand Fotos von ihr geschossen? Falls dem so war, was bedeutete das für sie? So ein Bild wurde nicht in der Zeitung veröffentlicht, allerdings hing es in irgendeiner Akte und war für immer da. Selbst wenn alles gut ging, konnte ihr das auch noch in Jahren Probleme bereiten.

Sie verließ die Raststätte und bemühte sich dabei erfolglos, verdächtige Fahrzeuge zu erkennen. Aber unerkannt zu bleiben war ja auch Sinn einer Observation.

Sie wählte Laskers Nummer.

20. Gegenmassnahmen

Lasker

7. Tag, 00.10 Uhr

Den ganzen Abend hatte Lasker damit verbracht, über das nachzudenken, was Martin ihm erzählt hatte. Das Gerede über den »inneren Kreis«, wie Lasker diesen Interessenverband für sich getauft hatte, kam ihm nun, mit etwas Abstand betrachtet, nur noch seltsam vor.

Auf der anderen Seite: die Möglichkeiten schienen immens! Er hatte es innerhalb von Minuten geschafft, Informationen über einen Fall zu bekommen, der vom BKA bearbeitet wurde. Das war beeindruckend und er zweifelte nicht an ihrem Wahrheitsgehalt. Also war an Martins Geheimbund vielleicht doch etwas dran. Über solche Mittel zu verfügen war attraktiv, das musste Lasker zugeben.

Wenn das BKA die Ermittlungen an sich gerissen hatte, um sie zu verschleppen, war die alles entscheidende Frage, wer das veranlasst hatte. Eine Frage, über die er bis in den frühen Morgen nachdenken könnte, ohne einer Antwort auch nur einen

Millimeter näher zu kommen.

Mittlerweile war es Mitternacht geworden. Das Sinnvollste war, sich schlafen zu legen. Morgen würde er sich mit den anderen treffen und einen Plan für das weitere Vorgehen ausarbeiten. Auch wenn er derzeit nicht den Hauch einer Ahnung hatte, wie der aussehen könnte.

Martin hatte Sonja Deutmanns Racheaktion äußerst gelassen aufgenommen. Als handele es sich um einen Kollateralschaden im Kampf gegen das Böse. Bedauerlich, aber unerheblich. Das war für Lasker zynisch und einfach nicht nachvollziehbar. Aber im Gegensatz zu ihm trug Martin keine Verantwortung. Mit einem unbelasteten Gewissen ist es leichter, den unerbittlichen Fahnder zu geben.

Er ging ins Bad und schraubte die Zahnpastatube auf, als es an der Tür klingelte.

Wer in aller Welt klingelte um diese Uhrzeit? Vielleicht ein Besoffener, der vergessen hat, wo er wohnt?

Lasker verließ das Badezimmer und ging zur Sprechanlage. »Ja?«

»Ich bin es, Splatter.«

Er drückte den Türöffner. Was zur Hölle wollte Splatter mitten in der Nacht von ihm?

Es dauerte eine Weile, bis Splatter sich die Treppen hochgeschleppt hatte.

»Komm rein.« Lasker schloss die Tür hinter ihm. »Mein Gott, was ist denn mit dir passiert?«

»Ich kann nicht schlafen.«

»Du siehst aus, als ob du gleich in Ohnmacht fällst.«

»Das wäre zu schön, um wahr zu sein.«

»Soll ich dir einen Kaffee kochen?« Lasker schüttelte über sich selbst den Kopf. »Tut mir leid, war eine blöde Idee.«

»Nein, schon gut. Spielt ohnehin keine Rolle. Ein Kaffee wäre gut.«

Gemeinsam gingen sie in die Küche. Splatter ließ sich stöhnend auf einem der Küchenstühle nieder.

»Was kann ich für dich tun?«, fragte Lasker, während er die Kaffeemaschine startklar machte.

»Ich muss mit jemandem reden. Du bist der Einzige, der mir eingefallen ist.«

»Was ist passiert?«

»Ich glaube, ich bin verrückt.«

Fast wäre Lasker eine dämliche Bemerkung herausgerutscht. Aber als er seinen Kollegen am Küchentisch wie ein Häufchen Elend sitzen sah, schluckte er sie hinunter. Es war wohl nicht der richtige Zeitpunkt für dumme Sprüche.

»Glaub mir, ich kenne einige Verrückte. Du bist keiner.«

»Warte ab, was ich dir zu erzählen habe.«

Lasker setzte sich zu ihm. »Leg los.«

Splatter machte den Eindruck, als rang er mit sich selber. »Es fällt mir nicht leicht.«

»Ist es etwas widerliches Sexuelles?«

»Nein.«

»Hast du mit Tanners Frau geschlafen?«

Splatter sah ihn mit großen Augen an. »Natürlich nicht.«

»Was dann?«

»Ich habe jemanden umgebracht«, platzte es aus Splatter heraus.

»Oh.« Das war jetzt mal eine Nachricht, mit der nicht zu rechnen gewesen war.

Splatter lächelte gequält. »Überraschung.«

»Allerdings.«

Lasker stand auf und holte zwei Wassergläser und eine Schnapsflasche aus dem Küchenschrank. Ungefragt schenkte er Splatter ein. Dann sich selber. Er nahm das halb gefüllte Glas und kippte den Inhalt hinunter. Nachdem er sich geschüttelt hatte, setzte er sich Splatter gegenüber.

»Dir ist klar, dass es nicht gerade unproblematisch ist, wenn du mich in eine solche Geschichte einweihst?«

»Ist mir egal. Ich muss es loswerden. Hörst du mir zu?«

»Ja.« Gut möglich, dass er diese Entscheidung bereuen würde.

Splatter begann zu erzählen.

Eine halbe Stunde später war Splatter am Ende angekommen. Er nahm das mit Schnaps halb gefüllte Glas, das er bis dahin nicht angerührt hatte, und kippte den Inhalt hinunter.

Lasker wusste nicht, was er sagen sollte.

Splatter hatte ihm von seinen Schlafproblemen erzählt, von seinem Einsatz in Afghanistan, an den er sich lange Zeit nicht erinnern konnte, und schließlich von seinem Besuch bei einem Hypnotiseur, der ihm das Gedächtnis zurückgebracht hatte. Und er hatte ihm von seinen neu gewonnenen Erinnerungen berichtet. Höhepunkt der Geschichte war eindeutig die Szene, in der er seinen Kameraden mit einem Stein totgeschlagen hatte.

Nach einer Weile des Schweigens brach Splatter die Stille. »Ich erzähle dir keinen Mist. Das musst du mir glauben.«

»Ich glaube dir.«

»Wirklich?«

»Wenn ich denken würde, dass du ein Spinner bist, hätte ich dich nicht gefragt, ob du bei der AG mitmachen willst.«

Splatter nickte.

Seine Erleichterung sah Lasker ihm deutlich an.

»Ich weiß nicht, was mit mir los ist«, flüsterte Splatter. »Was stimmt denn nicht mit mir?«

»Mit dir ist alles in Ordnung.«

»Das kann nicht sein.«

»Warum nicht?«

»Weil …« Splatter schüttelte den Kopf. »Weil es so nicht passiert sein kann.«

»Es wird genau so geschehen sein. Ich glaube weder, dass du wahnsinnig bist, noch an übernatürliche Dinge.«

»Aber genau so war es. Wie in einem Horrorfilm.«

»Und genau dafür gibt es einen Grund.«

»Aber welchen?«

»Zunächst mal bleibt festzuhalten, dass du in Notwehr gehandelt hast. Das ist schon mal ein sehr bedeutender Punkt.«

Splatter nickte.

»Wie hat man dich gefunden?«

»Bei einer solchen Mission muss man sich alle sechs Stunden über Funk melden. Da das nicht geschehen ist, wurden Hubschrauber geschickt. Die haben mich gerettet.«

»Ich vermute«, sagte Lasker, »sie haben dich in ein Lazarett gebracht.«

»Ja.«

»Was ist passiert, als du aufgewacht bist?«

»Zuerst wurde ich befragt. Aber ich konnte mich an nichts mehr erinnern.«

»Haben sie es geglaubt?«

»Es hat etwas gedauert. Aber am Ende haben sie es.«

»Und dann? Was haben sie dir erzählt? Was ist ihrer Meinung nach geschehen?«

»Die Taliban griffen uns an. Meine Kameraden fielen im Kampf. Ich muss irgendwie entkommen sein.«

»Das war alles? Ziemlich dünn.«

»Ja. Aber ich wollte auch gar nicht mehr wissen. Ich habe mich beschissen gefühlt. Wie ein Feigling und Verräter, der seine Kameraden im Stich gelassen hat. Aber ich bin kein Feigling. Wenn ich nur wüsste, was da passiert ist.«

»Was waren das für Typen am Lagerfeuer?«

»Ich vermute, dass es überlebende Taliban waren. Zumindest trugen sie einheimische Kleidung.«

»Vielleicht seid ihr Opfer eines Angriffs mit einem chemischen Kampfstoff geworden. Das wäre jedenfalls eine Erklärung.«

»Von so einem Kampfstoff habe ich noch nie etwas gehört. Ich kann mir selbst bei den Amerikanern nicht vorstellen, dass sie so etwas einsetzen.«

»Wir finden es heraus. Das willst du doch, oder?«

»Es gibt nichts, was ich mehr möchte. Aber wie wollen wir das anstellen?«

»Das weiß ich nicht. Aber wir schaffen es. Das verspreche ich dir.«

Auch wenn Lasker das aus dem Bauch heraus gesagt hatte, so meinte er es ernst. Wie auch immer ihnen das gelingen sollte. Lasker fiel der Kaffee ein, der seit über dreißig Minuten in der Maschine vor sich hin köchelte. Er stand auf und schaltete sie ab. Seine ständigen Begleiter im Schichtdienst waren Zigaretten und Kaffee gewesen. Das Rauchen hatte er vor einem halben Jahr eingestellt. Er hatte gehofft, dass er auch seinen Kaffeekonsum in den Griff bekommen würde. Danach sah es in den letzten Tagen nicht aus. Die Brühe lief ihm langsam aus den Ohren heraus.

Sein Handy klingelte.

Was war denn heute los?

Er nahm das Gespräch an.

»Jo, ich brauche deine Hilfe.«

»Saskia?«

»Es ist dringend. Ich habe keine Zeit.« Sie redete schnell.

Während er Saskia zuhörte, setzte er sich hin und füllte sein Glas mit frischem Schnaps auf.

Saskia wurde erpresst, hatte sich zu einem Kurierdienst für eine serbische Verbrecherbande bereit erklärt und wurde nun höchstwahrscheinlich von Polizeikräften observiert, während sie zwanzig Kilo Heroin transportierte. An ihrem Fahrzeug hing ein GPS-Sender. Nun versuchte sie, der Observation zu entkommen und gleichzeitig ihre Fracht zu retten. Damit es nicht zu einfach wurde, befand sich die Ladung in einem Mercedes Sprinter. Das Fahrzeug war nicht besonders schnell, aber dafür kaum zu übersehen.

»Ich weiß nicht, was ich machen soll!« Den letzten Satz schrie sie fast in das Handy.

»Ist das Handy, mit dem du anrufst, sauber?«

»Was? Ja, ja. Was soll ich tun? Ich kann mich doch nicht unsichtbar machen.«

Wenn es dicke kam, dann richtig. Die Katzenlady, Splatter und jetzt Saskia. Richtig besser wurde es nicht.

Dass sie die Erpressung für sich behalten hatte, konnte er nachvollziehen. Es gibt Dinge, die versucht man lieber alleine zu lösen. Aber nun war ganz offensichtlich der Punkt erreicht, wo das nicht mehr ging.

Die Frage, die er sich selber in kürzester Zeit stellen und beantworten musste, war folgende: Wollte er seinen Job riskieren, um ihr zu helfen?

Was hatte Martin gesagt? Wenn man wirklich etwas erreichen wolle, müsse man das Risiko erheblich steigern.

Saskia aus der Patsche zu helfen war eine erhebliche Steigerung des Risikos. Das war eindeutig zu viel.

Auf der anderen Seite wurde sie von Verbrechern erpresst. Saskia war eine Spielerin aus seiner Mannschaft. Wenn ihr jemand den Hosenboden stramm zog, dann wäre das ab jetzt sein Job und nicht der von irgendwelchen dahergelaufenen Serben.

»Ich überlege mir was«, sagte Lasker.

»Es eilt.«

»Wo bist du jetzt?«

»Irgendwo im Ruhrgebiet.«

»Fahr langsam, um Zeit zu gewinnen.«

»Ich kriech bereits über die Autobahn!«, schrie Saskia.

»Fahr meinetwegen rückwärts. Aber du brauchst Zeit.« Lasker sah kurz auf das Display seines Handys. »Deine Nummer wird angezeigt. Ich rufe zurück.«

Lasker warf das Handy auf den Küchentisch.

»Was ist los? Wer hat da so rumgeschrien?«

»Saskia wird erpresst und benötigt Hilfe.«

Das war eine sehr komprimierte Darstellung der Situation.

»Wenn sie unsere Hilfe braucht, dann müssen wir ihr helfen«, sagte Splatter ungerührt.

»Mach jetzt nicht auf Forrest Gump. Die Lage ist kompliziert.«

»Mag sein, aber das ändert nichts daran, dass ich ihr helfe. Ich lasse niemanden im Stich. So einfach ist das.«

Vielleicht hatte er recht. Sie mussten es tun. So einfach war das.

21. VIDEOÜBERWACHUNG

TANNER

7. Tag, 00.40 Uhr

Tanner erreichte die Stadtgrenze von Bad Homburg.

Er befand sich gefühlsmäßig in einer Gemengelage. Einer Mischung aus gespannter Erwartung, Wut und Verzweiflung.

Lasker war nicht mehr zu erreichen. Das einzige Lebenszeichen von ihm war eine schäbige WhatsApp-Nachricht gewesen, in der er das Treffen abgesagt hatte. Eine Begründung gab es nicht.

Für Saskia galt das Gleiche. Kein Kontakt mehr. Sie hatte ihn am Bahnhof stehen gelassen wie einen Schuljungen. Seitdem war sie wie vom Erdboden verschluckt.

Gegen zweiundzwanzig Uhr hatte er Splatter angerufen. Ein vernünftiges Gespräch kam nicht zustande. Der Mann faselte etwas von seiner Hypnosesitzung und blutigen Morden in der Wüste. Entweder der Scharlatan von Hypnotiseur hatte ihm mit seinem Hokuspokus das Hirn zerschossen oder Splatter kiffte zu viel.

Also war Tanner auf sich alleine gestellt. War er der Einzige, der sich für den Fall interessierte? Es hatte beinahe den Anschein.

Die anderen verweigerten die Kommunikation oder waren wie Splatter nicht mehr in der Lage, in sinnvoller Weise Sätze aneinanderzureihen.

Eigentlich sollte er unter diesen Bedingungen die Arbeit direkt niederlegen und darum bitten, wieder auf dem Revier arbeiten zu dürfen. Aber das Gefühl, eine echte Spur zu haben, hielt ihn davon ab.

Sollten die anderen machen, was sie wollten. Wenn es sein musste, würde er den Fall alleine lösen.

Sylvia rief ihn an.

Er nahm den Anruf entgegen. »Was gibt es Schatz?«, fragte er.

»Wo bist du?«

»In Bad Homburg. Habe ich dir doch gesagt.«

»Du fährst jetzt wirklich in die Spielbank, um in einem Fall zu ermitteln?«

»Ja.«

»Für diese AG, von der du mir erzählt hast?«

»So ist es.«

Er hörte sie schluchzen.

»Was ist passiert? Warum weinst du?«

»Du bist bei einer anderen Frau«, platzte es aus ihr heraus.

»Was? Nein, bin ich nicht.«

»Wie heißt sie?«

»Was soll der Quatsch? Ich bin bei keiner Frau.«

»Warum fährst du dann mitten in der Nacht weg?«

Er holte tief Luft. »Weil ich glaube, dass ich eine wichtige Spur habe.«

»Warum sind die anderen nicht bei dir? Splatter oder wie du den unheimlichen Kerl nennst. Der ist doch auch bei der

AG. Oder dieser Lasker. Wo sind die?«

»Die wissen nichts davon.«

»Warum? Soll es eine Überraschung werden?«

Nein, die anderen redeten nicht mehr mit ihm und waren damit beschäftigt, ihren Hobbys nachzugehen. Das konnte er so schlecht sagen.

»Wenn du es so nennen magst. Der Start der AG verzögert sich etwas. Wir treffen uns erst morgen mit Lasker.« Tanner sah auf die Uhr. »Also genau genommen heute. Ist ja schon nach Mitternacht.«

»Es ist nach Mitternacht. Du sagst es. Da solltest du bei mir sein. Und wenn die AG noch nicht richtig arbeitet, warum tust du es dann?«

»Weil ich beweisen möchte, dass man mit mir die richtige Personalwahl getroffen hat. Engagement kann da nie schaden.«

»Du willst dich profilieren.«

»Warum nicht? Dein Vater profiliert sich sogar, wenn er schläft.«

»Es geht also um meinen Vater.«

Tanner biss sich auf die Lippe. Das war eine blöde Bemerkung gewesen. Sylvia liebte ihren Vater in etwa so sehr, wie Tanner ihn hasste. »Tut mir leid«, flüsterte er.

»Dir ist schon klar, dass du überhaupt nicht arbeiten müsstest, wenn du etwas netter zu ihm wärst.«

Sein Puls schnellte nach oben. Etwas netter sein würde in dem Fall bedeuten, Enno in den Hintern zu kriechen und den Rest seines Lebens dort zu verbringen. Nein, danke.

»Was hast du vor?«, fragte Sylvia. »Karriere machen?« In ihrer Stimme lag etwas Abfälliges. Vielleicht hatte sie es selber gemerkt, denn augenblicklich schlug sie einen sanfteren Ton an. »Ich will nicht, dass du Karriere machst. Ich will, dass du bei mir bist. Wir erwarten ein Kind.«

»Viele Menschen haben Kinder und gehen zur Arbeit.«

Vermutlich konnte sie sich das nicht vorstellen. Sylvia war in einem Umfeld aufgewachsen, in dem der Lebensunterhalt von vornherein gesichert war. Arbeit war für sie mehr ein Hobby als ein zwingendes Muss.

»Wenn sie die Wahl hätten, würden sie es nicht tun.«

»Wir reden morgen darüber«, sagte Tanner. »Glaubst du mir wenigstens, dass ich nicht bei einer anderen Frau bin?«

»Ja«, seufzte sie.

»Schlaf gut, mein Schatz. Bis morgen.«

»Bis morgen«, sagte sie. Und nach einer Pause: »Ich liebe dich.«

»Ich dich auch.«

Tanner steckte das Handy weg. Er blies die Luft aus der Lunge.

Dass Sylvia dachte, er würde sie betrügen, konnte er ihr nicht übel nehmen. Erstens hätte er es vor einiger Zeit fast getan und zweitens wusste sie von seinem Ruf. Bis vor Kurzem hatte er jede Frau bekommen, die er wollte. Gut, das war übertrieben. Niemand bekommt alles, was er will. Aber es waren so viele gewesen, dass er für lange Zeit keinerlei Interesse an einer festen Beziehung gehabt hatte. Das hatte sich erst geändert, als er Sylvia traf. Nun war er nicht nur verheiratet, sondern wurde auch noch Vater. Unglaublich.

Tanner stellte seinen Wagen ab und ging zum Haupteingang der Spielbank.

Zwei Männer in dunklen Anzügen musterten ihn.

Bevor sie sich über seine Straßenbekleidung echauffieren konnten, holte er seinen Dienstausweis hervor und hielt ihn den beiden unter die Nase.

»Mein Name ist Reinders, Kripo Frankfurt. Ich muss dringend mit dem Verantwortlichen für die Sicherheit reden.«

»Einen Moment bitte.«

Einer der Männer trat drei Schritte zurück und sprach in ein Funkgerät.

»Folgen Sie mir bitte«, sagte er, als er wieder bei Tanner war.

Trotz der Uhrzeit war in der Spielbank einiges los. Bis vier Uhr in der Früh hatte der Laden geöffnet. Das waren noch gut drei Stunden, um sein Geld loszuwerden.

Er folgte dem Wachmann durch eine Stahltür, auf der *Nur für Personal* stand, und wurde durch eine weitere Tür in einen mit Monitoren vollgestopften Raum geführt. Die meisten zeigten die verschiedenen Spieltische. Mehrere Beschäftigte starrten konzentriert auf die Bildschirme.

Ein Mann trat auf ihn zu und stellte sich als Thomas Gärtner vor. Er trug den gleichen Anzug wie die beiden Herren am Eingang. Auf Brusthöhe hing ein silbernes Namensschild an seinem Sakko, auf dem *Security Supervisor* stand.

Tanner hielt dem Mann seinen Ausweis hin und stellte sich vor.

»Was kann ich für Sie tun?«, fragte Gärtner. »Ich hoffe, es ist keinem Gast etwas zugestoßen.«

»Worum es geht, kann ich Ihnen leider nicht sagen. Wie lange werden die Aufzeichnungen Ihrer Kameras gespeichert?«

»Sechs Wochen.«

»Ich müsste mir die Aufzeichnungen vom 4. September ansehen, um festzustellen, ob sich eine bestimmte Person an diesem Tag in der Spielbank aufgehalten hat.«

»Kein Problem. Ich helfe Ihnen.«

Gärtner flüsterte mit einem der Angestellten, der daraufhin seinen Platz vor den Monitoren räumte.

»Nehmen Sie sich einen Stuhl.«

Tanner tat es und setzte sich neben Gärtner.

»Am besten, wir sehen uns zunächst nur die Kamera an, die den Eingang zeigt. Da können wir sehen, wer alles die Spielbank an dem Tag betreten hat. Haben Sie eine Uhrzeit?«

»Nein. Aber ich vermute, dass die Person erst am Abend gekommen ist.«

Gärtner gab über eine Tastatur ein Datum und eine Uhrzeit ein.

»Dann fangen wir ab achtzehn Uhr an. Frau oder Mann?«

»Eine Frau.«

»Mit oder ohne Begleitung?«

»Vermutlich ohne.«

»Dann schauen wir mal.«

Der Monitor vor ihnen zeigte den Eingangsbereich. Menschen in Abendgarderobe huschten in Zeitraffer in die Spielbank hinein oder aus ihr heraus.

»Ist das zu schnell?«, fragte Gärtner.

»Ich denke, es geht. Sie sollte recht auffällig sein.«

Das hoffte er jedenfalls. In Wahrheit war es nicht einfach, sich auf die Bilder zu konzentrieren. Aber wenn er sich die Aufnahmen in Echtzeit ansah, dann könnte er gleich das Mittagessen bestellen.

Nach zehn Minuten zweifelte er daran, dass er Radulović erkennen würde. Er hatte Schwierigkeiten, die Augen zu fokussieren, und war kaum mehr in der Lage, Männer von Frauen zu unterscheiden.

Dann sah er sie.

Radulović trug ein atemberaubendes, eng anliegendes Kleid. Kein Wunder, dass sie immer wieder Beute gefunden hatte.

»Das ist sie«, sagte Tanner.

Gärtner stoppte die Aufzeichnung. »Die kenne ich.«

»Woher?«

»Wir haben den Verdacht, dass sie hier der Prostitution nachgeht. So was passiert häufig.«

»Hat sie Hausverbot?«

»Bis jetzt nicht. Ich hoffe, sie hat keinem Gast etwas getan. Ich meine, ihn bestohlen oder dergleichen.«

Tanner schüttelte den Kopf.

»Und was jetzt?«

»Ich muss wissen, ob sie mit Begleitung gegangen ist.«

Gärtner bedachte ihn mit einem wissenden Gesichtsausdruck. »Prostitution. Stimmt's?«

»Menschenhandel«, sagte Tanner.

»Oh.«

Es war besser, ihm irgendetwas zu erzählen. Dann gab der Mann hoffentlich Ruhe.

»Was sollen wir machen, wenn sie das nächste Mal auftaucht? Ihnen Bescheid sagen?«

Warum nicht? Das würde kaum passieren.

»Das wäre gut. Ich gebe Ihnen später meine Erreichbarkeit.«

Der Supervisor tippte auf der Tastatur herum. »Sie über den gesamten Abend in der Spielbank zu verfolgen wird ein wenig tricky. Aber wir kriegen das hin.«

Tanner sah zu, wie der Monitor von einer Kamera zur anderen wechselte.

Radulović stand mal an diesem Spieltisch, mal an jenem. Eine Weile bewegte sie sich im Bereich der Roulettetische. Sie blieb die ganze Zeit über im Saal des großen Spiels. Was nicht verwunderte. Im kleinen Spiel gab es nur Automaten. Da hielten sich keine Männer auf, die Radulović suchte.

In regelmäßigen Abständen wurde sie angesprochen, zeigte aber kein Interesse.

Für einen Moment verlor Gärtner sie. Mit geübten Fingern schaltete er zwischen den Kameras hin und her.

»Da ist sie wieder.«

Jetzt war sie nicht mehr alleine. Ein Mann, etwa Mitte dreißig, begleitete sie.

»Wo gehen sie hin?«, fragte Tanner.

»Ins Restaurant.«

»Gibt es dort auch Kameras?«

»Nur wenige.«

Radulović und ihr Begleiter setzten sich an einen Tisch, der von einer Säule verdeckt wurde. Nur gelegentlich sah Tanner einen Arm oder eine Schulter.

»Besser geht es nicht?«, fragte er.

»Nein. Tut mir leid.«

»Dann spulen Sie bitte vor.«

Gärtner tat es.

Mehrmals erschien ein Kellner am Tisch der beiden. Er brachte Getränke. Dann Teller. Schließlich noch einmal Getränke.

Nach etwas mehr als einer Stunde standen sie auf und verließen das Restaurant.

Gärtner schaltete wieder zwischen den Kameras hin und her.

»Wo gehen sie jetzt hin? Das ist nicht der Hauptausgang.«

»Da geht es zur Tiefgarage.«

Der Kerl nahm sie mit sich. Keine vierundzwanzig Stunden später würde man ihre Leiche im Fluss finden. Das bedeutete nicht, dass der Mann der Täter war. Aber der Verdacht lag nahe. Auf jeden Fall war er hochinteressant. Er spürte freudige Nervosität. Wie sehr Ermitteln doch Spaß macht. Jedenfalls dann, wenn man etwas fand. Momentan lief alles wie geschmiert. Richtig großartig wäre es, wenn es ihm noch gelang, den Mann zu identifizieren.

»Kennen Sie den Mann?«, fragte Tanner.

»Nein. Ist kein Stammgast.«

Schade. Aber das wäre auch zu einfach gewesen.

»Ich hoffe doch sehr, dass Sie in der Tiefgarage auch Kameras haben.«

»Selbstverständlich.«

»Mit guter Qualität?«

»HD.«

Wenn er das Kennzeichen des Wagens herausbekam, dann wäre er ganz vorne mit dabei.

Radulović und ihr Begleiter betraten die Tiefgarage. Der Mann legte den Arm um ihre Hüften und sie ließ es geschehen.

Gärtner folgte den beiden, indem er immer wieder auf eine neue Kamera umschaltete.

»Sie steigen in einen Wagen«, stellte Gärtner fest.

Die Kamera zeigte das Auto von der Seite.

»Was ist das für ein Modell?«

»Ich glaube, das ist ein alter Dodge Charger. Ich würde sagen, aus den Achtzigerjahren.«

»Sie kennen sich mit Autos aus.«

»Das bringt der Job so mit sich. Hier tauchen ständig die verrücktesten Fahrzeuge auf.«

»Ich brauche das Kennzeichen.«

»Keine Sorge. An der Ausfahrt gibt es eine Kamera, die die Fahrzeuge von vorne zeigt.«

Tanner bekam ein schlechtes Gefühl. Er hatte in seinem Leben viele Aufnahmen von Überwachungskameras gesehen. In einer solchen Situation wurden die Kennzeichen meist von dem Licht der Scheinwerfer überstrahlt.

Der Dodge erreichte die Schranke.

»So. Ich stoppe. Nein, ein wenig zurück. Bitte schön.«

Das Kennzeichen war so klar zu lesen wie eine Überschrift in der *Bild*-Zeitung.

»Sie sehen zufrieden aus«, stellte Gärtner fest.

Zufrieden war gar kein Ausdruck. Tanner hätte vor Freude an die Decke springen können.

22. Verfolger

Lasker

Lasker saß in seinem Wagen und fuhr die Kennedyallee stadt-auswärts. Die ersten Vorwegweiser zum Flughafen tauchten am Straßenrand auf. Er fuhr durch den Kreisverkehr. Die Straße wurde zum Autobahnzubringer. Rechter Hand glitt das Fuß-ballstadion an ihm vorbei.

Er rief Saskia an. »Wo bist du jetzt?«

»Ich habe schon gedacht, du lässt mich hängen.«

Lasker wiederholte seine Frage. »Wo bist du?«

»Kurz vor dem Flughafen. Hast du einen Plan?«

»Ja.«

»Was sollen wir machen?«

»Erst mal lade ich Splatter zu einer Telefonkonferenz ein. Wir halten die Verbindung, bis die Sache erledigt ist. Ist dein Telefon wirklich sauber?«

»Das ist sauber. Splatter hilft uns?«

»So ist es. Warte kurz.«

Lasker wählte Splatters Nummer und lud ihn zur Konferenz ein. Ein Piepen zeigte an, dass ein neuer Teilnehmer in der Leitung war. Die sogenannte Telefonschaltkonferenz hatte für operative Kräfte mittlerweile den Funk abgelöst. Handys waren unauffälliger und das Netz gut ausgebaut. Der einzige Nachteil gegenüber dem Funk bestand in der Funktionsweise eines Handys. Wenn man sprechen wollte, musste man das Mikrofon einschalten. Wenn man fertig geredet hatte, das Mikrofon wieder stumm schalten. Falls man das vergaß, wurden alle Umgebungsgeräusche übertragen. Das reichte dann vom Lärm an einem Bahnsteig bis zur Lästerei über einen Kollegen. Die TSK erforderte also Disziplin im Umgang.

»Splatter? Bist du da?«

»Ja.«

»Okay. Ich erkläre Saskia den Plan. Saskia, hör gut zu. Wenn jemand an dir dranhängt, werden das keine Frankfurter sein. Wir können davon ausgehen, dass sie sich hier nicht auskennen. Am Flughafen schütteln wir sie ab. Fahr in die Tiefgarage beim neuen Terminal. Dort unten funktioniert kein GPS. Da sie damit rechnen müssen, dass du die Ladung in der Tiefgarage unerkannt in ein anderes Fahrzeug umlädst, wird ihnen nichts übrig bleiben, als auf Sicht zu fahren. Wenn du an der Einfahrt bist, reiht Splatter sich direkt hinter dir ein. Er würgt seinen Wagen ab und blockiert die Zufahrt. Das verschafft uns etwas Zeit. Ich vermute, das Heroin liegt nicht bei dir auf dem Beifahrersitz.«

»Der Laderaum ist vollgepackt mit Waschmaschinen. Ich denke, der Stoff ist irgendwo verbaut.«

»Also können wir nicht umladen«, sagte Lasker mehr zu sich selbst.

Er hatte zwar damit gerechnet, dass das nicht zu einfach gehen würde, es aber gehofft. Jetzt mussten sie also den ganzen Transporter verschwinden lassen. Zwanzig Kilo waren eine

Ansage. Da kam man vor Gericht nicht mehr mit Sozialstunden davon.

»Wo ist der Sender?« Obwohl ihm das Herz mittlerweile bis zum Hals schlug, bemühte sich Lasker, ruhig zu sprechen. Panik zu verbreiten war kontraproduktiv.

»Ich habe den Sender abgemacht. Er liegt neben mir auf dem Beifahrersitz.«

Na wenigstens etwas.

»Ich warte im zweiten Parkdeck auf dich. Du kennst meinen Wagen?«, fragte Lasker.

»Ja.«

»Du hältst an, übergibst mir den Sender und fährst weiter. Ich schließ mich direkt hinter dir an.«

»Die werden die Ausfahrt bis dahin unter Kontrolle gebracht haben«, warf Splatter ein.

»Das ist zu vermuten«, sagte Lasker. »Darum wird Saskia wieder zum Terminal zurückfahren. Und zwar zum Abflugbereich. Ich hinten dran. Um die Observation nicht zu gefährden, können sie nicht direkt hinter uns herfahren. Die Autozufahrt zum Abflugbereich hat nur einen Fahrstreifen. Da dort immer viel Betrieb ist, werden Unbeteiligte zwischen uns und den Kollegen geraten. Wir fahren durch die Schranke. Die Reisenden hinter uns werden am Fahrstreifen nach Parkplätzen suchen. Irgendein Vollidiot wird in der zweiten Reihe halten. Das bringt uns ein paar Sekunden. Die Ausfahrt ist von außen nur schwer zu erreichen. Um dahin zu kommen, muss man sich gut auskennen.«

»Du hoffst, dass sie die Ausfahrt zum Abflugbereich nicht schnell genug unter Kontrolle bringen«, sagte Saskia.

Lasker hörte ihre Atemgeräusche. Sie stand kurz davor zu hyperventilieren.

»Davon gehe ich aus. Selbst ich wüsste nicht auf Anhieb, wie ich da zeitnah hinkommen sollte, wenn ich um das Termi-

nal herumfahren muss. Und ich war schon öfter am Flughafen.«
Er machte eine kurze Pause und holte Luft. »Saskia. Wenn wir
draußen sind, fährst du direkt zum Autobahnzubringer. Kennst
du den? Da ist eine Unterführung. Danach kommt ein Kreisel.«

»Kenne ich.«

»Du fährst auf die Autobahn auf. Richtung Wiesbaden.
Dann sofort die nächste Ausfahrt Richtung Kelsterbach.«

»Und was machst du?«, fragte sie.

»Ich verlangsame und halt dir den Rücken frei. Nur für den
Fall, dass die Jungs besser sind, als wir denken. Wenn du außer
Sicht bist, fahre ich ebenfalls auf die Autobahn, fahre aber weiter Richtung Wiesbaden. Nach einigen Kilometern schmeiße
ich den Sender aus dem Fenster.«

»Dann wird es nicht mehr lange dauern, bis sie raffen, was
los ist«, sagte Splatter.

»Das stimmt. Ich vermute, sie werden dann eine Funkfahn-
dung nach dem Transporter ausstrahlen lassen, um ihn wieder-
zufinden.«

»Also kann ich nicht in die Stadt fahren. Was soll ich mit
der Kiste anstellen?«, fragte Saskia.

»Du fährst durch Kelsterbach durch in Richtung Raun-
heim. Das ist die B43. Kurz nach Kelsterbach kommt rechter
Hand ein Gewerbegebiet. Dort fährst du rein. Stell den Transporter irgendwo im Dunkeln ab. Du wirst schon was finden.
Splatter und ich kommen so schnell zu dir, wie es geht. Dann
sehen wir weiter.«

Für einen Moment blieb es in der Leitung still.

»Das kann nicht gut gehen«, flüsterte Saskia schließlich.

»Es muss gut gehen«, sagte Lasker mit möglichst fester
Stimme.

»Ich bete für uns«, sagte Splatter.

Das war unschädlich.

Lasker hatte die Commerzbank-Arena hinter sich gelassen,

fuhr in den Kreisel ein und nahm den Zubringer zum Flughafen.

Es war schwer einzuschätzen, wie ihre Chancen lagen. Vielleicht kannten die Observanten sich doch am Flughafen aus. Das wäre schlecht. Andererseits konnte es auch sein, dass Saskia überhaupt nicht observiert wurde. So was kam häufiger vor. Ein Sender wurde an einem Zielfahrzeug verbaut, von dem man nicht wusste, wann es sich in Bewegung setzt. Wenn es dann tatsächlich so weit war, standen aufgrund anderer Einsatzlagen eventuell keine Kräfte zur Verfügung. In dem Fall würden sie sich jetzt alle umsonst in die Hosen machen. Aber es wäre natürlich die beste aller Möglichkeiten.

Das alles ließ sich jetzt nicht abschließend klären. Daher blieb ihnen nichts weiter übrig, als vom schlimmsten Fall auszugehen.

***

Es war 2.25 Uhr.

Am Terminal 2 herrschte trotz des allgemeinen Nachtflugverbotes noch eine Menge Betrieb. Weniger als tagsüber, aber es sollte ausreichend sein.

Er fuhr die wendeltreppenartige Zufahrt zur Tiefgarage hinunter. Im zweiten Untergeschoss angekommen, bog er ab.

Vor ihm lag eine mehrere Hundert Meter lange Straße.

Rechts von ihm verlief ein Fußgängerweg. Reisende, die auf dem Weg zum Terminal waren, zogen Rollkoffer hinter sich her.

Auf der gegenüberliegenden Seite befanden sich Parkbuchten. Jede einzelne hatte ihre eigene Schranke, an der man sich ein Parkticket ziehen musste, wenn man einfahren wollte. In jeder der Buchten gab es circa dreißig Parkplätze.

Er fuhr etwa zweihundert Meter und blieb am linken Straßenrand stehen. Die Straße war breit genug, dass nachfolgende

Fahrzeuge an ihm vorbeikamen.

Die Telefonkonferenz mit Saskia und Splatter bestand weiterhin. Viel geredet hatten sie in den letzten Minuten nicht mehr.

»Ich bin jetzt auf meiner Position«, sagte Lasker.

Splatter meldete sich. »Ich auch. Saskia, wie sieht es aus?«

»Ich fahre jetzt von der Autobahn ab. In zwei Minuten bin ich da.«

Lasker lehnte sich zurück. Noch konnte er verschwinden. Einfach wegfahren. Er musste total bescheuert sein, sich auf so eine Aktion einzulassen. Aber still und heimlich hatte sich eine Idee in seinen Verstand geschlichen. Vermutlich hatte die Idee ihren Geburtsmoment, als er Splatter Hilfe wegen der Afghanistan-Geschichte angeboten hatte. Wenn er wollte, dass die drei ihm dorthin folgten, wo sein Weg ihn hinführte, musste er beweisen, dass er es wert war. Mit anderen Worten: Um jemandem folgen zu können, musste es zunächst einmal jemanden geben, der vorausging. Nur auf diese Weise konnte man sich Respekt und Vertrauen erarbeiten. Und das würde er brauchen.

Also blieb er sitzen, schaltete den Lautsprecher des Handys ein, schloss die Augen und hörte dem Gespräch zwischen Splatter und Saskia zu.

»Schwarzer Transporter. Frankfurter Kennzeichen«, sagte Splatter. »Ich sehe dich. Ich fahre einen silbernen Mercedes Kombi. Rechts von dir. Hast du mich drauf?«

»Ja. Ist jemand an mir dran? Das Scheißding hat nur Seitenspiegel. Ich sehe kaum etwas nach hinten raus.«

»Nicht hysterisch werden.«

»Ich bin nicht hysterisch«, kreischte Saskia. »Ist jemand an mir dran?«

»Sicher ist jemand an dir dran. Eine ganze Menge sogar.«

»Mein Gott.«

»Beruhig dich. Vielleicht sind das Fluggäste. Du bist nicht die Einzige, die zum Flughafen fährt.«

Saskia brabbelte irgendetwas auf Rumänisch oder Klingonisch. Für Lasker klang es wie eine Mischung aus einem Stoßgebet und einem Fluch.

»Du fährst jetzt an mir vorbei«, sagte Splatter.

Lasker hörte einen Motor aufheulen. Dann wurde gehupt.

»Sorry. Ich musste mich mal dazwischendrängen. Alles gut. Ich bin direkt hinter dir.«

»Jo, ich fahre jetzt runter«, sagte Saskia.

Lasker setzte sich aufrecht hin und nahm das Handy höher. »Zweites Deck. Fahr einfach durch. Ich stehe am Rand.«

Er hörte das Klicken eines eingeschalteten Warnblinkers. Hupgeräusche. Eine Tür wurde aufgemacht. Splatter rief irgendetwas. Gut. Er hatte den Laden dichtgemacht.

Im Rückspiegel tauchten Scheinwerfer auf. Ein Dieselmotor heulte auf. Da kam sie angerauscht. Sekunden später hielt der Sprinter neben ihm an.

Lasker ließ das Beifahrerfenster nach unten. Ein schwarzer Kasten flog in sein Auto und landete auf dem Sitz.

Sofort beschleunigte der Transporter wieder.

Lasker startete den Motor und setzte sich hinter den Mercedes.

Sie nahmen die Ausfahrt. Diesmal führte die Wendeltreppenstraße nach oben.

»Splatter, du kannst den Weg frei machen.«

»Verstanden.«

»Saskia«, sagte Lasker. »Du musst da vorne rechts.«

»Ja, ja. Siehst du jemanden?«

»Dafür haben wir jetzt keine Zeit. Da ist eine Lücke. Fahr in die Lücke!«

Saskia gab Gas.

Gemeinsam schafften sie es, sich in den Verkehr einzufädeln. Sie fuhren jetzt auf einer Spur, die sie zum Abflugbereich des Terminals brachte.

Das Fahrmanöver war ziemlich knapp gewesen. Lasker hatte es gerade so geschafft, hinter Saskia zu bleiben. Ein nachfolgender Bus gab ihm mit der Lichthupe zu verstehen, was er von seinem Manöver hielt.

Ein Bus war gut. Das waren definitiv keine Kollegen.

Vor der Schranke des Abflugbereiches standen drei Fahrzeuge. Lasker sah, wie der Fahrer des ersten Autos sich aus dem Fenster lehnte und einen Parkschein anforderte. Für zehn Minuten war die Einfahrt umsonst. Das reichte aus, um anzuhalten, Leute aussteigen zu lassen und das Gepäck aus dem Kofferraum zu holen. Wer länger mit seinem Wagen im Abflugbereich verweilen wollte, musste bei der Ausfahrt zum Kassenautomaten und bezahlen.

Saskia war an der Reihe und forderte ihren Parkschein an. Die Schranke öffnete sich und sie fuhr an.

Dann war Lasker dran. Nachdem die Schranke sich erneut geöffnet hatte, folgte er dem Sprinter. Im Rückspiegel sah er, dass der Reisebus an der Schranke stand. Schwein gehabt. Das war nämlich die Spur für Pkws. Der Fahrer des Busses stieg aus und lief eilig zu dem Automaten. Vermutlich drückte er die Sprechtaste, um die Parkaufsicht davon zu überzeugen, trotzdem reinfahren zu dürfen.

»Hinter uns blockiert ein Bus die Einfahrt«, sagte Lasker.

Saskia antwortete nicht. Sie hatte mittlerweile die Ausfahrt erreicht und schob das Ticket in den Schlitz des Automaten.

Nachdem sie rausgefahren war, tat Lasker es ihr gleich.

Gemeinsam fuhren sie in Richtung des Autobahnzubringers.

»Nimm die Auffahrt Richtung Wiesbaden.«

Keine Antwort.

»Saskia?«

»Ja. Ich weiß.«

Im Rückspiegel sah er die Scheinwerfer eines Wagens. Der war allerdings mehrere Hundert Meter hinter ihnen.

Sie erreichten den Kreisel. Saskia nahm die Auffahrt auf die Autobahn. Außer den Scheinwerfern, die noch immer weit zurücklagen, konnte Lasker kein anderes Fahrzeug sehen. Langsam drehte er eine Extrarunde im Kreisel.

Dann eine zweite.

»Ich bin abgefahren. Kelsterbach«, sagte Saskia.

»Verstanden.«

Er gab Gas und nahm dieselbe Auffahrt wie sie. Wenig später schoss er an der Abfahrt Kelsterbach vorbei.

Im Idealfall hatte das Observationsteam die Sicht auf den Sprinter verloren. Das bedeutete, dass sie sich an dem GPS-Signal orientieren mussten. Wenn sie das Signal einholten, kam der Moment, an dem sie erkennen würden, dass man sie gelinkt hatte.

Eine der größten Gefahren bei ihrer Aktion hatte darin bestanden, dass die Einsatzleitung der Observation sich zu einer Festnahme entschlossen hätte. Saskias Fahrmanöver sprach durchaus dafür, dass sie die Observation erkannt hatte und sich aus dem Staub machen wollte. Vielleicht hatte man sogar den Zugriff freigegeben, aber die Kräfte hatten es einfach nicht geschafft, sich in eine geeignete Position zu bringen.

»Jo.«

Das war Splatter.

»Ich höre.«

»Am Terminal hat es Bewegung gegeben. Hier sind gerade drei Fahrzeuge an mir vorbeigebrettert. Die fahren in eure Richtung.«

»Sind die schon auf der Autobahn?«

»Das kann ich nicht sagen. Aber viel Vorsprung habt ihr nicht.«

»Saskia«, sagte Lasker. »Hast du das gehört?«

»Ja.« Ihre Antwort war kaum mehr als ein Flüstern.

»Wo bist du jetzt?«

»Ich bin gleich im Gewerbegebiet.«

»In Ordnung. Ich schmeiß jetzt den Sender aus dem Fenster. Splatter, fahr zu Saskia. Ich komme nach.«

Er ließ das Beifahrerfenster nach unten und nahm den Sender in die Hand. »So ein Dreck!«

An dem Kasten waren Fingerabdrücke von Saskia und ihm. Ihre Fingerabdrücke waren zwar nirgendwo gespeichert, aber das konnte sich im Leben ja mal ändern. Mit einem Taschentuch wischte er den Sender ab und warf ihn durch das Beifahrerfenster in die Seitenböschung.

Er schloss das Fenster.

Vielleicht waren sie in dieser Sache davongekommen. Aber der Ärger würde jetzt erst anfangen.

23. WEIZENBIER

TANNER

7. Tag, 2.55 Uhr

Tanner befand sich auf dem Rückweg von Bad Homburg und war beinahe zu Hause angekommen, als er einen Anruf erhielt.

Ohne auf das Display zu sehen, ging er ran. »Findest du keinen Schlaf, mein Schatz? Ich bin in fünf Minuten da.«

»Hier ist Jo.«

Mit dem Anruf hatte er nicht gerechnet. »Oh, tut mir leid. Du rufst zu einer ungewöhnlichen Zeit an.«

»Es war auch ein ungewöhnlicher Tag. Offensichtlich habe ich dich nicht geweckt?«

»Nein, ich bin noch unterwegs.« Tanner konnte sein Ermittlungsergebnis nicht für sich behalten. Es wollte aus ihm raus. »Ich habe eine Überraschung für dich. Die wird dir gefallen«, sagte er stolz.

»Ich habe auch eine Überraschung für dich. Die wird dir aber nicht gefallen.«

Der Ton in Laskers Stimme gefiel Tanner überhaupt nicht. In ihr schwang nicht der Hauch von Humor. Das roch nach Ärger.

Überraschung! Du bist gefeuert. Deine Frau hat sich mit Sven getroffen und ein klärendes Gespräch geführt. Die Russen sind in Usedom gelandet. In Wahrheit warst du gar nicht in Bad Homburg. Du liegst seit drei Jahren im Koma.

»Ich passe«, sagte Tanner instinktiv.

»Willst du meine Überraschung nicht haben?«

»Nö.«

»Ich schicke dir per WhatsApp einen Standort. Komm, so schnell du kannst.«

Die Verbindung war weg.

Augenblicke später zeigte das Handy eine eingehende Nachricht an. Tanner ließ sich Laskers Standort auf Google Maps anzeigen. Ein Gewerbegebiet bei Kelsterbach.

»Was machen die denn da!?«

Er trat aufs Gas.

Als er zwanzig Minuten später in das Gewerbegebiet reinfuhr, empfing ihn Splatter auf der Straße. Er sprang auf den Beifahrersitz und lotste Tanner auf ein Gelände, auf dem in langen Reihen ausgediente Transportcontainer lagerten. Sie fuhren durch eine Gasse und erreichten einen kleinen Platz, der von drei Seiten durch meterhohe Containerwände geschützt war.

Als sie ausstiegen, sah er Saskia und Lasker. Außerdem stand dort ein schwarzer Sprinter, neben dem mehrere große Kartons lagen. So wie es aussah, waren das Waschmaschinen, die unfachmännisch ausgeladen wurden.

»Ihr habt einen Waschmaschinenkurier überfallen und wollt mich an der Beute beteiligen«, witzelte Tanner im Versuch, seine Nervosität zu überspielen.

Keiner der drei reagierte auf seinen Kommentar.

»Ich muss dir was erzählen«, sagte Saskia.

Splatter grinste Tanner breit an. »Dir wird die Geschichte bestimmt gefallen.«

Saskia machte einen eingeschüchterten Eindruck. So hatte er sie noch nie gesehen. Jetzt erschien es angezeigt, mal einfach die Klappe zu halten. Tanner nickte ihr zu.

Sie erzählte von ihrem Neffen und davon, dass sie den Typen in der B-Ebene der Hauptwache erklären wollte, dass sie ihn in Ruhe lassen sollten. Dann berichtete sie von dem Video, das sie erhalten hatte. Von ihrem Treffen mit Hassani, der Erpressung und dass sie sich darauf eingelassen hatte, den Sprinter aus Lüttich zu holen. Saskia schloss damit, dass sie einen GPS-Sender am Fahrzeug gefunden und wie sie in ihrer Verzweiflung Lasker angerufen hatte.

»Ich glaube, ich muss mich übergeben«, stammelte Tanner.

Splatter sah ihn an. »Das kommt gleich.«

»Was?«

»Warte es ab.«

Tanner wandte sich an alle. »Und was jetzt?« Er wandte sich direkt an Lasker. »Hast du nichts dazu zu sagen?«

»Wir bringen Hassani die Lieferung, damit er Saskia in Ruhe lässt. Und zwar endgültig«, sagte Lasker.

»Woraus besteht die Lieferung?«, fragte Tanner.

»Zwanzig Kilo Heroin«, sagte Lasker.

Er spürte seinen Herzschlag in der Halsschlagader und den Drang zur Flucht in sich. »Habt ihr den Verstand verloren?«, keuchte er.

»Hast du eine bessere Idee?«, fragte Lasker.

»Was ist das für eine dämliche Frage? Ich habe überhaupt keine Idee. Aber das ist auch nicht der Punkt.« Er sah Saskia an, die damit beschäftigt war, ihre Schuhspitzen zu beobachten. »Nichts für ungut, Saskia. Aber was haben wir damit zu tun?

273

Das ist kein Spaß. Ich kann mir so etwas nicht leisten.«

»Du stehst doch finanziell am besten von uns allen da«, sagte Splatter.

»Finanziell? Was laberst du da? Alter, für die Nummer kann man in den Bau gehen. Ich will mein Kind aber nicht nur auf Fotos sehen.«

»Du wirst Vater?«, fragte Lasker.

Tanner nickte.

Gott, er wurde tatsächlich Vater. Und ausgerechnet jetzt hatten diese Wahnsinnigen nichts Besseres zu tun, als den Film *Training Day* nachzuspielen. Mit Jo Lasker in der Rolle von Denzel Washington.

Er hatte sich fest vorgenommen, in Zukunft alle Unregelmäßigkeiten im Dienst zu unterlassen. Aber stattdessen eskalierte die Welt um ihn herum, als wolle sie sich absichtlich seinen Plänen in den Weg stellen. Wobei dem Schicksal ein einfaches Sich-in-den-Weg-Stellen nicht auszureichen schien. Es fühlte sich an, als sei er von einer ungemütlichen Kirmesschlägerei in einen Schützengraben des Ersten Weltkriegs versetzt worden.

»Tut mir leid«, flüsterte Saskia. »Aber das Problem ist, dass auch ihr auf den Videos zu sehen seid. Dafür, dass ihr mir geholfen habt, geht ihr nicht in den Knast, aber schön wird es nicht.«

Tanner raufte sich die Haare. »Das ist doch wohl nicht dein Ernst.« Er drehte sich zu Splatter um. »Wusstest du das?«

Splatter schüttelte den Kopf. »Nein. Höre ich gerade auch zum ersten Mal. Ist aber auch egal. Ich helfe ihr.«

»Das wäre dann das zweite Mal. Und diesmal geht es um mehr als um eingeschlagene Zähne.«

»Ich würde ihr auch ein drittes Mal helfen.«

»Warum?«

»Weil ich nie wieder jemanden hängen lasse.«

Tanner hatte keine Ahnung, worauf sich Splatter bezog. Es war ihm aber auch gleichgültig.

Hatten außer ihm alle den Verstand verloren? Bei Splatter nahm er das als gegeben hin, aber was war mit Lasker? Der stand da, die Hände in den Taschen vergraben, und starrte mit düsterem Blick vor sich hin.

Tanner drehte sich zu Saskia um. »Du hast richtig Scheiße gebaut!«, schrie er sie an.

Er machte einen Schritt auf sie zu und stieß ihr mit beiden Händen vor die Brust, dass sie zurücktaumelte und mit dem Rücken gegen den Sprinter knallte. Er setzte mit der Rechten zu einem Schlag an.

Im letzten Moment fing Splatter seinen Arm ab, indem er ihn von hinten umklammerte. »Beruhige dich.«

Tanner wand sich in Splatters Griff. »Beruhigen? Du hast sie doch nicht alle.«

»Lass ihn«, krächzte Saskia. »Er hat ja recht. Ich habe wirklich Scheiße gebaut.«

»Lass mich los!«, schrie Tanner. »Ich schlag ihr in die Fresse. Sie will es doch auch.«

»Ruhe!!«

Alle sahen Lasker an.

»Jetzt ist Schluss mit dem Affentheater. Wir stecken da gemeinsam drin und kommen da gemeinsam wieder raus.«

Tanner schüttelte Splatter ab. »Ich stecke überhaupt nirgendwo drin.«

»Vergiss nicht das Video«, sagte Splatter.

»Ich scheiß auf das Video. Das ist ein Witz verglichen mit dem Schmuggeln von zwanzig Kilo Heroin.«

»Vergiss nicht die Waschmaschinen. Die haben wir auch noch kaputt gemacht«, sagte Splatter.

»Halt die Fresse!«, fauchte Tanner. »Komm jetzt nicht mit dieser bekloppten Nummer. Das ist kein Spaß.« Tanner lief im Kreis. Was sollte er jetzt tun? Die Verrückten waren drauf und dran, sich ihr eigenes Grab zu schaufeln, und ihn würden sie ungefragt mit sich reißen. Plötzlich fiel ihm etwas ein. »Wo habt ihr die Observation abgehängt?«

»Am Flughafen«, sagte Lasker.

Tanner lachte hysterisch. Er bekam sich gar nicht mehr in den Griff. Am Schluss beugte er sich nach vorne und stützte sich an den Oberschenkeln ab.

»Bist du fertig?«, fragte Lasker gereizt.

»Ich erzähle euch was. Während ihr mit den Serben und der Polizei Räuber und Gendarm gespielt habt, bin ich der Einzige gewesen, der sich für unseren Auftrag engagiert hat. Oder habt ihr den bereits vergessen? Wir sollen einen Mord aufklären.« Er sah von einem zum anderen. Niemand sagte etwas. »Ich habe herausgefunden, dass Radulović für eine Einbrecherbande gearbeitet hat. Sie war keine Prostituierte. In Wahrheit hat sie reiche Kerle ausspioniert und ihre Freunde sind dann später in deren Häuser eingestiegen.«

Die drei bekamen große Augen.

»Woher …«

Tanner ließ Lasker nicht ausreden. »Ist egal. Was viel wichtiger ist: Ich habe das in der Spielbank in Bad Homburg ermittelt. Und wie genau?« Er sah die drei an. Die wussten offensichtlich nicht, worauf er hinauswollte. »Mit den Kameras, die dort hängen.« Die Erleuchtung blieb weiterhin aus. »Wodurch hat Saskia Ärger bekommen? Na? Durch ein Video.« Immer noch rührte sich bei den anderen dreien nichts. »Meine Fresse, seid ihr schwer von Begriff. Was hängt überall im Flughafen herum? Kameras. Und was machen Kameras?«

»Videos«, antworteten alle gleichzeitig.

»Danke!«

Lasker stellte sich vor ihn und fasste ihn an den Schultern. »Tanner. Du musst dich beruhigen.«

»Ist dir nicht klar, was das bedeutet? Ihr seid vermutlich auf einem halben Dutzend Aufnahmen zu sehen.«

»Das könnte ein Problem werden.«

»Ein Problem? Wie kann man nur so doof sein?«

»Es reicht!!«, schrie Lasker. »Es ist genug! Wir mussten in kürzester Zeit Entscheidungen treffen. Die waren nicht perfekt. Aber wir haben es bis hierher geschafft. Und wir schaffen es auch noch weiter.« Lasker wendete sich an alle. »So leicht lassen wir uns nicht fertigmachen. Wir bieten denen einen richtigen Kampf.«

Tanner hatte sich etwas gefasst. »Im schlimmsten Fall haben wir jetzt alle gegen uns. Die Serben und die Kollegen.«

Er sah zu Splatter. Neben ihm stand eine Kühlbox, die ihm bisher nicht aufgefallen war.

Tanner zeigte auf die Box. »Was ist das? Kaltes Weizenbier?«

»Witzig«, sagte Splatter. »Das hat Jo auch gefragt.« Er nahm die Box und stellte sie vor ihm ab. »Sieh nach.«

Tanner kniete sich hin und nahm den Deckel ab. Es dauerte recht lange, bis er begriff, was dort in der Box lag.

Es waren abgetrennte Genitalien und ein Kopf. Eingewickelt in Frischhaltefolie.

»Scheiße!« Er zuckte zurück, als hätte er einen Stromschlag bekommen. »Die bringen uns um. Die bringen meine Frau um.«

»Tanner. Du …«, setzte Lasker an.

»Fickt euch! Ganz im Ernst. Fickt euch alle!!« Er drehte sich um und stapfte in Richtung seines Wagens.

Auf halbem Weg holte ihn Lasker ein.

»Die Situation ist beschissen. Aber wir finden einen Ausweg. Allerdings geht das nur, wenn wir zusammenhalten.«

»Ich habe oft Scheiße gebaut, aber ich bin kein Verbrecher. Wenn ich was Illegales gemacht habe, dann, um irgendein Arschloch von der Straße zu holen. Das hier ist zu viel.«

»Keiner von uns ist ein Verbrecher. Wir wollen das Zeug schließlich nicht verkaufen. Wir benutzen es als Verhandlungsmasse, um jemanden von uns zu schützen.« Lasker legte ihm eine Hand auf die Schulter und brachte ihn dazu, stehen zu bleiben.

»Vielleicht sind wir *noch* keine Verbrecher«, sagte Tanner, der sich langsam beruhigte. »Aber siehst du nicht, wohin uns das führt? Wenn wir damit weitermachen, können wir nie wieder umkehren.«

Lasker trat ganz nah an ihn heran, legte die Hände auf seine Schultern und brachte seinen Mund ganz dicht an Tanners Ohr. »Wenn es sein müsste, würde Splatter für dich sterben. Weißt du das eigentlich?«, flüsterte Lasker.

Tanner nickte unmerklich.

»Und Saskia würde ebenfalls ihr Leben für dich riskieren. Genauso wie ich. Für dich, für deine Frau und für dein Kind. Ich mache dir nichts vor. Wir sind in Gefahr. Aber wenn wir uns gegenseitig schützen und bedingungslos vertrauen, werden wir als Gewinner vom Platz gehen. Wir kennen das System, wir kennen die Verbrecher und wir werden gegen beide gewinnen.« Lasker nahm etwas Abstand und sah ihm in die Augen. »Wir brauchen dich. Wir schaffen das nicht alleine.«

Ein angenehmes warmes Gefühl breitete sich in Tanners Körper aus. Hatte ihn jemals irgendwer ernsthaft gebraucht? »Aber so kann es nicht weitergehen. Das ist nicht das, was ich will.«

»Denkst du, ich will das? Ganz sicher nicht. Ich sehe das als Feuertaufe. Ein Test, den wir bestehen müssen. Danach werden wir uns um die Dinge kümmern, die wichtig sind. Wir holen die Wichser von der Straße. Aber ohne dich können wir das nicht. Kommst du klar?«

Er atmete durch und nickte. »Okay, okay. Ich komme klar.«

24. Indizienkette

Splatter

7. Tag, 14.15 Uhr

Splatter wachte auf und saß augenblicklich senkrecht im Sitz.

Das durfte doch nicht wahr sein. Er hatte sich freiwillig für einen Observationsjob gemeldet, weil er ohnehin nicht schlafen konnte. Und was passierte? Er pennte ein.

Es war 14.16 Uhr. Um kurz vor vier Uhr hatte er sich vor das Haus gestellt. Er erinnerte sich nicht daran, wann er eingeschlafen war, aber definitiv noch bei Dunkelheit.

Eine verrückte Nacht lag hinter ihnen. Besonders Tanner hatte Probleme gehabt, sich mit der Situation zu arrangieren. Bei Splatter bewirkte es genau das Gegenteil. Je schlimmer es wurde, umso gelassener fühlte er sich. Ihm war klar, dass dies auf andere befremdlich wirken musste. Aber das Gefühl, auf Gedeih und Verderb an das Schicksal anderer gefesselt zu sein und deren Schicksal an das seine, beruhigte ihn. Das war schon während seiner Bundeswehrzeit so gewesen.

Der Schritt, Lasker von Afghanistan zu erzählen, war richtig gewesen. Alleine die Tatsache, dass Lasker ihn nicht für verrückt hielt, war eine Erleichterung, und dass er ihm sogar helfen wollte, die Geschehnisse aufzuklären, war mehr, als er sich erhofft hatte.

Lasker hatte von einem chemischen Kampfstoff geredet. Das wäre eine Erklärung. Allerdings warf die mögliche Erklärung neue Fragen auf, zu denen er keine Antwort wusste.

Er sah auf sein Handy. Keine verpassten Anrufe. Das gefiel ihm nicht. Entweder die anderen waren in der Zeit, in der er ein Nickerchen gehalten hatte, festgenommen worden und befanden sich bereits in U-Haft. Oder sie hatten noch keine Lösung für das Übergabeproblem gefunden.

Und da gab es ja auch noch das zweite Problem. Nämlich ihren eigentlichen Auftrag.

Nach ihrem Treffen im Gewerbegebiet hatte es eine Weile gedauert, bis Tanner sich wieder in den Griff bekommen hatte. Dass sie den Sprinter in Brand gesetzt hatten, um mögliche Spuren zu vernichten, hatte nicht zu seiner Beruhigung beigetragen. Als Tanner endlich wieder Herr seiner Sinne war, hatte er von seinen Ermittlungsergebnissen berichtet.

Splatter musste zugeben, dass Tanner hervorragende Arbeit geleistet hatte. Es war ihm gelungen, aus dem Nichts einen Verdächtigen herbeizuzaubern. Tanner hatte sich darüber aufgeregt, dass er der Einzige sei, der sich um den Mordfall gekümmert habe. Damit hatte er recht und es wurde Zeit, das zu ändern.

Der Dodge Charger, in den Romina Radulović und ihr Begleiter in der Spielbank eingestiegen waren, gehörte einem Sascha Grubich. Der Mann war polizeilich nicht bekannt. Dafür aber die Tatsache, dass Grubich seinen Wagen einen Tag nach dem Abend in Bad Homburg als gestohlen gemeldet hatte.

Was für ein Zufall.

Das und der Umstand, dass er mit Radulović kurz vor deren Tod zusammen gewesen war, machten ihn definitiv zu einem Tatverdächtigen.

Nun benötigten sie dringend vernünftige Bilder von Grubich. Der Halter eines Fahrzeugs musste nicht zwingend der Fahrer sein. Schließlich war es nicht verboten, seinen Wagen auszuleihen.

Die Schwierigkeit bestand darin, dass Grubich kaum Präsenz im Internet besaß. Keine Facebook-Seite, keine eigene Webseite. Sie fanden lediglich ältere Bilder aus seiner Studienzeit und von einigen Veranstaltungen, an denen er teilgenommen hatte. Die erwiesen sich jedoch alle als ungeeignet, um sie mit den von Tanner gesicherten Bildern aus der Spielbank abzugleichen. Eine Ähnlichkeit war vorhanden. Mehr aber auch nicht.

Daher hatte Splatter sich bereit erklärt, das Haus von Grubich zu überwachen, um Fotos von ihm zu schießen, wenn der Mann das Haus verlässt. Die anderen waren ohnehin fix und fertig gewesen.

Dass er während der Observation die Besinnung verlieren und in eine Art Koma versinken würde, hatte er nicht kommen sehen.

Er hob die Kamera und blickte durch das Objektiv.

Grubich hatte ein zweites Fahrzeug auf sich zugelassen. Sein schwarzer Porsche Carrera stand unverändert in der Einfahrt. Der hatte da bereits gestanden, als Splatter sich auf seinen Posten begeben hatte. Mit etwas Glück hatte Grubich sich in der Zwischenzeit nicht aus dem Haus bewegt. Falls er denn überhaupt da war.

Bei ihren nächtlichen Internetrecherchen hatten sie zwar keine brauchbaren Bilder von Grubich gefunden, dafür aber Erkenntnisse über dessen Familie.

Grubichs Mutter war Alleinerbin eines Unternehmens, das klinische Verbrauchsgegenstände herstellte. Spritzen, Infusionsbeutel und solche Sachen. Sie war definitiv millionenschwer. Sein Vater arbeitete in der Funktion eines Ministerialdirektors im Bundesinnenministerium.

Sascha Grubichs Haus spiegelte den gesellschaftlichen Stand der Familie wider. Ein Bungalow am Rande von Königstein im Taunus. Großes Grundstück, hohe Hecken, kein Verkehr.

Laut Einwohnermeldeamt bewohnte Grubich das Haus alleine. Ob der Mann einer Beschäftigung nachging oder von Beruf Sohn war, hatten sie nicht herausgefunden.

Splatter war mit dem Wagen in einen kleinen Waldweg gegenüber von Grubichs Haus gefahren und hatte sich dort aufgestellt. Er war einigermaßen durch Büsche getarnt, aber alles andere als unsichtbar. Da konnte man nichts machen. Wenn Grubich ihn sah, dann war das so.

Er schreckte auf.

Die Haustür wurde von innen geöffnet.

Splatter riss den Fotoapparat nach oben. Das große Objektiv lag schwer in seiner Hand. Es dauerte eine gefühlte Ewigkeit, bis die Kamera sich scharf gestellt hatte.

Ein Mann trat einen Schritt nach draußen, wendete sich nach links und hantierte am Briefkasten herum. Als er damit fertig war, blickte er für einen Moment in Splatters Richtung. Durch die Kamera betrachtet, kam es Splatter vor, als würde der Mann ihm direkt in die Augen sehen.

Der auf Serienaufnahme eingestellte Apparat ratterte in seiner Hand, schoss im Zehntelsekundentakt eine Bilderserie.

Der Mann verschwand im Haus.

Splatter nahm die Kamera herunter und sah sich die Bilder auf dem Display des Fotoapparates an. Als er ein geeignetes fand, verglich er es mit dem Bild auf seinem Handy, das Tanner ihm geschickt hatte. So viel konnte er schon jetzt sagen: Der Mann im Haus war derselbe, den Radulović in der Spielbank getroffen hatte.

Und noch etwas fiel ihm auf.

Er rief Lasker an.

»Ja.«

»Ich habe ein Bild. Grubich ist der Mann aus der Spielbank.« Das war insofern nicht korrekt, weil nicht klar war, ob es sich bei dem Mann an der Tür wirklich um Grubich handelte. Davon ging Splatter jetzt einfach mal aus.

»Gut.«

»Und noch was. Er hat Verletzungen im Gesicht.«

»Was für Verletzungen?«

Splatter vergrößerte auf dem Kamerabildschirm das Gesicht von Grubich.

»Es sind Kratzer. Wie von einem Raubtier. Richtig tief. Da bleiben Narben zurück. Und am Hals trägt er ein großes Pflaster.«

»Auf den Bildern aus der Spielbank hatte er die Verletzungen noch nicht.«

»Nein.«

»Darum hat er ihr die Hände abgehackt«, sagte Lasker. »Sie hat ihn gekratzt und er hatte Angst, dass man DNA-Spuren unter ihren Fingernägeln finden könnte.«

»Das wäre eine Erklärung. Ich glaube, er hat sie im Auto umgebracht«, sagte Splatter. »Darum hat er seinen Wagen verschwinden lassen.«

»Das denke ich auch. Unverfängliche DNA-Spuren hätte er im Zweifel erklären können. Ist ja nicht verboten, eine Frau aus der Spielbank abzuschleppen. Aber da er sie brutal geschlagen hat, muss sich Blut im Auto befunden haben. Da ist es schwieriger, eine passende Geschichte zu liefern.«

»Er war schlau genug, um zu begreifen, dass man so etwas nicht wirklich reinigen kann. Also musste er den Wagen loswerden.« Splatter startete den Motor und fuhr aus dem Waldstück. »Das bedeutet aber auch, dass wir in dem Haus nichts finden werden.«

»Vermutlich nicht.«

»Ich verstehe nicht, warum er den Wagen als gestohlen gemeldet hat. Warum lässt er ihn nicht einfach so verschwinden?«

»Vielleicht wegen seines persönlichen Umfelds«, sagte Lasker. »Um nicht erklären zu müssen, was mit dem Wagen geschehen ist. Oder weil er das mal im Fernsehen gesehen hat. Du darfst nicht vergessen, dass der Kerl kein Kriminalist ist. Außerdem steht er nach wie vor unter hohem Druck. Der Wagen ist seit dem gemeldeten Diebstahl zwar zur Fahndung ausgeschrieben, aber das wird nichts bringen. Den sehen wir nicht wieder.«

»Du glaubst also auch, dass er unser Mann ist«, sagte Splatter.

»Sehr wahrscheinlich.«

»Viel haben wir gegen ihn nicht in der Hand. Nur Indizien. Wenn er halbwegs schlau ist, wird er bei einer Festnahme die Klappe halten und alles seine Anwälte regeln lassen.«

»Da ist was dran. Ich weiß noch nicht, wie es jetzt weitergeht. Es fällt mir im Moment schwer, einen klaren Gedanken zu fassen.«

»Wegen Saskia?«

»Ja.«

»Wie sieht es aus? Was machen wir jetzt?«

»Deswegen hätte ich dich ohnehin gleich angerufen. Saskia trifft sich heute Abend um zweiundzwanzig Uhr mit Hassani.«

»Lässt du sie da alleine hingehen? Einfach so, mit zwanzig Kilo Heroin und der Kühlbox in der Hand?«

»Auf keinen Fall. Es würde mich nicht überraschen, wenn die Serben beschließen, Saskia aus dem Verkehr zu ziehen. Sozusagen prophylaktisch. Wer abgetrennte Köpfe durch Europa verschickt, den muss man ernst nehmen.«

»Also gehst du mit.«

»Ja. Aber ich habe Angst, dass das nicht reicht. Wir bräuchten Rückendeckung und etwas, das diese Verbrecher ernsthaft beeindruckt.«

Splatter lächelte. »Da bin ich genau dein Mann. Ich kann euch Deckung geben und die Typen dermaßen beeindrucken, dass sie es im Leben nicht mehr vergessen. Aber dafür brauche ich Platz. Viel Platz und keine Zuschauer.«

25. FEUERWERK

LASKER

8. Tag, 14.40 Uhr

Gegen 3.30 Uhr hatte Lasker sich ins Bett gelegt. Wirklichen Schlaf hatte er nicht gefunden. Im Halbstundentakt war er aufgeschreckt und hatte auf die Uhr gesehen. Um elf Uhr war er aufgestanden und hatte eine halbe Kanne Kaffee getrunken. Vielleicht sollte er auf Red Bull umsteigen. Er brauchte langsam etwas mit mehr Bums.

Gegen 14.15 Uhr hatte Saskia ihn angerufen und ihm mitgeteilt, dass Hassani sich heute mit ihr um zweiundzwanzig Uhr treffen wollte. Ein Ort dafür sei noch nicht ausgemacht. Sie hatte ängstlich geklungen. Lasker versprach ihr, dass die Übergabe glatt laufen und er sich zeitnah wieder bei ihr melden würde. Ob er das Versprechen halten konnte, musste sich noch herausstellen.

Dann hatte er Splatter angerufen.

Splatter hatte darauf bestanden, dass sie sich einen möglichst abgelegenen Ort für die Übergabe aussuchten. Warum, wollte er nicht sagen. Natürlich hätte Lasker es ihm aus der Nase ziehen können. Aber irgendetwas sagte ihm, dass es besser sei, das nicht zu tun. Bedingungsloses Vertrauen würde in Zukunft ihr wertvollstes Kapital darstellen. Die Art von Vertrauen, wie es Lasker vorschwebte, gab es in der realen Welt so gut wie nie. Weder bei der Polizei noch bei den Verbrechern. Wenn sie es aber in ihrer Gruppe installieren konnten, war es eine mächtige Waffe.

Wenn er die Sache mit Saskia in den Griff bekam, würde sie ihm ganz sicher für ewig dankbar sein. Ihre Gefolgschaft war ihm dann sicher.

Einzig bei Tanner sah die Lage etwas anders aus. In der Gruppe war er derjenige, der vermutlich am meisten zu verlieren hatte. Gerade jetzt, wo er Vater wurde. Außerdem stand er nicht unter so einem gewaltigen Druck wie die anderen. Weder wurde er erpresst, noch quälten ihn traumatische Erinnerungen, die der Aufklärung bedurften. Mit der Zeit würde sich zeigen, ob es ihm gelingen würde, Tanner bei der Stange zu halten. Für den Moment hatte er ihn dadurch gewinnen können, dass er ihm gesagt hatte, wie wichtig er sei. Auch wenn er es ehrlich meinte, war es nur ein fragiles Band, das jederzeit reißen konnte.

Zwei Dinge fielen ihm ein, die es für ihn zu tun gab.

Als Erstes würde er Martin anrufen und ihn fragen, ob er etwas über diesen Sascha Grubich in Erfahrung bringen könne. Nur weil der Mann den polizeilichen Auskunftssystemen unbekannt war, hieß das nicht, dass es nichts Interessantes über ihn zu berichten gab.

Außerdem war da noch die Anfrage zu den Kroaten offen, die zum Umfeld des Escortservices gehörten.

Danach war es an der Zeit, Weidner über den aktuellen Stand der Ermittlungen aufzuklären. Lasker war gespannt, was der Abteilungsleiter dazu zu sagen hätte.

Er rief Martin Feldmann an und erklärte ihm, was er von ihm wollte.

»Du ermittelst also jetzt gegen Angehörige der Oberschicht. Respekt«, sagte Martin, nachdem Lasker fertiggeredet hatte.

»Kannst du da was machen?«

»Natürlich kann es Informationen über diesen Grubich geben. Aber es ist schwierig, wenn man keine Idee hat, in welcher Richtung man suchen soll.«

»Versuch es mit Sexualdelikten. Sexuelle Nötigung, Vergewaltigung. So etwas in der Art.«

»Ich werde sehen, was ich tun kann.«

»Gibt es was Neues über die Kroaten von dem Escortservice *Easy Nights*?«

»Über den vermutlichen Chef Dragoslav Durić habe ich gar nichts gefunden. Was Victor und Amir Muharenović angeht, gibt es auch nicht viel. Die beiden sind Brüder. In Berlin sind sie gemeinsam Beschuldigte in einem Fall des Menschenhandels. Allerdings ist unklar, ob an der Sache etwas dran ist. Die Geschädigte ist die Exfrau von einem der Brüder. Vielleicht ist es nur ein Rosenkrieg.«

»In Ordnung. Ich bin ohnehin davon überzeugt, dass Grubich unser Mann ist.«

»Ich bleib auf jeden Fall dran«, versprach Martin.

Lasker verabschiedete sich.

Als Nächstes rief er Weidner an.

»Wir haben einiges herausgefunden«, sagte er nach einer kurzen Begrüßung.

»Ich höre.«

Lasker berichtete, dass Romina Radulović keine Prostituierte gewesen war, sondern als Späherin und Informantin für eine Einbrecherbande gearbeitet hatte. Danach erzählte er dem Abteilungsleiter von Tanners Ermittlungen in der Spielbank und ihrem Tatverdacht gegen Grubich.

»Wie ist der Tatverlauf Ihrer Meinung nach gewesen?«, fragte er, als Lasker fertig geredet hatte.

An Weidners Stimme meinte Lasker zu erkennen, dass sich dessen Euphorie in Grenzen hielt. Das wunderte ihn. Schließlich waren sie innerhalb kürzester Zeit der Lösung des Falls äußerst nahe gekommen.

»Grubich ist in der Spielbank zufällig auf Radulović gestoßen. Ich denke, er hat sie für das gehalten, was sie vorgetäuscht hat zu sein: eine Edelprostituierte. Vielleicht ist er auch so borniert, dass er gedacht hat, sie findet ihn attraktiv. Jedenfalls hat sie sich von ihm abschleppen lassen. Allerdings ist Grubich mit ihr nicht in sein Haus gefahren, sondern zu einem abgelegenen Ort. Dort hat er sie noch im Wagen sexuell bedrängt, was nicht in ihrem Interesse war. Sie wollte in seine Wohnung und keinen Sex auf der Rückbank. Also kam es zum Streit. Er hat sie ziemlich übel geschlagen. Dabei hat Radulović ihm das Gesicht zerkratzt. Und zwar ordentlich. Möglicherweise war das der Auslöser dafür, das Grubich sie mit seinem Gürtel erwürgt hat. Grubich hat die Hände der Frau abgehackt, weil er Angst vor DNA-Spuren hatte. Warum er den Kopf nicht abgetrennt hat, kann ich nicht sagen. Er hat die Leiche im Fluss entsorgt. Als er wieder bei Verstand war, hat er sein Auto verschwinden lassen. Damit er in seinem persönlichen Umfeld nicht erklären muss, wo der Wagen ist, hat er ihn als gestohlen gemeldet. Vermutlich ist es bereits verschrottet oder nach Simbabwe verschifft worden.«

»Eine Tat im Affekt.«

»Das vermute ich. Ich nehme an, dass Grubich ein Problem mit der sexuellen Selbstbestimmung von Frauen hat. Aber ich denke nicht, dass es ihm um den Akt des Tötens geht und er die Tat geplant hat. Es wäre lebensfremd, wenn er sich in einer Spielbank gezielt ein Mordopfer aussuchen würde.«

»Wegen der Kameras?«

»Genau. Es gibt bessere Orte.«

»Sind Sie davon überzeugt, dass er der Täter ist?«

»Absolut. Er hat sie kurz vor ihrem Tod getroffen. An dem Abend in der Spielbank hatte er die Verletzungen in seinem Gesicht noch nicht. Sein Auto wird ausgerechnet nach dem Tod des Opfers gestohlen. Ich bin mir sicher, dass er unser Mann ist.«

»Und wie sieht die Beweislage aus?«

»Ich bezweifle, dass man einen Indizienprozess gewinnen wird. Aber es reicht auf jeden Fall für einen Durchsuchungsbeschluss oder eine Telefonüberwachung aus.«

»Wenn Sie mit Ihrer Tathypothese richtigliegen, wird man in seinem Haus nichts finden.«

»Vermutlich nicht. Man braucht ein wenig Glück.«

»Denken Sie, er wird in einer Vernehmung zusammenbrechen?«

»Schwer zu sagen. Ich kenne ihn natürlich nicht persönlich. Ein Problem wird sein, dass er bestimmt eine Menge Anwälte kennt, in deren Briefkopf die Städte London, Paris und New York aufgeführt sind. Ich gehe davon aus, dass er sich nicht zur Sache äußern würde. Einfach nichts zu sagen wird aus seiner Sicht die beste Strategie sein.«

»Also brauchen wir noch mehr.«

»Um auf Nummer sicher zu gehen, wäre das gut.«

»Was schlagen Sie vor?«

»Ich habe keine Ahnung.«

»Das ist mir zu wenig«, sagte Weidner in einem barschen Ton. »Sie haben gesagt, dass Sie den Täter finden.«

Was war denn nun los? Dafür, dass er realistischerweise so gut wie keine Chance gehabt hatte, den Fall aufzuklären, war er ganz schön weit gekommen. Kein Grund, motzig zu werden.

»Das habe ich getan!«

»Aber das ist nur die halbe Miete. Er muss dafür verurteilt werden!« Weidner klang gereizt.

Dann wollte er ihn mal noch ein wenig mehr ärgern. »Vielleicht hat das BKA weiterführende Erkenntnisse. Wenn man …«

»Das BKA kümmert mich einen Scheiß!«, brüllte Weidner. »Sie sollen den Mann überführen. Kriegen Sie das hin oder nicht?«

Der Abteilungsleiter wusste mit Sicherheit, wie sich das BKA um den Fall bemühte. Nämlich gar nicht.

»Dann muss ich andere Geschütze auffahren.«

»Was meinen Sie damit?«

»Ich müsste ihn reinlegen. Auf legalem Weg werden wir nicht viel erreichen.«

»Dann legen Sie ihn rein. Aber machen Sie es richtig. Kriegen Sie das hin?«

Das war jetzt mal eine krasse Ansage von dem dritthöchsten Polizisten in Frankfurt.

»Ja.«

Weidner legte auf.

Weshalb hatte er Ja gesagt? Lasker hatte weder eine Ahnung, wie er Grubich reinlegen sollte, noch war er sich sicher, ob er das überhaupt wollte. Objektiv betrachtet, waren sie am Ende der Fahnenstange angelangt. Und warum hatte Weidner derart gereizt reagiert? Eigentlich waren das doch alles gute Neuigkeiten gewesen, die Lasker seinem Chef berichtet hatte. Da sollte einer schlau draus werden.

Allerdings hatte er keine Zeit, sich über die Befindlichkeiten seines Chefs Gedanken zu machen. Er musste eine geeignete Örtlichkeit für die Übergabe von Hassanis Heroin finden. Die Zeit drängte.

Er holte sich seinen Laptop vom Schreibtisch, setzte sich an den Küchentisch und bemühte Google Maps. Eine Weile irrte er über die Landkarte.

Wie sollte er auf diese Weise einen Ort finden, der abgelegen genug war? Auch wenn es auf der Karte nichts zu sehen gab, hieß das noch lange nicht, dass die Örtlichkeit auch menschenleer sein würde.

Was, wenn Splatter doch verrückt war? Vielleicht waren sie alle bis Mitternacht bereits im Wald vergraben.

Bei dem Stichwort »Wald« fiel ihm etwas ein.

Sein Handy riss ihn aus seinen Gedanken. Es war Saskia.

»Ich weiß, dass du dich melden wolltest. Aber ich halte es nicht aus.«

»Kein Problem. Ich habe einen Treffpunkt gefunden.«

»Wo?«

»Warte einen Moment. Ich schick dir den Standort auf dein Handy.« Lasker fummelte an seinem Handy herum. »Hast du ihn?«

»Moment. Ja. Was in Gottes Namen wollen wir denn dort?«

»Splatter hat auf einen Übergabeort bestanden, der möglichst abgelegen ist. Ich war da vor Jahren mal wandern.«

Hinterbachtal bei Raubach. Das lag knapp hundert Kilometer südlich von Frankfurt. Dort gab es außer einem Bach und einem Wald wenig. Dieses Wenige bestand in einem Autoschrottplatz. Der Schrottplatz war ihr Treffpunkt.

»Für Splatter war es wichtig. Er wird uns den Rücken freihalten«, sagte Lasker.

»Was hat Splatter vor?«

»Er hat es mir nicht gesagt.«

»Bist du verrückt?« Ihre Stimme überschlug sich. »Die wollen uns vielleicht umbringen und du lässt den Irren einfach so machen. Da draußen hilft uns niemand.«

»Der Irre hat dir ohne Zögern aus der Klemme geholfen und dabei seinen Job riskiert. Ich vertrau ihm und du solltest es besser auch tun. Jeder von uns hat seinen eigenen Schatten und ist absonderlich. Akzeptier ihn, wie er ist.«

»Du hast recht. Es tut mir leid. Ich bin nervös.«

»Bin ich auch.«

Für einen Moment schwiegen sie.

»Mach dir keine Sorgen. Ruf Hassani an und sag ihm, wo wir uns treffen wollen. Wenn er misstrauisch wird, dann erklär ihm, dass du Angst davor hast, observiert zu werden. Du willst dich möglichst weit weg treffen. Das wird er schon fressen. Außerdem will er sicher seine Ware.«

»Und seinen Kopf und die Genitalien«, ergänzte Saskia. »Hoffentlich landen unsere Köpfe nicht auch in einer Kühlbox.«

»Das wäre allerdings unerfreulich.«

***

Es war 21.50 Uhr.

Der Autoschrottplatz lag so weit abseits jeglicher Zivilisation, wie das in Deutschland möglich war.

Lasker genoss die Luft. Ihm gefiel die Gegend. Kaum befahrene Straßen schlängelten sich die bewaldeten Hügel hoch und runter. Lediglich die Finsternis des Waldes irritierte ihn ein wenig. Wenn man sich durchgängig in einer Stadt bewegte, vergaß man mit der Zeit, was die Nacht bedeutet. Nämlich die Abwesenheit von Licht.

Jedes Mal, wenn er sich am Meer oder im Wald aufhielt, legte er innerlich das feierliche Gelübde ab, aufs Land zu ziehen. Zurück in der Stadt, setzte dann regelmäßig eine Art Amnesie ein und der Vorsatz war vergessen.

»Arschkalt hier draußen«, sagte Tanner und zog den Reißverschluss seiner Jacke nach oben.

»Im Wald ist es immer etwas kühler.«

»Etwas kühler ist gut. Würde mich nicht wundern, wenn es heute Nacht friert.«

293

Seit einer Stunde wartete Saskia in ihrem Wagen auf dem leeren Parkplatz des Schrotthändlers. Ein Stück abgesetzt von ihr hatten Lasker und Tanner zwischen zwei Containern geparkt. In der Dunkelheit musste man schon sehr nahe herankommen, um sie sehen zu können. Splatter befand sich auf einer kleinen Anhöhe etwa fünfzig Meter entfernt. Er war bereits am frühen Abend angereist. »Bist du sicher, dass du nicht zu weit weg bist?«, fragte Lasker zum dritten Mal über die Telefonkonferenzschaltung.

»Nein, das ist optimal. Aber denkt daran, wenn Saskia das Zeichen gibt, müsst ihr euch alle hinlegen. Sofort«, sagte Splatter.

Lasker schaltete das Mikro seines Handys stumm.

»Was zur Hölle wird das?«, fragte Tanner und fummelte an seinem Kopfhörer herum, der ihm ständig aus dem Ohr rutschte.

»Ich weiß nicht. Es ist eine Überraschung von Splatter für die Serben.« Lasker stand neben dem Wagen und suchte die Umgebung mit einem Feldstecher ab. Bisher hatte er nichts entdecken können. Das wunderte ihn. Wenn er an Hassanis Stelle wäre, dann hätte er jemanden geschickt, der den Treffpunkt im Vorfeld aufklärt.

»Bist du bescheuert?«, fragte Tanner.

Lasker wurde langsam sauer. Auch wenn er Tanners Reaktion verstand, gefiel ihm der Ton nicht. »Hör zu. Jeder hat seine Anweisungen. Entweder du vertraust mir oder du tust es nicht. Splatter wird sich um die Sache kümmern. Oder willst du das hier lieber ohne ihn durchziehen?«

»Trotzdem. Wie könnt ihr nur alle so verrückt sein?«

»Du bist es doch selber.«

»Ich?« Er deutete mit dem Finger auf seine eigene Brust. »Das meinst du doch wohl nicht ernst.«

»Du bist hier. Oder etwa nicht?«

Tanner zog ein Kaugummi aus der Jackentasche. »Punkt für dich«, knurrte er.

»Sie kommen«, sagte Lasker.

»Wo?«

Lasker zeigte in Richtung Westen. Er nahm das Fernglas herunter. Die Scheinwerfer, die sich über die Kreisstraße näherten und zwischen den Bäumen aufblitzten, waren jetzt mit bloßem Auge zu erkennen.

Er drückte die Sprechtaste.

»Da kommen drei Fahrzeuge in unsere Richtung.«

Saskia und Splatter bestätigten die Meldung.

Tanner trat von einem Fuß auf den anderen. »Wenn die alle voll besetzt sind, dann haben wir gleich ein Dutzend von den Pennern am Hals.«

»Alles wird gut.«

»Ja, Papa.«

Lasker sah den Lichtern dabei zu, wie sie langsam größer wurden. Mittlerweile konnte man das Brummen der Motoren hören.

Den ersten Kontakt sollte Saskia alleine herstellen. Es war ziemlich klar, das Hassani nicht begeistert sein würde, wenn er erfuhr, dass der Transporter Geschichte war. Nicht wegen des Sprinters. Der würde ihn kaum interessieren. Aber wenn Saskia ihm die Kühlbox mit dem abgetrennten Kopf vor die Füße stellte, dann war klar, dass sie deren Inhalt kannte. Gut möglich, dass er sich entschloss, sie aus dem Verkehr zu ziehen. Nur zur Vorsicht.

Außerdem war Lasker auf Hassanis Reaktion gespannt, wenn er erfuhr, dass Saskia ihre Freunde mitgebracht hatte. Konnte der Mann ernsthaft glauben, dass Saskia sich alleine mit ihm im Wald treffen wollte?

Die alles entscheidende Frage war, wie es in Zukunft weiterging, wenn sie ihr Druckmittel aus der Hand gegeben hatten.

Die Fahrzeuge erreichten den Parkplatz.

Saskia öffnete die Fahrertür. »Die machen mich kalt«, flüsterte sie, während sie zum Kofferraum ging.

Lasker schaltete sein Mikro ein. »Ruhig bleiben. Sag ihnen, wir hätten extra neue Kühlaggregate in die Box reingelegt. Der Kopf ist wie neu.«

Splatter kicherte.

Die Serben verließen die Fahrzeuge.

Lasker und Tanner waren nicht mehr als zwanzig Meter entfernt, aber so wie es aussah, hatten Hassanis Leute sie bisher nicht in der Dunkelheit entdeckt. Tanners Befürchtungen erwiesen sich als gerechtfertigt. Die Fahrzeuge waren in der Tat gut besetzt. Insgesamt zählte er zehn Männer.

Ein älterer Mann ging alleine in Richtung von Saskias Wagen. In einigen Metern Abstand blieb er stehen. Das musste Hassani sein.

Die Scheinwerfer von Saskias Golf leuchteten den Mann an.

Vom Aussehen her erinnerte er ihn an den Dirigenten Karajan in jüngeren Jahren.

»Ich hoffe sehr, der Scheiß lohnt sich. Ich habe richtig schlechte Laune. Ich dachte, ich kann mich auf dich verlassen«, rief Hassani in Saskias Richtung. »Du warst wie eine Tochter für mich.«

»Vielleicht hättest du mir von dem GPS-Sender erzählen sollen.«

»Wenn ich darüber informiert gewesen wäre, hätte ich es getan. Die Behörden setzen mich nur selten über solche Maßnahmen in Kenntnis. Aber du bist ja anscheinend gut klargekommen. Wo ist meine Ware?« Er trat einen Schritt vor. »Wo ist der beschissene Sprinter?«, brüllte er.

Saskia hatte die Kühlbox aus dem Kofferraum geholt. Jetzt stand sie vor ihrem Auto. Die Box hatte sie neben sich auf den

Boden gestellt. »Den Sprinter musste ich verschwinden lassen. Ich konnte es nicht riskieren, dass man dort Spuren von mir findet!«, rief sie. Von Saskias Position gesehen, stand Hassani fünf Meter vor ihr. Zehn Meter hinter ihm seine Männer. Dann folgte der Zaun des Schrottplatzes, auf dem sich Autowracks stapelten.

Hassani ging einen Schritt auf Saskia zu. Er zeigte mit dem Arm auf die Kühlbox. »Ich nehme an, du hast da reingesehen.«

»Nützt es was, wenn ich Nein sage?«

»Wo ist das Heroin?«

»Was für Drogen?«

Hassani brüllte. »Ich lass mich von dir kleinen Schlampe nicht verarschen.« Seine Hand bewegte sich in Richtung des Gürtels. »Ich habe die Schnauze voll, du Fotze.«

»Splatter! Jetzt!!«, schrie Saskia.

Sie warf sich auf den Boden wie bei einem Fliegerangriff.

Lasker tat es ihr gleich.

Tanner ging lediglich leicht in die Hocke. »Das ist doch total …« Einen Sekundenbruchteil später lag er im Dreck und drückte sein Gesicht auf den Boden. »Alter Schwede!!«

Ein ratterndes Geräusch hackte die Stille in Stücke. Es klang wie eine riesige Nähmaschine, die den Saum einer Ritterrüstung nähte.

Aus Richtung der Anhöhe, wo Splatter sich verborgen hielt, kam ein Strahl von wütenden rot leuchtenden Glühwürmchen herangeschossen. Die Glühwürmchen flogen dicht über die Köpfe der Serben hinweg und verwandelten die Autowracks, die sich hinter den Männern auf dem Schrottplatz stapelten, in Blechkonfetti. Glasscheiben explodierten, Reifen platzten, Kotflügel und Türen wurden perforiert.

Mittlerweile stand niemand mehr auf den Füßen.

Das Spektakel dauerte kaum zehn Sekunden.

Es wurde still.

Auf dem Schrottplatz verlor ein Auto seine Tür, die scheppernd auf dem Betonboden aufschlug.

»Los jetzt!« Lasker stellte sich auf die Füße.

»War das ein Maschinengewehr? Woher hat der Kerl ein MG mit Leuchtspurmunition?«, keuchte Tanner.

Lasker ignorierte ihn. Er musste den Schock, unter dem die Serben standen, für sich ausnutzen.

»Wir müssen miteinander reden!«, rief er, als er aus dem Dunkel auf den Parkplatz trat.

Hassanis Männer lagen noch auf dem Boden und hielten sich die Hände über den Kopf. Hassani selber rappelte sich auf und kam auf die Beine.

»Ich hoffe, es ist klar geworden, dass im schlimmsten Fall niemand diesen Ort lebend verlässt!«, rief Lasker.

Hassani sah Lasker an. Der Mann hatte sich bereits wieder gefangen. »Das ist deutlich geworden.« Er drehte sich zu seinen Leuten um, die sich zögerlich hinstellten. Hassani rief etwas auf Serbisch. Während er sich den Dreck von der Jacke klopfte, wandte er sich Lasker zu. »Wer bist du denn jetzt?«

»Ich bin ihr Chef.«

»Du bist Polizist?«

»Genauso wie der Mann in meiner Begleitung und unser Freund auf dem Hügel.«

Tanner stand jetzt schräg hinter Lasker. Er hob die Hand zum Gruß. »Guten Abend«, sagte er.

»Ich kann mich täuschen, aber das war keine polizeitypische Aktion«, stellte Hassani fest.

»Eher nicht.«

»Dann seid ihr alleine.«

Lasker nickte. »Wir und das Maschinengewehr.«

»Was wollt ihr?«

»Als Erstes will ich verhindern, dass du meine Mitarbeiterin umbringst.«

»Solange ich nicht habe, was ich will, wird hier niemand umgebracht.«

»Und wenn du hast, was du willst?«

Hassan lächelte. »Einigen wir uns doch einfach darauf, dass heute niemand sterben wird.«

»Gute Idee. Aber das muss auch für die Zukunft gelten. Lasst sie und ihre Familie in Ruhe.«

»Abgemacht.«

»Und keine Erpressungen mehr.«

»Einverstanden. Dafür bekomme ich meine Lieferung.«

»Wer garantiert mir, dass du dich an unsere Abmachung hältst?«

Hassani zuckte mit den Schultern. »Woher soll ich das wissen?«

Genau da lag das Problem. Am heutigen Abend würde gar nichts passieren. Splatter hatte ordentlich Eindruck hinterlassen. Aber Hassani war ein Kaliber, mit dem man als Polizist selten in Berührung kam. Solche Leute verlangte es in der Regel nicht danach, sinnlos zu töten. Sahen sie aber das Erfordernis, zögerten sie keine Sekunde. Und sie fanden eine Möglichkeit.

Hassanis ursprünglicher Plan hatte darin bestanden, dass Saskia den Transporter ohne viel Aufhebens an ihn übergeben sollte. Bei unversehrter Ladung wäre Hassani davon ausgegangen, dass Saskia keine Kenntnis über die brisante Fracht hätte. Und damit waren nicht die Drogen gemeint. Das sah nun anders aus. Saskia wusste von den abgetrennten Körperteilen. Es war nicht davon auszugehen, dass der ursprüngliche Besitzer sie freiwillig zur Verfügung gestellt hatte. Lasker würde es nicht überraschen, wenn das Grund genug für die Serben wäre, Saskia auszuschalten. Jetzt aber war klar, dass noch mindestens drei weitere Personen von der Ladung wussten. Vier Polizisten zu ermorden war eine andere Hausnummer. Es blieb zu hoffen, dass Hassani das abschreckte.

Außerdem bestand da noch das Problem des Handyvideos, das Saskia bei ihrem Rachefeldzug zeigte. Lasker wollte Hassani gar nicht erst dazu auffordern, es zu löschen. Es ließ sich ohnehin nicht überprüfen. Egal, was Hassani zusicherte, er würde Saskia weiter in seiner Hand behalten.

Plötzlich hatte Lasker eine Idee.

»Was hältst du davon, wenn wir in Zukunft zusammenarbeiten?«

Hassani lachte. »Was? Wollt ihr in den Drogenhandel einsteigen?«

»Ich bin davon überzeugt, dass ihr Informationen habt, die uns weiterhelfen. Es gibt sicher Konkurrenz, die euch ein Dorn im Auge ist. Wir bekommen Erfolge und ihr werdet sie ohne lästigen Bandenkrieg los.«

Hassani dachte einen Moment lang nach. »Das reicht mir nicht. Ihr wisst sicher auch Dinge, die mich interessieren. Ich will, dass ihr mich informiert, wenn etwas geplant ist, das meine Geschäfte betrifft.«

Lasker zögerte nicht. »Abgemacht.«

Lasker trat auf Hassani zu und streckte ihm eine Hand entgegen.

Der Serbe ergriff sie.

»Wie ist dein Name?«, fragte Hassani.

»Jo Lasker.«

»Wo ist meine Ware?«

Lasker drehte sich zu Tanner um. »Hol das Zeug.«

Tanner verschwand im Dunkeln und kehrte wenig später mit zwei Sporttaschen zurück.

Hassani öffnete die Reißverschlüsse und inspizierte den Inhalt.

Er rief seinen Männern etwas zu. Zwei von ihnen kamen angerannt und brachten die Taschen und die Kühlbox zu einem Kombi.

»Wir bleiben in Kontakt«, sagte Hassani zu Lasker.

Die Serben stiegen in ihre Autos und fuhren vom Parkplatz. Lasker sah den Rücklichtern hinterher.

**

Eine knappe halbe Stunde später traf Lasker sich mit den anderen in einer Tankstelle, die an einer Bundesstraße lag.

Er stand an einem Stehtisch und wartete auf seine drei Mitarbeiter. Tanner holte sich einen Cappuccino aus dem Automaten. Saskia zahlte gerade etwas an der Kasse, während Splatter sich einen abgepackten Hamburger in der Mikrowelle aufwärmte. Als Lasker noch regelmäßig nachts gearbeitet hatte, war es gelegentlich vorgekommen, dass er diese Dinger in sich hineingeschoben hatte. Widerlich. Am Rand waren sie ausgetrocknet und in der Mitte meistens noch fast gefroren.

Splatter störte das nicht. Er hatte sich neben Lasker an den Tisch gestellt und biss mit Appetit in den Burger.

Saskia kam als Nächste. Ihm fiel auf, dass sie eine Schachtel Zigaretten in den Händen hielt.

Er zog die Stirn in Falten. »Du rauchst doch gar nicht«, stellte er fest.

»Vielleicht hat sie das vergessen«, schmatzte Splatter.

Sie glotzte auf die Schachtel in ihrer Hand. »Ich weiß auch nicht, warum ich die gekauft habe.« Eilig steckte sie die Packung in ihre Jackentasche.

Endlich kam Tanner. Seinen Cappuccino trug er vorsichtig mit zwei Fingern am Rand. »Heiß der Mist«, sagte er und beeilte sich, den Becher abzustellen. Er musterte Splatter. »Mir liegt eine Frage auf dem Herzen.«

»Nur zu«, sagte Splatter.

»Kannst du mir erklären, warum du im Besitz eines MGs bist?«

Splatter wischte sich die Finger mit einer Serviette ab. »Mein Opa durfte an der Ardennenoffensive teilnehmen. Als das erledigt war, ist er nach Hause gegangen und hat das MG 42 im Obstgarten vergraben.«

»Warum hat er das MG mitgenommen?«

»Weil er überzeugt war, dass man es irgendwann gebrauchen kann.«

Tanner grunzte abfällig. »Wofür sollte man denn ein MG brauchen?«

»Du warst doch vorhin dabei.«

»Quod erat demonstrandum«, sagte Lasker.

Lasker hatte mit irgend so einer Aktion von Splatter gerechnet. Er war heilfroh, dass er sich nicht in dem Mann getäuscht hatte.

»Ich wusste, ich kann mich auf dich verlassen«, sagte er zu Splatter.

»Hat es dir gefallen?« Splatter grinste breit.

»Ich könnte vor Rührung weinen.«

»Das freut mich.«

Tanner schüttelte den Kopf und nippte an seinem Pappbecher. »Hast du Splatter schon gesagt, dass wir neue Freunde haben?«, fragte er Lasker.

»Ich habe es über die Telefonkonferenz mitbekommen«, sagte Splatter.

Tanner sah Lasker an. »Warum hast du das getan?«

»Wenn man seinen Feind nicht schlagen kann, muss man ihn zu einem Verbündeten machen.«

»Das ist doch nicht dein Ernst. Was haben wir davon?«

»Zeit.«

»Glaubst du, sie lassen mich ab jetzt in Ruhe?«, fragte Saskia. Ihr Blick flackerte und hielt keinem Augenkontakt stand. Vermutlich befand sie sich noch in der Demutsphase und schämte sich dafür, dass sie alle in Schwierigkeiten gebracht hatte.

»Ich hoffe es. Durch die Aktion wissen sie, dass du nicht alleine bist. Außerdem hat Splatter ihnen Stoff zum Nachdenken gegeben.«

Tanner grunzte verächtlich. »Das wird denen nicht auf Dauer Angst machen.«

»Das glaube ich auch nicht«, pflichtete Lasker ihm bei. »Aber sie werden uns für unberechenbar halten. Das muss genügen.«

»Willst du wirklich mit denen ein Bündnis eingehen?«

Lasker schüttelte den Kopf. »Ich habe keine Ahnung. Das anzubieten war eine spontane Entscheidung gewesen.«

Eine Weile schwiegen sie.

Splatter hatte seinen Hamburger verspeist und wischte sich den Mund mit einer Papierserviette ab.

Tanner schlürfte gedankenverloren an seinem Cappuccino.

Lasker sah Saskia an. »Was ist? Du siehst so nachdenklich aus.«

»Ich weiß auch nicht«, sagte Saskia. »Aber irgendwie habe ich das Gefühl, dass etwas nicht stimmt.«

»Was meinst du?«

»Diese ganze Erpressungsgeschichte. Warum das alles? Nur weil ich so einem Jungen die Zähne ausgeschlagen habe?«

»Familie ist denen wichtig«, sagte Tanner.

»Das kann ja sein. Aber dann könnten sie mich überfallen und ins Krankenhaus prügeln.«

»Gleiches mit Gleichem vergelten«, sagte Splatter und warf die Serviette auf seinen Teller.

Sie nickte zustimmend. »Das meine ich. Warum dieser Aufwand? Warum soll ich für Hassani einen Auftrag erledigen? Ich habe die ganze Zeit so unter Stress gestanden, dass ich nicht mehr klar denken konnte. Aber jetzt kommt es mir seltsam vor.«

»Du hast es uns doch selbst erklärt. Hassani sah sich gezwungen, Rache zu nehmen, war aber selbst nicht von der

Idee überzeugt. Daher solltest du für ihn arbeiten, was dich automatisch unter seinen Schutz gestellt hätte.« Lasker verzog sein Gesicht. »Jetzt, wo ich es laut ausgesprochen habe, klingt es wirklich merkwürdig.«

»Warum?«, fragte Splatter.

»Weiß ich noch nicht«, antwortete Lasker. »Saskia, erzähl noch mal, was in der Kneipe passiert ist.«

»Ich bin reingekommen und wurde von drei Schlägern in Empfang genommen. Die anderen Gäste sind plötzlich verschwunden. Die Schläger sagten, dass sie mich vergewaltigen wollten. Da habe ich zugeschlagen.«

»Und plötzlich ist Hassani aufgetaucht.«

»So war es. Er sagte, dass er zufällig in der Nähe gewesen und von dem Wirt informiert worden sei.«

»Schöner Zufall.«

»Das stimmt. Ich habe mir nichts dabei gedacht. Ich war in dem Moment einfach froh, dass ich heil aus der Nummer herausgekommen bin.«

»Und dann hat er dir diesen Job angeboten.«

Sie nickte.

»Ich weiß nicht«, sagte Lasker. »Aber ich bekomme auch das Gefühl, dass da mehr dahintersteckt.«

»Zum Beispiel?«, fragte Splatter.

Lasker dachte nach. Dann lachte er kurz auf und griff sich mit der Hand an die Stirn. »Dieser gerissene Schweinehund«, platzte es aus ihm heraus.

»Jetzt spann uns nicht auf die Folter.« Tanner hatte seinen Cappuccino leer getrunken.

»Ich stell jetzt mal folgende Idee zur Diskussion«, begann Lasker. »Hassani gehört definitiv zur Führungsetage einer serbischen Verbrecherorganisation. Unser Opfer ist Serbin. Stellen wir uns vor, dass es eine Verbindung zwischen den beiden gibt. Vielleicht hat er sogar etwas mit ihrem Tod zu tun. Das würde erklären, warum Hassani Interesse an dem Fall hat. Irgendwie hat er von unserer AG erfahren. Das hat ihn nervös gemacht. Da hat er die Chance bekommen, einen Zufall für sich zu nutzen. Einer der Jungen, die von Saskia in der B-Ebene verprügelt worden sind, gehörte zum erweiterten Kreis der Serben. Hassani setzt Saskia unter Druck. Sie kommt in die Kneipe. Die drei Typen sollen Saskia nicht vergewaltigen, sondern ihr nur gewaltige Angst machen. Wenn sie das geschafft hätten, wäre Hassani aus dem Nichts aufgetaucht und hätte den Retter gespielt.«

»Und was soll das Theater?«, fragte Splatter.

»Ich bin noch nicht fertig. Der Plan ging schief. Saskia konnte sich zur Wehr setzen. Hassani musste feststellen, dass Saskia nicht so ohne Weiteres einzuschüchtern war. Also beschloss er, ihr einen Job zu geben, um sie kontrollieren zu können.«

»Denkst du, er hat versucht, Saskia als Informantin für sich zu gewinnen?«, fragte Tanner.

»Genau das nehme ich an. Zuerst hatte er geglaubt, Einschüchterung würde genügen, um sein Ziel zu erreichen. Das war ein Fehler. Menschen wie Saskia reagieren ziemlich empfindlich auf diese Art von Druck und sind kaum berechenbar.«

»Hätte er meinem Neffen oder meiner Schwester etwas angetan, dann hätte ich ihn kalt gemacht«, zischte Saskia.

»Zu dem Schluss ist Hassani wohl auch gekommen. Also hat er schnell reagiert und etwas Raffinierteres versucht. Er wollte Saskia auf seine Seite ziehen. Sie korrumpieren, um sie am Ende tatsächlich für sich zu gewinnen.«

»Das klingt recht plausibel«, sagte Tanner. »Leider. Ich glaube nicht, dass mir die Geschichte dadurch jetzt besser gefällt.«

»Denkst du wirklich, dass es so ist?«, fragte Splatter.

»Keine Ahnung. Ist nur eine Idee.«

»Ich glaube, Jo hat recht«, sagte Saskia. »Aber woher wusste Hassani von unserem Auftrag? Weidner wird es ihm kaum gesagt haben. Und ich gehe mal davon aus, dass es auch keiner von uns war.«

»Oh, mein Gott!«, stöhnte Tanner.

Die drei sahen ihn an.

Er war von einer Sekunde auf die nächste kreidebleich geworden.

26. Verräter

Tanner

9. Tag, 11.30 Uhr

Nach Laskers Hypothese war Tanner schlagartig schlecht geworden. Woher konnten die Serben wissen, worin der Auftrag der AG bestand? Die Massenverhaftung unter den Bulgaren ließ keinen Rückschluss auf ihren eigentlichen Auftrag zu. Möglicherweise hatte Hassani Kontakte innerhalb der Polizei. Dadurch konnte er erfahren haben, wer bei der AG Talisman zum Personal gehörte. Das war aber auch alles – und rechtfertigte noch keine abgefahrenen Spionagetricks.

Dann war Tanner plötzlich Brandos blau geschlagenes Auge eingefallen.

Der Junkie war der Einzige, der wirklich etwas wusste, was die Serben nervös machen konnte. Um Laskers Hypothese zu überprüfen, lag es auf der Hand, ein ernstes Gespräch mit ihm zu führen.

Als sie gestern Nacht nach ihrem Treffen mit den Serben zurück in Frankfurt gewesen waren, hatten sie sofort mit der

Suche nach Brando begonnen. Nach zwei Stunden gaben sie es auf.

Nun, am nächsten Morgen, drehte Tanner seit einer Viertelstunde Kreise im Bahnhofsgebiet. Bei jeder Gruppe von Junkies verlangsamte er seine Fahrt und versuchte zu erkennen, ob Brando bei ihnen stand. Bisher erfolglos. Die anderen hatten ihn angerufen und gesagt, dass sie sich auch bald auf den Weg machen würden.

Er kreuzte weiter durch das Gebiet.

Moselstraße, Elbestraße, Weserstraße, Münchener Straße. Brando blieb unsichtbar. Mehrfach hatte er versucht ihn anzurufen, aber es ging immer nur die Mailbox ran.

Zwei Runden würde er noch drehen. Dann hieß es aussteigen und die B-Ebene im Bahnhof absuchen.

Tanner hatte Angst.

Seit zwölf Jahren war er bei dem Verein. Noch nie hatte er ein so ungutes Gefühl wie jetzt. Das Schlimmste an der Situation war die völlige Unübersichtlichkeit der Lage. Was wusste Hassani? Was wollte er? Wollte er überhaupt irgendwas? Was war mit Saskias Observation? War sie von den Kollegen identifiziert worden? Die Kameras am Flughafen bereiteten ihm auch immer noch Sorgen. Und wo zur Hölle war dieser bekloppte Brando?

Er hatte in seiner Dienstzeit durchaus einige knifflige Situationen erlebt. Aber in jedem der Fälle war die Anzahl der beteiligten Personen überschaubar gewesen und ihre Motive hatten klar auf der Hand gelegen. Von dieser Art der Klarheit war er weit entfernt. Das Gefühl, dem Schicksal ausgeliefert zu sein, gefiel ihm überhaupt nicht.

Als Lasker ihn gebeten hatte, weiter mitzumachen, weil es ohne ihn nicht ginge, da hatte Tanner sich geschmeichelt gefühlt. Obwohl geschmeichelt wohl nicht der richtige Begriff war. Er hatte sich gebraucht gefühlt. Das traf es besser.

Lasker hatte genau in die richtige Kerbe geschlagen.

Auf der Arbeit brauchte ihn ansonsten niemand. Wenn er den Job nicht machte, dann tat es ein anderer. Das war insofern nichts Besonderes. Wer ist schon unersetzbar?

Und Sylvia? Die brauchte ihn auch nicht. Die hatte ihren Vater.

Aber Lasker brauchte ihn wirklich. Wenn er seinen Abschied einreichen würde, hätte die AG augenblicklich fünfundzwanzig Prozent ihrer Belegschaft verloren. Ersatz würde es nicht geben.

Du bist also der Neue. Ich erklär dir erst mal die derzeitige Situation.

Das würde nichts werden.

Vielleicht war der unbefriedigte Wunsch, gebraucht zu werden, auch der Grund, warum er früher so viele Liebschaften gepflegt hatte.

Als er drauf und dran war, völlig in eine tiefenpsychologische Selbstbetrachtung zu versinken, fiel ihm plötzlich Sylvias Schwangerschaft ein.

Mit seiner Vaterschaft hatte er sich noch überhaupt nicht auseinandergesetzt. Bald würde ihn jemand brauchen, und zwar in einer nie gekannten absoluten Form. Alles, was er ab jetzt tat, musste er unter dem Licht betrachten, ob es seinem Kind schadete oder nützte. Im Gefängnis zu landen oder über den Haufen geschossen zu werden schadete. Da gab es wohl keine andere Meinung. Und darum musste er mit dem Mist aufhören. Am liebsten hätte er sofort Lasker angerufen und ihm seinen Sinneswandel mitgeteilt.

In diesem Augenblick fuhr er an Brando vorbei, der auf dem Bürgersteig in der Karlstraße ging.

Er leitete eine Vollbremsung ein.

Brando bezog die quietschenden Reifen anscheinend ganz richtig auf sich, drehte sich zu Tanners Wagen um und nahm eine gebückte Haltung ein, wie eine Katze, die sich noch nicht im Klaren über den wirklichen Ernst der Lage ist.

Tanner sprang aus dem Wagen. »Brando, steig ein. Ich muss mit dir reden.«

Einen Moment zögerte der Junkie, dann setzte er sich in Bewegung und stieg auf der Beifahrerseite ein.

Tanner sprang wieder in den Wagen und gab Gas. Er fuhr die Karlstraße weiter, überquerte die Mainzer Landstraße und erreichte das Westend. Einige Hundert Meter weiter fand er einen freien Parkplatz am Seitenstreifen und hielt an. Hier waren sie ungestört. Wer auch immer im Bahnhofsgebiet herumgeisterte, ins Westend verirrten sich nur die wenigsten von ihnen.

»Warum hast du mich am Bahnhof stehen gelassen?«, fragte Tanner ohne Einleitung.

»Ich kann mir meinen Stoff nicht im Aldi kaufen. Wenn die Gelegenheit da ist, muss ich sie ergreifen.«

»Warum hast du mir das nicht gesagt?«

»Dass ich los muss, um Heroin zu kaufen? Du bist immer noch Polizist.«

Tanner lachte höhnisch auf. »Denkst du, mir ist es noch nicht aufgefallen, dass du drogenabhängig bist?«

Brando sagte nichts. Er rutschte unruhig auf seinem Sitz hin und her.

»Woher hast du das Veilchen?«

»Von so einem Typen.«

»Weshalb hat er das getan?«

»Wegen nichts. Einfach so. Streit eben.«

»Verarsch mich nicht.«

»Tue ich nicht.«

»Doch, tust du. Der Typ war nicht rein zufällig ein Serbe?«

»Er hat mir seinen Pass nicht gezeigt.«

Tanner griff Brando am Kragen und zog ihn ein Stück zu sich.

»Du hast uns verraten und damit in Gefahr gebracht. Und jetzt hör auf, mir Scheiße zu erzählen. Wer hat dich geschlagen?«

»Ich wollte das nicht«, jammerte Brando.

»Also?«

»Das waren drei Jugos.«

Tanner ließ ihn los. »Serben.«

»Keine Ahnung. Serben, Kroaten, Mazedonier. Jugos halt.«

»Die haben dich über uns ausgefragt.«

»Zuerst haben sie mir auf die Schnauze gehauen. Und dann haben sie das gemacht.« Brando zog den Reißverschluss seiner Jacke auf.

Sofort breitete sich ein Geruch nach altem Schweiß und Urin im Fahrzeuginneren aus, der Tanner die Luft nahm.

Brando zog seinen Pullover hoch. »Da, siehst du?«

Auf seinem Bauch hatte Brando mehrere kleine runde Verletzungen, die wie Brandwunden aussahen.

»Zigaretten?«, fragte Tanner.

»Ja. Die haben mich erst etwas gefragt, nachdem sie das getan hatten.«

Unter den Umständen konnte er es dem Junkie nicht übel nehmen, dass er geplaudert hatte.

»Was wollten sie von dir?«

»Die haben mitbekommen, dass wir etwas miteinander zu tun hatten. Außerdem haben sie gewusst, dass ich mich nach dieser ermordeten Frau bei den Prostituierten erkundigt habe.«

»Und was hast du ihnen gesagt?«

»Das, was ich wusste. Dass ihr offensichtlich nach ihrem Mörder sucht.«

Tanner fuhr sich mit beiden Händen über sein Gesicht. »Was für eine Scheiße!«

Lasker hatte mit seinem Verdacht recht behalten. Die Serben hatten von ihren Ermittlungen Wind bekommen und fühlten sich bedroht. Möglicherweise weil sie befürchteten, dass Dinge ans Licht kamen, die dort nichts zu suchen hatten. Und weil ihnen Brando als Spitzel zu weit weg vom eigentlichen Geschehen war, hatten sie versucht, Saskia zu instrumentalisieren.

Auf was hatte er sich da nur eingelassen? Das Problem war, dass er bereits zu tief drinsteckte. Wenn die anderen untergingen, war es wahrscheinlich, dass er sie notgedrungen begleiten würde. Also mussten sie da gemeinsam durch.

»Das ist noch nicht alles«, flüsterte Brando.

Nein, warum auch. Tanner sah ihn an. »Jetzt kommt sicher der Teil, der mir am wenigsten gefallen wird.«

»Davon bin ich überzeugt.«

27. Hausbesuch

Lasker

9. Tag, 12.20 Uhr

Als Tanner ihnen an der Tankstelle gesagt hatte, dass er Brando für die undichte Stelle hielt, hätte Lasker ihm am liebsten eine gefeuert. Wie konnte man nur einen Junkie in die Ermittlungen mit einbeziehen? Andererseits wären sie ohne Brando niemals Grubich auf die Spur gekommen. War das, was Tanner getan hatte, also nun gut oder schlecht?

Lasker fühlte sich, als würde er in einem leckgeschlagenen Ruderboot auf dem Meer treiben. Wenn er mit einem Finger ein Loch im Rumpf stopfte, drang das Wasser sofort an einer anderen Stelle ein.

Tanner suchte bereits im Bahnhofsgebiet nach Brando. Die anderen würden ihn bald dabei unterstützen.

Er selber hatte etwas anderes zu tun. Ihn trieb die Frage um, ob er Grubich reinlegen sollte oder nicht. Wenn Grubich tatsächlich der Täter war, dann hatte Lasker damit moralisch keine

Probleme. Aber wenn er sich täuschte, zerstörte er die Existenz eines Unschuldigen. Ein Mord ist kein Handtaschendiebstahl.

Und als sei das alleine nicht schon kompliziert genug, kam jetzt auch noch dieser Hassani aus dem Off und machte Stress.

Es half nichts. Er würde mit Weidner reden müssen und die Karten auf den Tisch legen. Lasker würde heute herausfinden, aus welchem Holz der Abteilungsleiter geschnitzt war.

Er gab sich einen Ruck und rief im Präsidium an.

»Abteilung Einsatz. Hermann am Apparat«, meldete sich die Frau aus dem Geschäftszimmer.

»Lasker, AG Talisman. Ich hätte gerne Herrn Weidner gesprochen.«

»Das tut mir leid, Herr Weidner ist nicht im Hause.«

»Können Sie mir sagen, wann ich ihn erreichen kann?«

»Nein, leider nicht. Herr Weidner hat sich heute Morgen krankgemeldet.«

»Danke.« Er beendete das Gespräch

Auch das noch. Wer weiß, wie lange der Mann jetzt krank ist? Was jetzt? Die Zeit lief.

Die Sache war wichtig genug, Weidner einen Hausbesuch abzustatten.

Er wusste lediglich, dass Weidner in Bad Ems wohnte. Er suchte im Internet nach ihm und stellte fest, dass sein Chef sich ordnungsgemäß mit vollem Namen und Adresse im Telefonbuch hatte eintragen lassen.

Einen Moment überlegte er, ob er ihn anrufen sollte, entschied sich aber dagegen. Solche Dinge besprach man besser von Angesicht zu Angesicht.

Er stand auf, zog sich im Flur die Schuhe an und machte sich auf den Weg.

***

314

Weidner wohnte am Ortsrand von Bad Ems in einem Viertel, das aus gepflegten Einfamilienhäusern bestand. In den Straßen parkten nur wenige Fahrzeuge. Hier herrschte Vollbeschäftigung und die meisten Anwohner waren sicherlich Pendler. Laskers Navigationsgerät erklärte ihm, dass er sein Ziel erreicht hatte. Er stellte den Wagen ab und stieg aus.

War Weidner verheiratet? Hatte er Kinder? Das Haus, vor dem er stand, sprach dafür. Ein ansehnlicher Bungalow. Er schätzte, dass das Haus in den Neunzigern gebaut worden war. Der Garten wirkte verwildert. Die Hecken zu breit, das Gras im Vorgarten zu hoch, in den Blumenbeeten wucherte Unkraut. Es fehlte nicht mehr viel, und das örtliche Gartenkontrollamt für Spießbürgersiedlungen würde ihn zur Rechenschaft ziehen.

Lasker hatte kaum den Fuß auf das Pflaster der Einfahrt gesetzt, als ihm vom Nachbargrundstück etwas zugerufen wurde.

Ein Mann im besten Ruhestandsalter stand am Zaun und stützte seine Ellenbogen auf einer Gartenharke ab.

»Wie bitte?«, fragte Lasker.

»Da ist niemand zu Hause!«, rief der Mann.

Lasker ging zum Zaun.

»Können Sie mir sagen, wo ich Herrn Weidner finden kann?«

»Wer sind Sie denn?«

Lasker holte seinen Dienstausweis hervor und hielt ihn dem Mann hin.

»Ich bin ein Arbeitskollege von Herrn Weidner. Ich muss ihn in einer wichtigen dienstlichen Angelegenheit sprechen.«

Der Mann beugte sich vor und begutachtete Laskers Ausweis. »Ich glaube nicht, dass ich Ihnen sagen will, wo er ist.«

»Aber vielleicht wollen Sie mir sagen, wann er nach Hause kommt. Insofern Sie das wissen.«

»Weiß ich nicht.«

»Was ist mit seiner Frau? Vielleicht kommt sie demnächst nach Hause.«

»Keine Frau«, sagte der Mann und griff sich seine Harke, was wohl bedeuten sollte, dass er das Gespräch für beendet hielt.

Hier biss Lasker auf Granit. Er verabschiedete sich und ging zu seinem Wagen.

So ein Mist. Der Nachbar war anscheinend so eine Art lebende Firewall für Weidner. Er hätte doch anrufen sollen. Jetzt war er den ganzen Weg umsonst hierhergefahren.

Als er wieder Richtung Autobahn fuhr, rief ihn Martin Feldmann an.

Martin übersprang die Begrüßung und kam gleich zur Sache. »Du hattest recht.«

»Ich höre.«

»Grubich hat in der Vergangenheit ein Problem mit Frauen gehabt. Einmal sexuelle Nötigung und einmal eine ausgewachsene Vergewaltigung mit allem, was dazugehört.«

»Die Fälle wurden eingestellt«, mutmaßte Lasker.

»Genauso ist es. Vermutlich kam es in beiden Fällen zu einer finanziellen Einigung. Zumindest bei der Vergewaltigung weiß ich, dass die Frau später angab, dass der Sex doch einvernehmlich stattgefunden habe. Alles nur ein dummer Irrtum.«

»Ich nehme an, Grubichs Anwalt hat dann sofort die Vernichtung der Akten bewirkt.«

»So sieht es aus. Wo es keinen Fall gibt, braucht die Polizei auch keine Akten. Das ging ratzfatz.«

Grubich war also ein frauenfeindliches Arschloch, das nicht vor Gewalt zurückschreckte. Noch ein Indiz, das ihn verdächtig machte. Und zwar ein ziemlich schwerwiegendes.

»Der richtige Hammer kommt aber noch«, sagte Martin.

Lasker leckte sich über die Lippen. Wenn Martin einen Hammer ankündigte, dann würde es auch einer sein.

»Ich schicke aber gleich vorweg, dass ich dir in der Angelegenheit so schnell nicht mehr helfen kann. Das Ganze wird mir eine Spur zu heiß.«

»Raus mit der Sprache.«

»Ich weiß jetzt, wer dafür gesorgt hat, dass der Fall zum BKA gegangen ist.« Martin legte eine dramatische Pause ein. »Herr Ministerialdirektor Kurt Grubich.«

»Sein Vater?«

»Wenn das kein Zufall ist, weiß ich es auch nicht. Der alte Herr von Grubich hat das natürlich nicht direkt gemacht, sondern um drei Ecken herum. Aber ich habe es trotzdem herausgefunden.«

»Kannst du das beweisen?«

Martin lachte. »Du hast eine sonderbare Art von Humor.« Er legte auf.

Nun war zweifelsfrei klar, dass Grubich in irgendeiner Form etwas mit dem Mord an Romina Radulović zu tun hatte.

Grubichs Vater deckte ihn, so wie er es in der Vergangenheit bereits mehrfach getan hatte. Tat er das nur aus Liebe zu seinem Kind? Lasker hatte zwar keine Kinder, aber er konnte sich nicht vorstellen, dass er seinen Sohn schützen würde, wenn der ein Mörder wäre. Aber vielleicht lagen die Motive des Herrn Ministerialdirektors auch woanders. Es war sicherlich nicht der Karriere förderlich, wenn der eigene Sohn wegen eines Tötungsdelikts im Gefängnis endete. Das war Presse, die niemand in der Position von Grubichs Vater gebrauchen konnte.

Damit stand aber auch endgültig fest, dass nur er den Mann überführen konnte. Das BKA würde es nicht tun. Die hatten schließlich genau den gegenteiligen Auftrag. Die Akte würde in einem Schrank vor sich hin schimmeln. Kein Mensch interessierte sich für den Mord an einer Serbin in Deutschland. Da gab es keine Anwälte von Angehörigen, die regelmäßig nachfragten, was denn nun Sache sei.

Kein Mensch interessierte sich für sie. Kein Mensch. Außer Weidner. Warum?

Das war eine der vielen Fragen, die es noch zu beantworten galt.

Das Handy riss ihn aus den Gedanken. Diesmal rief Tanner an.

»Ich habe Brando gefunden.«

»Und?«

»Hassanis Männer haben ihn gezwungen, uns zu verraten.«

Das überraschte Lasker nicht.

»Es tut mir leid«, sagte Tanner. »Ich hätte ihn da nicht mit hineinziehen dürfen. Es tut mir leid für ihn und für uns.«

»Über Schuldzuweisungen reden wir, wenn wir die Sache hinter uns haben. Hat Brando sonst noch etwas gesagt?«

»Fährst du gerade?«

»Ja.«

»Dann solltest du anhalten.«

»Spucks aus.«

»Unsere Wagen haben alle einen GPS-Sender.«

»Wie bitte?«

»Das hat ihm heute Morgen einer von den Hells Angels gesteckt. Die mögen die Serben noch weniger als die Bullen. Woher die Rocker das wissen, kann Brando nicht sagen. Ich habe bereits nachgesehen. Bei mir hing der Sender im Radkasten hinten rechts.«

Lasker trat auf die Bremse und bog von der Bundesstraße in einen Feldweg ein. Sein Wagen holperte durch einige Schlaglöcher und kam zum Stehen. Er sprang nach draußen, rannte um den Wagen herum und tastete die Radkästen ab.

Hinten links wurde er fündig.

»Das glaub ich nicht.«

Lasker hielt sich immer noch das Handy ans Ohr und starrte auf den Kasten in seiner Hand. Es war das gleiche Modell, das bei Saskia am Sprinter gehangen hatte.

»Hast du den Sender gefunden?«, fragte Tanner.

318

»Ja.«

Als Saskia die Drogen aus Belgien geholt hatte, war sie nicht von der Polizei observiert worden. Der Sender stammte von Hassani. Der hatte natürlich ein Interesse daran, wo Saskia sich mit seinem Stoff herumtrieb. Einen magnetischen Sender an einem Fahrzeug zu befestigen war kein Hexenwerk. Die Dinger konnte man bei Amazon bestellen. Aber auf die Idee, dass Hassani sie alle überwachen könnte, war er nicht im Traum gekommen.

»Was zur Hölle ist hier los?«, fragte Lasker.

»Ich habe keine Ahnung.«

Jetzt war Lasker sich sicher, dass Hassani versucht hatte, Saskia unter seine Kontrolle zu bekommen, und der Grund dafür war sicher nicht ihre Schlägerei in der B-Ebene der Hauptwache.

»Dieser Serbe ist durchtrieben!« In Lasker stieg die Hitze der Wut auf. »Ich bin mein ganzes Leben noch nie so vorgeführt worden. Ob die Sender schon dran waren, als wir uns mit Hassani am Autoschrottplatz getroffen haben?«

»Das würde bedeuten, er hatte von Anfang an gewusst, dass Saskia nicht alleine vor Ort war.«

Lasker stieg in seinen Wagen und warf den Sender auf den Beifahrersitz. Für die Zukunft musste er sich merken, dass es im Bahnhofsgebiet zu viele Augen gab. An jeder Ecke standen dunkle Gestalten herum. Man bekam leicht den Eindruck, dass deren trübe Blicke nichts mehr festhielten. Aber das war falsch. Und für bestimmte Informationen gab es immer einen Abnehmer. Die Tatsache war nicht neu, aber so deutlich war sie ihm noch nie vor Augen geführt worden.

»Vielleicht hängen Hassani und Grubich irgendwie zusammen«, sagte Tanner.

»Daran habe ich auch schon gedacht.«

»Was sollen wir jetzt machen?« In Tanners Stimme schwang Nervosität mit.

Laskers Großvater hatte ihm einmal Folgendes gesagt: »Im

319

Krieg sind viele Soldaten gefallen, weil sie schlechte Befehle erhielten. Aber noch mehr sind gefallen, weil sie gar keine Befehle bekamen.«

Einfach blöd stehen zu bleiben, wenn es um einen herum kracht, ist die schlechteste aller Möglichkeiten. Und genau das tat er gerade. Während die Zeit lief und alle Menschen weiter an der Lösung ihrer kleinen und großen Probleme arbeiteten, saß er in seinem Auto und glotzte dumm aus der Wäsche.

Er musste jetzt handeln.

All in. Wie die Pokerspieler sagen würden.

Er startete den Motor.

»Behalt Brando bei dir. Wenn er weg will, erschieß ihn. Treib dich mit ihm auf keinen Fall in der Stadt herum. Ihr müsst von der Bildfläche verschwinden. Und ruf Saskia an, sie soll uns vier saubere Handys besorgen. Sag auch Splatter Bescheid. Wir treffen uns später. Ich weiß noch nicht, wo und wann. Ich muss jetzt erst mal nachdenken.«

»Was ist mit den Sendern?«

»Dran lassen.«

»Hast du schon einen Plan?«

Lasker steuerte den Wagen zurück auf die Bundesstraße. »Wir nehmen diesen Grubich auseinander. Das ist die Grobplanung. Details kommen, wenn ich meine Wutattacke in den Griff bekommen habe.«

Jetzt, wo er sich entschlossen hatte, die Jagd auf Grubich zu eröffnen, fehlte ihm nur noch eine Idee. Die kam ihm, als er an einer kleinen Kirche mit angrenzendem Friedhof vorbeifuhr.

»Das ist total bescheuert«, sagte er zu sich selbst.

»Was meinst du?«

Lasker hatte vergessen, dass er noch immer mit Tanner telefonierte.

»Ich glaube, ich habe eine Idee. Ich melde mich bei dir.«

28. Theorie und Praxis

Splatter

9. Tag, 23.00 Uhr

Am frühen Nachmittag hatte er sich mit Lasker, Tanner, Saskia und Brando im Innenhof des Präsidiums getroffen. Splatter fand den Ort als Treffpunkt seltsam. Aber nachdem Lasker ihnen von den Sendern erzählt hatte, war klar, dass das Präsidium noch der unauffälligste Ort für ein Treffen war. Dann hatte Brando seine Geschichte erzählt.

Brando, Saskia und Tanner hatten sich alle selber die Schuld an der Situation gegeben, in der sie sich befanden. Das war irgendwie süß, brachte sie aber nicht weiter. Nachdem sie Brando in Tanners Wagen verbannt hatten, hatte Lasker seinen Plan vorgestellt.

Die Information über Grubich, die Lasker aus einer geheimen Quelle erhalten hatte, räumte den letzten Zweifel bei Splatter aus. Grubich war ihr Mann.

Blieb das Problem der Beweisführung. Sie hatten in den letzten Tagen einiges zusammengetragen. Das würde ausreichen, um ihn vorläufig festzunehmen und sein Haus zu durchsuchen. Allerdings hatte Lasker ganz recht, wenn er die Meinung vertrat, dass dies alles nicht zwingend zu einer Verurteilung führen würde. Grubich war sicher kein Idiot. Und wenn er doch einer war, dann besaß er wenigstens genügend Geld, um Rechtsanwälte zu beauftragen, die keine Idioten waren. Er würde seine Klappe halten und im schlimmsten Fall aus Mangel an Beweisen freigesprochen werden.

Laskers Idee bestand darin, den Druck auf Grubich zu erhöhen, indem sie ihm einen weiteren Beweis unterschoben. Einen Beweis in seinem Haus, der die Indizienkette gegen ihn so stark machte, dass er Gefahr lief, wirklich verurteilt zu werden.

Wenn sie recht hatten, dann hatte Grubich sein Opfer nicht mit ins Haus genommen, sondern im Wagen getötet. Er würde sich intensiv mit der Frage auseinandersetzen, wie dieser Beweis in sein Haus gelangen konnte. Ein absurder Zufall? Heimtückischer Verrat?

Es spielte keine Rolle. Ihm würde die Verurteilung in einem Indizienprozess drohen. Das sollte ihn dazu bringen, einige Dinge zu erklären. Wenn aber jemand erst einmal redete, war es meistens nicht schwer, ihn zu überführen. Komplizierte Lügen funktionierten selten.

Eine unbekannte Größe waren die Serben. Was hatten sie für ein Interesse an der Sache? Lasker hatte spekuliert, dass die Serben und Grubich unter einer Decke steckten. Konnte sein, musste aber nicht.

Stellte sich die alles entscheidende Frage, wie ein solcher Beweis aussehen konnte, der klar auf Radulović hindeutete.

Als Lasker zur praktischen Umsetzung seiner Idee kam, wurden die Gesichter lang. Der Plan war hässlich und bot selbst bei einem Gelingen keine hundertprozentige Garantie dafür, dass Grubich ins Gefängnis ging. Aber Splatter liebte ihn und er erklärte sich zur sichtbaren Erleichterung der anderen sofort bereit, den unangenehmsten Part zu übernehmen.

Bevor er loslegen konnte, musste er im Baumarkt einige Dinge besorgen. Am späten Abend würde er sich mit Tanner und Brando treffen. Bei dem, was er vorhatte, würde er Hilfe benötigen. Brando war dafür genau der Richtige.

***

Tanner hatte sich den ganzen Tag mit Brando herumgedrückt. Keiner von ihnen glaubte, dass der Junkie sie ohne Not an die Serben verraten würde. Aber sie durften kein Risiko eingehen.

Nun war es so weit. Das Spiel begann.

»Tanner hat gesagt, dass ihr DNA von Romina besorgen müsst. Wohin fahren wir?«, fragte Brando, als er von Tanners Wagen in seinen einstieg.

»Zum Friedhof.«

»Bist du ein Satanismusanhänger? Damit will ich nichts zu tun haben.«

»Halt die Klappe und steig ins Auto.«

Brando setzte sich auf den Beifahrersitz.

Sie fuhren über die Mainzer Landstraße in Richtung Innenstadt.

»Jetzt mal im Ernst. Wo fahren wir hin?«

Splatter atmete durch. »Zum Hauptfriedhof. Wir müssen ein Grab anbohren.«

»Halt an!«, schrie Brando. »Lass mich sofort hier aussteigen!«

»Was soll der Mist? Tanner hat dir doch gesagt, dass wir DNA von ihr brauchen.«

»Ich dachte, ihr nehmt Haare von einer Bürste.«

»Wo sollen wir denn ihre Bürste herhaben? Bist du dumm?«

»Alter, so etwas macht man nicht. Man bohrt keine Löcher

in Särge. Das weiß man doch.«

»Wenn wir es nicht tun, kommt ihr Mörder davon.«

Der Gedanke, die Frau bei ihrer letzten Ruhe zu stören, behagte ihm auch nicht, aber die Grundidee faszinierte ihn. Darauf musste man erst einmal kommen.

»Für so etwas kommt man in die Hölle.«

»Laber keinen Müll. Du lebst bereits in der Hölle.«

Brando dachte einen Moment lang nach. »Touché.«

»Ich brauche deine Hilfe. Alleine wird das zu schwer.« Splatter wedelte mit einem Hundert-Euro-Schein. »Das kannst du doch sicher gebrauchen.« Er hatte keine Zeit, tiefe Diskussionen mit Brando zu führen. In Zukunft bräuchten sie dringend ein Spesenkonto.

Brando zog ihm mit einer schnellen Bewegung den Geldschein aus den Fingern. »Vermutlich kann ich meine religiösen Prinzipien für das Erreichen eines höheren Ziels kurzfristig hintanstellen.«

»Hervorragend.«

»Und wie kommen wir ungesehen auf den Friedhof?«

»In der Gießener Straße ist der Friedhof nur durch einen Maschendrahtzaun gesichert. Im schlimmsten Fall schneiden wir ein Loch hinein.«

»Dann hoffen wir mal, dass uns dabei keiner sieht.«

»Das wäre allerdings besser.«

»Und was machen wir mit den Idioten, die dort nachts herumhängen?«

Splatter sah ihn an. »Wen meinst du?«

»Keine Ahnung. Es gibt immer Bekloppte, die es für eine coole Idee halten, sich in der Nacht auf einem Friedhof herumzutreiben. Jugendliche? Vielleicht gibt es auch einen Nachtwächter.«

Auf die Idee war er nicht gekommen. Das könnte sich zu

einem Problem entwickeln. »Keine Ahnung. Das sehen wir dann.«

»Klingt nach einem generalstabsmäßig geplanten Unternehmen.«

»Klugscheißer.«

Splatter parkte seinen Wagen am Anfang der Gießener Straße. Einige Minuten lang blieben sie sitzen.

Viel Verkehr gab es um die Uhrzeit nicht mehr. Nur gelegentlich rauschte ein Auto an ihnen vorbei.

»Sieht ganz gut aus«, sagte Splatter.

»Und jetzt?«

»Ich gehe den Zaun ab. Vielleicht finde ich eine Stelle, wo wir durchkönnen. Du wartest hier.«

Er stieg aus und machte sich auf den Weg.

Der Maschendrahtzaun war zwei Meter hoch. Hinter dem Zaun wuchs dichtes Buschwerk. Aber da würden sie schon durchkommen. An verschiedenen Stellen war der Zaun beschädigt und mit Draht geflickt worden.

Wenn das mal nicht das Werk von Brandos Jugendlichen war.

Von Anfang an war der Glücksfaktor bei Laskers Plan unglaublich hoch gewesen. Zunächst hatten sie auf die Schnelle herausfinden müssen, wo Radulović überhaupt beerdigt worden war. Das Glück war auf ihrer Seite. Auf der Webseite des Hauptfriedhofes fanden sie in einer Unterrubrik die aktuellen Bestattungen. Sie war dabei.

Er fand eine Stelle, an der der Zaun notdürftig geflickt war. Es würde ein Leichtes sein, dort auf das Gelände zu kommen.

Splatter ging zurück zum Auto und gab Brando ein Zeichen, damit er ausstieg. Er öffnete den Kofferraum. Brando stellte sich neben ihn. »Du musst mir beim Tragen helfen.«

»Was ist das?«, wollte Brando wissen.

»Ein Erdbohrer zum Brunnenbohren.«

»Großer Gott! Macht das nicht zu viel Lärm?«

»Der funktioniert mit Muskelkraft.«

»Großer Gott!«

»Das schadet dir nicht.« Er drückte Brando eine der beiden Sporttaschen aus seinem Kofferraum in die Hände.

Sie machten sich auf den Weg.

Als sie die Stelle erreichten, die Splatter als Zugangsmöglichkeit ausgemacht hatte, nahm er eine Zange und schnitt die Drähte auf, mit denen das Loch im Zaun geflickt worden war.

»Da ist ein Gebüsch«, flüsterte Brando.

»Das beißt dich nicht. Rein mit dir!«

Brando zischte etwas Unverständliches und quetschte sich durch das Loch im Zaun. Splatter folgte ihm. Hintereinander brachen sie durch das Gehölz. Brando zog sich einen kleinen Ast aus seinem Kragen, der sich dort verfangen hatte.

Auf den ersten Blick wirkte der Friedhof in der Nacht wie ein gewöhnlicher Stadtpark. Erst bei näherer Betrachtung fiel das Meer von Grabsteinen auf.

Angetrieben durch einen kaum merklichen Wind, raschelten die Blätter der Bäume.

»Hier ist es still wie auf einem Friedhof«, flüsterte Splatter.

»Das ist nicht witzig.«

»Komm.«

Brando trottete hinter Splatter her. »Wo müssen wir hin?«

»Gewann 22.«

»Was soll das sein? Ein Straßenname?«

»Komm einfach.«

Der Hauptfriedhof war in sogenannte Gewanne eingeteilt. Gewann 22 lag relativ zentral in der Nähe des Neuen Jüdischen Friedhofs.

Mit der Bemerkung, dass sie auf irgendwelche Idioten treffen könnten, die nachts auf dem Friedhof abhingen, hatte Brando ihn nervös gemacht. Spinner gab es zur Genüge und er hatte keine Ahnung, wie er sich in dem Fall verhalten sollte.

Sie erreichten das Gewann 22 und Splatter schaltete eine Taschenlampe mit einem Rotlichtaufsatz ein.

»Warum Rotlicht?«, wollte Brando wissen.

»Ist weniger auffällig.«

Nachdem sie drei Reihen abgegangen waren, fanden sie das Grab von Radulović. Auf einem simplen Holzkreuz standen ihr Name sowie Geburts- und Sterbedatum.

Er stellte die Tasche auf den Boden und packte den Bohrer aus.

Der Erdbohrer maß fünfzehn Zentimeter im Durchmesser und erinnerte in seinem Aussehen an eine zu groß geratene Schraube. Die Funktionsweise war simpel. Man drehte den Bohrer in die Erde, zog ihn nach oben, kippte die Erde aus der Spirale, setzte ihn erneut in das Bohrloch, brachte eine Verlängerung an und bohrte weiter. Theoretisch konnte man mit dem Gerät bis zu fünf Meter tiefe Löcher bohren. Glücklicherweise würde das nicht nötig sein. Särge liegen in etwa zwei Meter Tiefe. Sorge bereitete ihm hingegen die Beschaffenheit der Erde. Das Grab war frisch und die Erde nicht so komprimiert, wie das im Garten der Fall wäre. Er befürchtete, dass das Bohrloch einstürzen würde. Außerdem galt es, den Sarg zu treffen. Und wenn ihm das gelang, musste er es am Ende schaffen, mit dem Bohrer den Sargdeckel zu durchstoßen.

In der Mitte des Grabes begann er damit, den Bohrer in die Erde zu drehen. Als die Spirale im Boden verschwunden war, zog er sie vorsichtig heraus und schüttete behutsam das Erdreich auf einen Haufen. Später würden sie das Loch wieder füllen müssen.

Splatter arbeitete stumm vor sich hin. So wie es aussah, blieb das Bohrloch stabil. »Gib mir mal die Stange«, sagte er.

Brando reichte ihm eines der Verlängerungsstücke. Er

schraubte es an den Bohrer und arbeitete weiter.

Nach etwa zehn Minuten stieß der Bohrer auf Widerstand. Das musste der Sargdeckel sein. Für so etwas war das Gerät nicht gemacht. Jetzt war Muskelkraft gefragt.

»Hilf mir mal. Wir müssen durch den Deckel.«

Brando stellte sich ihm gegenüber. Gemeinsam drückten sie den Bohrer nach unten und drehten ihn nach links und rechts.

Erst geschah überhaupt nichts. Es fühlte sich an, als würden sie versuchen, eine Stahlplatte anzubohren.

Dann sackte der Bohrer plötzlich ein Stück nach unten. Von dem absackenden Bohrer überrascht, verloren sie beide das Gleichgewicht und hatten Mühe, sich auf den Beinen zu halten.

Der Sargdeckel war Geschichte.

Splatter drehte weiter. Ein Schauer durchlief ihn. Wenn alles nach Plan lief, dann war er gerade dabei, den Erdbohrer durch die Leiche zu treiben.

Möglicherweise hatte Brando die gleiche Vorstellung im Kopf. Er hatte die Arme vor der Brust verschränkt, als würde er frieren.

Erneut traf der Bohrer auf Widerstand. Der Sargboden.

»Wir müssen den Bohrer rausholen.«

Brando stellte sich ihm gegenüber und mit vereinten Kräften versuchten sie, den Bohrer aus dem Loch zu ziehen.

Keine Bewegung.

»Das Ding hängt fest«, flüsterte Brando. »Das geht nicht.«

»Du musst ziehen, du Wurst.«

»Was mach ich denn?«

»Jedenfalls nicht ziehen. Reiß dich zusammen.«

Es ruckte und der Bohrer war frei. So schnell es ging, zogen sie ihn aus dem Loch.

Als die Spirale draußen war, bekam Brando große Augen. »Was ist das?«, stammelte er.

Splatter betrachte das längliche Gebilde am Bohrkopf.

»Vermutlich ein Stück vom Darm. Kotz jetzt bloß nicht aufs Grab.«

Die Aufforderung kam zu spät. In einem sinnlosen Versuch, das Unvermeidliche zu verhindern, hielt sich Brando die Hand vor den Mund. Splatter sprang ein Stück zurück. Der Darm am Bohrer reichte ihm. Von Brando vollgekotzt zu werden wäre des Guten zu viel.

Nach einer Minute bekam Brando sich halbwegs in den Griff. »Dafür kommen wir ganz sicher in die Hölle«, stöhnte er.

Splatter sah sich den Bohrer an. Womöglich war da etwas dran.

29. ÜBERRASCHUNG

LASKER

10. Tag, 0.10 Uhr

Zusammen mit Tanner und Saskia hatte Lasker versucht, eine sogenannte Glocke um Grubichs Haus in Königstein zu bilden.

Das kleine Villengebiet am Ortsrand war in sich abgekapselt. Es gab nur eine Straße, die man nutzen musste, um das Gebiet zu erreichen. An dieser Stelle hatte sich Tanner aufgestellt. Er meldete jedes Fahrzeug, das in das Wohngebiet einfuhr. Viele waren das um diese Uhrzeit nicht.

Saskia überwachte die Rückseite von Grubichs Anwesen.

Er selber die Vorderseite. Dabei hatte er sich an der von Splatter beschriebenen Position verdeckt aufgestellt. Verdeckt hieß in diesem Fall: unbequem. Sein Wagen stand tief im Waldweg, sodass er von der Straße nicht zu sehen war. Lasker war ausgestiegen und hatte sich einen Platz zwischen den Büschen gesucht.

Nun saß er auf einem Campingklappstuhl und beobachtete mit dem Fernglas das Haus. In Filmen machten die Observierer niemals etwas so Uncooles, wie sich auf einen Campingstuhl zu setzen. Aber stundenlang zwischen dem Grünzeug herumzustehen war keine Alternative. Jetzt hatte er es einigermaßen bequem.

Die Glocke, die sie gebildet hatten, war nicht perfekt. Das war zu dritt auch nicht möglich. Aber jeder, der sich auf normalem Weg zum Haus hin- oder von ihm wegbewegte, würde von ihnen entdeckt werden.

Als er sich mit den anderen im Präsidium getroffen und Brando seine Story erzählt hatte, hatte erst einmal bedrücktes Schweigen geherrscht. Allen war anzumerken, dass sie nicht wussten, wie sie sich zu verhalten hatten. Lasker spürte instinktiv, dass genau dies der Moment war, wo er ernsthaft die Führung übernehmen musste, wenn er den Laden zusammenhalten wollte.

Er hatte die Lage zusammengefasst. Nach kurzer Diskussion hatten sich drei Punkte herauskristallisiert, in denen Einigkeit herrschte.

Erstens: Grubich hatte etwas mit dem Mord an Radulović zu tun.

Zweitens: Die Serben standen in irgendeiner Verbindung mit ihm.

Drittens: Hassani hatte sie verarscht.

Es war gut möglich, dass es sich bei einigen von Hassanis Leuten um Expolizisten oder Exmilitärs handelte. Das war bei den Serben nichts Ungewöhnliches und erklärte, warum sie zu so einer Aktion in der Lage waren.

Lasker hatte zwei Handlungsmöglichkeiten vorgestellt.

Entweder sie zogen den Schwanz ein oder sie handelten nach der Prämisse *Angriff ist die beste Verteidigung*.

Alle entschieden sich für den Angriff.

Die Sender an ihren Fahrzeugen hatten sie im wahrsten Sinne des Wortes zu Hause gelassen. Hassani sollte denken, dass sie alle in ihren Betten lägen.

Seit etwas mehr als zwei Stunden saß Lasker bereits auf seinem Hocker. Die Kälte war ihm längst unter die Wäsche gekrochen.

Geschehen war in der Zeit praktisch gar nichts. Nur einmal hatte sich bei einem Nachbargrundstück ein elektrisch betriebenes Tor geöffnet und ein Wagen war aus der Ausfahrt gekommen und weggefahren. Das war bisher der Aufreger des Abends gewesen.

Grubichs Haus war dunkel. Die Jalousien waren oben und sein Porsche stand in der Einfahrt. Auf den ersten Blick hatte es den Anschein, dass Grubich nicht anwesend war. Kaum einer hockt den ganzen Abend im Dunkeln. Irgendwo geht immer mal ein Licht an.

Lasker hoffte, dass der Mann nicht da war und auch heute Nacht nicht mehr kommen würde.

Den schwersten Auftrag hatte Splatter. Zunächst musste er die DNA beschaffen. Das war bereits viel verlangt. Danach war es sein Job, in Grubichs Haus einzubrechen und die DNA an einem Gürtel zu platzieren. Bei dem von Splatter präparierten Gürtel würde es sich höchstwahrscheinlich nicht um das Tatmittel handeln. Aber das war egal. Was sollte Grubich sagen? *Jetzt mal ernsthaft, Leute. Ich habe sie nicht mit dem Gürtel getötet.*

Es würde ihn definitiv in Erklärungsnot bringen. Splatter hatte gesagt, dass es für ihn kein Problem darstellen würde, in das Haus zu gelangen, ohne Spuren zu hinterlassen. Allerdings galt das nur, wenn das Haus keine Alarmanlage hatte. Aber die gab es ganz sicher.

Zu Laskers Freude hatte Splatter eine Lösung parat gehabt. Er würde den Telefonverteilkasten des Wohngebietes suchen. Den konnte er problemlos öffnen und so manipulieren, dass in dem gesamten Wohngebiet kein Telefon und Internet mehr lief. Wenn Grubichs Alarmanlage mit einem Wachdienst verbunden war, konnte sie den Einbruch nicht mehr melden. Dazu benötigte man eine funktionierende Telefonverbindung.

Gut, wenn man Leute dabei hat, die im Leben mal was Anständiges gelernt haben und nicht nur diese Bullennummer kennen.

»Ich frier mir den Arsch ab«, sagte Tanner über die Telefonkonferenzschaltung. »Hat Splatter sich schon gemeldet?«

»Nein. Aber langsam wird es Zeit dafür«, sagte Lasker.

»Dann bete ich am besten einfach weiter.«

»Tu das, aber mach das Mikro dabei aus.«

Es wurde wieder still in der Leitung.

Saskia hatte ihnen im Laufe des Tages mithilfe eines Junkies saubere Handys besorgt.

Über sein Headset hörte Lasker, wie jemand anklopfte. Das musste Splatter sein. Er lud den Anrufer in die Konferenz ein.

»Ich habe die DNA«, sagte Splatter.

»Gut gemacht.« Lasker fühlte sich erleichtert.

»Ich mache mich jetzt auf den Weg zu euch. Wie ist die Lage?«

»Im Wesentlichen kalt. Hier ist nichts los. Bei Grubich rührt sich nichts. Sein Wagen ist in der Garage und die Rollos sind oben. Nirgendwo brennt Licht. Wenn wir Glück haben, ist er nicht da.«

»Was mache ich mit Brando?«

Das war eine gute Frage. Wenn Splatter ihn laufen ließ, konnte er sie immer noch bei den Serben verraten. Der Junkie wäre ab jetzt ein Sicherheitsrisiko, das sie nie wieder loswerden würden. Daher erschien es Lasker am sinnvollsten, ihn enger an sich zu binden. Allerdings machte er sich nichts vor. Einen Drogenabhängigen unter Kontrolle zu halten war praktisch unmöglich.

Lasker kam noch immer nicht darüber hinweg, dass Hassani Sender an ihren Fahrzeugen platziert hatte. Wenn er den

Kerl zwischen die Finger bekam, würde er ihm den Hals umdrehen.

Seit wann wurden sie überwacht? Von Anfang an?

Das würde bedeuten, dass Hassani vermutlich wusste, wie nah sie an Grubich dran waren. Schließlich hatte Splatter dessen Haus observiert. Da Grubich in einer Villengegend wohnte und in keiner Hochhaussiedlung, mussten Splatters GPS-Daten für Hassani genug Aufschluss geboten haben.

Wenn die Serben mit Grubich unter einer Decke steckten, würde das erklären, warum das Haus so verlassen wirkte. Sie hatten ihn gewarnt und er hatte sich vorsichtshalber aus dem Staub gemacht.

Im Grunde war das gut. Für ihr Vorhaben war es besser, wenn der Mann nicht daheim war.

Trotzdem ärgerte es ihn.

»Jo?«, fragte Splatter. »Hast du mich verstanden? Was ist mit Brando?«

Lasker hatte eine Eingebung. Vielleicht konnten sie, was Grubichs mögliche Anwesenheit anging, auf Nummer sicher gehen.

Er sprach Splatter über die TSK an. »Brando soll die Serben anrufen und ihnen Folgendes mitteilen: Er habe erfahren, dass wir genügend Beweise gegen einen Tatverdächtigen hätten, der in Königstein wohnt. Wir würden am frühen Morgen zuschlagen und ihn festnehmen.«

Saskia schaltete sich dazwischen. »Wozu soll das gut sein?«

»Die Serben wissen bereits, dass wir an Grubich dran sind, denn sie kennen unsere GPS-Daten. Splatter hat stundenlang vor Grubichs Haus gestanden. Wenn sie mit unserem Mann unter einer Decke stecken, werden sie ihn warnen. Entweder verlässt er dann schlagartig sein Haus oder er kommt gar nicht erst nach Hause. Das macht uns den Einbruch leichter. Wenn die Serben ihn nicht warnen, machen wir uns damit auch nichts kaputt. Splatter, sag Brando, dass er natürlich diese DNA-Geschichte nicht erwähnen darf. Er soll allgemein von Beweisen reden.«

»Ist mir klar.«

»Ansonsten bring ihn einfach mit. Wir dürfen die Kontrolle über ihn erst aufgeben, wenn die Sache hier gelaufen ist. Er soll sich zu Tanner ins Auto setzen.«

»Verstanden. Ich bleib ab jetzt in der TSK«, sagte Splatter.

»Mach das.«

Ein kurzes Piepen zeigte an, dass Splatter sein Mikrofon stummgeschaltet hatte.

»Wieso bei mir ins Auto«, heulte Tanner. »Der Typ stinkt wie die Hölle.«

»Weil du uns den Kerl eingebrockt hast. Außerdem sitze ich zwischen den Büschen herum. Wir können gerne die Positionen tauschen.«

Tanner seufzte. »Alles klar.«

Fünf Minuten später meldete sich Splatter erneut. »Er hat es ihnen gesagt. Was soll er machen, wenn die sich noch mal bei ihm melden und sich mit ihm treffen wollen?«

»Dann sagt er, dass er sich gerade einen Schuss gesetzt hat und nicht mehr weiß, wo er überhaupt ist. Das ist glaubwürdig genug.«

»Okay.«

Lasker sah auf die Uhr. Es war 0.34 Uhr.

Splatter musste nach Königstein fahren und Brando bei Tanner abladen. Dann den Telefonverteilerkasten manipulieren, sich anschließend auf das Grundstück schleichen und eine geeignete Möglichkeit zum Einsteigen finden. Das würde zwei bis drei Stunden in Anspruch nehmen.

Lasker beobachtete das Haus und fror dabei wie ein Schneider. Als er das nächste Mal auf die Uhr sah, war es kurz nach ein Uhr.

Entweder diese Grubich-Hassani-Connection war Humbug, oder Grubich war nicht zu Hause. Wenn ihr Mann daheim war und gewarnt worden wäre, dann hätte er sich sicher bereits in seinen Porsche geschwungen und auf den Weg zum Flughafen gemacht. Reiche Menschen bleiben nicht auf ihrem Hintern sitzen, wenn die Festnahme droht. Die fliegen sofort nach Südamerika.

Lasker öffnete sein Mikro. »Es rührt sich nichts. Ich denke, der Kerl ist nicht da.«

»Oder die Serben interessieren sich einen Scheiß für ihn«, sagte Tanner.

»Wir werden es herausfinden.«

***

Mittlerweile war es 3.30 Uhr.

Lasker hatte es nicht länger auf seinem Sitzplatz gehalten. Er musste sich bewegen oder jämmerlich erfrieren. So mild, wie es vor einigen Tagen noch gewesen war, so erbärmlich kalt war es jetzt. Er hatte das Gefühl, dass dieses Jahr der Herbst ausfallen würde. Direkt vom Sommer in den Winter.

Splatter hatte vor einigen Minuten gemeldet, dass die Telefonleitungen gekappt waren. Nun schlich er sich an das Haus an. Vermutlich befand er sich bereits auf dem Gelände. Weder Saskia noch Lasker hatten etwas davon mitbekommen. Das war natürlich auch Sinn der Sache.

Wenn alles klappte, stellte sich die Frage nach dem weiteren Vorgehen.

Zunächst mussten sie ihre Ermittlungsergebnisse zusammenschreiben, damit der Anschein gewahrt wurde, alles sei mit rechten Dingen zugegangen. Das war das kleinste Problem.

Allerdings wäre es nicht schlau, gefälschte Beweise bei Grubich zu platzieren und anschließend selber die Wohnungsdurchsuchung durchzuführen. Es wäre besser, wenn Weidner die Mordkommission damit beauftragen würde. Sie selber sollten gar nicht mehr in Erscheinung treten. Ihr Job wäre getan.

Um das hinzubekommen, musste Lasker seinen Abteilungsleiter erst einmal finden. Aber der Mann hatte sich ja sicher nicht in Luft aufgelöst.

Tanner meldete sich. »Jo! Sieh in unsere WhatsApp-Gruppe.«

Da war etwas passiert.

Hastig zog er das Handy aus der Tasche. Splatter hatte eine Nachricht geschrieben. *Bin auf Gelände nicht alleine. Drei Männer.*

Schlagartig wurde Lasker bewusst, dass seine Einschätzung bezüglich der Serben Schwachsinn gewesen war. Sie führten etwas ganz anderes im Schilde.

Eine neue Nachricht traf ein. *Manipulieren an Tür. Gehen ins Haus. Vordereingang.*

Splatter konnte nicht offen sprechen. Aber er hörte sicher noch mit.

»Ich komme zu dir«, sagte er in das Mikrofon und bemühte sich, ruhig zu klingen. »Wir müssen sie aufhalten. Die Serben stecken nicht mit Grubich unter einer Decke. Sie wollen ihn töten.«

So konnte man sich irren. Hassani hatte sie nicht überwacht, weil er sich oder Grubich schützen wollte. Vielmehr wollte er in Erfahrung bringen, wo der von ihnen ermittelte Tatverdächtige wohnt, um die Bestrafung selber zu übernehmen. Weil Brando ihnen gesagt hatte, dass morgen früh Schluss wäre, waren sie gezwungen, sofort zuzuschlagen. Hassani hatte eine Verbindung zu Radulović. Aber anders als gedacht.

»Sollen wir auch kommen?«, fragte Saskia.

»Nein. Zu auffällig. Die Nachbarn dürfen nichts mitkriegen. Ruf bei der Polizeistation Königstein an. Schrei ins Telefon, dass Einbrecher im Haus sind, und gib irgendeine Adresse an.

337

Die Streifen sollen abgelenkt sein.«

»Verstanden.«

Das war total irre. Eigentlich sollte jede Streife vor Ort kommen und jetzt ließ er sie absichtlich wegschicken. Aber Fremdkräfte konnte Lasker wirklich nicht gebrauchen. Sie konnten die Serben nicht festnehmen. Hassani würde sich erkenntlich zeigen und auspacken. Dann wären sie erledigt.

Lasker rannte zu Grubichs Haus und kletterte über das Gartentor. Seine Knochen waren steif und er schaffte es gerade so, ohne Verletzungen die andere Seite zu erreichen.

Als er die Haustür erreichte, stand Splatter schon mit gezogener Waffe bereit.

»Die sind hier rein«, flüsterte er.

Lasker sah, dass die Tür nur angelehnt war. Für irgendein besonderes taktisches Vorgehen war keine Zeit. Augen zu und durch. Er schaltete seine LED-Taschenlampe an, zog die Pistole und brachte sie in Anschlag.

»Wir können sie nicht festnehmen«, flüsterte Lasker. »Verstehst du, was ich meine?«

Splatter nickte. »Ich werde das tun, was nötig ist.«

Sie drückten die Tür auf und betraten den stockdunklen Flur.

Aus einem der Zimmer drang der Lichtschein einer Taschenlampe nach draußen.

Sie stürmten in den Raum.

Im Lichtkegel ihrer Taschenlampen tauchten die Umrisse von drei Personen auf.

»Polizei!«, schrie Lasker. »Auf den Boden! Wenn ihr Scheiße baut, legen wir euch um!«

Die drei Schatten rührten sich nicht.

»Runter! Sofort!«

Langsam gingen die Eindringlinge in die Knie und legten sich auf den Bauch.

»Such den Lichtschalter!«, rief Lasker.

Einen Augenblick später wurde es hell.

Sie standen in einem etwa fünfzig Quadratmeter großen Wohnzimmer. Auf schwarzen Bodenfliesen standen weiße Designermöbel. Zwischen den Möbeln verteilt lagen vier Personen auf dem Boden.

Es dauerte eine Sekunde, bevor Lasker begriff, dass einer von den vieren nicht zu den Einbrechern gehörte.

Der Mann lag auf dem Rücken und starrte mit leerem Blick an die Zimmerdecke. Um seinen Kopf hatte sich eine Lache auf den Fliesen ausgebreitet.

»Ihr habt ihn erschlagen«, sagte Lasker.

Einer der Männer drehte seinen Kopf in Laskers Richtung. Es war Hassani.

Der Chef persönlich war hier. Das überraschte Lasker dann doch.

»Ach, du bist es«, sagte Hassani. »Mein Gott, hast du mir einen Schrecken eingejagt.«

Hassani war unglaublich. Lasker hatte noch nie einen Menschen getroffen, der so gelassen reagierte. Zumindest nach außen hin.

»Es ist nicht so, wie es aussieht«, sagte Hassani. »Ich kann das erklären.«

Lasker war lange genug beim KDD gewesen und hatte Dutzende von Leichensachen gefahren. Er ging neben dem Toten in die Knie und überprüfte mit einigen schnellen Handgriffen die Gelenke des Toten. Die Totenstarre war bereits sehr ausgeprägt. Der Mann war seit vielen Stunden tot. Wer immer ihn umgebracht hatte, Hassani und seine Leute waren es nicht gewesen.

»Das ist Grubich«, sagte Splatter.

»Das ist eine gute Nachricht. Dann muss ich es nicht tun«, brummte Hassani.

»Du gibst also zu, dass ihr deshalb gekommen seid«, sagte

Lasker.

»Na und? Der Wunsch, jemanden zu töten, der bereits tot ist, ist ja wohl kein Verbrechen.«

»Die Verabredung zu einem Verbrechen schon.«

»Wer redet denn hier von einer Verabredung? Wir haben uns zufällig getroffen.«

»Warum wolltest du ihn töten?«

»Das sag ich dir unter zwei Bedingungen. Erstens: Ich will aufstehen. Meine beiden Begleiter können gerne noch etwas liegen bleiben. Aber ich nicht. Das ist Gift für meinen Rücken.«

»Taste sie nach Waffen ab«, forderte Lasker Splatter auf.

Während Lasker Hassani und seine Männer in Schach hielt, machte sich Splatter an die Arbeit. Er förderte drei Pistolen ans Tageslicht.

»Okay. Du kannst aufstehen.«

»Danke.« Hassani stand auf und richtete seinen Anzug.

»Falsche Kleidung für einen Einbruch«, stellte Lasker fest.

»Entweder man hat Stil oder man hat ihn nicht.«

»Also? Warum?«, fragte Lasker.

»Erst meine zweite Bedingung.«

»Ich höre.«

»Ich will wissen, was ihr hier macht!«

»Dachtest du, wir wären zu Hause, weil die Sender dort sind?«

Hassani brach in schallendes Gelächter aus. »Scheiße, ja. Das habe ich wirklich gedacht.« Er setzte sich auf einen Sessel. »Das hätte ich wissen müssen. Kann mir jemand erklären, warum ausgerechnet ich das Pech habe, an Bullen wie euch zu geraten? Wie hoch ist die Chance? Eins zu zehntausend.«

»Du hast versucht, Saskia unter deine Kontrolle zu bringen.«

»Leugnen hat wohl keinen Zweck. Einer der Jungen, der von ihr in der Hauptwache verprügelt wurde, gehörte zu uns.

Sie sollte eine Abreibung erhalten. Aber dann habe ich von eurer AG erfahren. Und nach einigen Nachforschungen bekam ich den Verdacht, dass ihr euch mit Dingen beschäftigt, die mich brennend interessieren. Da habe ich mir gedacht, ich lass sie gewaltig einschüchtern. Das sollte reichen. Natürlich sollte sie nicht vergewaltigt werden. Auf keinen Fall. So geht man nicht mit einer Dame um. Du kannst dir gar nicht vorstellen, wie ich aus der Wäsche geguckt habe, als ich in die Kneipe kam. Mein Gott. Was für eine Frau. Ich hatte tatsächlich Angst, dass sie mich umbringt. Ein fantastisches Gefühl.«

»Bei euren Nachforschungen habt ihr Brando gefoltert.«

»Der Junkie? Das war nicht nett. Das gebe ich auch zu.«

»Noch mal. Warum wolltest du Grubich töten?«

»Du hast meine zweite Bedingung noch nicht erfüllt. Warum seid ihr hier? Und erzähl mir nicht, weil ihr ihn in einigen Stunden festnehmen wolltet. Das kann ich nicht glauben.«

»Du bist nicht in der Position, Bedingungen zu stellen.«

Hassani machte eine abfällige Geste. »Was soll's.« Er lehnte sich zurück. Sein Gesichtsausdruck veränderte sich. Jeglicher Ausdruck von Sarkasmus und Zynismus war plötzlich verschwunden. »Romina war meine Nichte. Darum wollte ich ihn umbringen.«

Daher wehte der Wind. »Wir wollten ihn ins Gefängnis bringen. Hätte das nicht gereicht?«

»Nein. Hätte es nicht. Sie war die Tochter meines Bruders. Niemand legt Hand an meine Familie und überlebt das.«

»Und du wärst das Risiko eingegangen, das selber zu erledigen.«

»Manchmal muss man zeigen, warum man der Chef ist.« Hassani machte eine kurze Pause. »Außerdem habe ich sie geliebt. Ich kann mich gut daran erinnern, wie sie als Kind auf meinem Schoß gesessen hat. Hast du schon mal jemanden geliebt?«

»Ich bin mir nicht sicher«, sagte Lasker wahrheitsgemäß.

»Sie hat einen solchen Tod nicht verdient.«

»Ich nehme an, dass deine Begleiter zu der Einbrecherbande gehören, für die deine Nichte gearbeitet hat.«

»Die Herren waren so freundlich, mich bei meinem Unterfangen zu unterstützen.«

Bei den Einbrechern, für die Romina Radulović gearbeitet hatte, handelte es sich also um Serben. Darauf hätte er auch selber kommen können.

»Was ist mit diesem Escortservice? Hängst du da auch mit drin?«, fragte Lasker.

»Der wird von dreckigen Kroaten geführt. Mit denen habe ich nichts zu schaffen.«

»Dann hat deine Nichte ein gefährliches Spiel gespielt. Die Kroaten wären sicher nicht begeistert gewesen, wenn sie erfahren hätten, dass deine Nichte ihre Kundschaft ausnimmt.«

»Als ich von ihrem Tod erfahren habe, war das meine erste Annahme. Ich dachte, die Kroaten hätten sie umgebracht.« Er seufzte. »Ich hatte oft Angst um sie. Aber sie hatte ihren eigenen Kopf und ich war nicht in der moralischen Position, ihr Vorhaltungen zu machen.«

»Was ist mit ihren Eltern?«

»Sie haben versucht, sie davon abzuhalten. Aber es ist eine Prämisse des Lebens, dass Kinder immer das Gegenteil von dem tun, was Eltern von ihnen erwarten. Ich habe meinem Bruder versprochen, auf seine Tochter aufzupassen. Ich war nicht gut genug.«

»Eine Frage habe ich noch«, sagte Lasker. »Deine Nichte wurde als vermisst gemeldet. Wart ihr das?«

Hassani nickte. »Das waren ihre Arbeitskollegen.«

Lasker fiel es schwer, Hassani zu beurteilen. Auf der einen Seite besaß er eine Art von Ehre, auf der anderen Seite war er ein unberechenbares Arschloch. Genau wie Brando war Hassani ein Sicherheitsrisiko für ihn. Das Beste wäre es, ihn umzulegen.

Hassani beobachtete Lasker. Erstaunen breitete sich in seinem Gesicht aus. »Ich glaube es nicht«, sagte er. »Du überlegst ernsthaft, ob du uns erschießen sollst. Stimmt's?«

Lasker nickte.

»Ich würde es an deiner Stelle tun. Das sag ich dir ganz ehrlich.«

Lasker dachte nach. »Vielleicht gibt es einen anderen Weg. Wir können einen Waffenstillstand vereinbaren. Schließlich haben wir ein ähnliches Ziel verfolgt. Auch wir wollten den Mörder deiner Nichte bestrafen.«

»Da ist etwas dran.«

»Was hältst du davon, wenn wir so tun, als wäre das alles hier nicht geschehen?«

»Klingt genauso unvernünftig, wie es gut klingt.«

Lasker hatte ohnehin keine Wahl. Ein Mörder war er nicht. Und wenn die ganze Angelegenheit juristisch aufgeklärt würde, gab es dabei nur einen Verlierer und das war nicht Hassani.

»Ich rate dir allerdings dringend, Saskias Neffen in Ruhe zu lassen. Sonst legt sie dich um. In Fragen ihrer Familie denkt sie ähnlich wie du.«

»Für gewöhnlich lache ich über Drohungen. Aber was deine Kollegin angeht, nehme ich das ernst. Keine Sorge, keiner wird ihrer Familie etwas antun. Ich fand das ohnehin unglaublich schäbig, was sie mit dem Jungen gemacht haben.« Hassani ließ seinen Blick kurz zwischen Lasker und Splatter hin und her wandern. »Gut. Dann würde ich mich jetzt zurückziehen. Die Nacht war lang und aufregend. Ich muss ins Bett.«

»Mach das. Vergesst eure Waffen nicht.«

Lasker und Splatter sahen zu, wie die Männer ihre Pistolen nahmen und sich anschickten, das Haus zu verlassen.

»Falls ihr herausfindet, wer das hier getan hat, richtet ihm bitte meinen Dank und ganz liebe Grüße aus«, sagte Hassani. »Und als letzten Tipp: Ich an eurer Stelle würde das Haus abfackeln.«

Dann verschwanden die drei Serben. Lasker und Splatter waren alleine.

»War es falsch, was ich gemacht habe?«, fragte Lasker.

Splatter schüttelte den Kopf. »Was hättest du sonst tun sollen?«

»Sie umlegen.«

»Ich bin froh, dass du dich anders entschieden hast.«

»Was hättest du getan, wenn ich sie erschossen hätte?«, wollte Lasker wissen.

»An deiner Seite gestanden.«

Lasker glaubte ihm.

»Wer hat Grubich umgebracht?«, fragte Splatter.

Neben der Leiche lag eine dreißig Zentimeter hohe Metallstatue. Lasker ging neben der Statue in die Knie.

»Ich habe keine Ahnung. Selbstmord können wir jedenfalls ausschließen. Dem hat jemand ordentlich den Schädel eingeschlagen.«

»Da war eine Menge Hass im Spiel.«

Da gab er Splatter recht.

»Ist das die Tatwaffe?«, fragte Splatter.

»Sieht so aus.«

»Die hat der Täter sicher nicht von zu Hause mitgebracht.«

»Nein.«

Jemand hatte sich den nächstbesten Gegenstand gegriffen und Grubich totgeprügelt. Und dann hatte er die Tatwaffe liegen gelassen. Das sah nach einer Tat im Affekt aus.

»Ich denke, wir sollten Hassanis Rat befolgen und das Haus abbrennen. Vielleicht haben wir Spuren hinterlassen. Wir sollten kein Risiko eingehen.«

»Damit zerstören wir auch mögliche Spuren von Grubichs

Mörder.«

»Das interessiert mich nicht.«

»In Ordnung. Ich sehe mal in der Küche und im Bad nach, ob ich etwas finde, das wir als Brandbeschleuniger verwenden können.« Splatter machte sich auf den Weg.

Lasker kniete weiterhin neben der Leiche.

Er sah in Grubichs Gesicht. Die Augen offen, der Unterkiefer nach unten geklappt. Er sah aus, als habe er im Augenblick seines Todes ein Gespenst gesehen.

»Die Scheiße ist noch nicht vorbei. Habe ich recht, mein Freund?«

Grubich blieb stumm.

30. OHNE KOMPASS

TANNER

10. Tag, 5.40 Uhr

Es war fast sechs Uhr, als Tanner seinen Wagen vor der Wohnung parkte.

Er öffnete die Wohnungstür und bemühte sich, leise zu sein. Um Sylvia nicht zu wecken, zog er sich im Flur aus und schlich dann ins Schlafzimmer. Behutsam legte er sich neben seine leise atmende Frau.

Als er sich entschlossen hatte, sie zu heiraten, wurde er aus verschiedenen Richtungen vor diesem Schritt gewarnt. Reiche Menschen akzeptieren keine armen Menschen in ihrer Familie und aus der Sicht von Sylvias Vater war er so arm wie eine Kirchenmaus.

Vielleicht tat er seiner Frau damit unrecht, aber er fühlte sich tatsächlich nicht akzeptiert.

Lasker hatte nur einmal gesagt, dass er ihn brauchte, und er war darauf angesprungen wie ein Internatsschüler auf Speed.

Litt er tatsächlich dermaßen an einem kaputten Selbstwertgefühl, dass er gleich Straftaten beging, wenn ihm jemand schmeichelte?

Das wäre eine traurige Selbsterkenntnis.

Sylvia drehte sich in seine Richtung und legte ihren Arm auf seine Brust. »Und?«, fragte sie schlaftrunken. »Habt ihr euren Fall gelöst?«

»Wie man es nimmt.«

»Erzähl es mir morgen«, sagte sie und küsste ihn.

Was für ein lächerlicher Mensch er doch war.

Seine bisherige Lebensleistung bestand darin, in möglichst kurzer Zeit mit möglichst vielen Frauen geschlafen zu haben. Respekt.

Und jetzt hatte er es auch noch geschafft, seine Existenz und die seines ungeborenen Kindes aufs Spiel zu setzen. Die anderen haben ihn in die Sache reingezogen und er hatte es geschehen lassen. Wie war es dazu gekommen? Eigentlich sollte er doch derjenige mit dem gesunden Menschenverstand sein. War wohl ein Irrtum.

Grubich war tot und sie hatten keine Ahnung, wer der Täter war. Am Ende hatten Lasker und Splatter auch noch sein Haus angezündet, um mögliche Spuren ihres Eindringens zu verwischen. Das einzige Positive war, dass Saskia nicht von der Polizei, sondern von Hassanis Leuten observiert worden war. Somit mussten sie sich wenigstens nicht mehr wegen der Überwachungskameras am Flughafen Sorgen machen. Dafür hatten sie jetzt Hassani am Hals. Der Mann wusste unglaublich viel über sie und Lasker hatte ihn einfach laufen gelassen. Tanner verstand, dass Lasker keine Wahl gehabt hatte. Aber das war kein Trost. Ab jetzt konnte täglich das Unglück über sie hereinbrechen.

Tanner verabscheute Regeln. Aber sie hatten durchaus einen Sinn. Sie verhinderten, dass man unbedacht so weit vom

Kurs abkam, bis es kein Zurück mehr gab.

Und eines stand fest. Er hatte im Moment nicht die geringste Ahnung, wo er sich befand.

Sylvia war bereits wieder in den Tiefschlaf gefallen. Im Schlaf legte sie ihren Arm um ihn. Allmählich beruhigte er sich. Er dachte an das Kind, das in ihrem Bauch heranwuchs. Eigentlich lag es doch klar auf der Hand, was zu tun war.

Wenn der liebe Gott ihn diesmal davonkommen ließ, dann würde er sein Leben völlig ändern. Er würde sich um seine Frau und sein Kind kümmern und sich nie wieder auf solche Sachen einlassen. Nur dieses eine Mal.

31. Fernsehabend

Splatter

10. Tag, 6.05 Uhr

Splatter sah sich einen Film an. Gerade eben wurde eine junge Frau mit einer Kettensäge in Scheiben geschnitten.

Die Bilder liefen wirkungslos durch ihn hindurch.

Obwohl er saß, war ihm schwindelig. Der Raum schien kaum merklich zu wackeln.

Das Gefühl kannte er gut. Es bedeutete völlige Erschöpfung. Trotzdem war an Schlaf nicht zu denken. Wenn er die Augen schloss, sah er das zerschlagene Gesicht seines Kameraden vor sich.

Sollte ihn nicht vielmehr beschäftigen, was in der Nacht in Grubichs Haus geschehen war? Sollte es vielleicht, tat es aber nicht.

Lasker hatte ihm Hilfe bei der Aufklärung der Ereignisse versprochen und Splatter zweifelte nicht an seiner Aufrichtigkeit. Allerdings konnte er sich nicht vorstellen, wie sie das hinbekommen sollten. Wenn sie Pech hatten, saßen sie ohnehin bald in Untersuchungshaft. Dann hatte sich das Problem erledigt.

Es klingelte.

Wieso klingelt das? Der Film spielt in einem Wald.

Es klingelte erneut. Diesmal länger.

Er begriff, dass das Geräusch nicht aus dem Fernseher kam.

War das Lasker?

Splatter ging zur Tür und nahm den Hörer der Gegensprechanlage ab.

»Ja?«

Er hörte Stimmen, konnte aber nicht verstehen, was sie sagten.

»Wer ist da?«

Keine Antwort.

Bestimmt ein Klingelstreich. Er wollte den Hörer einhängen.

Es klingelte erneut.

»Wenn ich euch er…«

»Hilf mir!«

Dann hörte er Schmerzensschreie.

Hektisch zog er sich die Schuhe an und rannte die Treppe nach unten.

Als er die Haustür aufriss, sah er, wie ein Mann auf dem Bürgersteig auf eine Frau einschlug. Die Frau war Marlene. Das Mädchen, mit dem er kürzlich ein unerfreuliches Date gehabt hatte.

Splatter machte zwei große Schritte, riss den Typen von ihr los, drehte ihn in seine Richtung und verpasste ihm zwei Schläge in den Magen. Sofort sackte der Mann zu Boden und krümmte sich wimmernd. Splatter hatte bereits das Interesse an ihm verloren.

Marlene saß auf den Stufen vor der Haustür. Sie hatte beide Hände vor das Gesicht geschlagen und weinte. Splatter ging vor ihr in die Hocke und zog ihre Hände weg.

Ihre Lippe blutete und morgen würde ihr rechtes Auge grün und blau werden.

»Ist das dein Freund?«, fragte er mit ruhiger Stimme.

Sie nickte. »Er war so böse zu mir. Da bin ich weggerannt«, stotterte sie tränenerstickt. Ihre Schultern bebten. »Ich wusste nicht, wohin. Da bin ich zu dir. Vor der Tür hat er mir aufgelauert.«

»Woher wusste er, dass er dich hier findet?«

»Ich habe ihm gesagt, dass ich zu dir gehen werde.«

»Und ihm gleichzeitig noch meine Adresse verraten?«

Sie nickte.

»Warum? Damit er dich auch auf jeden Fall finden kann?«

Statt ihm eine Antwort zu geben, sah sie auf den Boden.

Splatter drehte sich um. Der Mann war weg.

Er trat auf den Bürgersteig und sah, wie der Kerl in die nächste Gasse stolperte. Für eine Sekunde spielte er mit dem Gedanken, ihm nachzurennen. Aber wozu? Und wenn er ihm stundenlang auf die Schnauze schlug, ändern würde das nichts mehr.

»Ich denke, dass der nicht zurückkommt. Für den Moment bist du sicher.« Splatter schloss die Haustür auf.

»Kann ich heute bei dir bleiben?«, fragte Marlene.

Genau das wollte er vermeiden. Ihre letzte Begegnung hatte ihn zur Genüge verstört. Nach einer Wiederholung war ihm nicht. »Das ist keine gute Idee.«

»Bitte.«

Er sah in ihre traurigen Augen. In ihrem Leben war irgendetwas schiefgegangen. Etwas, worum sie nicht gebeten hatte. Genau wie bei ihm.

»Okay.«

Splatter ging in das Treppenhaus und Marlene folgte ihm.

In der Wohnung setzten sie sich gemeinsam auf das Sofa. Er hatte keine Ahnung, was er jetzt sagen sollte.

»Ich glaube nicht, dass ich jetzt schlafen kann«, sagte Marlene.

»Ich auch nicht.«

»Was machen wir jetzt?«

»Einen Film ansehen?«

»Aber keinen Horrorfilm. Ich mag das nicht.«

Splatter ging zum Wohnzimmerschrank, zog eine Schublade auf und holte eine DVD heraus.

»Was ist das?«, fragte Marlene.

»Ein Miss-Marple-Film.«

»Was?« Sie lachte. »Das ist nicht dein Ernst. Du guckst so etwas?«

»Manchmal. Aber verrat es niemandem. Das schadet meinem Image.«

Er steckte die DVD in den Player und setzte sich wieder auf das Sofa.

Marlene legte ein Sofakissen auf ihren Schoß und klopfte auf das Kissen. »Komm. Leg deinen Kopf drauf.«

Splatter war zu erschöpft, um zu diskutieren. Er legte sich hin. Die Beine leicht angewinkelt, der Kopf auf Marlenes Beinen. Der Film startete. Er schloss die Augen, hörte die Musik und die knisternden alten Synchronstimmen. Dann schlief er ein.

32. ÜBERRASCHUNG

SASKIA

10. Tag, 6.20 Uhr

Seit einer Stunde saß Saskia in ihrem Auto. Von dem Parkplatz, den sie gefunden hatte, konnte sie das Haus sehen, in dem sie wohnte. Trotzdem war sie nicht in der Lage auszusteigen.

Sie bemühte sich, das Geschehene zu sortieren.

War sie Hassani losgeworden? Oder würde der sich früher oder später zurückmelden. Sei es mit bösen oder vermeintlich guten Absichten.

Menschen wie Hassani waren nicht einzuordnen. Wenn sie es für angebracht hielten, töteten sie auch ihre besten Freunde aus rein praktischen Erwägungen heraus. Und das taten sie ohne jeglichen Hass.

Sie hoffte sehr, dass sie ihn und seine Sippe los war.

Saskia fühlte sich erbärmlich. Das war alles ihre Schuld. Der Umstand, dass ihre Schlägerei in der Hauptwache nicht der eigentliche Anlass des ganzen Spektakels war und Hassani von Anfang an ein anderes Ziel verfolgt hatte, half ihr nur wenig.

Der Gedanke, ihre Kollegen in Gefahr gebracht zu haben, würde sie noch lange beschäftigen.

Sie quälte sich aus ihrem Wagen. Bald würde es hell werden und sie konnte nicht für ewig im Auto sitzen bleiben.

Als sie die Haustür aufschloss, wurde sie von innen aufgezogen.

Vor ihr stand ihre Nachbarin, die auf derselben Etage gegenüber wohnte. Sie hatte beide Hände an ihre Brust gedrückt.

»Gott, haben Sie mich erschreckt!«

»Tut mir leid«, sagte Saskia.

Ihre Nachbarin war um die vierzig und alleinstehend wie sie selbst.

»Ihr Glück möchte ich haben«, sagte sie, während sie sich an Saskia vorbei in Richtung des Fahrradständers drückte.

»Was meinen Sie?«

»Überraschung«, sagte sie lächelnd, schwang sich auf ihr Rad und fuhr los. »Keine Zeit. Muss zur Arbeit.« Dann war sie verschwunden.

Als Saskia aus dem Fahrstuhl ausstieg, verstand sie die Bemerkung. Vor ihrer Tür lag ein gewaltiger Blumenstrauß aus gelben und roten Rosen.

Sie blieb vor den Blumen stehen und wagte es nicht, sich nach ihnen zu bücken, als befürchtete sie, der Strauß könnte sich als Sprengfalle entpuppen.

Langsam ging sie in die Knie und zog mit spitzen Fingern eine Karte heraus, die zwischen den Rosen steckte.

Für die schlagkräftigste Frau, die ich in meinem Leben kennenlernen durfte.

F. H.

»So ein Dreck!«

Die Initialen mussten für Fahredin Hassani stehen. Die Frage, ob sie den Mann losgeworden war, hatte sich damit beantwortet.

EPILOG

LASKER

10. Tag, 14.45 Uhr

Lasker parkte seinen Wagen vor Weidners Haus in Bad Ems.

Als er ausstieg, sah er den Nachbarn, mit dem er bereits beim ersten Mal gesprochen hatte. Der Mann hielt wieder eine Harke in den Händen und stand in seinem Garten an exakt derselben Stelle wie bei ihrem letzten Treffen, als hätte er sich seitdem nicht wegbewegt.

»Herr Weidner ist nicht da«, begrüßte ihn der Mann.

»Können Sie mir bitte sagen, wo er ist? Es ist wirklich wichtig.«

»Was für Sie wichtig ist, muss für ihn noch lange nicht wichtig sein.«

»Sie machen auf mich den Eindruck, als würden Sie versuchen, ihn zu schützen.«

»Ich tue, was ich kann. Viel ist das nicht.«

»Wenn Sie ihm helfen wollen, sagen Sie mir, wo er ist. Glauben Sie mir, ich stehe auf seiner Seite.«

»Woher soll ich wissen, dass das stimmt?«

»Wenn Sie es mir nicht sagen, schaden Sie ihm. Wollen Sie das?«

Der Mann machte ein angestrengtes Gesicht. »Friedhof«, murmelte er widerwillig und fing an, sein Beet zu zerhacken.

»Wo finde ich den?«

»Bei der Kirche. Müssen Sie dran vorbeigekommen sein.«

Lasker erinnerte sich. »Danke.« Er setzte sich wieder in den Wagen.

Bruchstückhaft huschten Erinnerungen der letzten Tage durch seinen Kopf. Wie er bei Weidner im Büro gesessen hatte und er ihm sein fragwürdiges Motiv erklärte, die Art, wie sein Chef auf Grubich als Tatverdächtigen reagiert hatte, der verwilderte Vorgarten von Weidners Haus.

»Du bist ein blöder Hund.« Wie immer, wenn er eine Eingebung hatte, fragte er sich, warum er nicht schon viel früher darauf gekommen war.

Die Fahrt zum Friedhof dauerte keine drei Minuten.

Als er den Wagen neben der kleinen gotischen Kirche geparkt hatte und den Eingang erreichte, zögerte er. Ab jetzt musste er mit allem rechnen. Er schob seine Jacke zur Seite und öffnete den Druckknopf des Pistolenholsters, um seine Waffe schneller ziehen zu können.

Lasker ging weiter.

Auf dem Friedhof gab es nur wenige Bäume und Büsche, die die Sicht verdeckten. Zügig lief er die Wege zwischen den Gräbern ab.

Lasker brauchte nicht lange, um Weidner zu finden.

Bekleidet mit einem dunklen Stoffmantel, stand er vor einem Grab und betrachtete den Grabstein.

Als Lasker ihn erreichte, stellte er sich neben ihn.

Er atmete tief ein. Die Luft roch nach einer Mischung aus Blumen, feuchter Erde und Laub. Ein Geruch, der ihn immer auf eine angenehme Art melancholisch stimmte.

Ein Strauß blauer Margeriten lag auf dem Grab. Auf dem Grabstein aus grauem Granit stand in goldener Schrift ein Name.

Kathrin Weidner, geboren 3.5.1982 – gestorben 26.1.2006

Weidner hatte Lasker bisher nicht einmal angesehen. Wortlos standen sie eine Weile nebeneinander.

»Ist Grubich dafür verantwortlich?«, fragte Lasker schließlich.

Ohne seinen Blick von dem Grab zu nehmen, begann Weidner zu reden.

»Meine Tochter und Grubich haben sich auf einer Feier kennengelernt. Zuerst hatte sie geglaubt, dass er ein netter Kerl sei. Aber das war ein Irrtum. Nachdem sie sich zweimal getroffen hatten, brach Kathrin den Kontakt ab. Zwei Wochen später hat sie beiläufig erwähnt, dass Grubich ihr weiterhin auf die Nerven gehe. Das war während des Abendbrotes gewesen. Es waren nur zwei oder drei Sätze. Mehr nicht. Eine unangenehme, aber nicht wirklich bedeutsame Angelegenheit.« Er sah Lasker an. »Einen Monat danach hat sie sich vor einen Zug geworfen.« Weidner wandte sich wieder dem Grab zu. »Können Sie sich vorstellen, wie es ist, sein Kind zu verlieren?«

Nein, das konnte Lasker nicht. Und er wollte es auch nicht.

»Stellen Sie sich vor, das Schicksal sagt Ihnen, dass es eine schlechte Nachricht für Sie hat. Entweder Sie sind unheilbar an Krebs erkrankt oder Ihr Kind ist gestorben. Wenn Sie dann wenig später erfahren, dass Sie Krebs haben, dann würden Sie ausrufen: Gott sei Dank! Ich dachte schon, es sei was Schlimmes.«

»Hat Grubich Ihre Tochter umgebracht?«

»Nein. Es war Selbstmord.«

Lasker hatte noch einige Hundert Fragen auf der Seele. Aber er wartete, bis Weidner von sich aus weitersprach.

»Ich will Sie nicht mit den Details langweilen. Aber Sie werden mir glauben, wenn ich sage, dass es die schwerste Zeit meines Lebens war. Für meine Frau galt natürlich das Gleiche.«

»Haben Ihre Frau und Sie sich deshalb getrennt?«

»Meine Frau hat irgendwann versucht, wieder ein normales Leben zu führen. Sie wollte neu anfangen. Das Haus verkaufen und die meisten von Kathrins Sachen wegwerfen. Wir haben uns furchtbar gestritten. Ich hatte das Gefühl, meine Frau tötet unsere Tochter ein zweites Mal. Für mich war das unbegreiflich. Mittlerweile kann ich sie verstehen. Sie hat den richtigen Weg gewählt. Man muss loslassen, sonst zerstört man sich selber.«

»Aber Sie konnten nicht loslassen.«

Weidner schüttelte den Kopf. »Niemals. Leider.«

»Was ist weiter geschehen?«

»Kathrin war nie depressiv. Ich habe nächtelang wach gelegen und mich gefragt, warum sie das getan hat. Immer wieder bin ich die Wochen vor ihrem Tod im Geiste durchgegangen und habe nach Anzeichen gesucht. Viel gefunden habe ich nicht. In den letzten Tagen vor ihrem Suizid war sie sehr ruhig gewesen. Aber was bedeutet das? Jeder hat mal schlechte Tage. Es ist unerträglich, nicht zu wissen, warum sie das getan hat.«

»Kein Abschiedsbrief?«

Er schüttelte den Kopf.

»Haben Sie es herausgefunden? Ich meine, warum Ihre Tochter das getan hat?«

»Schlimmer. Ich bekam einen Verdacht. Einige Tage vor ihrer Beerdigung hat mich der Vater von Grubich angerufen.«

»Kurt Grubich.«

Weidner nickte zustimmend. »Er hat mir sein Beileid ausgesprochen. Das war etwas ungewöhnlich. Mein Vater und sein Vater kannten sich näher. Aber ich hatte mit ihm kaum Kontakt. Sein Sohn hat sich zweimal mit meiner Tochter getroffen und ist ihr danach auf die Nerven gegangen. Das war alles. Aber

wirklich viel gedacht habe ich mir nicht dabei. Es haben so viele
Leute angerufen. Ich habe das alles einfach über mich ergehen
lassen. Einige Wochen später habe ich erfahren, dass sich Kurt
über die Ermittlungen zum Suizid meiner Tochter erkundigt
hat. Das fand ich sehr dreist. Aber auch da hat es bei mir noch
nicht geklingelt. Das änderte sich erst, als ich seinen Sohn zufällig auf der Zeil in Frankfurt traf. Es war eine flüchtige Begegnung. Nur ein kurzer Blickkontakt. Da wusste ich es: Sascha hat
Kathrin etwas angetan, was sie in den Tod getrieben hat.«

»Was haben Sie unternommen?«

»Ich habe mich über Grubich erkundigt.«

»Und herausgefunden, dass er einen Hang zu Sexualdelikten hat.«

»Richtig.«

»Aber damit konnten Sie nicht viel anfangen.«

»Gar nichts. Was sollte das beweisen? Es hat nur meine
Fantasie befeuert. Als wäre nicht bereits alles schlimm genug
gewesen.«

»Sie nahmen an, dass Grubich Ihre Tochter vergewaltigt hat
und sie damit nicht leben konnte. Glauben Sie nicht, dass Ihre
Tochter sich Ihnen oder Ihrer Frau anvertraut hätte?«

Weidner funkelte ihn böse an. »Woher soll ich das wissen?
Sie hat es mir nicht gesagt und ich kann sie nicht mehr fragen.« Er bewegte seine Arme, als hätte er einen Geist am Kragen
gepackt, um ihn durchzuschütteln. »Wenn ich könnte, dann
würde ich sie noch heute anschreien: Warum hast du nichts
gesagt? Nur ein Wort hätte genügt!« Er ließ die Arme sinken,
ging in die Hocke und zupfte an dem Blumenstrauß herum.
»Das ist besser«, sagte er und stand wieder auf.

»Haben Sie mit Ihrer Frau über Ihren Verdacht gesprochen?«

Weidner lachte. »Natürlich nicht. Sie wäre völlig durchgedreht. Sie hätte gesagt, dass ich den Mann fertigmachen soll.

Dass ich herausfinden soll, ob das stimmt. Das Problem war, dass das nicht ging. Keine Beweise, keine Geschädigte, die eine Aussage machen kann, keine Zeugen. Nur ein beschissenes Gefühl im Bauch. Nein, ich habe bis heute mit niemandem darüber geredet.«

»Und dann kam die Sache mit Radulović.«

Weidner nickte. »Das BKA wollte den Fall. Zunächst hat mich das nicht gekümmert. Aber als ich bei einer größeren Besprechung im Landespolizeipräsidium war, habe ich durch Zufall erfahren, dass Grubichs Vater dahintersteckt. Er hat dafür gesorgt, dass der Fall zum BKA geht. Und schlagartig wurde aus dem dumpfen Gefühl Gewissheit. Ich hatte schon geglaubt, ich würde Sascha unrecht tun. Sie wissen schon. Wenn etwas Schreckliches geschieht, sucht man automatisch nach einem Schuldigen. Irgendjemand, auf den man seine Wut fokussieren kann.«

»Grubichs Vater hat versucht, seinen Sohn zu schützen. So wie er es vermutlich schon öfters getan hat. Und mich haben Sie auf den Fall angesetzt, damit ich etwas finde, das Sascha Grubich belastet.«

»Dafür will ich mich bei Ihnen entschuldigen. Aber ich musste einfach etwas unternehmen. Viel Hoffnung hatte ich nicht. Als Sie mich anriefen und mir von Ihrem Verdacht gegen Grubich berichteten, habe ich fast den Verstand verloren.«

Lasker wollte ihn fragen, was dann geschah. Aber er bekam die Frage nicht über die Lippen. Allerdings hatte Weidner anscheinend seinen Frieden gemacht und redete von selber weiter.

»Ich bin ziellos durch die Gegend gefahren. Ohne darüber nachzudenken, habe ich mein Handy ausgeschaltet. Am Ende habe ich abseits von Grubichs Haus geparkt, bin hingelaufen und habe geklingelt. Ob Sie es glauben oder nicht: Ich kann mich kaum daran erinnern. Alles ist verschwommen.«

»Er hat Sie einfach so ins Haus gelassen?«

»Er war so überrascht, dass er nicht nachdenken konnte. Außerdem habe ich ihn ja nie mit meinem Verdacht konfrontiert.«

»Und wenn Sie sich geirrt haben?«

»Er hat es mir gestanden!«

»Sicher nicht einfach so.«

»Ich habe ihm die Waffe an den Kopf gehalten.«

»Menschen, die um ihr Leben fürchten, gestehen alles.«

»Aber sie kennen keine Details. Ich bin nicht dumm. Die Geschichte, die er mir erzählt hat, hat er sich nicht in Sekunden ausgedacht.« Er machte eine kurze Pause und sah Lasker an. »Ich glaube, er hat ernsthaft gehofft, dass ich ihm verzeihe. Ist das nicht verrückt? Den Mord an Radulović hat er übrigens auch gestanden. Es hat sich im Wesentlichen so zugetragen, wie Sie es bereits vermutet haben.«

»Sie haben ihn nicht erschossen.«

Weidner schüttelte den Kopf. »Ich hab ihn totgeschlagen. Mit einer Statue, die im Wohnzimmer stand.«

Einige Minuten standen sie still beisammen.

»Man sagt, dass man sich nicht besser fühlt, wenn man Rache nimmt, weil es niemanden wieder lebendig macht«, sagte Weidner nach einer Weile. »Das ist falsch. Ich fühle mich besser. Die Trauer ist geblieben, aber die Wut ist verschwunden. Es ist eine kleine Erleichterung.«

Lasker dachte an Saskia. Es war nicht klar, ob sie aus dem Gröbsten raus war. Menschen wie Hassani waren schwer einzuschätzen. Es war durchaus möglich, dass sie auch in Zukunft seine Hilfe benötigte.

Tanner hatte solche Sorgen nicht. Er hatte sich als guter Ermittler erwiesen. Ihm war es zu verdanken, dass sie überhaupt auf Grubichs Spur gekommen waren. Es wäre schade um sein Talent.

Und Splatter? Dem hatte er versprochen, dass er ihm bei der Aufarbeitung seiner Afghanistan-Erlebnisse helfen würde. Lasker hatte nicht vor, sein Versprechen zu brechen.

Wenn Weidner fiel, dann fiel auch die AG. Das konnte er nicht zulassen. Nicht wegen so eines Arschlochs.

»Ich frage mich gerade, ob ich den Ausgang unserer Ermittlungen als Erfolg oder als Desaster bewerten soll«, flüsterte Lasker. »Vermutlich muss ich da länger drüber nachdenken.«

Er ließ Weidner stehen und ging in Richtung des Ausgangs.

»Herr Lasker.«

»Ja?« Lasker drehte sich um.

Weidner kam auf ihn zu. In seinem Gesicht war Erstaunen zu lesen. »Was soll das? Was haben Sie vor? Sind Sie verrückt? Nehmen Sie mich fest. Es spielt keine Rolle. Was glauben Sie, wie lange es dauern wird, bis man mich als Tatverdächtigen ermittelt hat?«

»Das wird nicht geschehen. Sie haben nie mit jemandem über Ihren Verdacht geredet. Was sollten Sie für ein Motiv haben? In dem Haus wird man keine Spuren mehr finden. Es ist abgebrannt.«

»Abgebrannt?«

»Nehmen Sie es einfach hin. Wenn Sie nicht zufällig von einem Nachbarn gesehen wurden, wird überhaupt nichts passieren. Und selbst wenn. Die Leute, die dort wohnen, sind alle um die achtzig.«

»Warum tun Sie das?«

»Haben Sie vor, noch einmal jemanden zu töten?«

»Natürlich nicht.«

»Jeden Tag sterben bessere Menschen aus schlechteren Gründen. Von mir aus soll er zur Hölle fahren.«

»Möglicherweise werden wir ihm folgen.«

»Wir werden sehen.«

Lasker wollte sich zum Gehen wenden, als ihm etwas einfiel. »Wer hat mich empfohlen?«, fragte er.

»Tut mir leid, aber das kann ich Ihnen nicht sagen.«

Es hatte keinen Sinn, weiter zu insistieren. Weidner würde keinen Namen nennen.

Kam die Empfehlung aus der Gruppierung, von der Martin Feldmann gesprochen hatte und die Lasker für sich als »inneren Kreis« bezeichnete?

Er war sich recht sicher, dass es so war.

Willkommen im Klub.

»Gibt es irgendjemanden, der weiß, was ich für Sie tun sollte?«

»Nein.«

»Dann sorgen Sie dafür, dass sich daran nichts ändert.«

»Das werde ich.«

Lasker verließ den Friedhof.

Er hatte sich für einen Weg entschieden. Einen Weg, der bei nüchterner Betrachtung nur ein Ziel kannte: das Verderben.

War er einer der Guten oder der Bösen?

Eine Kategorie dazwischen?

Darüber mussten andere urteilen.

Zeitfracht Medien GmbH
Ferdinand-Jühlke-Straße 7
99095 Erfurt, Deutschland
produktsicherheit@kolibri360.de

Druck:
CPI Druckdienstleistungen GmbH
im Auftrag der
Zeitfracht Medien GmbH
Ein Unternehmen der Zeitfracht - Gruppe
Ferdinand-Jühlke-Str. 7
99095 Erfurt